Tània Juste
Das Hospital der Hoffnung

Über die Autorin:

Tània Juste wurde 1972 in Barcelona geboren, wo sie später Geografie und Geschichte mit dem Schwerpunkt Kunstgeschichte studierte. Danach arbeitete sie einige Jahre im Modebereich und eröffnete ein eigenes Reisebüro, bevor sie das Schreiben für sich entdeckte. Inzwischen hat sie mehrere Romane veröffentlicht und arbeitet außerdem als Übersetzerin.

TÀNIA JUSTE

DAS HOSPITAL DER HOFFNUNG

Roman

Aus dem Katalanischen
von Constanze Gräsche

lübbe

Dieser Titel ist auch als E-Book erschienen
Vollständige Taschenbuchausgabe

Deutsche Erstausgabe

Titel der katalanischen Originalausgabe: »L'hospital dels pobres«
Originalverlag: Columna, Barcelona

Textredaktion: Ann-Catherine Geuder, Lübeck
Umschlagmotive: © Richard Jenkins Photography;
© shutterstock: Lukasz Szwaj | Cafe Racer | MAX SAYPLAY |
edithpifpaf | Vasya Kobelev | AlexSmith | David M. Schrader
Umschlaggestaltung: Jeannine Schmelzer
Satz: Dörlemann Satz, Lemförde
Gesetzt aus der Goudy Oldstyle
Druck und Verarbeitung: GGP Media GmbH, Pößneck
Printed in Germany
ISBN 978-3-404-18060-8

5 3 1 2 4

Für Josep,
den besten Reisebegleiter
im großen Abenteuer des Lebens

»Sollte das Krankenhaus verschwinden,
die Seele Barcelonas wäre nicht mehr dieselbe.«
Dr. Josep Cornudella

1892

Die Nachtschwester kämpfte gegen die Müdigkeit an, die sie zunehmend erfasste. Gerade einmal zwei Stunden waren vergangen, seitdem sie sich auf den Stuhl gesetzt hatte, den sie vorsichtig dicht neben die Drehlade gestellt hatte, damit in ihrer ersten Nachtschicht ja kein Säugling unbeobachtet abgegeben würde.

Als die Tür des Findelhauses in der Carrer Ramelleres an diesem Donnerstag mit Einbruch der Dunkelheit geschlossen wurde, hatte ihr die Oberschwester eingeschärft: ja nicht einschlafen. Ein kurzes Nickerchen, und schon vernachlässigst du deine Aufsichtspflicht. Dabei hatte sie sie mit diesem Blick angesehen, mit dem sie sie bereits etliche Male in ihrem ersten Arbeitsjahr ermahnt hatte, doch diese Nacht war anders. Dieses Mal bedeutete der Blick: Hab Vertrauen in dich selbst, du bist bereit.

Deswegen wollte sie kein Risiko eingehen, auch wenn sie wusste, dass selbst die erfahrensten Schwestern ab und zu während ihres Dienstes einnickten. Von jetzt an war sie die jüngste Schwester an der Drehlade des Findelhauses.

Doch für jemanden mit unruhigem Charakter waren zwei Stunden ohne Bewegung sehr viel Zeit. Zunächst war sie ein wenig auf und ab gegangen, dann hatte sie sich eine Weile an die Wand gelehnt, und schließlich hatte sie einen Stuhl neben die Drehlade gestellt, um sich ein wenig auszuruhen und trotzdem jedes Geräusch von der Straße her wahrnehmen zu können.

Es musste so gegen drei Uhr morgens gewesen sein, als sie Schritte hörte. Die Person musste genau auf der anderen Seite der Mauer stehen geblieben sein, die das Innere des Findelhauses von der Carrer Ramelleres trennte. Jetzt herrschte absolute Stille. In der Ferne bellte ein Hund, sonst nichts. Vielleicht habe ich mir die Schritte nur eingebildet. Vielleicht habe ich ja geträumt. Aber dann hörte sie deutlich, wie Stoff raschelte. Jemand schluchzte. Und genau in diesem Augenblick der Schrei eines Säuglings. Ja, es gab keinen Zweifel. Die Schwester sah zur Drehlade, ob sie sich wohl bewegen würde. Noch machte sie keine Anstalten dazu. Die Schwester stand auf und spitzte die Ohren, um genau zu hören, was auf der anderen Seite der Mauer vor sich ging. Eine Frau weinte, und ein Säugling tat es ihr mit der Unruhe eines ausgehungerten Tieres gleich. Die Zeit verstrich, der Körper der Schwester war angespannt. Seit dem ersten Schrei war ihr Blick auf den in der Mauer eingelassenen Drehapparat gerichtet, eine Art Trommel, wo – so machte es den Anschein – jeden Augenblick ein Neugeborenes abgelegt würde. Die Drehlade würde sich bewegen, die Glocke läuten, und die Schwestern des Findelhauses wüssten, dass ein neues Findelkind abgelegt worden war. Ein Kind ohne Vater und ohne Mutter, das es galt in dieser Welt großzuziehen. Die Schwester würde die Mutter niemals zu Gesicht bekommen, da die Mauer sie voneinander trennte. Nur das kleine Wesen – ein weiteres uneheliches Kind – würde zum Vorschein kommen, sobald die Mutter die Trommel drehte.

Die Schwester wusste, dass dies tagtäglich geschah, ihre Kolleginnen hatten all die Säuglinge empfangen, die bereits den Stillsaal des Findelhauses füllten. Dies jedoch war ihr erstes Neugeborenes, das erste, das sie in Empfang nehmen und um das sie sich kümmern würde, bis zum nächsten Morgen, wenn sie der Oberschwester die Nachricht überbringen konnte. Schließlich drehte sich die Lade, langsam, zögerlich. Die Schwester sah das rötliche Gesicht und die kleinen Händchen mit den winzigen in die Höhe gereckten Fingern, wie sie aus dem Bündel hervorragten. Diese Kreatur war kaum ein paar Tage alt! Es kam erst gar nicht dazu, dass die Glocke läutete, denn die Schwester rief, ohne nachzudenken, damit man sie auf der anderen Mauerseite hörte: »Ich hab es schon! Gott hab Erbarmen mit dir.«

Zu hören waren ein ersticktes Schluchzen, das Rascheln von Stoff und schließlich sich entfernende Schritte.

Die Schwester nahm das Kind an sich und brachte es ins Haus. Im Vorbereitungssaal traf sie die diensthabende Amme an, welche ihr das Kind aus den Armen nahm. Mit einer gekonnten Bewegung befreite sie es aus dem Kleiderbündel, das für ein Findelkind eigentlich zu sauber war, und gab ihm Sirup. Die Regeln waren streng, und auch wenn das Neugeborene schrie, durfte die Amme ihm nicht die Brust geben, bevor es nicht vom Arzt untersucht worden war.

Mit dem ersten Tageslicht kam der Kaplan des Findelhauses. Als er den Neuankömmling sah, seufzte er und fragte die Schwester automatisch, ob er zusammen mit einer Nachricht oder irgendeiner Habe abgegeben worden war.

»Eine Holzschatulle mit einer Fotografie darin von einem Kind, das auf einem Pappmachépferd sitzt. Und ein Zettel, auf dem ›Lluís‹ steht«, antwortete die Schwester, welche sich keinen Zentimeter von dem Säugling entfernt hatte, obwohl dieser mittlerweile friedlich schlief.

Der Kaplan nickte still, bevor er das Neugeborene taufte: »Wir nennen dich Lluís, so wie es geschrieben steht«, begann er.

Auf der Suche nach zwei Namen, die dem Jungen als Nachnamen dienen sollten, ging er das Heiligenverzeichnis durch. Er entschied sich für Amadeu und Julià und ließ die Namen so im Register festhalten. Der Sekretär notierte Eingangsnummer, gewählte Vor- und Nachnamen, Geschlecht, Uhrzeit und Datum der Ankunft sowie eine Beschreibung der Kleidung, mit der man ihn im Findelhaus abgegeben hatte. Die Holzschatulle mit der Kinderfotografie wurde in einem anderen Register vermerkt.

Die Amme gab dem Säugling die Brust, nach der er gierte, dann öffnete er ganz langsam die Fäustchen. Die Brust bewegte sich auf und ab, auf und ab, während er hungrig an der Brustwarze der Amme sog. Die Schwester konnte nicht anders, als zumindest ein bisschen stolz darauf zu sein, dass das Kind gesund schien und vernünftig aß. Es war schließlich auch ihr Verdienst. Mit einer beiläufigen Bewegung schob sie ihm das Bleisiegel zurecht, das sie zuvor an seiner Leibbinde befestigt hatte, einen Anhänger mit dem Jahr und der Eingangsnummer, den er immer sichtbar bei sich tragen musste.

1899

Kurz vor Weihnachten

In den Straßen Barcelonas war die Dezemberkälte bereits seit einigen Tagen zu spüren, doch im Haus von Doktor Rovira war es mollig warm. Seine Ehefrau, stets ein wenig sensibel und verfroren, bestand darauf, alle Zimmer gut einzuheizen. Darius Rovira beklagte sich oft darüber, verärgert und verstimmt befahl er dann dem Dienstmädchen, die Fenster ein wenig zu öffnen und frische Luft hereinzulassen. Diesen Dezember jedoch schwieg der Arzt und riss sich zusammen, denn die Familie hatte etwas zu feiern: die Geburt seiner Tochter.

Darius war wie immer früh aufgestanden und hatte in seiner Privatpraxis die Krankenakten überprüft. Jetzt beendete er gerade das Mittagessen im Esszimmer, zusammen mit seiner Frau Eulàlia. Seit gerade einmal zwei Tagen war sie wieder dazu übergegangen, gemeinsam mit ihrem Ehemann am Tisch zu essen, zuvor war sie, wie angeraten, einige Tage im Bett geblieben. Darius schwieg, da er sich mittags nicht gern unterhielt, außerdem las er Zeitung. Ab und zu legte er sie zur Seite und nippte am dampfenden Kaffee, den ihm das Hausmädchen immer nach dem Dessert brachte, wenn er am Nachmittag Dienst im Krankenhaus hatte. Darius Rovira nutzte den Augenblick, um seiner Frau einen kurzen Blick zuzuwerfen, sie lächelte. »Geht es dir gut?«, fragte er eher als Arzt denn als Ehemann. Dann nahm er die Zeitung wieder zur Hand und führte seine Lektüre fort.

Eulàlia betrachtete die weißen Servietten, das angerichtete Mahl, die Obstschale, die noch auf dem Tisch stand. Sie wurde ungeduldig, wollte zu ihrer neugeborenen Tochter zurück, die noch bei der Amme war, und diese rosafarbenen Wangen betrachten – wie hübsch sie war! Stattdessen aber nahm sie die Tasse mit dem Kräutertee in die Hand und trank in kleinen Schlucken daraus. Sie betrachtete den Teil des Kopfes ihres Mannes, der über der Zeitung hervorlugte, und ab und zu schaute sie zum großen Fenster des Erkers, der einen Ausblick auf die Kreuzung zwischen der Rambla de Catalunya und der Carrer de València gewährte. Sie zählte schon die Tage, bis sie wieder draußen spazieren gehen durfte.

Als die Uhr im Esszimmer halb drei schlug, faltete Rovira die Zeitung zusammen und legte sie auf den Esstisch. Er stand auf, strich sich die Falten aus dem Anzug und richtete seinen Hemdkragen. Er ging zu Eulàlia, beugte sich leicht zu ihr herab und gab ihr einen fast nicht wahrnehmbaren Kuss auf die Stirn. Eulàlia schloss die Augen und seufzte. Ungeduldig sagte Darius zu ihr: »Sag Antonio Bescheid, er soll die Kutsche fertigmachen.«

Während Eulàlia die Glocke läutete, um dem Kutscher die Anweisungen zu geben, ging Rovira in sein neues Schlafzimmer, das direkt neben dem noch bis vor Kurzem gemeinsam genutzten Schlafzimmer lag, welches er jedoch nach der Geburt seiner Tochter geräumt hatte. Er öffnete den Kleiderschrank, um sich im Ganzkörperspiegel zu betrachten. Ein letzter Blick auf sein Äußeres, bevor er zur Arbeit aufbrach, ins Hospital de la Santa Creu, wo er seit einigen Jahren ordentlicher Arzt war, zuständig für einen der Krankensäle für bessergestellte Patienten. Für solche, die ihren Krankenhausaufenthalt bezahlen konnten und dementsprechend auch besser behandelt wurden. Denn die meisten Betten im Krankenhaus waren von Armen,

Obdachlosen, Prostituierten und Elenden jeder Art belegt, allesamt mit einer traurigen und unglückseligen Geschichte im Gepäck. Männer, Frauen, Kinder, die zumindest während ihres Krankenhausaufenthalts eine warme Mahlzeit am Tag zu sich nehmen konnten. Manchmal bedurfte es kaum mehr, als sie vom angesammelten Schmutz sowie von Läusen und Krätze zu befreien, um sie dann in deutlich besserem Zustand zu entlassen. Sie kehrten zurück in die schlecht belüfteten Fabriken, in ihre dreckigen Behausungen, in ihr Leben, das eigentlich kein Leben, sondern nur ein Überleben war. Es dauerte nicht lange, und sie waren wieder im Krankenhaus.

Rovira war darauf bedacht, auf sein Äußeres zu achten und immer makellos zu erscheinen, auch wenn er sich jeden Nachmittag dem Schmutz der Leute widmete, die im Krankenhaus keuchend und eingeschüchtert auf Krankenschwestern und Ärzte wie ihn warteten. Denn schließlich war sein Aussehen seine Visitenkarte, in den besten, aber auch in den ärmsten Gesellschaftskreisen der Stadt. Ein paar Augenblicke gab er sich der Betrachtung seines Spiegelbildes hin: ein hochgewachsener Mann, kantige Gesichtszüge, welche ihn durchaus vornehm wirken ließen, der gut gestutzte Bart, der weder zu breite noch zu schmale Rücken, das zurückgekämmte glänzende schwarze Haar, welches ihm Eleganz und Attraktivität verlieh. Es war um keinen anderen Arzt so gut bestellt wie um Darius Rovira, das war in ganz Barcelona bekannt, und auch er selbst war sich dessen bewusst. Er richtete seinen Krawattenknoten, als würde er eine der reichsten Damen der Stadt empfangen, die ihn in seiner Privatpraxis aufsuchten, und trat auf den Flur hinaus. Er ging die wenigen Schritte zum Spiel- und Studierzimmer. Dort müsste sein Sohn Llorenç sein, der im Begriff war, seinen Nachmittagsunterricht mit dem Hauslehrer Ripoll zu beginnen. Im kommenden Jahr sollte er dann auf die Jesuitenschule in Sarrià gehen, so wie alle Söhne aus gutem Hause in Barcelona. Darius Rovira wollte gut darauf Acht geben, dass sein Sohn sich anstrengte und alles gab, um eines Tages ein genauso bekannter und angesehener Arzt wie er selbst zu werden.

Er öffnete die Tür ein Stückchen, gerade genug, um zu sehen, was dahinter geschah. Der kleine Llorenç nahm ein Buch mit Illustrationen aus den Händen des Lehrers entgegen. Sie fingen gerade mit dem Lesen an. Und auch wenn Darius gern geblieben wäre, um die Fortschritte seines Sohnes mitzuerleben, so musste er doch aufbrechen. Schließlich wollte er nicht zu spät kommen.

»Ich muss los«, sagte er statt eines Grußes. Den Hauslehrer hatte er bereits am Morgen gesehen, Llorenç allerdings noch nicht. Den Jungen schickten sie zum Essen in die Küche, auch sonst durfte er keinen Lärm machen, nicht einmal in seinem Zimmer, um seine neugeborene Schwester nicht zu wecken. Als Llorenç seinen Vater hörte, blickte er von den Illustrationen auf und sah ihn an, ohne sich vom Stuhl zu erheben. Erst als der Lehrer eine leichte Geste machte, stand Llorenç auf. Er ging auf seinen Vater zu und küsste ihm die Hand. Darius sah zunächst seinen Sohn und dann Ripoll an, dem er zunickte, bevor er ging.

Auf dem Weg in die Diele kam er an dem Zimmer vorbei, in dem die Amme mit der kleinen Aurora saß. Er dachte daran, innezuhalten, um sich noch einmal dieses bildhübsche Wesen anzuschauen, das er zu zeugen vermocht hatte. Doch dann änderte er seine Meinung; er hasste es, zu spät zu kommen. Eulàlia stand in der Tür, seinen Mantel in der einen und seinen Hut in der anderen Hand. Nur die Herren Ärzte und eine bestimmte Art Mann trugen in Barcelona solch einen Hut. Zuerst streifte er sich den Mantel über, dann nahm er den Hut entgegen und setzte ihn sich mit einer gekonnten Bewegung auf. Er knöpfte nur die beiden obersten Knöpfe seines Mantels zu, und nachdem er seinen Gehstock mit goldenem Knauf gegriffen hatte, verabschiedete er sich mit einer kurzen, flüchtigen Geste von seiner Frau. Dann ging er.

Nur ein paar Treppenstufen trennten die Wohnung der Roviras in der ersten Etage von der Straße. Dort wartete bereits Antonio. Er saß zum Aufbruch bereit auf dem Kutschbock, das Zaumzeug straff im Maul des schwarzen Tieres. Das Pferd, eine Rassestute, hatte Darius jüngst anschaffen lassen, ein weiteres unumstößliches Zeichen seines guten Geschmacks.

Die Kutsche setzte sich die Straße hinunter in Bewegung, und Darius Rovira beobachtete das Getümmel der Menschen um ihn herum. Inmitten der Rambla de Catalunya hatten die Bäuerinnen mit ihren dunklen Kopftüchern die Hälfte des Gehsteigs mit mannigfaltigen Exemplaren von Hähnen, Hennen und Küken bevölkert, alle hübsch aufgereiht. Die Tiere gluckten auf Stroh, die ersten Kunden des Nachmittags suchten aufmerksam und kritisch nach dem einen Exemplar, das ein leckeres Weihnachtsmahl abgeben würde. »In ein paar Tagen ist der ganze Spuk vorbei«, sagte Rovira gereizt zu sich selbst. Die Weihnachtszeit langweilte ihn zutiefst. Das ganze Haus füllte sich dann immer mit Eulàlias Familie, Tanten und Nichten, fast nur Frauen, die sein Reich mit ihrem belanglosen Weibergeschwätz einnahmen. Der einzige für den Herrn des Hauses angenehme Abend war der des 26. Dezembers, des Stephanstages, denn dann kam Doktor Robert zu Besuch. Darius' Vorbild, dem er so gut wie alles zu verdanken hatte, erschien an diesem Tag immer zusammen mit seinen Töchtern, um seinen Pflichten als Eulàlias Patenonkel nachzukommen – im Vergleich zu Darius besaß er sehr viel mehr Geduld mit der Familie, die sich um das Abendessen scharte.

Auf dem Weg hinab zum Krankenhaus wurde Rovira Zeuge eines ganz normalen winterlichen Mittwochnachmittags: Hausmädchen mit weißen Schürzen, die Körbe vor sich her trugen und von hier nach da eilten, Kindermädchen mit einem Kind auf dem Arm oder im Kinderwagen, jede Menge Männer mit grauen oder braunen Kitteln, allerlei Straßenverkäufer und inmitten von all dem Getümmel ein paar Herren, die mit ihrem Gehstockgeklapper auf dem Pflasterstein und festem Schritt irgendeinem wichtigen Ziel entgegeneilten. Kinder rannten von einer Straßenseite auf die andere und liefen dabei Gefahr, von einer Kutsche überfahren zu werden, oder sie jagten so nah an den Kutschrädern vorbei, dass Darius hörte, wie Antonio sie lautstark verfluchte. Kurz hinter der Plaça de Catalunya befanden sich die Floristen, die vor ihren vor Grün und anderen Farben nur so strotzenden Ständen saßen und auf Nachmittagskundschaft warteten, die nicht lange auf sich warten ließ. Auf der rechten Seite, ein wenig oberhalb der Carrer de l'Hospital, war das alltägliche Gewusel des Boqueria-Marktes wahrzunehmen, auf dem die Händler geschlachtete Tiere am Schwanz als Aushängeschild ihres Geschäfts aufhängten, um so die Aufmerksamkeit der Kundschaft auf sich zu ziehen. In dem Augenblick, in dem Antonio dem Pferd die Peitsche gab, damit es in die Carrer de l'Hospital einbog, sah Darius in dem Kutschfenster deutlich das Geschehen weiter unten auf der Rambla: Zahlreiche Matrosen kamen vom Hafen her die Rambla hinauf, dreckige und bedauernswerte Gestalten, die in die engen Gassen rechts und links der Rambla drängten. Beim Anblick der Heimkehrer aus dem Kuba-Krieg machte Darius eine abwertende Geste. Wie zum Teufel sollen wir die auch noch alle versorgen, wenn die Betten des Santa Creu jetzt schon überquellen? Das alte Gebäude in der Carrer de l'Hospital, in dem seit Jahrhunderten die Armen der Stadt versorgt wurden, konnte so viel Misere nicht standhalten, wenn nicht bald etwas getan würde. Entweder musste man anbauen oder die Kranken in ein angemessenes Gebäude verlegen.

Im Innenhof des Santa Creu unterhielten sich Medizinstudenten, während sie auf die Ankunft des Arztes warteten. Eine etwas kühnere Gruppe Studenten hatte ein paar Schneiderinnen angesprochen, die auf dem Weg zu ihrer Arbeit waren und jetzt unverhohlen über die Witze der Studenten lachten. Sie unterhielten sich, als ob es ihnen nichts ausmachen würde, zu spät zur Arbeit zu kommen. Die jungen Männer zeigten sich selbstbewusst und taten so, als wären sie bereits ausgebildete Ärzte. Die Damen hingegen flüsterten sich gegenseitig Kommentare zu und brachen dann in Gelächter aus; mit diesem Spielchen machten sie den jungen Männern Hoffnungen. Der Reigen wurde jedoch jäh unterbrochen, als der Hausmeister die Glocke zum Zeichen der Ankunft des Arztes läutete. »Doktor Rovira!«, rief er aus voller Lunge.

Und plötzlich waren die Schneiderinnen wie unsichtbar. Die Studenten im Innenhof des Santa Creu ließen sie links liegen und versammelten sich am Fuße der Steintreppe, die zum Westflügel hinaufführte. Dort würde Doktor Rovira seinen Patientinnen in dem großen Saal der heiligen Eulàlia einen Besuch abstatten, während an die dreißig Studenten versuchten, den besten Platz zu erwischen, um jeder Bewegung und jeder Erläuterung ihres Lehrers folgen zu können. Darius Rovira stieg die Stufen gemächlich hinauf. Er verlangsamte seinen Schritt absichtlich, denn an solch einem Nachmittag war dies der schönste Moment für ihn. Er spürte die Blicke der Studenten auf seinem Rücken und konnte sich den Glanz der tiefen Bewunderung und des Respekts in ihren Augen ausmalen. Die Tatsache, ein ordentlicher Arzt am Santa Creu zu sein, war für jeden seines Berufsstandes Grund zum Stolz. Es gab keinen Arzt in der Stadt, der dies nicht mit der entsprechenden Plakette an seiner Privatpraxis kundtat, schließlich war dieses Aushängeschild eine Ehrerweisung.

Auch wenn bereits etliche Jahre ins Land gegangen waren, so erinnerte sich Darius Rovira an diesen Krankenhausinnenhof noch immer als den Ort, an dem er beschlossen hatte, Arzt zu werden. Als er damals frisch vom Dorf gekommen war, hatte er etliche Nachmittage in dem Innenhof des Santa Creu verbracht, ganz in der Nähe der majestätischen gewundenen Säule mit dem heiligen Kreuz, das dem Krankenhaus seinen Namen gab, um der Ankunft der damaligen Medizin-Eminenzen beizuwohnen. Das war zu Zeiten, als er in Barcelona aufs Gymnasium ging und niemanden in der Stadt kannte, bis auf Mateu Borrell, einen Unglücklichen aus demselben Dorf wie er. Damals hatte Darius gerade erst seine Eltern verloren, sie waren von der Cholera hinweggerafft worden, die ganze Städte und Dörfer ausgelöscht hatte. Mit dem wenigen Erbe und dem großen Willen, jemand zu werden, hatte es ihn nach Barcelona verschlagen. Die bescheidenen Umstände, unter denen er damals gelebt hatte, waren Teil einer Vergangenheit, die er komplett aus seinem Gedächtnis gestrichen hatte. So wie eben auch Mateu Borrell, einen Trunkenbold, der nur ein schlechter Einfluss gewesen wäre. Er hatte also gut daran getan, sich von ihm abzuwenden, so wie von allem, was er bis dahin gekannt hatte.

Der junge Darius war im Gegensatz zu diesem Mitschüler jemand, der ganz sicher etwas erreichen wollte. Mit dem Erbe seiner Eltern und einem Aushilfsjob als Wächter konnte er das Medizinstudium bezahlen. In diesen ersten Jahren hatte er oft auf einer der Bänke im Krankenhausinnenhof gesessen, den alle, die hier arbeiteten, durchqueren mussten, und sich seine Zukunft ausgemalt. Immer wenn ein Arzt durchs Tor schritt, liefen alle herbei, folgten ihm und zollten ihm eine Ehrfurcht, die Darius beeindruckte. Natürlich wollte er es in dieser Stadt zu jemandem von Rang schaffen, er wollte Eingang in diesen abgeschotteten Gesellschaftskreis finden, zu einem dieser überlegenen Männer werden. Und dazu musste er Arzt werden.

Die Studenten stiegen die Treppen zum Westflügel in respektvoller Stille hinauf, die nur durch das Gemurmel eines besonders kühnen Studenten gestört wurde. Oben angekommen, trat das Gefolge an die Krankenbetten im großen Saal der heiligen Eulàlia. Sie schritten durch den Hauptgang, welcher die beiden Bettenreihen voneinander trennte. Sie waren unter den gewaltigen Steinbogen aufgestellt, die das Dach dieses Ortes des Schmerzes und der Krankheit stützten. Viel zu viele Betten, dachte Darius bei sich, als er auf dem Weg zu seinen Patientinnen war. Das alte Gebäude konnte gar nicht so viel Elend und Krankheit aufnehmen wie eine Stadt barg, die im vergangenen Jahrhundert maßlos gewachsen war. Jeder wusste, dass eine Lösung hermusste, auch wenn das Geld geradeso für den normalen Krankenhausbetrieb reichte.

Eine Krankenschwester wartete am Fuße eines Krankenbettes, zusammen mit einem Assistenzarzt, der das Studium mit Bravour abgeschlossen hatte und nun unter Rovira arbeitete. Die Krankenschwester hielt eine Handleuchte, deren Licht die Patientin ein wenig erhellte. Darius kam hinzu und begrüßte den Assistenzarzt mit einer einfachen Kopfbewegung.

»Erläutern Sie.«

Daraufhin stellte der Assistenzarzt ihm den Fall vor. Die Patientin in ihrem Bett lauschte verängstigt.

»Weiblich, sechsundvierzig Jahre alt, am frühen Morgen eingeliefert mit erkennbaren Atem- und Bewegungsschwierigkeiten. Bei der ersten ambulanten Untersuchung wurde eine Schwellung der Beine und des Abdomens festgestellt. Mögliche Diagnose« – hier schlug der Assistenzarzt einen bedachtsamen Ton an – »Mitralklappeninsuffizienz.«

Der Assistenzarzt führte seine Ausführungen fort, während die Blicke der Studenten von ihm zum Lehrer und vom Lehrer zur Kranken glitten. Derweil hatte Darius Rovira seine Hand auf das Kopfstück des Bettes gelegt und hörte dem Assistenzarzt ruhig zu. Dabei begutachtete er den Allgemeinzustand der Patientin. Sein Blick war durchdringend, analytisch, sorgfältig und kalt, er entbehrte jeder Art von Zuneigung. Dann begann er mit der Untersuchung, bei der ihm die Schwester half. Mit der Handleuchte erhellte sie die Stellen, die der Arzt betrachtete und betastete. Mit den Händen ertastete er schnell die Leberschwellung, mit einer kurzen Trommelbewegung bestätigte er sie. Mit dem Stethoskop machte er die Umstehenden auf die schnellen unregelmäßigen Herzgeräusche der Patientin aufmerksam, an denen sie zweifellos litt.

»Mitralklappeninsuffizienz«, bestätigte Rovira vor den anwesenden Studenten die Diagnose des Assistenzarztes, der seine Freude über die Richtigkeit seiner Einschätzung nicht verbergen konnte. Er wusste, dass man vor dem Mentor nur mit Bestleistungen bestehen konnte.

Rovira gab die notwendigen Anweisungen zur Behandlung der Kranken, dem Apotheker trug er eine Roter-Fingerhut-Mischung zur Senkung der Herzfrequenz auf, außerdem ordnete er einen Aderlass von zwölf Unzen an, der ausreichend Blut aus dem Körper der Kranken abführen sollte, das Schröpfen der Beine und des Abdomens sowie eine Blutegelanwendung, was eine recht neue Methode war, mit der dem Körper Flüssigkeit entzogen wurde.

Anschließend gingen sie zum Nachbarbett, ein klarer Fall von Bronchitis. Symptome waren hohes Fieber, Husten mit Schleimauswurf, Atemnot und eine ganzen Reihe von Mangelerscheinungen, die auf den Lebens- und Arbeitsort der Kranken schließen ließen. Sobald der Arzt zum nächsten Bett ging, folgte ihm die Schwester mit ihrer Handleuchte. Und wenn eine der Patientinnen zu nervös wurde, als dass der Arzt seine Arbeit machen konnte, ermahnte sie diese. Rovira betrachtete die jeweilige Patientin, tastete präzise und gekonnt ihren Körper ab. Sein Schweigen bedeutete, dass er nachdachte, abwägte, bevor er seine Diagnose stellte. Auch wenn er sich nicht mit Empathie rühmte, war er dennoch ein guter Arzt. Sein Äußeres imponierte, sprach für Hygiene, Sauberkeit, Oberschicht und guten Geschmack, und das nahmen auch diese Kranken wahr, die nichts mit seinen Privatpatientinnen gemein hatten. Auch seine Behandlung war ganz anders. Während er seine erlauchten Damen mit viel Umsicht abtastete und abhorchte, tat er dies bei jenen, die in den Betten des Santa Creu lagen, ohne sie vorher darüber aufzuklären. Manchmal stellte er ihnen Fragen; wenn sie bei der Antwort jedoch zu sehr ausholten, unterbrach er sie abrupt, weil er es für irrelevant hielt. »Die Zeit des Doktors ist rar und kostbar«, flüsterte die Krankenschwester der Kranken dann ins Ohr, »halten Sie sich kurz und antworten Sie nur auf seine Frage.« Wenn für einen Chirurgen das Aushängeschild das Geschick seiner Hände war, so galt es für einen Internisten, einen scharfen Blick zu haben, mit dem er schon im ersten Augenblick Dinge wahrnahm, die andere nicht sahen.

Unter den Studenten galt Roviras Visite als schnell und effizient. Danach versammelten sich alle wieder im Krankenhausinnenhof, wo sie sich über ihre Eindrücke austauschten. An der Universität lernten sie die notwendige Theorie, doch es gab nichts Besseres für einen angehenden Arzt als die Lehrstunden im Krankenhaus. Nirgendwo sonst waren sie so nah dran an dem, was sie einige Jahre später einmal selbst machen würden. Die Erläuterungen von erfahrenen Ärzten vor Ort schärften ihre Sinne. Wieder zurück an der barocken Kreuzsäule – dieses Mal ohne die Ablenkung durch die Schneiderinnen –, sprachen die Studenten über Roviras Eleganz. Irgendjemand war immer von den glänzenden Schuhen, vom perfekten Krawattenknoten oder von seiner Ausstrahlung, die ihn von anderen Ärzten unterschied, beeindruckt. Andere wiederum kümmerten sich nicht um diese Tatsache, das Aussehen war ihrer Meinung nach nicht ausschlaggebend dafür, ein guter praktischer Arzt zu sein. Letztlich endete diese Diskussion immer in Äußerungen zum Ruf, der Rovira vorausging, schließlich war er seinerzeit einer der Favoriten unter den Studenten von Bartomeu Robert gewesen. Niemandem entging, dass er mit dessen Patentochter verheiratet war, was ihm bei seinem raschen Aufstieg gewiss geholfen hatte. Doch nicht alle waren dieser Meinung.

»Er ist einfach ein guter praktischer Arzt«, argumentierte einer.

Daraufhin sagte ein anderer: »Er ist aber viel zu unterkühlt und viel zu distanziert im Umgang mit den Patientinnen.«

Viele gaben ihm recht, da es sich um einen nicht zu leugnenden Charakterzug Roviras handelte. Die Frage war, ob das wirklich eine Rolle spielte, wenn es darum ging, ein guter Arzt zu sein.

»Ich ziehe die Menschlichkeit der großen Ärzte der Geschichte vor, wie zum Beispiel die des Doktor Robert«, urteilte ein junger Mann mit strahlenden Augen, der normalerweise nicht viel sagte.

»Jeder weiß doch, dass Doktor Robert noch immer jene Arme in seiner Privatpraxis behandelt, die damals an der Cholera erkrankt sind. Und noch heute verlangt er genauso wenig für die Behandlung wie damals, fast nichts.«

»Das kann ich mir bei Doktor Rovira kaum vorstellen«, warf jemand mit kritischem Geist ein.

Daraufhin brachen sie in Lachen aus. Es war gemeinhin bekannt, dass Rovira in seiner Privatpraxis nur die bessergestellten Damen der Stadt empfing. Man tuschelte, Darius Rovira verdiene sogar so viel Geld, dass sein Vermögen das seiner Frau überstieg, auch wenn das nur Gerede war, schließlich war seine Frau eine der reichsten Frauen von ganz Barcelona.

Seit ein paar Tagen schlief Dolors schlecht, was sich mehr als nur einmal auf ihre Arbeit ausgewirkt hatte. Anfang der Woche hatte sie sich mit kochender Brühe verbrannt, und am Dienstag wäre sie beinahe eingeschlafen, während sie das Hähnchen für das Abendessen briet. Den Mittwochmorgen verbrachte sie mit der Oberköchin. Gemeinsam erstellten sie eine ausführliche Liste über die fehlenden Vorräte. Das Öl ging zur Neige, zumal es nur unregelmäßig geliefert wurde, und all die anderen Dinge, die sie für die kommende Woche beim Fleischer bestellen musste. Aber jetzt, wo sie alles vermerkt hatten und auch das Mittagessen abgeräumt war, schien es ihr, als würde sie bis zum nächsten Morgen durchschlafen, sollte sie die Beine hochlegen.

Es ging ihr nicht besonders gut. Und das lag weder an einer Erkältung noch an einer Krankheit, mit der sie ins Krankenhaus gemusst hätte, sondern vielmehr daran, dass sie so früh gealtert war. Schließlich hatte sie ihre kleine Familie immer selbst versorgen müssen. Vielleicht lag es aber auch an der Sache mit Lluís. Wenn sie das nur mit ihrem geliebten Tomás besprechen könnte! Ach, wie sie ihn vermisste! In den vergangenen Jahren hatte sie so sehr um ihn geweint. Davon wusste natürlich niemand, es konnte ja auch niemand etwas daran ändern. Aber wenn die Kinder schliefen, ließ sich Dolors ein wenig gehen, nur ein bisschen, denn neben ihr schlief ihre Kleine, die ihrem Gesicht nach von schönen Dingen träumte. Dolors wollte sie auf keinen Fall wecken. Sie versuchte im Stillen zu weinen, damit ihre Tochter sie nicht so sehen musste. Maria war in letzter Zeit sehr gewachsen. Nachts betrachtete ihre Mutter sie und erkannte dabei das Gesicht ihres geliebten Mannes wieder. Sechs Jahre, fast schon sieben, war es jetzt her, dass sie hochschwanger Witwe wurde. Wenn Tomás doch bloß seine Tochter hätte kennenlernen können! Maria hatte das lockige Haar ihres Vaters geerbt, nicht zu bändigen und kaum zu kämmen. Und dieser traurige Ausdruck in ihren Augen, wie der eines Hundes, ließ sie nicht gerade als Schönheit im Viertel gelten, sprach aber doch für ihre Güte. Und dann war da noch Lluís, Marias Milchbruder, der Dritte im Bunde ihrer kleinen Familie. Dolors hatte das arme Waisenkind bei sich aufgenommen, als sie Milch im Überschuss hatte; sie konnte mindestens zwei, wenn nicht gar drei Säuglinge damit versorgen. Er war in das Leben der frischen Witwe und Mutter einer neugeborenen Tochter getreten, fast so als wäre er ihr eigener Sohn. Dolors hatte ihm genauso lange die Brust gegeben wie ihrer Tochter, niemand konnte ihr vorwerfen, dem einen Kind mehr als dem anderen gegeben zu haben. Sie wusste von etlichen Ammen, die ins Findelhaus kamen, um einen Säugling nur des Geldes wegen zu stillen. Waren sie erst einmal zu Hause mit dem Kind, überließen sie es Gottes Barmherzigkeit, und wenn sie auf dem Land lebten, gaben sie ihm Milch vom nächstbesten Tier, um selbst einer anderen Arbeit nachzugehen. Es gab so viele Kinder, die noch während ihres ersten Lebensjahres starben … So etwas hätte sie niemals zugelassen. Nachdem sie den Säugling in der Carrer Ramelleres in Empfang genommen hatte, hatte sie ihn zu sich nach Hause gebracht, wo er in seinen ersten Lebensjahren prächtig wuchs und gedieh. Er war kräftiger als

Maria, die mager war und damit deutlich anfälliger für Krankheiten. Jedoch wusste Dolors, dass der kräftige Kerl sich um seine Milchschwester kümmern würde, wäre sie eines Tages nicht mehr da, weil er sie mehr als alles andere auf dieser Welt liebte. Deswegen war sich Dolors ihrer Liebe für diesen Jungen sicher.

Seit ein paar Tagen schlief Dolors schlecht, und ihre Arbeit als Hilfsköchin im Hospital de la Santa Creu fiel ihr schwer, weil sie nicht bei der Sache und wirklich besorgt war. Wie auch nicht? Schließlich würde Lluís bald sieben Jahre alt werden. Es blieb ihr nichts anderes übrig, als eine Entscheidung zu treffen. Den Jungen, der wie ein Sohn für sie war, musste sie schon bald ins Findelhaus zurückgeben, oder gleich zur Wohlfahrt. Es gab zwar die Möglichkeit, ihn zu adoptieren und ihn so für immer bei sich aufzunehmen. Ja, es gab diese Möglichkeit, aber Dolors konnte sich das nicht erlauben. Als Amme war sie vom Findelhaus zunächst fürs Stillen und später dann fürs Aufziehen bezahlt worden. Allerdings wurden diese Zahlungen mit dem siebten Geburtstag des Kindes eingestellt. Sie hatte schon mit den Zuständigen im Findelhaus gesprochen, um zu fragen, ob sie ihn weiterhin bei sich aufziehen und dafür bezahlt werden könne. Man hatte ihr zu verstehen gegeben, dass das nicht möglich sei. Wenn sie ihn über das siebte Lebensjahr hinaus bei sich behalten wolle, dann müsse sie alleine dafür aufkommen. »Du kannst ihn zur Wohlfahrt bringen«, hatten sie ihr gesagt, »wenn deine finanzielle Lage das nicht zulässt.« Und genau am Geld haperte es, denn das Gehalt vom Santa Creu reichte nicht für eine dreiköpfige Familie. In schlaflosen Nächten suchte sie nach einer Lösung, damit Lluís bei ihr bleiben konnte. Vielleicht würde sie eine Arbeit für ihn finden, trotz seines jungen Alters, dann könnten sie die Familie gemeinsam ernähren. Sie hatte sogar schon im Viertel herumgefragt, an den Ständen des Boqueria-Marktes und selbst bei den Schwestern im Santa Creu. Vielleicht brauchte ja jemand Hilfe … der Junge sei zwar noch sehr jung, aber sehr aufgeweckt … er würde schnell lernen, egal, was es sei, da war sie sich sicher. Wenn sie eine Arbeit für Lluís finden würde, mit der er ein bisschen Geld beisteuern könnte, würden sie vielleicht die zwanzig Peseten Miete zahlen können, ohne auf das zusätzliche Geld vom Findelhaus angewiesen zu sein. Maria könnte zur Schule gehen, zu dritt würden sie sich schon durchschlagen. Aber es hatte sich einfach nichts ergeben. Spätestens an seinem Geburtstag musste Dolors eine Entscheidung treffen. In den vergangenen Nächten sagte sie manchmal zu sich selbst, dass es nicht so schlimm sein könne, ihn zur Wohlfahrt zu geben, schließlich erhielten die Kinder dort eine gewisse Bildung, sie lernten lesen, schreiben und rechnen … Und das würde ihm für seine Zukunft sicherlich nützen. Was konnte sie ihm schon bieten? Doch dann sah sie sich den Jungen an, wie er selig neben ihr schlief. Er würde Maria fehlen. Ach, meine Kleine, das wird dir gar nicht gefallen!

Dolors hing noch immer ihren Gedanken nach, als die Oberköchin sie anfuhr: »Dolors, wollen Sie denn gar nicht nach Hause? Wenn Sie sich nicht beeilen, kommen Sie zu spät zum Abenddienst zurück!« Also verscheuchte sie ihre Gedanken rasch und sprang auf. Sie streifte ihre Schürze ab und hängte sie an die Türrückseite. In der Küche trocknete das Geschirr, die Töpfe waren bereits abgewaschen, abgetrocknet und im Schrank verstaut, um sie am Abend wieder herauszuholen. Aus dem Brotkorb nahm sie drei Brote von je etwa zweihundert Gramm, das war ihr gestattet, und legte sie zusammen mit vier Kartoffeln und einer Handvoll Gemüse in ihren Korb. Die Arbeit in der Küche des Santa Creu hatte Dolors und ihre Kinder, dem lieben Gott sei Dank, vor dem bewahrt, was so viele ihrer Mitmenschen traf: Hunger. Dann nahm sie ihren dicken Wollmantel von der Garderobe, den sie von einer erlauchten Dame geerbt hatte, die im Krankenhaus gestorben war, zog ihn an und verließ die Vorratskammer, um direkt zum Tor zu eilen, das zur Carrer de l'Hospital führte. Ihre Gedanken waren immer noch woanders, sodass es ein paar Schritte dauerte, bis sie bemerkte, dass sie die Kinder ganz vergessen hatte, die im Innenhof des Santa Creu auf sie warteten. Ach, die Kinder! Sie verbrachten Stunden im Innenhof! Dort spielten sie am liebsten. Wenn Dolors es ihnen erlaubte, spielten sie dort, bis Dolors mit dem Mittagessen für die Kranken fertig war. Danach gingen sie zu dritt zu ihrem Zuhause, das ganz nah am Krankenhaus lag, und die Kinder lugten in den vollen Korb ihrer Mutter, um herauszufinden, was es wohl am Abend zu essen gab. Dolors drehte sich um und ging zurück, um die Kinder abzuholen.

Als die beiden Kinder die Medizinstudenten die Treppen vom Krankenflügel hinuntergehen sahen, schlug Lluís Maria vor, zum schmalen Gang zu gehen.

»Nur kurz, Mia«, drängte er sie.

Zunächst weigerte sich Maria.

»Ich will da nicht hin. Ich mag keine Toten«, antwortete sie ihm, obwohl sie wusste, dass sie doch tun würde, was Lluís von ihr verlangte. Es war immer dasselbe: Wenn Lluís sich langweilte, hatte er die abenteuerlichsten Ideen, und die arme Maria musste mit ihm mit, auch wenn sie viel ängstlicher war als er.

»Ich lasse dich auch nicht los. Versprochen«, sagte Lluís zu ihr, kreuzte Zeige- und Mittelfinger und küsste das so entstandene Fingerkreuz. Seitdem er das bei ein paar Kindern aus dem Viertel gesehen hatte, machte er es immer, wenn er Maria etwas versprach. Das Mädchen sah ihn an, sie wog ab. Vorsichtig schielte sie zum besagten Gang, jenem unheilvollen Weg, der zwischen dem Krankenhaus und der Medizinischen Fakultät lag, wo die Leichen des Santa Creu abgelegt wurden.

»Und du lässt mich wirklich nicht los?«, vergewisserte sie sich.

Lluís nickte triumphierend, er hatte sie, und dann küsste er noch mal seine gekreuzten Finger.

»Versprochen. Nicht mal kurz.«

Er streckte ihr seine Hand hin, nach der sie schnell griff. Das Einzige, was Maria dazu bringen konnte, sich Lluís' makabren Abenteuern hinzugeben, war die Tatsache, dass er sie bei der Hand nahm und sie sich von ihm beschützt fühlte. Mit all ihrer Kraft konzentrierte sie sich auf die Berührung ihrer Hände und schwor sich, so wenig wie möglich auf die Gesichter der Toten zu schauen, die sie, wie sie wusste – und davor fürchtete sie sich am meisten –, in ihren Träumen der kommenden Nächte heimsuchen würden.

Die Medizinstudenten waren kurz in der Nähe der beiden stehen geblieben, um sich noch zu unterhalten, dann gingen sie weiter in Richtung Fakultät, und Lluís und Maria machten sich hinter ihrem Rücken auf den Weg zum schmalen Gang. Als sie zum Gitter kamen, welches vor dem engen und düsteren Gang angebracht und immer verschlossen war, streckten sie sich, um zu sehen, was sich ganz hinten befand. Und tatsächlich waren dort drei vor Kurzem abgeladene Leichen zu sehen; sie lagen so, dass kaum mehr als ihre gelblichen Fußsohlen zu sehen waren. Maria lief ein Schauer über den Rücken, sie drückte Lluís' beschützende Hand noch ein bisschen mehr. Er streckte seinen Hals, sosehr er konnte, und drehte ihn nach links und nach rechts, um besser zu sehen.

»Zwei Frauen und ein Mann. Siehst du sie, Mia?«

Das Mädchen nickte und drehte den Kopf weg von den Leichen.

»Los, Lluís, lass uns in den Hof zurück, Mama ist gleich fertig mit der Arbeit.«

Der Junge streckte den Hals noch ein bisschen mehr und schnalzte mit der Zunge.

»Ich kann die Gesichter nicht erkennen«, sagte er enttäuscht.

Maria verstand dieses seltsame Verlangen nicht, und gerade als sie ihm sagen wollte, dass sie keine Toten mehr sehen wolle, dass sie doch bitte zum Innenhof zurückgehen sollten, dass Mutter dort wartete, dass sie nach Hause wolle und nie wieder hierher, kamen von der Carrer del Carme her vier Jungs aus ihrem Viertel auf sie zu, die sie nur allzu gut kannte. Maria zog ruckartig und beharrlich an Lluís' Hand, die sie trotzdem nicht losließ, doch er schien nichts zu merken. Die Jungs, zwei von ihnen waren ziemlich groß und bestimmt schon elf, zwölf Jahre alt, während die anderen beiden, ihre kleinen Brüder, nicht älter als Maria und Lluís sein dürften, näherten sich mit Bedacht von hinten. Marias Körper erstarrte, sie zerrte an Lluís' Arm, der seinen Kopf endlich ihr zuwandte. Erst da bemerkte er die vier Jungs. Er drehte sich um, sodass er mit dem Rücken gegen das Gitter lehnte, und hob sein Kinn, so hoch er konnte. Im Gesicht eines Jungen zeichnete sich ein Grinsen ab.

»Du stehst wohl auf Tote, was?«, sagte er zu Lluís.

Lluís antwortete nicht, hielt aber weiterhin seinem Blick stand. Die anderen drei Jungs kreisten die beiden ein.

Maria schluchzte ein wenig, als sie sagte: »Lasst uns in Ruhe, wir haben euch nichts getan.«

Aber die Jungs schenkten ihr kaum Beachtung. Der größte von allen kam Lluís' Gesicht gefährlich nahe; Lluís konnte ja nicht zurück, da das Gitter ihm den Weg versperrte. Lluís machte sich, so wie Maria es befürchtet hatte, noch ein bisschen größer. »Was hat es dich zu interessieren, worauf ich stehe?«

Er machte einen Schritt nach vorne und der größere Junge einen zurück. Lluís brach damit den Kreis auf, den die Jungs um sie herum gebildet hatten, er zog Maria an der Hand. »Komm, wir gehen, hier stinkt's.«

Hinter seinem Rücken hörte er einen der Jungs sagen: »Ja, hier stinkt's nach Bastard!«

Lluís blieb stehen. Ein anderer Junge sagte: »Ich an deiner Stelle, Maria, würde mich nicht mit einem Sündenkind wie ihm sehen lassen.«

Lluís drehte sich um und ging auf den größten Jungen zu, der ihm noch vor ein paar Minuten gefährlich nahe gekommen war und ihn ans Gitter gepresst hatte. Er spuckte ihm vor die Füße, und mit weit aufgerissenen Augen sagte er: »Ihr habt ja keine Ahnung, wer ich bin.«

Der Junge grinste verächtlich und sah seine Kumpels an, während er antwortete: »Er meint, wir hätten keine Ahnung! Dabei weiß doch das ganze Viertel, dass dieser Bastard der Sohn einer Hure ist, die ihn ausgesetzt hat!«

Es war nicht zu unterscheiden, was zuerst geschah, ob es Marias Schrei war oder Lluís' Fausthieb, der den Jungen am Unterkiefer traf. Darauf unvorbereitet, fiel der Junge zu Boden, und Lluís stürzte sich auf ihn. Die drei anderen Jungen schlugen ebenfalls zu und hängten sich an Lluís' Rücken. Maria schrie so sehr, dass zwei Männer herbeigeeilt kamen, die gerade den Innenhof in Richtung Carrer del Carme durchquerten, und die auf dem Boden ineinander verkeilten Kinder auseinanderbrachten. Sie rügten alle, ohne einen Unterschied zu machen. Mit einem Ruck löste Maria Lluís aus der Menge; sie entwischten und liefen zum Innenhof, wo die Mutter bestimmt schon auf sie wartete. Maria wischte sich die Tränen mit dem Ärmel ihres Pullovers aus dem Gesicht, sie war wütend auf die Jungs, aber auch traurig über Lluís' blaues Auge. Er ließ Maria gewähren und lief schweigsam und mürrisch neben ihr her.

Als sie in der Mitte des Innenhofs angekommen waren und Maria ihre Mutter erblickte, war sie erleichtert.

»Was ist denn mit euch passiert?«, wollte Dolors wissen, als sie Lluís' geschwollenes Auge sah.

Maria erklärte ihr überstürzt und detailreich, was die anderen Jungs getan und gesagt hatten. Während Dolors ihr zuhörte, beobachtete sie den Jungen. Lluís starrte auf den Boden, sein Blick war nur schwer zu entziffern. Sie unterbrach Marias aufgeregte Erzählung und fragte ihn: »Tut es weh?«

Er schüttelte den Kopf.

»Lass mal dein Auge sehen«, sagte Dolors, nahm sein Kinn in die Hand und hob es an. Doch er wandte sich ab.

Dolors seufzte, das hatte ihr gerade noch gefehlt, so müde, wie sie war.

»Los, wir sind spät dran«, sagte sie und ging in Richtung Straße.

Ihr taten die Beine weh, sie wollte so schnell wie möglich nach Hause. Hoffentlich hatte sie, nachdem sie die Kartoffeln gekocht und das Brot für die Kinder geschnitten hatte, noch Zeit zum Ausruhen, bevor sie zum Abenddienst wieder ins Krankenhaus musste. Die Handvoll Kichererbsen würde sie einweichen, um sie am kommenden Tag zu kochen, damit sie nach dem Abenddienst nichts mehr erledigen musste und endlich schlafen gehen konnte. Zu dritt gingen sie durch die schmalen Gassen, aus denen das Tageslicht zu dieser Stunde an einem Dezembertag floh und in denen sich die Kälte breitmachte, als wäre sie der ärgste Feind der Elenden. Dolors ging voran, die beiden Kinder hinter sich, schweigsam. Zu Hause würden sie wahrscheinlich eine Schimpftirade über sich ergehen lassen müssen, oder aber sie hätten Glück, und Dolors würde sich um das Abendessen kümmern und die Sache darüber vergessen. Sie kamen an ein paar Geschäften vorbei, deren Eigentümer ihre Ware bereits ins Innere brachten und sich selbst in den Wohnbereich zurückzogen. Manche schlossen ihre Geschäfte schon früh und hatten nicht mehr viel zu tun, außer zu Abend zu essen und dann schlafen zu gehen. Vielleicht hatten sie das Glück, sich an jemanden schmiegen zu können, der neben ihnen lag und nachts das Bett zumindest ein bisschen wärmte. Nicht wie Dolors, die seit Jahren schon niemanden mehr hatte, an den sie sich kuscheln konnte, bis auf ihre Tochter.

Als sie an der Haustür ankamen und Dolors nach dem Schlüssel kramte, um aufzusperren, spürte sie plötzlich Lluís an ihrer Seite. Er klammerte sich an ihren Rock und fragte: »Ist meine Mutter eine Hure?«

Dolors zuckte zusammen.

»Wer hat das gesagt?«

Ihre Tochter war schneller: »Das hat der älteste Sohn von den López gesagt. Er meinte, alle wüssten das.«

»Na, dann werde ich wohl ein paar Worte mit seiner Mutter wechseln, wenn ich sie das nächste Mal sehe. Sie soll sich gefälligst um ihre eigenen Angelegenheiten kümmern.«

»Aber stimmt es? Weißt du das?«, bestand der Junge auf einer Antwort.

Dolors öffnete die Tür und ging hinein, die Kinder folgten ihr. Sie hielt kurz inne und wandte sich dann Lluís zu. »Denk nicht weiter darüber nach, mein Sohn.« Sie hob einen Finger. »Hört auf mich. Lasst euch nichts von diesen Einfaltspinseln sagen. Das sind Kinder, die keine Ahnung haben. Und du, Lluís, wärst gut beraten, wenn du nicht immer sofort Streit anfangen würdest, wenn sie dich ärgern!«

Dolors nahm den Korb in die Hand und stieg die Treppenstufen bis zum vierten Stock hinauf, wo sie ihre winzige Wohnung betraten, die aus zwei Zimmern und einer kleinen Küche bestand.

Die Kleine trug Kleider mit Spitze und Stickereien, die ihre Mutter in den Monaten vor ihrer Geburt mit viel Liebe genäht hatte. Auch die Tanten hatten ihren Teil zur Ausstattung beigetragen, die beinahe der einer Königstochter glich. Zudem hatte Aurora Rovira den Anstand gehabt, als bildschönes, rundes und gesundes Kind zur Welt zu kommen, so als würde sie einem Artikel in den Illustrierten über Perfektion entspringen. Llorenç, der Sohn des Hauses, ging häufig zu dem Bündel aus Spitze und Stickerei und betrachtete die rosigen Wangen, die das Gesicht überstrahlten. Das Mädchen konnte kaum die Augen öffnen. Lange ließen sie ihn nie an ihrer Seite gewähren. »Sie ist noch zu klein«, sagten sie ihm, »wenn sie ein bisschen größer ist, kannst du sie auf den Arm nehmen.« Aber der Junge war nicht sonderlich interessiert daran, er war nur ein bisschen neugierig. Es war nicht auszumachen, ob er so etwas wie Liebe oder gar Eifersucht für diesen Neuankömmling im Hause empfand. Mit sechs, fast schon sieben Jahren war Llorenç ein schüchterner, in sich gekehrter Junge, der vor allem in Ruhe gelassen werden wollte. Und die Ankunft seiner kleinen Schwester hatte genau dies bewirkt. Auch wenn dieser Wunsch nach Ruhe nicht unbedingt die Tanten und die Freundinnen seiner Mutter betraf, sondern vielmehr dem Vater galt. Es war beinahe unmöglich, seinem ernsten Blick zu entrinnen, unter dem sich Llorenç immer sehr, sehr klein fühlte.

Es waren nur noch ein paar Tage bis Weihnachten, und der Junge fühlte, wie die Ungeduld in ihm aufstieg. Ihm war, als würde sie ihn von innen her auffressen. Wenn sein Wunsch in Erfüllung ginge, bekäme er in der Weihnachtsnacht eine Märchensammlung mit Farbillustrationen. Die Texte müsste er zusammen mit seinem Lehrer entziffern, denn auch wenn er bereits einige Wörter erkannte und sie zu einem Satz zusammenfügen konnte – besser als jedes andere Kind in seinem Alter, zumindest hatte man ihm das gesagt –, so wollte er die neuen Geschichten doch ganz genau verstehen. Außerdem erklärte Ripoll so gut. Er würde sich noch ein paar Tage gedulden müssen, bis der Lehrer wieder vom Land zurückkam, wohin dieser für ein paar Tage verreist war. Bis dahin würde Llorenç sich also mit den Farbillustrationen begnügen müssen, und vielleicht würde er sogar versuchen, eine davon abzuzeichnen, um sie seinem Lehrer bei der Rückkehr zu schenken.

Llorenç hatte ein wenig Angst vor dem kommenden Jahr, denn dann würde sein Lehrer nicht mehr zu ihm nach Hause kommen, und er selbst würde stattdessen die Jesuitenschule in Sarrià besuchen. Der Vater sprach von nichts anderem mehr. Das machte Llorenç so nervös, dass er Herzrasen bekam. Der Junge hatte kaum Umgang mit anderen Kindern – nur mit seinen Cousinen, und die waren derart mit dem gemeinsamen Spiel beschäftigt, dass sie ihn links liegen ließen. In der Schule würde er von Dutzenden Kindern umgeben sein, und er wusste nicht, wie er mit ihnen umgehen sollte, was er ihnen erzählen sollte, was er sagen durfte. Und erst die Lehrer, die würden bestimmt nicht so herzlich und nachgiebig sein wie sein geliebter Ripoll. Aber ein Junge wie Llorenç, der von einer für sein Alter unüblichen Reife geprägt war – jedenfalls sagten das die Erwachsenen –, nahm das Leben, wie es war, und akzeptierte die von ihm verlangten Dinge.

Ab und zu öffnete seine Schwester die Augen, und dann staunte Llorenç, wie tiefblau sie waren. Aber er bezweifelte, dass Aurora wirklich schon etwas sehen konnte, denn wenn er sich an die Wiege stellte, bewegten sich die Pupillen nach rechts und links, als ob ihr Blick an ein Insekt geheftet war, das über ihrer Wiege herumschwirrte und das nur sie sehen konnte.

Als die Tanten gegangen waren, schickte Eulàlia ihren Sohn Llorenç ins Spielzimmer, weil sie ein paar Minuten mit ihrer Tochter alleine sein wollte. So viel Besuch schmeichelte ihr zwar, aber er hielt sie auch davon ab, Zeit mit ihrer Tochter zu verbringen. Sie rückte die Wiege ans Fenster, neben den Stuhl im Erker, auf dem sie für gewöhnlich saß, und das letzte Abendlicht floss um das kleine Engelsgesicht. Sie schaute kurz zur Tür, in der Hoffnung, dass die Amme noch beschäftigt wäre und noch eine Weile brauchte. Sie hätte gerne mehr solcher unbeobachteter Augenblicke gehabt. Denn nur dann konnte sie jedes Detail dieses kleinen unruhigen Körpers betrachten. Die kleinen Ärmchen befreiten sich immer wieder von der Decke, als ob sie gegen die Spitze ankämpfen wollten, in der sie gefangen waren. Mit erhobenen Fäustchen drehte das Kind seinen Kopf auf die Seite und atmete ruhig. Alle bestaunten ihr perfektes Gesicht. Wenn Darius bloß bemerkt hätte, dass seine Frau in diesen Tagen, in denen die Familie um ein Mitglied reicher geworden war, ein bisschen mehr Zuneigung und Zärtlichkeit von ihm benötigte, wäre Eulàlia uneingeschränkt glücklich gewesen. Aber so ist Darius nun mal nicht. Und er hat auch immer viel zu tun. Er ist so ein guter Arzt, dass er mit den Gedanken eigentlich stets bei seinen Patientinnen ist. Eulàlia Rovira, die Erbin der Familie Moragues, war so sehr daran gewöhnt, ihren Mann bei den zahlreichen Gästen zu entschuldigen, die sie alleine umsorgte – er ist ein vielbeschäftigter Mann, wenn er nicht gerade Visite im Krankenhaus hat, dann schließt er sich in seiner Praxis ein oder untersucht einen Fall, was will man da machen? –, dass ihr dieselben Entschuldigungen als Erklärung dafür dienten, dass er nachts keine Zeit für sie hatte, dass er sie weder streichelte noch umarmte wie früher.

Zumindest an diesem Abend war er die ganze Zeit an ihrer Seite, denn ihr Patenonkel kam zum Abendessen. Und wenn Darius sich etwas nicht entgehen ließ, dann war es der Besuch von Bartomeu Robert. Eulàlia strich Aurora über die Wangen, während sie darüber nachdachte, wie sehr Darius diesen Mann bewunderte, der sein Lehrmeister gewesen war und der die beiden miteinander bekannt gemacht hatte. Wer hätte gedacht, dass ihr Patenonkel, der immer viel um die Ohren hatte, eines Tages mit diesem Studenten bei ihr aufkreuzen würde, der sie sofort für sich einnahm? Es war zwar schon ein paar Jahre her, dennoch hatte Eulàlia den ersten Eindruck, den Darius auf sie gemacht hatte, nicht vergessen. Damals war er noch ein Fremder für sie. Ihr Patenonkel hatte ihn als einen seiner besten Studenten, den er jemals unterrichtet hatte, vorgestellt, einen jungen Mann mit Zukunft, obwohl niemand so recht wusste, aus welcher Familie er eigentlich stammte, da er weder aus Barcelona kam noch einen bekannten Nachnamen trug. Aufgrund der guten Referenzen ihres Patenonkels gaben ihre Tanten trotz dieses kleinen Makels ihr Einverständnis, den angehenden Arzt zu heiraten. Er hatte zwar kein Geld, sie aber schon, und er kam zwar nicht aus gutem Hause, sie aber schon, und Eulàlia wünschte sich ihn von ganzem Herzen. Während Darius ihr den Hof machte, lernten sie sich besser kennen. Es wurde deutlich, dass er einen perfekten Ehemann abgeben würde, so aufmerksam, so makellos gekleidet, so gebildet, offensichtlich in sie verliebt, wie er war, ganz abgesehen von seiner Zukunft als Arzt, die ihn laut Bartomeu Robert erwartete. Eulàlia Moragues konnte kaum glauben, dass ein so gebildeter und vielversprechender Mann sich in sie verguckt hatte, ganz gleich, wie groß ihr Erbe war. Und es war alles gut gegangen, so wie sie es sich vorgestellt hatte. Als sie jedoch das erste Kind, Llorenç, auf die Welt gebracht hatte, verschloss sich Darius plötzlich hinter einer harten Schale, warb nicht länger um sie. Jedes Mal, wenn Eulàlia ihren Sohn ansah, wurde ihr bewusst, wie viel Zeit bereits vergangen war, seitdem ihr Mann sie nicht mehr so liebte wie früher. Es war fast schon ein Wunder gewesen, dass sie ein zweites Kind zur Welt brachte. Sie konnte die Male an einer Hand abzählen, an denen ihr Mann nach dem ersten Kind Verlangen nach ihr hatte. Wenn sie daran dachte, überkam sie die Sehnsucht eines verletzten Hundes, und damit brachte sie Darius jedes Mal auf die Palme. Er wies sie dann unruhig zurecht: »Du bist doch kein Kind mehr, hör auf, so eigensinnig und weinerlich zu sein. Du denkst, dass du immer noch ein Mädchen bist, das umworben wird, aber dafür sind wir zu alt«, sagte er zu ihr. »Du weißt ganz genau, dass ich anderes zu tun habe. Und du auch. Die Kinder bescheren dir doch genug Ablenkung! Eulàlia, meine Liebe«, fügte er mit Missfallen hinzu, »hör um Gottes willen endlich auf, dich wie ein Kind zu benehmen.« Und wahrscheinlich, so dachte sie, hatte Darius recht.

Wie immer kam Bartomeu Robert auf die Minute genau und konnte so Aurora noch zu Gesicht bekommen, bevor die Amme sie zu Bett brachte.

»Wie hübsch, Eulàlia!«, sagte er zu seiner Patentochter, die ihm das Neugeborene im Arm der Amme zeigte. Sie rückte die Schleifchen gekonnt zurecht und wies die Amme an, ihre Tochter in die Wiege zu legen. Dann hakte sie sich bei ihrem Patenonkel ein, und zusammen gingen sie in den Salon, wo Darius schon auf sie wartete. Er hatte seine Arbeit früher beendet als an einem normalen Tag, was er immer machte, wenn er wusste, dass Robert zu Besuch kam. Als seine Ehefrau und sein Lehrmeister in den Salon traten, erhob er sich. Äußerst respektvoll und höflich, wie er sich immer in Gegenwart von Bartomeu Robert gab, streckte er ihm die Hand entgegen. Dieser ergriff sie freudig.

»Darius, du bist ein beneidenswerter Mann! Erst der Junge und jetzt das Mädchen!«, beglückwünschte er ihn entzückt.

Bis es Zeit fürs Abendessen war, saßen sie zusammen im Erker. Es geschah nicht oft, dass sie Besuch von Eulàlias ehrenwertem Patenonkel erhielten, vor allem in letzter Zeit nicht, denn Robert war ein vielbeschäftigter Mann. Seitdem Darius ihn zum ersten Mal in der Medizinischen Fakultät getroffen hatte, kannte er ihn nicht anders: Wenn es nicht die Lehre war, dann waren es die Kranken im Santa Creu, und wenn nicht diese, dann die seiner Privatpraxis. Außerdem schrieb Robert andauernd an einem Artikel, und seit einiger Zeit war auch die Politik ein tagtäglicher Zeitvertreib für ihn geworden. Eulàlia und Darius waren immer gut informiert, sowohl durch die Tageszeitungen als auch durch Bartomeu selbst.

Eulàlia dachte traurig, dass ihr Patenonkel sich seit dem Tod seiner Frau zu sehr abmühte. Sie wusste, seine Töchter kümmerten sich um ihn, aber sie bezweifelte, dass ihr Patenonkel genügend aß und schlief – schließlich war er ständig gefordert! Ach, was waren das für Zeiten! Vor gerade einmal einem Monat musste der Patenonkel sein Bürgermeisteramt niederlegen. Er hatte dem Druck der Zentralregierung in Madrid nachgeben müssen, die mit ihrer absolut unfairen Steuer dafür gesorgt hatte, dass etliche Händler Barcelonas für das auf die Straße gingen, was als »Kassenschluss« in die Geschichte einging. Bartomeu Robert hatte sich für die Position der Händler ausgesprochen, doch nach einer vehementen Auseinandersetzung mit den Streitkräften war er zum Aufgeben gezwungen.

Als könnte Bartomeu Robert die Gedanken seiner Patentochter lesen, die sich neben ihn gesetzt hatte, lächelte er ihr zu. »Dieses Weihnachten werde ich brav sein«, versicherte er ihr. »Die Lage hat sich ein wenig entspannt, sodass ich Zeit zum Nachdenken und Ausruhen haben werde.«

»Das war dir ja auch den ganzen Herbst über nicht vergönnt, Onkel!«, beklagte sich Eulàlia.

Bartomeu gab ihr recht, dann wandte er sich Darius zu, um ihm noch einmal die jüngsten Ereignisse zu erläutern. Vielleicht war das seine Art, damit umzugehen, dachte Eulàlia, es langsam zu akzeptieren, denn schließlich war alles sehr schnell gegangen in den letzten Tagen im Amt. Sie ließen ihn erzählen.

»Kaum war ich aus Camprodon zurück, fand ich mich nach ein paar Tagen in Sitges in der befürchteten Situation wieder: Kassenschluss. Was tun? Es war kaum zu vermeiden gewesen. Ich hatte ja bereits mit den Händlern gesprochen, und in Madrid hatte man weiterhin auf die von Villaverde ins Leben gerufene Steuer gepocht, sodass es gar nicht anders kommen konnte. Außerdem hatte ich den Geschäftsleuten bereits meine Unterstützung zugesagt, die sie woanders nicht bekamen. Mein Gott, wie kann man nur die spanischen Staatsschulden, die durch das schändliche Desaster in Kuba entstanden sind, mithilfe einer Steuer auf den Handel verringern wollen? Was hat man sich dabei bloß gedacht? Wahrscheinlich, dass alle schön die Füße stillhalten!«

»Reg dich nicht so auf, Bartomeu, das ist doch alles längst Vergangenheit«, sagte Eulàlia, als sie sah, wie sich ihr Patenonkel in Rage redete.

»Aber du hast doch nur getan, was getan werden musste«, warf Darius ein.

Bartomeu Robert starrte auf einen Punkt in weiter Ferne durch das große Fenster, von dem aus man die Menschen in der abendlichen Stadt gut beobachten konnte. Die Geschäfte auf der Rambla de Catalunya waren bereits geschlossen. Die Menschen eilten zu Fuß nach Hause zum Abendessen mit der Familie, jeder in Gedanken und mit ganz eigenen Sorgen beschäftigt. Bartomeu war müde, und doch konnte er nicht umhin, ständig an die Geschehnisse der vergangenen Monate zu denken. Er ging sie immer wieder durch, diese Katastrophe, die in eine Kriegserklärung von Seiten der Regierung in Madrid gemündet hatte. Ein paar Panzerkreuzer im Hafen von Barcelona als Nötigung. Dann die Liste, auf der sich etliche Namen von ihm bekannten Händlern wiederfanden, gutgläubige Menschen, die ihre Geschäfte geschlossen hatten, um so gegen eine neue ungerechte Steuer zu protestieren, die sie nicht zahlen wollten, zu deren Unterschrift er in seiner Funktion als Barcelonas Bürgermeister jedoch durch einen königlichen Erlass gezwungen worden war. Menschen, die er auf gewisse Weise enttäuscht hatte, denn er hatte die Regierung in Madrid zu keinem Eingeständnis drängen können. Auch wenn er von seinem Bürgermeisteramt zurückgetreten war und dafür viel Zuspruch erhalten hatte, war er ganz und gar nicht zufrieden. Er unterbrach sich in seinen Gedanken. »Es gibt noch so viel zu tun in Madrid. Den Besuch bei der Königin hätten wir – Torres, Rusiñol, Lluís Domenèch, Camps und ich – uns auch sparen können. Sie hat uns zwar aufmerksam zugehört, aber trotzdem hat Silvela uns jedes Entgegenkommen verwehrt.«

Er schüttelte niedergeschlagen den Kopf.

»Sag das nicht«, warf Eulàlia rasch ein. »Als du aus Madrid wiedergekommen bist, hat eine riesige Menschenmenge am Bahnhof auf dich gewartet, zu deiner Unterstützung. Und das kannst du wohl kaum verneinen.«

»Eulàlia, er meint, dass man in Madrid den Forderungen der Katalanen kein Gehör schenken will«, unterbrach Darius sie, offensichtlich kurz davor, die Geduld zu verlieren. Er konnte es nicht ausstehen, wenn Eulàlia den Fehler beging, Bartomeu bei der Erläuterung von politischen Angelegenheiten zu unterbrechen. Das gehörte sich nicht, das musste sie doch merken. Eine Frau wie sie war nicht auf dem Stand der Dinge und blamierte sich vor jemandem wie seinem Lehrmeister doch nur. Dennoch musste Darius seine Verachtung über die Äußerungen seiner Ehefrau zurückhalten, weil er wusste, dass Robert ihr alles durchgehen ließ, so wie alle.

Bartomeu Robert legte seine Hand auf die von Eulàlia, eine zärtliche Geste, dann sagte er zu Darius: »Eulàlia hat schon recht. Wenn wir etwas erreicht haben, dann doch, dass wir eine gewisse Einigkeit innerhalb unserer Entrüstung gefunden haben. Es kommt mir so vor, dass wir jetzt zumindest, trotz aller Unterschiede, die in unserer Gesellschaft vorherrschen, und trotz aller unterschiedlichsten Interessen, bei den wichtigsten Fragen als Katalanen zusammenhalten. Allen ist klar, dass man in Madrid weder etwas verändern will noch uns etwas verändern lässt. Wir müssen vor Ort unsere Kräfte bündeln, um eine gewisse Eigenständigkeit in bestimmten Fragen zu erreichen. Nur so kommen wir da wieder raus. Dieser Linie werde ich mit allem Nachdruck folgen.«

»Du sagst also, dass du es nicht gut sein lassen willst mit der Politik?«, hakte Eulàlia besorgt nach.

Bartomeu lachte.

»Nein, meine Liebe. So weit bin ich noch lange nicht. Es gibt viel zu tun …«, antwortete er.

In dieser Hinsicht war Darius ganz anders als sein Lehrmeister. Er hielt nicht viel von Politik und würde auch nie in die Politik gehen. Er hatte schon genug zu tun im Krankenhaus und mit seiner Privatpraxis. Dank dieser häufte er nicht nur Schritt für Schritt ein Vermögen an, sondern gewann auch immer mehr an Ansehen. Politik brachte hingegen nichts als Probleme und Auseinandersetzungen, mit denen er nichts zu tun haben wollte. Die Presse verfolgte er aufmerksam, um auf dem Laufenden zu sein und etwas zu den Gesprächen mit Bartomeu Robert beitragen zu können oder um am Mediziner-Stammtisch teilnehmen zu können, den er ab und zu aufsuchte. Politik mochte kleidsam sein, beendete aber jedes Ansehen. Darius Rovira sah keinen Sinn darin, für etwas anderes zu kämpfen und seine Kräfte zu verschwenden als sein eigenes Wohlergehen. Er sah zerstreut zum Fenster hinaus, beobachtete, wie das letzte Abendlicht über die Flachdächer der Gebäude in der Rambla de Catalunya strich und so eine Art türkisfarbene Aura bildete, die von einem tiefen Schwarz umrandet wurde. Als er über das am Morgen in der Zeitung Gelesene nachdachte, sagte er: »Ich glaube, der Kriegszustand wird in ein paar Tagen aufgehoben.«

Robert bestätigte dies und unterstrich seine Aussage damit, dass die eingesperrten Händler bereits vor einigen Tagen wieder freigelassen worden waren.

Das Hausmädchen steckte den Kopf zur Tür herein, um der Dame des Hauses Bescheid zu geben, dass das Abendessen bereitstünde. Das Ehepaar Rovira und ihr Gast erhoben sich und gingen mit Vorfreude auf ein leckeres Mahl zum Esstisch. Eulàlia war immer sehr bedacht darauf, eines der Lieblingsessen ihres Patenonkels zubereiten zu lassen. Die Köchin hatte zwar kein Händchen für raffinierte Speisen, doch aber eines für die einfache Küche, und die mochte Bartomeu Robert. Als Vorspeise gab es kalte Platten, danach wurde der Braten mit Trockenobst und Soße serviert. Das Dessert hatte sie in ihrer Lieblingskonditorei in Auftrag gegeben, ein Vorgeschmack auf die vielen Süßigkeiten, die den Weihnachtstisch in ein paar Tagen füllen würden.

Während der Vor- und der Hauptspeise war das Gespräch sehr heiter, beim Dessert jedoch brachte Darius das Thema der Matrosen auf den Tisch, die er vor einigen Tagen auf der Rambla beobachtet hatte, die Heimkehrer aus Kuba, und wie diese die Säle im Krankenhaus füllten. Der Blick ihres Patenonkels verdüsterte sich zu Eulàlias Missfallen wieder.

»Das Krankenhaus ist in einem alarmierenden Zustand.« Er schüttelte den Kopf, um seinen Worten Nachdruck zu verleihen. »Die Bettenreihen stehen eng an eng, es fehlt überall an Platz. Jetzt sind es diese armen Soldaten, dann wieder sind es die vielen Fabrikarbeiter, die die Krankensäle füllen. Dabei ließen sich die Krankheiten so einfach vermeiden, wenn diese armen Menschen nur nicht unter so schlechten Hygienebedingungen leben müssten. Mein ganzes Leben lang kämpfe ich jetzt schon gegen Epidemien, die diese Stadt regelmäßig überrollen. Es stimmt, zumindest ein paar Hygienemaßnahmen wurden schon getroffen, es ist auch besser um uns bestellt als noch vor ein paar Jahren. Aber noch haben wir einen langen Weg vor uns, bis wirklich alle ein würdevolles Leben führen können. Die Lösung des Problems wird nicht sein, einfach mehr Betten im Santa Creu aufzustellen, sondern die aus Hygienemangel und extremer Armut resultierenden Krankheiten einzudämmen. Es muss endlich Strom in den Häusern geben! Und in den Fabrikanlagen und Werkstätten fehlt eine gute Belüftung. Außerdem dürften Kinder nicht länger dieser Art von Arbeit nachgehen, ihr Körper ist dafür nicht gemacht.«

»Du hast recht, Bartomeu. Im Krankenhaus kommen wir Ärzte gar nicht hinterher. Es muss etwas geschehen!«, stimmte Darius ihm zu.

»Es macht mir Sorgen, dass einige Ärzte im Santa Creu kaum Zeit für ihre Patienten mitbringen«, antwortete ihm Robert nachdenklich. »Es gibt so viele Ärzte, die einfach viel zu schnell sind. Und das ist nun wirklich nicht angebracht. Mir sind Fälle zugetragen worden, bei denen nicht einmal die Medikamente auf der Krankentafel notiert werden. Das Ergebnis ist dann eine fehlerhafte Behandlung. Jedem Kranken muss ausreichend Zeit gewidmet werden, damit die Genesung schneller und effizienter vonstattengeht. Wir alle müssen unseren Teil dazu beitragen, damit kleine Wunder geschehen, auch in diesen schweren Zeiten.«

Darius war sich nicht sicher, ob er sich angesprochen fühlen sollte, denn er nahm sich meistens nicht so viel Zeit wie andere Ärzte. Er ging nicht weiter darauf ein und konzentrierte sich bei seiner Antwort auf die Mängel im Krankenhaus. Jetzt fühlte Darius sich wohl, denn Eulàlia konnte zu diesen Themen nun wirklich nichts beitragen. Über die Ereignisse im Krankenhaus und die dortigen prekären Verhältnisse wusste sie nichts, sie hatte es noch nie betreten. Deswegen konnte sie auch nichts dazu sagen. Also versuchte Darius, dieses Thema so oft wie möglich aufs Tapet zu bringen, damit seine Frau zum Schweigen verdonnert war. Entsprechend entspann sich das Gespräch nur zwischen den beiden Männern, und Darius genoss es, seinen Lehrmeister für sich alleine zu haben.

Nach dem Abendessen gingen sie wieder zurück in den Salon, wo das Hausmädchen dampfenden Kräutertee in der Porzellankanne servierte. Robert machte es sich dort gemütlich, wo er schon vorher gesessen hatte. Er fühlte sich wohl im Hause des jungen Ehepaars. Was hatte er sich gesorgt, als Eulàlia Vater und Mutter verlor! Natürlich hatten sich ihre Tanten liebevoll um sie gekümmert, aber er war es gewesen, der ihr zu einem gut situierten Ehemann verholfen hatte. Er wusste es an dem Tag, an dem er beide miteinander bekannt gemacht hatte. Er hatte es in den Augen seiner Patentochter gesehen, die förmlich riefen: Lieber Onkel, das ist der Mann, den ich will! Bartomeu Robert hatte mit den Tanten gesprochen, denn die sahen in Darius anfangs nur einen Unbekannten, der ihrer nicht würdig war, einen Niemand, der nur hinter Eulàlias Geld und seinem eigenen sozialen Aufstieg her war. Bartomeu Robert jedoch sah in dem Studenten einen vernünftigen Mann, vielleicht ein wenig ehrgeizig, aber ehrlich und fleißig. Er war dann tatsächlich der Beste seines Jahrgangs gewesen und hatte sich gut gemacht als Arzt. Daran zweifelte er nicht im Geringsten. Jetzt, einige Jahre nach der Heirat, wo er Eulàlia glücklich mit ihrem zweiten Kind sah, war er überzeugt davon, gut daran getan zu haben, die beiden miteinander bekannt zu machen und ihnen den Weg zu ebnen. Er beobachtete das junge Paar, machte es sich mit seinem Tee bequem, der ihm wieder neues Leben einhauchte und alles möglich erscheinen ließ. Er entschloss sich, ihnen von der neuesten Wendung zu erzählen: von dem neuen Wohlfahrtskrankenhaus, das in den kommenden Jahren in Barcelona gebaut werden sollte.

»Es wird Sant Pau heißen, so wie der wohltätige Spender es in seinem Testament festgelegt hat. Es handelt sich um einen katalanischen Bankier, Pau Gil, der viele Jahre in Paris gelebt hat. Dort ist er vor einiger Zeit gestorben; glücklicherweise hat er seine Geburtsstadt aber nie vergessen. Er besaß ein stolzes Vermögen, und in seinem Testament hat er einen Großteil davon für den Bau eines neuen Krankenhauses für die Armen Barcelonas eingesetzt. Er wollte wohl nichts dem Zufall überlassen, denn in dem Dokument ist alles bis ins Detail geplant. Seine Testamentsvollstrecker sind dafür verantwortlich, dass sein letzter Wille erfüllt wird. Sie sollen ein Krankenhaus innerhalb oder außerhalb der Stadt bauen, und zwar nach den neuesten europäischen Standards. Das wird die Not der armen Kranken unserer Stadt lindern.«

Robert hielt einen Augenblick lang nachdenklich inne.

Darius nutzte die Gelegenheit, um nachzuhaken: »Weiß man denn schon, wo es gebaut werden soll?«

»Sie haben ein Grundstück in Sarrià gekauft ... Noch steht es nicht ganz fest. Im September wurde die Ausschreibung veröffentlicht. Momentan liegt es an einer Gruppe von Architekten, die die eingereichten Projekte sichten und das auswählen muss, das den Zuschlag erhält«, antwortete er.

Robert schien von alldem nicht sonderlich überzeugt. Grübelnd zwirbelte er seinen Schnurrbart. Schließlich hob er den Kopf. »Auf jeden Fall glaube ich, dass es sich hierbei um eine großartige Möglichkeit für das Santa Creu handelt.«

»Was soll das heißen?«, fragte Eulàlia verwirrt.

Robert lehnte sich ein wenig zu ihr. »Irgendwie muss ich die beiden Dinge zusammenbringen, die Testamentsvollstrecker des Bankiers Gil und unser altes Krankenhaus. Das Santa Creu ist in Besitz eines Grundstücks im Viertel Sant Martí de Provençals, dort soll irgendwann ein neues Krankenhaus entstehen. Die Überlegung ist, das Gebäude in der Carrer de l'Hospital zu verlassen. Allerdings fehlt es dem Santa Creu an Geld, sodass es im Alleingang nicht dazu kommen wird.«

Darius zündete sich eine Pfeife an, zog ein paarmal daran und ließ kleine Rauchwölkchen im Raum aufsteigen. Dann sagte er: »Ich verstehe. Sie meinen, dass das Santa Creu sein Grundstück beisteuern könnte, sodass zusammen mit dem Erbe des Bankiers Gil das neue Hospital de la Santa Creu gebaut werden kann.«

»Man müsste sicherlich das ›Sant Pau‹ mit in den Namen aufnehmen«, meinte Bartomeu Robert, »oder man müsste zwei Krankenhäuser auf demselben Grund und Boden erbauen, eines mit dem Namen Sant Pau und das andere mit dem Namen Santa Creu. Ein Gemeinschaftsprojekt, so sehe ich es zumindest. Und verwaltet wird es dann vom Santa Creu.«

Es war offensichtlich, dass Robert sich bereits Gedanken gemacht hatte. Darius kannte seinen Lehrmeister gut, weswegen er auch davon ausging, dass dieser bereits irgendetwas in die Wege geleitet hatte.

Als hätte Eulàlia nun alle Zusammenhänge verstanden, rief sie: »Das ist eine großartige Idee! Sicherlich wird man dir recht geben.«

Darius sah sie mit vernichtendem Blick an, als wolle er ihr sagen: Weib, warum mischst du dich überhaupt ein? Doch schon sprang Robert ihr zur Seite: »Ja, das ist wirklich eine hervorragende Idee.«

Natürlich war es nicht ganz so einfach. Robert bereitete es Sorgen, dass die Testamentsvollstrecker des Bankiers sich dem exakten Wortlaut des Testaments verschrieben hatten – mit all seinen Details. Die Vorgaben waren zu genau, die Vorschriften über das weitere Vorgehen zu streng. Es gab eine ganze Reihe von Hindernissen, so wie zum Beispiel die obligatorische Ausschreibung sowohl für das Bauprojekt als auch für das Grundstück selbst, oder die Tatsache, dass die Verwaltung zunächst der Stadt angeboten werden musste. All das bedeutete Schwierigkeiten für das Santa Creu, die sich nur mit Geduld und Hartnäckigkeit lösen ließen. Ein erster Versuch war gescheitert, dennoch ließ man sich nicht unterkriegen. In einem ersten Schritt, noch bevor sich die Testamentsvollstrecker für das Grundstück in Sarrià entschieden hatten, war der Domherr Bassart, einer der Verwalter des Santa Creu, zu Herrn Silvatte gegangen, einem von Gils Testamentsvollstreckern, um diesem das Grundstück des Santa Creu in Sant Martí de Provençals anzubieten. Jedoch war dieses Angebot ausgeschlagen worden, da man darauf pochte, den Anweisungen des Verstorbenen zu folgen. Doktor Robert aber wollte sich nicht geschlagen geben. Die eklatanten Mängel des alten Krankenhauses der Stadt motivierten ihn, es weiterhin zu versuchen, so lange, bis eine Entscheidung gefällt wurde. Diese Intuition, diese Klarheit war ihm ein ständiger Begleiter in seinem Leben und hatte ihn schon zu vielen Initiativen verleitet. Seine innere Stimme brachte ihn dazu, immer eine Lösung für die Probleme zu finden, die sein altes und geliebtes Krankenhaus plagten.

Eulàlia runzelte über die Sorgen ihres Patenonkels die Stirn. Sie kannte den mürrischen Ausdruck in seinem Gesicht und machte sich Gedanken um seine Gesundheit. Wenn er nur auf seine Töchter hören und ein bisschen mehr auf sich achten würde, wenn er nicht den ganzen Tag mit den Gedanken bei der Arbeit wäre, sondern sich auch Zeit nehmen würde, um sich auszuruhen, zu essen und ordentlich zu schlafen, so wie es sich für sein Alter gehörte … Eulàlia bekam Bauchschmerzen, wenn sie daran dachte, dass ihr Patenonkel bereits fünf Kinder zu Grabe getragen hatte. Wie einsam er sich wohl seit dem Tod seiner geliebten Rosita fühlte! Dennoch musste man ihn dafür bewundern, wie sehr er sich seiner Arbeit hingab, dem Studium der Medizin, er würde nie damit aufhören. Und sie musste zugeben, dass es wahrscheinlich gerade all diese Ideen und Projekte waren, die ihren geliebten Patenonkel dazu brachten, jeden Tag von Neuem aufzustehen und zu kämpfen.

Es war schon spät, als er sich verabschiedete. Der Kutscher wartete unten auf ihn, Eulàlia wollte ihn bis zur Tür begleiten.

»Du darfst das Haus noch nicht verlassen, Eulàlia«, sagte ihr Ehemann forsch.

Sie jedoch wandte sich an Bartomeu, um seine Zustimmung zu erhalten: »Nur einen Augenblick, ein bisschen frische Luft wird mir schon nicht schaden.«

Arm in Arm gingen sie langsam die Treppenstufen hinunter, und als der Doktor die Tür öffnete, hielt er kurz inne.

»Bis hier, meine Liebe«, befahl er ihr. »Ich möchte nicht,

dass du dir meinetwegen eine Erkältung zuziehst. Noch bist du anfällig dafür. Und deinen Willen hast du ja bekommen!«

»Darius wird sich schon an mir rächen«, flüsterte sie ihm ins Ohr.

Bartomeu tat ihren Kommentar mit einem Kopfschütteln ab. »Hör auf deinen Mann, er will doch nur, dass es dir gut geht.«

»Das mach ich doch tagein, tagaus«, beschwerte sie sich mit brüchiger Stimme. »Aber er ärgert sich trotzdem immer über mich.«

Bartomeu dachte an seine Töchter, wie jung sie doch waren, und dass die Geburt letztendlich immer die Aufgabe der Frau war. Er klopfte ihr auf den Rücken und sagte: »Aber glücklich bist du, oder etwa nicht?«

Eulàlia senkte den Blick und vermied es, ihm in die Augen zu sehen. Sie machte einen Schritt zurück ins Haus und zwang sich zu einem Lächeln. »Aber natürlich. Wonach könnte ich mich mehr sehnen, jetzt, wo ich diese hübsche Tochter habe?«

Bartomeu Robert stieg in die Kutsche, welche die Rambla hinab im dichten Schwarz der Nacht verschwand. Dann stieg Eulàlia vorsichtig die Stufen bis zur ersten Etage hinauf, wobei sie tief durchatmete, um ihre Wut zu verscheuchen. Ach, Bartomeu, dachte sie, ich habe alles, von dem ich als Frau nur träumen kann. Aber mir fehlt ein wenig Zärtlichkeit. Als sie an der Wohnungstür angekommen war, wischte sie sich die Tränen aus dem Gesicht und dachte an etwas Schönes, denn sie wusste, dass hinter der Tür Darius auf sie wartete, um sie zu schelten, um auf ihr kindisches und unpassendes Verhalten – wie er es zu pflegen nannte – hinzuweisen. Es fiel ihr nicht schwer, denn am Morgen hatte sie endlich die Lösung für eines der Probleme im Haushalt gefunden: Sie hatte eine neue Köchin angestellt als Ersatz für die bisherige Köchin. Ganz allein hatte sie diese Entscheidung getroffen, das war ihr eigener kleiner Triumph. Darius, der sich normalerweise immer über das Essen zu Hause beschwerte und die Schuldige dafür in ihr sah, weil sie sich nicht der Haushaltsprobleme annahm, dürfte überrascht darüber sein. Und vielleicht, ja vielleicht würde er dann auch wieder etwas liebevoller mit ihr umgehen, so wie früher. Dieser Gedanke verlieh Eulàlia Kraft, und sie ging hinein.

In der Wohnung von Dolors hatte derweil die Verzweiflung Einzug gehalten. Maria konnte nicht aufhören zu weinen, seitdem ihre Mutter ihr und Lluís eröffnet hatte, dass sie eine neue Anstellung gefunden hatte. Zuerst waren die Kinder kreischend vor Freude in die Luft gesprungen. Juchhe, eine neue Anstellung für Mutter! Verdienst du dann mehr? Ist es weit weg? Dolors war ruhig geblieben, als ob sie den richtigen Augenblick abwarten wollte, aber sie wusste nicht, wo sie anfangen sollte. Schließlich machte sie es kurz und schmerzlos, es war besser, den Kindern ohne Umschweife die ganze Wahrheit zu sagen.

»Ich habe eine Anstellung als Köchin in einem wichtigen Hause der Stadt gefunden. Wir müssen also bald umziehen … schon in ein paar Tagen.« Dabei blickte sie zu Lluís, doch dann verließen sie ihre Kräfte. Sie senkte den Kopf und starrte auf ein Stück trockenes Brot, das auf dem Küchentisch lag, an dem sie zu dritt saßen. Als würde sie mit sich selbst sprechen, fügte sie hinzu: »Das ist eine Chance. So eine erhalte ich bestimmt nie wieder.«

Lluís musterte sie. Er war es, der zuerst bemerkte, dass irgendetwas nicht stimmte. Während Maria Fragen stellte, auf die sie keine Antworten erhielt, überlegte der Junge, weshalb die Amme seinem Blick auswich. Diese Frau, die zu ihm wie eine Mutter war, verschwieg etwas. Dann sah sie ihn an, und mit einem Mal wusste er es. Sein Herz machte einen Satz, und er hielt den Atem an, während er den Blick starr auf Dolors' Gesicht richtete. Dann wandte er den Kopf zum Fenster, das zum Innenhof des Gebäudes rausging. Ein Fenster, das sie niemals öffneten, damit der faulige, aus dem Innenhof zu ihnen hinaufsteigende Gestank sich nicht in ihrem kleinen Zuhause einnistete. »Aber ich komme nicht mit, richtig?«

Die Amme streckte ihm ihre Hand über den Tisch entgegen, aber er verschmähte sie. Durch das Schweigen der Mutter fiel es Maria wie Schuppen von den Augen.

»Das ist nicht wahr!«, schrie das Mädchen.

Die Mutter beugte sich zu ihr und versuchte, diesen ausgemergelten Körper zu beruhigen, der vor Wut und Ungläubigkeit bebte.

»Das ist nicht wahr! Das ist nicht wahr!«, schrie sie immer wieder.

Dolors musste sich zusammenreißen, damit die Kinder ihren Kummer nicht bemerkten, der sich in ihrem Innern breitgemacht hatte. Sie schaute zu Lluís, der mit gesenktem Kopf auf den Boden starrte, sie konnte seinen Gesichtsausdruck nicht erkennen.

»Mein Sohn«, sagte sie, »es ist einfach so passiert. Ich habe nicht danach gesucht. Die Oberköchin des Santa Creu hat mich im Hause Rovira empfohlen. Dort sucht man eine Köchin, und sie muss ein gutes Wort für mich eingelegt haben. Es ist eine wohlhabende Familie, die im reichsten Teil der Stadt wohnt. Nicht einmal im Traum hätte ich mir vorstellen können, eines Tages im Dienste einer solchen Familie arbeiten zu können!« Verzweifelt versuchte Dolors, es dem Jungen zu erklären. »Weißt du, was das für Maria und für mich bedeutet? Es bedeutet, dass wir endlich keine Geldnot mehr haben werden. Es bedeutet, dass ich eine gut bezahlte Arbeit habe, ein würdevolles Zuhause, ein besseres Leben für uns beide.«

»Und mich will dort niemand«, bekräftigte der Junge.

»Mein Sohn, du weißt, dass ich mich immer, so gut es mir möglich war, um dich gekümmert habe«, antwortete Dolors ihm mit bemüht ruhiger Stimme.

Der Junge seufzte, als wäre er ein alter Mann, ließ den Blick durch die Küche schweifen und richtete ihn dann wieder auf die Amme. Er schluckte. »Bringst du mich zurück ins Findelhaus?«

Dolors fasste sich ein Herz. Sie erklärte ihm, dass die Nonnen sie an die Wohlfahrt verwiesen hatten, welche für Findelkinder seines Alters zuständig war.

»Du wirst es dort gut haben«, versicherte sie ihm mit möglichst überzeugter Stimme. »Man hat mir gesagt, dass sie den Kindern dort das Schreiben und Rechnen beibringen. Du bist ein schlaues Kerlchen, das ist sicherlich nicht das Schlechteste für dich.«

Die Amme wollte ihren eigenen Worten Glauben schenken, sie wollte daran glauben, dass es Lluís bei der Wohlfahrt bestimmt gut gehen würde, dass man ihm dort Dinge ermöglichen würde, die sie ihm nicht bieten konnte, Schreiben und Lesen und alles, was notwendig war, damit er, wenn er groß war, vielleicht sogar einen Beruf ausüben könnte. Dolors klammerte sich an diesen Gedanken, um das alles zu überstehen. Sie musterte das Gesicht des Jungen auf der Suche nach einer Träne, nach irgendeinem Anzeichen für seine Gefühle, aber sie fand keins.

»Mir bleibt nichts anderes übrig, als dich zurückzubringen«, endete sie. »Das verstehst du doch, mein Sohn, nicht wahr?«

Lluís schluckte ein paar Tränen hinunter, die ihm die Kehle zuschnürten, und versuchte, sich zusammenzureißen. Die Amme, Maria, die Wohnung mit dem auf ewig verschlossenen Fenster, die zwei kleinen Zimmer, die sie unter sich aufteilten, die Straßen, der Krankenhausinnenhof. Er würde sich von einem Tag auf den anderen von dieser kleinen Welt verabschieden müssen.

»Das verstehe ich«, antwortete er.

Es ging alles so schnell, dass gar keine Zeit für noch mehr dramatische Szenen war. Am nächsten Morgen brachte Dolors Lluís zur Wohlfahrt. Maria war zu Hause geblieben, sie hatte sich eingeschlossen und wollte sich nicht einmal von ihrem Milchbruder verabschieden. »Ich kann nicht«, hatte sie geschluchzt, »ich kann nicht.« Die Amme hatte die Schatulle mit Lluís' Bleisiegel herausgekramt, das sie so viele Jahre aufbewahrt hatte. Dieses hängte sie ihm um den Hals, und mit etwas Anstrengung unterdrückte sie ein Schluchzen. Der Junge sah sie nicht an. Dann ließen sie Maria schluchzend in ihrem Zimmer zurück. Kurze Zeit später liefen die Amme und der Junge Seite an Seite durch die Straßen, wobei sie schwiegen, als wären sie auf dem Weg zu einer Beerdigung. Die Köpfe gesenkt, den Blick starr auf die Pflastersteine gerichtet, die sie in ihrem Alltag in den vergangenen, von gewissem Glück erfüllten sieben Jahren begleitet hatten. Als sie am Tor der Wohlfahrt angelangt waren, nahm die Amme ihn bei der Hand, so wie sie es getan hatte, als er noch klein gewesen war, und er ließ es mit sich geschehen. Sie ging sicheren Schritts hinein ins Gebäude, überzeugt davon, dass sie nicht mehr für ihn tun könne. O barmherziger Gott, gib auf den Jungen acht, den ich geliebt habe, als sei er mein eigener Sohn. Eine Nonne nahm die beiden in Empfang.

Als Dolors kurz darauf wieder auf dem Heimweg war, konnte sie sich den Gesichtsausdruck des Jungen bei ihrem Abschied voneinander nicht aus dem Kopf schlagen. Die Ordensschwester sagte, er solle sich bei seiner Amme bedanken, woraufhin er »Danke« gesagt hatte, mehr nicht. Es schien ihr, als hätte ihm für mehr die Kraft gefehlt, als hätte er nichts sagen können, ohne in Tränen ausbrechen zu müssen. »Eigentlich ist Lluís doch ganz anders«, sagte sie zu sich selbst, »er ist ein tapferer und schlauer Junge. Er wird bestimmt darüber hinwegkommen.« Während Dolors durch die engen Straßen lief, hob sie ab und zu den Kopf in Richtung Himmel: Lieber Gott, gib mir Kraft. Sie presste eine Hand auf ihren Mund, als könnte ihr jeden Augenblick das Herz herausspringen. Sie erinnerte sich an die Mutter des Säuglings, dem sie die Brust gegeben hatte. Sie erinnerte sich an das Versprechen, das sie sich selbst vor sieben Jahren gegeben hatte.

Sie war eine verheiratete Frau gewesen, die kurz vor der Geburt ihres ersten Kindes stand, und trotz eines sehr bescheidenen und arbeitsreichen Lebens war sie glücklich. Im Treppenhaus war sie häufig einer Nachbarin begegnet, die genau wie sie schwanger war. Vor einiger Zeit erst war diese hierhergezogen, sie hatte ein Zimmer in der Wohnung unter ihr angemietet. Sie war ungemein hübsch. Wenn Dolors mit ihrem Mann über sie sprach, nannte sie sie immer »die geheimnisvolle Frau«, denn niemand im Viertel wusste etwas über sie. Tomás machte sich darüber lustig und war der Meinung, dass sie wahrscheinlich vom Dorf käme, wo sie von irgendeinem Idioten geschwängert worden war, und sich nun mit einem unehelichen Kind herumschlagen musste. »Da gibt es kein Geheimnis, meine Liebe«, das sagte er. Aber die Frau war derart schön, dass Dolors sich gerne eine geheimnisvolle Herkunft ausmalte. Wenn sich beide Frauen auf der Treppe begegneten, sagte keine auch nur ein Wort. Dolors schenkte ihr immer ein freundliches Lächeln, auch wenn alle anderen im Haus sich nicht dazu herabließen, sie zu grüßen. Ganz allein mit dem großen Bauch, die Arme. Doch als auch Dolors' Bauch ein beachtliches Ausmaß angenommen hatte, walzte ihr eigenes Schicksal sie nieder. Tomás kam mit einer Erkältung nach Hause, aus der eine Lungenentzündung wurde. Sie war überzeugt davon, dass dieser Husten nichts Gutes bedeutete. Als sie ihn endlich dazu bewegen konnte, ins Krankenhaus zu gehen, hatte er schon einige Tage lang Blut gespuckt. Von da an bis zu seinem Tod eine Woche später nahm sie nichts mehr um sich herum wahr. Sie vergaß, zu essen und zu schlafen. Sie wachte über ihren Mann, sooft man es ihr erlaubte, und eines Morgens starb er. Und mit ihm starb auch sie, so schien es ihr. Sie konnte sich nicht einmal vorstellen, den Weg bis nach Hause zu schaffen, zurück in die von nun an leere Wohnung. In einem dieser schmerzvollen Augenblicke schoss ihr das Bild der geheimnisvollen Frau aus der Etage unter ihr in den Kopf, und sie verstand besser als je zuvor, wie einsam sie sich fühlen musste. Aber sie konnte sich weder Gedanken über ihre Nachbarin noch über irgendetwas anderes machen, denn in ihr wuchs ein Kind heran. Das war der einzige Grund, der ihr Kraft gab, nach dem Tod ihrer großen Liebe weiterzuleben, einem Tod, der ihr regelrecht einen Pfahl in die Brust gerammt hatte, und zwar genau zwischen ihre Brüste, die schon bald Milch geben würden, um ihr Neugeborenes ernähren zu können.

Irgendwann kurz vor der Geburt war sie der Nachbarin an der Haustür begegnet. Die eine verließ gerade das Haus, die andere trat ein, beide so sehr in Gedanken verloren, dass sie einander anrempelten. Zuerst streiften sich die Bäuche, dann die Blicke. Die hübsche geheimnisvolle Frau lächelte sie zum allerersten Mal an, so wie Dolors es in den Monaten zuvor immer getan hatte. Jetzt war es die Nachbarin, die ihr auf diese Art und Weise zu verstehen gab, ich bin da, eine Etage unter dir, wir können füreinander da sein, wenn du möchtest.

Am nächsten Morgen setzten die Wehen ein, und eine Hebamme aus dem Viertel half Dolors dabei, ihre Tochter auf die Welt zu bringen. Das Kind gab ihrem tristen Leben wieder einen Sinn. Als sie in den traurigen Augen ihres Kindes die ihres Mannes erkannte, wusste sie, dass allein das ausreichen würde, um weitermachen zu können. Von der Geburt erholte sie sich schnell, das Neugeborene trank problemlos von ihrer übervollen Brust. Endlich konnte Dolors nach vielen trostlosen Monaten ihren Frieden schließen.

Eines Nachts hörte sie jemanden im Treppenhaus weinen, und sie musste an die Nachbarin unter ihr denken. Auch sie dürfte mittlerweile ihr Kind zur Welt gebracht haben, dachte sie bei sich. Sie lugte nach ihrem Kind und drehte sich wieder zur Seite, um weiterzuschlafen. Aber das Schluchzen im Treppenhaus hörte nicht auf, es klang auch nicht nur nach dem Weinen eines Neugeborenen. Schließlich stand Dolors auf, ging den kurzen Weg zur Wohnungstür, zog sich ihren Morgenmantel über und streckte den Kopf aus der Tür, vielleicht hörte sie ja noch etwas. Sie machte einen Schritt nach vorne, schaute ins Treppenhaus herunter, sah aber zunächst nichts. Als sie das Geräusch von raschelndem Stoff hörte, beugte sie sich noch einmal vor, und diesmal sah sie, wie die Nachbarin die Stufen hinunterging. Ihr Gesicht sah sie nicht, denn das war ganz ihrem Neugeborenen zugewandt, welches sie fest umschlungen in den Armen hielt. Wo will sie um diese Uhrzeit bloß hin?, fragte Dolors sich und beobachtete sie noch eine Weile, ohne zu wissen, was sie tun sollte, ob sie ihr Hilfe anbieten oder sie gehen lassen sollte. Das ist nicht meine Angelegenheit, dachte sie, zögerte aber, als sie die großen schwarzen Augen des Neugeborenen erblickte, die genau auf sie gerichtet zu sein schienen, während die Mutter des Kindes langsam die Stufen hinabstieg. Dolors wollte gerade etwas sagen, aber genau in dem Augenblick stieß ihre Nachbarin einen Schluchzer aus. Das Kind fing mit einem spitzen Schrei an zu weinen, sodass die Mutter ihren

Schritt hinab zur Haustür beschleunigte. Mutter und Kind verschwanden. Und Dolors sah sie nie wieder.

Ungefähr eine Woche später hatte sie sich, auf der Suche nach einem zusätzlichen Einkommen, zum Findelhaus in die Carrer Ramelleres begeben. Sie bot sich als Amme an. Die Nonne begutachtete mit zustimmender Miene ihre prall gefüllten Brüste und stellte ihr einige Routinefragen, um herauszufinden, ob sie für die Arbeit als Amme geeignet war, ob sie eine verantwortungsbewusste Person war, die sich um das Kind kümmern würde, das man ihr anvertraute. Aber vor allem schaute sie sich die Bescheinigung des Kaplans an, die Dolors von dem Geistlichen ihrer Gemeinde erbeten hatte. Dort hieß es, dass sie eine anständige Person war, vor Kurzem Witwe geworden war und eine Tochter hatte, die sie stillte.

»Reicht das denn für zwei?«, zweifelte die Oberschwester und nahm noch einmal den Umfang ihrer Brüste in Anschein.

Dolors versicherte ihr, das sei kein Problem, und es bestünde kein Grund zur Sorge, dass das ihr zugeteilte Findelkind nicht gewissenhaft gestillt würde. Die Nonne erläuterte ihr, dass die Damen von der Wohlfahrtspflege ihr regelmäßig einen Besuch abstatten würden, manchmal auch unangekündigt, dass diese ihr Verhalten kontrollieren würden und dass, insofern sie ein Fehlverhalten der Amme feststellen sollten, ihr sowohl der Verdienst als auch das Neugeborene entzogen werden würden.

»Ist Ihnen so weit alles klar?«

»Ja, gnädige Frau.«

Aus dem Stillsaal in der Carrer Ramelleres holte man das ihr zugeteilte Findelkind, einen Jungen, kaum ein paar Tage alt, der eines Morgens in der Drehlade gelandet war. Als Dolors die Augen des Kindes sah, weit aufgerissen und tiefschwarz, so wie in jener Nacht im Treppenhaus, machte ihr Herz einen Satz. Es war das Neugeborene ihrer Nachbarin! Was war wohl geschehen? Wieso hatte sie es bloß weggegeben? Und was war aus der geheimnisvollen Frau geworden?

»Wir haben ihn auf den Namen Lluís Amadeu Julià getauft«, sagte die Schwester, die ihn in den Armen hielt. Sie übergab Dolors den Jungen, woraufhin die Nonne ihr das Bleisiegel zeigte, das an der Leibbinde befestigt war. Auf diesem waren das Jahr und die Eingangsnummer vermerkt.

»Das müssen Sie sicher aufbewahren«, ermahnte sie Dolors. »Und die Damen werden das Kind alle zwei Wochen wiegen und messen.«

»Ja, gnädige Frau.«

Als sie im Begriff war, das Gebäude mit dem Neugeborenen im Arm zu verlassen, trat noch einmal die Schwester an sie heran, die ihr den Jungen übergeben hatte. Sie war sehr jung, fast zu jung, um eine Nonne zu sein. Zunächst vergewisserte sie sich mit einem Blick über die Schulter, dass die Oberschwester nicht herübersah, dann sagte sie mit gewissem Stolz: »Ich habe ihn in Empfang genommen.«

Dolors sah sie schweigend an, und die Schwester fuhr fort: »Er ist mein erstes Findelkind, in meiner ersten Schicht an der Drehlade.« Sie sah sich den Jungen noch einmal an und strich ihm mit einer gewissen Autorität über die Wangen. »Sie sind ein guter Mensch, das sehe ich in Ihren Augen. Sie werden gut auf ihn aufpassen, ja?«

Dolors hielt kurz inne und versicherte ihr dann mit voller Überzeugung: »Als wäre er mein eigener Sohn.«

1906

Frühling

Darius Rovira mochte es, an einem frühlingshaften Nachmittag die Fenster seiner Privatpraxis zu öffnen. Die Praxis lag direkt rechts neben seiner Wohnung an der Rambla de Catalunya und verfügte über einen separaten Eingang. Sie war sein ganz eigenes Reich, zu dem nicht einmal seine Frau Zugang hatte, zumindest nicht ohne seine Erlaubnis. Wenn es langsam Frühling wurde, wies Rovira seine Krankenschwester an – eine rechtschaffene, strenge, sehr effiziente und schweigsame Person –, die Fenster ein kleines Stückchen zu öffnen, nur ein bisschen, und er bestand darauf, dass sie die weißen Gardinen hübsch anordnete, damit Privatsphäre und Diskretion zu jedem Zeitpunkt einer Untersuchung gewahrt wurden. Die Patientinnen, die ihn in seiner Privatpraxis aufsuchten, waren mindestens so zurückhaltend hinsichtlich ihres Gesundheitszustandes wie hinsichtlich ihres Einkommens. Sie hatten so gar nichts gemein mit den Kranken, die er im Santa Creu behandelte, wo er immer häufiger versuchte, die Visiten an seine Assistenzärzte abzugeben.

Darius hatte sich höchstpersönlich um die Einrichtung der Praxis gekümmert. Es gab ein kleines, angenehmes Wartezimmer – er legte die Termine seiner Patientinnen so, dass sie nur selten einander begegneten – und ein Behandlungszimmer, in dem es an nichts fehlte. Geräumig, gut durchlüftet, mit ausreichend Licht und eben auch dem entsprechenden Halbdunkel für die etwas feinfühligeren Momente. In einer Ecke des Behandlungszimmers standen ein hellgrüner, mit Samt überzogener Diwan, ein Schreibtisch, von wo aus er seine Patientinnen zu begrüßen pflegte und an dem er seine Notizen machte, und vor diesem ein Stuhl, der weder zu steif noch zu bequem war, also perfekt für die ersten Minuten des Vorgesprächs. Von dem Stuhl aus hatte die Patientin freien Blick auf ein Familiengemälde, welches er vor einigen Jahren hatte anfertigen lassen, darauf war er mit Eulàlia und seinen beiden Kindern zu sehen. Dieses Gemälde war hier in diesem Raum – in dem die gesellschaftlichen Normen der besseren Salons außer Kraft gesetzt waren und in dem der Arzt Körperstellen untersuchte, die selbst der Ehemann nicht zu Gesicht bekam – fortwährend Zeuge der unumstößlichen Achtung, die ihm entgegengebracht wurde. Neben dem Schreibtisch, der den Arzt von der Patientin trennte, stand ein Möbelstück, auf dem sich die medizinischen Instrumente befanden. Und auf der anderen Seite eine große Regalwand, voll von wissenschaftlichen Abhandlungen und Mediziner-Zeitschriften.

Rovira war sehr geschickt im Umgang mit seinen erlauchten Patientinnen. Er wusste um die verborgensten Ängste, er wusste, wie schwierig es für sie war, auch nur einen Fuß über die Schwelle in den Behandlungsraum zu setzen. Deshalb erwartete er sie am Schreibtisch sitzend, den Blick auf Papiere gerichtet, die er vermeintlich gründlich studierte. Er vermied zunächst den Augenkontakt mit der Patientin, da allein schon der Anblick des Diwans, auf dem die Behandlung stattfinden würde, den meisten Damen die Schamesröte ins Gesicht steigen ließ. Sie für ihren Teil waren sehr darauf bedacht, welche Unterwäsche sie trugen: Auch wenn der Blick des Arztes rein medizinischer Natur fernab von jedem unmoralischen Gedanken war, so musste man doch immer vorzeigbar sein.

Der Arzt studierte also Papiere, und wenn sich die Dame auf den Stuhl vor ihn gesetzt hatte und er meinte, dass genügend Zeit vergangen war, in der die Röte wieder aus ihrem Gesicht gewichen war, erst dann grüßte er sie freundlich. Mit der Kleidung hielt er es schlicht: ein helles Hemd mit gestärktem Kragen, der wie auch die Manschettenknöpfe ein wenig unter dem dunklen Anzug hervorlugte. Den Händen war eine makellose Hygiene und Maniküre anzusehen. Er ließ die Patientin zunächst erzählen. Dabei lauschte er aufmerksam den Erläuterungen zu den vorliegenden Symptomen, wobei er in seinem Kopf alles Überflüssige aus der Erzählung strich. Im Gegensatz zu den Arztbesuchen im Santa Creu war seine Geduld hier unendlich. Ab und zu stellte er eine präzise Frage, die von der Dame beantwortet wurde. Dann jedoch kam der heikle Punkt: die körperliche Untersuchung. Mithilfe einer Glocke, die auf dem Tisch stand, gab er der Krankenschwester zu verstehen, dass sie nun hineinkommen solle, was sie schnurstracks tat. Der Arzt tat so, als müsse er draußen etwas tun, und übergab die Patientin in die Hände der Krankenschwester, die dann, gut unterrichtet, der Patientin das Vorgehen des Arztes bei der Untersuchung erläuterte. Daraufhin lockerte sie das Korsett der Patientin und entfernte alles, was bei der Behandlung hinderlich sein konnte. Das war der Augenblick, an dem Darius Rovira zurück in den Behandlungsraum kam, um mit seiner Arbeit fortzufahren. Mit dem Stethoskop hörte er die betroffenen Körperstellen ab, um Flüssigkeitsansammlungen feststellen zu können, mit den Händen tastete er nach den Organen, und mit einem leichten Trommeln konnte er mögliche Infektionsherde, Schwellungen oder andere Anzeichen des Leidens ausmachen, das er bereits bei den Schilderungen der Patientin vermutet hatte. Er ging bei der körperlichen Untersuchung, die für die sittsamen Damen eine besondere Strapaze bedeutete, so behutsam und korrekt vor – wenn er etwa den Ober- oder Unterkörper untersuchte, entblößte er nie beide Teile auf einmal, genauso sah er sich nur einen Ausschnitt des Rückens oder des geschwollenen Bauches an –, dass alle Patientinnen gerne wiederkamen und er zu einer Art Beichtvater für sie wurde. Der Großteil von ihnen waren Eulàlias Freundinnen oder Bekannte und stammten aus Familien, deren Namen stadtbekannt waren, so wie der seiner Frau. Einige von ihnen waren sicherlich in den auffallend hübschen Rovira verliebt, den sie manchmal nach medizinisch bedingter Vertrautheit in einer Nachbarloge in der Oper antrafen.

An diesem Frühlingsnachmittag war Darius besonders gut gelaunt. Nach der Untersuchung von zwei Patientinnen wollte er zu einem Mediziner-Stammtisch aufbrechen, an dem er seit seiner Lehrzeit unter Doktor Robert teilnahm. Es gab einen generationsbedingten Wechsel unter den Teilnehmern – manche waren bereits verstorben, wie leider auch Bartomeu Robert, andere stießen gerade erst hinzu –, aber es handelte sich immer um gute Ärzte, die besten auf ihrem Gebiet. Seit einiger Zeit schon fand dieser Stammtisch auf der Terrasse des Hotels Colón statt, ein angenehmer und günstig gelegener Ort, von dem Darius begeistert war, weswegen er sich um regelmäßige Teilnahme bemühte.

Seine Krankenschwester informierte ihn über die Ankunft der ersten Patientin, einer jungen Frau in Begleitung ihrer Mutter. Er ließ sie ihm gegenüber Platz nehmen.

»Ach, Senyor Rovira«, seufzte die Mutter, eine dicke Frau mittleren Alters, verheiratet mit einem von Eulàlias Cousins zweiten Grades und schon seit geraumer Zeit regelmäßig Patientin bei ihm, »wie Sie sehen, bringe ich Ihnen heute meine jüngere Tochter.«

Der Arzt schaute sich die junge Frau, wohl Anfang zwanzig,

kurz an. Er brauchte nicht lange, um sich ein Bild von den physischen Eigenschaften zu machen: jung, hellhäutig, schlanke Figur, fragiles Aussehen und blondes, eher schlaffes Haar. Das Gesicht war leicht ins gelblich Grüne verfärbt, was auf eine mögliche Bleichsucht schließen ließ.

»Senyora, erläutern Sie mir doch bitte, was die Symptome dieser jungen Dame sind.« Er fragte die Mutter, da diese regelmäßig bei ihm war. Sie war häufiger bei ihm als alle anderen Patientinnen, ohne wirklich jemals an einer Krankheit zu leiden. Die junge Frau saß weiterhin mit abwesendem Gesichtsausdruck neben ihrer Mutter, daran gewöhnt, dass diese für sie sprach.

»Sehen Sie, Senyor Rovira«, begann die Dame, »seit nun schon zwei Wochen isst Margarita kaum noch etwas. Sie sprüht nicht gerade vor Leben, Sie wissen schon, und dann isst sie auch noch wie ein Spatz.« Ihre Tochter zeigte derweil keinerlei Regung. »Seit ein paar Tagen schon versuche ich deshalb, auf meinen Ehemann einzuwirken, es geht ihr offensichtlich schlecht, wahrscheinlich hat sie sich irgendeine Krankheit eingefangen. Das sieht man doch schon auf den ersten Blick! Meinen Sie nicht auch, dass sie elendig aussieht? So bleich, und dieser traurige Blick, der mir den Hals zuschnürt. Manchmal, Senyor Rovira, schnappt sie schon nach einem kurzen Spaziergang nach Luft.«

Darius machte sich Notizen, während Mutter und Tochter schwiegen. Darius beherrschte diese Art von Stille in seiner Praxis bis zur Perfektion, ein friedlicher Augenblick, den es in solch einer delikaten Situation zu bewahren galt, schließlich handelte es sich hier um die Ungewissheit über eine mögliche Krankheit, ein möglicherweise unterdrücktes Herzweh, dessen Folgen unabsehbar waren. Er räusperte sich kurz, als er mit seinen Notizen fertig war, dann sah er der jungen Frau direkt in die Augen, bevor er die Krankenschwester hereinkommen ließ.

»Wenn Sie erlauben, Senyora, dann würde ich sie jetzt untersuchen.«

»Machen Sie nur, Herr Doktor, machen Sie nur«, antwortete die Mutter ein wenig nervös, während die Tochter ihn nun zum ersten Mal wirklich ansah, und zwar verängstigt.

Darius lächelte ein wenig und versuchte sich in einem freundlichen Ton, als er zu ihr sagte: »Sie brauchen keine Angst zu haben, Senyoreta. Ich werde Ihnen nicht wehtun.«

Die junge Frau schien erleichtert und folgte brav der Krankenschwester hinter den Paravent mit orientalischem Muster, der neueste Schrei. Darius entschuldigte sich, nur um kurz darauf wiederzukommen. Die junge Frau lag bereits mit einer leichten Spitzendecke auf dem Diwan. Die Mutter hatte den Stuhl herangerückt und hielt mit leidendem Ausdruck die Hand ihrer Tochter.

»Erlauben Sie, bitte«, sagte Rovira und bedeutete ihr mit einer Geste, ihm Platz zu machen. »Ich muss den Puls Ihrer Tochter fühlen.«

»Aber gewiss doch, Herr Doktor«, antwortete ihm die Mutter.

Er musste nur ein winziges Stück Haut berühren, um die Kälte auszumachen. Er nahm die Hand, die ihr zuvor die Mutter gehalten hatte, und legte seine Finger auf ihr Handgelenk. Der Puls war schwach und schnell. Als er sie abhörte, bestätigte sich, dass der Herzschlag tatsächlich schneller war, als normalerweise üblich. Mit einer gekonnten Bewegung drückte er mit seinen Fingern auf die Haut unterhalb des rechten und des linken Auges, dabei stellte er die Blässe der Bindehaut fest. Er war sich mittlerweile sicher: Diese junge Dame litt an Bleichsucht. Auch wenn sie noch so wenig essen mochte, ließ ihr Gesellschaftsstand den Rückschluss zu, dass sie nicht aufgrund von Mangelernährung daran litt, so wie es bei den Patientinnen im Santa Creu der Fall war, sondern etwas anderes der Grund dafür war. Also musste er ihr eine Frage stellen: »Senyora«, begann er, nachdem er die Krankenschwester mit einer Geste angewiesen hatte, der jungen Frau beim Ankleiden zu helfen, »Sie müssen entschuldigen, aber blutet Ihre Tochter stark?«

»Was meinen Sie, Herr Doktor?«, fragte die Dame verwundert, während sie rot im Gesicht wurde.

»Sie verstehen schon, Senyora, ob Ihre Tochter während ihrer Menstruation stark blutet.«

Die Tochter hatte ihn gehört, sie trat hinter dem Paravent hervor, und zum ersten Mal öffnete sie den Mund, um dem Arzt selbst zu antworten: »Ja, Senyor, es ist schrecklich.«

Darauf schoss auch ihr die Schamesröte ins Gesicht, und es schien, als würde sie jeden Augenblick zu weinen anfangen. Glücklicherweise reagierte Darius schnell darauf und beruhigte sie: »Seien Sie unbesorgt, meine Damen, das ist durchaus normal. Solche Fälle sehe ich tagein, tagaus. Das erklärt auf jeden Fall Margaritas Zustand.«

»Was hat denn nun mein Kind, Herr Doktor?«, fragte die Mutter mit zitternder Stimme.

»Nichts, was sich nicht behandeln ließe, Senyora.«

Darius setzte sich ganz pragmatisch wieder an seinen Schreibtisch. Er nahm Füllfederhalter und Papier in die Hand und schrieb seine Diagnose in die aufgeschlagene Krankenakte von Margarita nieder: *Bleichsucht (aufgrund von starker Vaginalblutung)*. Dann gab er der Mutter präzise Anweisungen, die diesen aufmerksam folgte: »Ein paar Tage Ruhe. Gute Ernährung. Sie soll Fleisch essen, das wird ihr helfen. Und wir geben ihr Eisensalze, damit diese jungen und hübschen Wangen schon bald wieder Farbe bekommen.«

Darius lächelte triumphierend. Die Mutter war ihm jetzt schon auf ewig ergeben und aus tiefstem Herzen dankbar – so sehr hatte sie doch um ihre Kleine gebangt! –, und die Tochter lächelte erleichtert, da ihr Leiden nun ein Ende haben würde. Sie musste nur dem Herrn Doktor glauben, und alles würde gut werden. In einer Woche käme der Arzt sie höchstpersönlich zu Hause besuchen, und diese Besuche würde er so lange fortführen, bis sie genesen war. Vielleicht würde es einen oder gar zwei Monate dauern, aber wenn sie ein wenig zunahm und diszipliniert das verschriebene Eisensalz zu sich nahm, dürfte schon bald wieder Normalität eintreten.

Die zweite und letzte Patientin an diesem Nachmittag war deutlich schneller verarztet. Es handelte sich um eine schlecht auskurierte Erkältung, die zu einer Schleimanhäufung in den Bronchien geführt hatte. Starker Husten, ein wenig Atemnot, etwas erhöhte Körpertemperatur und Schmerzen im Brustbereich waren offensichtlich Symptome dessen. Der Arzt verschrieb die gewohnte Medikation für solche Fälle und schickte die Patientin nach Hause.

Als er wieder allein in seiner Praxis war, schloss er die Fenster und öffnete die Gardinen, um auf die Straße blicken zu können. Es würde noch eine ganze Weile hell sein. Er beeilte sich, alles in Ordnung zu bringen, gab der Krankenschwester ein paar Anweisungen für die am nächsten Tag anstehenden Behandlungen und verließ die Praxis durch die Tür, die diese mit der Wohnung verband. Um Eulàlia nicht begegnen zu müssen, ging er geräuschlos in sein Zimmer und machte sich ausgehfertig.

Er wollte seinen neuen Anzug, den ihm der Schneider am Morgen gebracht hatte, zum ersten Mal ausführen. Also zog er den alten aus und den neuen an. Er war dunkelgrau, der Stoff war sehr fein, wirklich elegant. Die neueste Mode in London, das hatte ihm der Schneider versichert und dann hinzugefügt, dass in Barcelona nur gewisse Herren diese Art von Anzug tragen konnten. Darius war sich zwar bewusst, dass nicht gerade viele Ärzte vom Stammtisch seinen guten Geschmack zu würdigen wussten – dieser offensichtliche Mangel innerhalb seines Berufsstandes war immer wieder Grund für Darius' Missfallen und Unverständnis –, aber vielleicht wusste es ja zumindest einer zu schätzen. Was für eine gute Figur er mit seiner neuen Errungenschaft machte! Er beäugte verzückt sein Spiegelbild: Mit seinen siebenundvierzig Jahren legte er noch immer ein makelloses Aussehen an den Tag.

Möglichst leise ging er durch den Flur zur Wohnungstür. Er griff nach dem Panama-Hut, den er seit Frühlingsanfang trug; den fand er viel vornehmer als den üblichen Canotier.

Er kam wie üblich pünktlich im Colón an und sah bereits die ersten Teilnehmer an den auf der renommierten Hotelterrasse aufgereihten Tischen sitzen. Darius beeilte sich, neben den ältesten und damit auch angesehensten Ärzten Platz zu nehmen. Das Gespräch kam langsam in Gang, während weitere Teilnehmer hinzustießen. Ein ordentlicher Arzt vom Santa Creu aus der Abteilung für Allgemeinmedizin, in der Männersektion tätig, sprach gerade über die Elektrizitätstests, die vor Kurzem im Krankenhaus durchgeführt worden waren. Logischerweise wussten alle darüber Bescheid, und damit auch über die eher frustrierenden Ergebnisse. An seiner Rechten urteilte eine Eminenz aus der Pädiatrie, dass der Wechsel von Gas auf Strom in dem alten Krankenhaus noch einige Monate dauern würde. Daraufhin wollten alle Details hören, denn man wusste, dass er der Krankenhausverwaltung sehr nahestand und ihm die Neuigkeiten immer aus erster Hand zugetragen wurden. Der ehrenwerte Pädiatrie-Oberarzt endete damit, dass man wohl noch eine ganze Weile auf Gasbeleuchtung angewiesen sein würde.

»Die Straßenlaternen werden schon seit Jahren mit Strom betrieben, das muss hier eigentlich nicht erwähnt werden«, äußerte ein Gesprächsteilnehmer, der zu Darius' Linken saß. »Aber von den Wohnhäusern kann man das leider nicht behaupten.«

Der schon etwas in die Jahre gekommene Junceda, der in einer luxuriösen Villa in der Carrer Ferran wohnte, bestätigte, was der andere Arzt soeben gesagt hatte: »Senyors, wenn ich Ihnen von meiner eigenen Erfahrung erzählen darf! Was für ein Reinfall! Sie können sich nicht ausmalen, wie schwierig die Stromversorgung von Glühbirnen ist.« Er schüttelte wütend den Kopf. »Nein, meine lieben Freunde, darauf sind wir einfach noch nicht vorbereitet.«

Darius sagte nichts, er ließ nur ab und an ein Wort fallen, wenn er meinte, dass das Thema wichtig genug war. Ein Kellner kam, um die Bestellung der Herren aufzunehmen, dann trafen zwei Professoren mit Neuigkeiten über das neue Hospital Clínic ein.

»Senyors, es steht fest: Die Einweihung findet im Oktober statt.«

Von allen Seiten gab es zustimmendes Gemurmel. Dieser Tage war der Fortschritt beim Bau des neuen städtischen Hospital Clínic Tagesgespräch, ein Gebäudekomplex, in dem in Zukunft die Medizinische Fakultät ihren Platz haben sollte. Bislang war diese im Anbau des Santa Creu untergebracht gewesen, dort, wo zuvor die Königliche Chirurgenkammer ansässig war. Es gab natürlich auch Stimmen, die mit dem Umzug nicht einverstanden waren.

»Das ist doch viel zu weit weg von der Stadt«, meinte ein Arzt. Tatsächlich befand sich das Grundstück auf einem an die Stadt angrenzenden Areal, das nun wirklich nicht zentrumsnah gelegen war.

»Schon bald wird man dort bauen. Das ist nur eine Frage der Zeit«, antwortete ein anderer, der als Verfechter der Idee galt, aus Gründen der Hygiene neue Krankenhäuser ein wenig außerhalb des Stadtzentrums zu bauen, so wie es im noch jungen 20. Jahrhundert Mode war.

Darius entschloss sich, eine Tatsache einzubringen, die für sich sprach: »Senyors, der jüngste Studentenjahrgang, der an der alten Fakultät seinen Abschluss gemacht hat, umfasste siebenhundert Studenten«, er sah die anderen an. »Sie wissen doch selbst, dass in der alten Chirurgenkammer, in der vor etlichen Jahren unsere Fakultät Einzug erhielt, schon immer ein erheblicher Platzmangel geherrscht hat. Wir alle haben dort unseren Abschluss gemacht und wissen um die Enge!«

Alle lachten amüsiert. Er hatte nicht unrecht.

»Welche Kapazität hat das Gebäude denn eigentlich?«, fuhr Darius motiviert von seinem erfolgreichen Einwurf fort. »Vielleicht fünfzig Studenten? Senyors, die neue Fakultät ist von absoluter Notwendigkeit!«

Dafür erhielt er von einigen Mitsprechern Beifall, unter ihnen auch die beiden Professoren, die gerade erst hinzugestoßen waren. Einer von ihnen erläuterte nun die moderne Ausstattung, mit der die neue Fakultät und das Hospital Clínic zur Ausübung des Arztberufes und generell zur Stadtentwicklung beitragen würden. Es war nicht zu leugnen, dass die Bevölkerungszahl Barcelonas in den vergangenen Jahren in unübersichtlichem Maße angestiegen war und dass Einrichtungen, wie das Santa Creu, überholt waren. Die neuesten Hygienevorschriften sahen vor, dass Krankenhäuser entweder außerhalb des Stadtzentrums oder zumindest mit einer guten Belüftung gebaut werden sollten. Diese Vorschriften sorgten immer wieder für Gesprächsstoff. Wenn der Bau eines neuen Krankenhauses angesprochen wurde, stufte man es als modern oder veraltet ein, je nachdem, ob es der alten Bauweise folgte, also nur ein einziges Gebäude vorsah, oder ob es der neuen Strömung entsprach und einzelne Pavillons geplant waren. Einer der anwesenden Ärzte – zu jung, um an der Gesprächsrunde teilzunehmen, allerdings mit vortrefflichen Beziehungen – wollte eben diese Debatte auf den Tisch bringen. Er teilte den Anwesenden mit, dass der Architekt Domènech i Estapà, der mit dem Bau des neuen Hospital Clínic beauftragt worden war, sich bei der Planung der Pavillons verkalkuliert hatte, es waren zu wenige. Auch wenn er versucht hatte, die Abteilungen auf unterschiedliche Gebäude und Pavillons aufzuteilen, so waren diese weder voneinander getrennt noch geschützt, sondern vielmehr gehörten sie zu ein und demselben Gebäudekomplex.

»Er ist nicht auf dem neuesten Stand«, schloss er. »Wenn Sie mir erlauben, ich denke, Domènech i Estapà ist im Altbewährten hängen geblieben.«

»Sollte er Ihrer Meinung nach etwa ein Wunder bewirken?«, entgegnete ein anderer Arzt. »Das Projekt hat er schließlich von einem anderen Architekten übernommen, der vor zwanzig Jahren mit der Planung beauftragt worden war. Wenn man das berücksichtigt, hat Domènech i Estapà wunderbare Arbeit geleistet.«

Doch der junge Arzt war auf Konfrontation aus.

»Mir ist schon bewusst, dass er das Projekt von einem anderen Architekten übernommen hat. Trotzdem hätte er daran denken müssen, dass es zum Zeitpunkt der Einweihung bereits veraltet sein würde«, meinte er kühn. Anschließend erwähnte er als wahres Vorbild der Moderne das Bauprojekt von Lluís Domènech i Montaner, der das zukünftige Hospital de Sant Pau entworfen hatte. »Ich denke, Domènech i Montaner wird als derjenige in die Geschichte eingehen, der uns mit dem neuen Sant Pau eine Krankenhausrevolution beschert.«

Vor ein paar Monaten hatte man mit dem Bau begonnen, und Darius musste jedes Mal, wenn darüber gesprochen wurde, an seinen Lehrmeister denken. Jenes Projekt, von dem er schon früh durch Robert erfahren hatte, war zum Lieblingsthema am Stammtisch geworden. Das lag nicht nur an dem ehrgeizigen und modernen Projekt des zuständigen Architekten und bekannten Politikers der Lliga Regionalista, Lluís Domènech i Montaner, sondern vielmehr an der öffentlichen Auseinandersetzung zwischen den beiden Institutionen, die sich eigentlich zusammengetan hatten, um Kräfte zu bündeln. So wie der verstorbene Robert es sich gewünscht hatte, waren die mit dem Bau des neuen Wohlfahrtskrankenhauses beauftragten Testamentsvollstrecker des Bankiers Gil zu einer Übereinkunft mit der Verwaltung des Santa Creu gelangt. Gemeinsam würde man ein besseres und modernes Krankenhaus für die Bedürftigen Barcelonas bauen. Auf dem Grundstück des Santa Creu in Sant Martí de Provençals und auf den anliegenden Grundstücken, welche die Testamentsvollstrecker mit der Zeit aufkauften, hatte Domènech i Montaner den bislang modernsten Gebäudekomplex aus unabhängigen Pavillons entworfen. Hier sollten beide Krankenhäuser unterkommen, sowohl das Sant Pau als auch das neue Santa Creu. Letzteres würde für die Verwaltung des tagtäglichen Geschäfts zuständig sein, sobald der Bau abgeschlossen war, und dafür verantwortlich sein, dass es weder an Betten noch an Personal für die Bedürftigen der Stadt fehlte. Es war ein gutes Vorhaben, und Robert war es vergönnt gewesen, die Einigung noch mitzuerleben.

Allerdings musste er nicht mehr dabei zusehen, wie kurz darauf all die Einigkeit auseinanderbrach und die Presse sich auf das Thema stürzte. Vor allem gab es Meinungsverschiedenheiten darüber, welche Gebäude denn nun zuerst gebaut werden sollten. Die Testamentsvollstrecker folgten den Angaben über die Reihenfolge, welche Gil in seinem Testament festgelegt hatte – zunächst ein großer Verwaltungspavillon, in dem die Patientenannahme vonstattengehen sollte, danach auf der einen Seite die verschiedenen Pavillons für Männer und auf der anderen Seite die für Frauen. Im Gegensatz dazu hatte man sich im Santa Creu dazu entschieden, zuerst die notwendigsten Pavillons zu erbauen, also die Pavillons für die Kranken sowie einen Zentralpavillon, in dem Krankenschwestern untergebracht werden sollten, sowie die Küche und die Apotheke. Das Ziel war es, die Bedürftigen möglichst schnell aus dem aus allen Nähten platzenden gotischen Bau zu verlegen. Als man sich in dieser Hinsicht nicht einig wurde, gelangte die Auseinandersetzung an die Öffentlichkeit. Die Testamentsvollstrecker sahen sich im Recht und bauten seit Februar auf den von ihnen aufgekauften Grundstücken. Im Santa Creu war man so empört über dieses Vorgehen, dass man, so hieß es, tagtäglich den Architekten Artigas auf die Gil'sche Baustelle schickte, damit dieser den Bau überwachte. Noch war nicht abzusehen, wie dieser Streit ausgehen würde. Sicher war jedoch, dass Pau Gils Geld momentan dafür genutzt wurde, ein Krankenhaus zu erbauen, das die Krankenbehandlung revolutionieren würde.

Der junge Arzt kannte das Projekt von Domènech i Montaner in- und auswendig. Er erläuterte die Details und ergötzte sich vor so viel medizinischer Eminenz an seinem Wissen.

»Was für ein großartiges Unterfangen!«, lobte er. »Offensichtlich hat der Architekt vor seinem Entwurf alle großen Krankenhäuser Europas in Augenschein genommen. Einen Bau im alten Stil mit einem einzigen Gebäude hatte er sogleich verworfen, weil er die Vorteile des Pavillonstils sah. Ein- oder maximal zweigeschossige Gebäude für jede Abteilung. Eine Trennung der Patienten mit ansteckenden Krankheiten von dem Rest der Patienten sowie die von Männern und Frauen.

Das Areal am Rande der Stadt ist riesig, es sind insgesamt achtundvierzig Pavillons geplant, um dort zwei Krankenhäuser unterzubringen, wenn sie sich denn einig werden. Zwischendrin Grünflächen und breite Alleen, die alles miteinander verbinden. Und all jenen Kritikern, die meinen, dass unabhängige Pavillons von Nachteil seien, weil man Patienten nicht einfach über den Außenweg verlegen könne, soll gesagt sein, dass Domènech sich ein ausgeklügeltes Tunnelsystem überlegt hat, durch das alle Pavillons miteinander verbunden sein werden.«

Ein Internist, der nur kurz einen Zwischenhalt in der Stadt eingelegt hatte und von dem neuen Baustil für Krankenhäuser noch nicht viel gehört hatte, schien von den Schilderungen des jungen Arztes begeistert zu sein. Andere wiederum waren erbost über so viel Überheblichkeit und Besserwisserei eines Jungspundes und wurden unruhig auf ihren Stühlen. Der Internist fasste das Gesagte zusammen, indem er das Eingangsargument wieder aufgriff: »Also ist das Hospital Clínic im Vergleich zum Sant Pau veraltet.«

Der junge Arzt konnte es sich nicht verkneifen, dem Gastteilnehmer mit einem boshaften Kommentar zu antworten. »Wissen Sie, wie man den Architekten des Hospital Clínic nennt, um beide Domènechs voneinander unterscheiden zu können?«, fragte er, und bevor auch nur irgendjemand auf die Idee kommen konnte, darauf zu antworten, gab er selbst die Antwort: »Man nennt ihn ›Domènech, den Dummen‹.«

Einem erfahrenen Arzt in der Runde wurde es zu bunt. Diesem Jungspund musste man Einhalt gebieten! Ja, und man musste auch im Nachhinein denjenigen ausfindig machen, der ihn eingeladen hatte, um von ihm eine Erklärung zu verlangen. Wütend antwortete er: »Es ist ja wohl offensichtlich, dass jene, die ihn so nennen, aus politischen prokatalanischen Gründen handeln und nicht aus architektonischen!« Er wandte sich an den Gast und erläuterte diesem umfassend: »Das Hospital Clínic wird ein ausgezeichnetes Krankenhaus abgeben, man wird dort nach den neuesten wissenschaftlichen Standards arbeiten. Außerdem wird sich dort die wichtigste medizinische Fakultät befinden, die es je in Barcelona gab. Domènech i Estapà hat herausragende Arbeit geleistet!« Er machte eine kurze Pause, warf dem jungen Arzt einen vernichtenden Blick zu, und fuhr mit angriffslustiger Stimme fort: »Es ist so, dass Lluís Domènech i Montaner ein sehr einflussreicher Mann in Barcelona ist, Sie wissen schon, deswegen hat er viele Freunde. Er ist nämlich nicht nur Architekt, sondern eben auch Politiker.«

Daraufhin widersprach ihm jemand: »Es war doch aber Doktor Robert höchstpersönlich, der sich für den Bau des Hospital de Sant Pau eingesetzt hat.«

Jetzt herrschte Stille. Der erfahrene Arzt räusperte sich. »Man muss hier schon genau sein: Domènech i Estapà hatte schließlich die öffentliche Ausschreibung für den Bau des Sant Pau gewonnen.« Er hielt kurz inne und fügte dann, nicht ganz ohne Boshaftigkeit, hinzu: »Und was geschah? Warum setzte man nicht seinen Bauplan um, sondern entschied sich für einen anderen Architekten, nämlich für Lluís Domènech i Montaner, einen Parteifreund von Robert? Kann mir das bitte jemand erklären?«

Der junge Arzt, der sehr gut informiert zu sein schien, war überrascht darüber, dass wohl nicht alle über die Vorgänge Bescheid wussten. »Es stimmt schon, dass Domènech i Estapà ein sogenanntes ›Gesundheitsprojekt‹ hervorgebracht hat, für das der zuständige Architektenausschuss gestimmt hat. Aber Gils Testamentsvollstrecker haben das Urteil der Architekten angezweifelt und dann den ehrenwerten Robert zu Rate gezogen sowie die Herren Roig und Duran. Alle, und das möchte ich hier betonen, wussten um die notwendigen Bedingungen für ein modernes Krankenhaus. Deshalb entschieden sich die drei Ärzte gegen das Projekt von Domènech i Estapà. Und ich sage noch mal, die Gründe waren rein medizinischer Natur. Deswegen hat man dann Lluís Domènech i Montaner mit dem Projekt beauftragt.«

Der junge Arzt, sich selbst sehr sicher und um seine guten Beziehungen wissend, sah den erfahrenen Arzt an, den er offenkundig verdrossen hatte. Ein ehrgeiziger Kretin, dachte Darius Rovira. Doch da sein Lehrmeister Robert ins Spiel gebracht worden war, mischte er sich nun ein. In einem Moment sichtlich angespannter Stille wandte er sich an alle Teilnehmer: »Ich kann Ihnen versichern, dass der geschätzte Doktor Robert ganz genau wusste, was für ein Krankenhaus diese Stadt benötigt. Ihm ist es auch zu verdanken, dass es zunächst überhaupt zu einer Übereinkunft zwischen dem Santa Creu und dem Sant Pau gekommen ist, die leider mittlerweile wieder auseinandergebrochen ist. Robert hat fest daran geglaubt, und ich hoffe, dass das alles ein gutes Ende nimmt. Ich kann Roberts Absichten bezeugen« – er konnte seinen Stolz kaum verbergen – »denn ich war selbst anwesend, als Robert ausgiebig mit Domènech i Montaner über das Gemeinschaftsprojekt zwischen dem Santa Creu und dem Sant Pau gesprochen hat, manchmal sogar in meinem Hause. Senyors, ich kann zweifellos bestätigen, dass Robert Domènech i Montaner mit dem Bau des Krankenhauses beauftragt hat, weil er seiner Ansicht nach der Fähigste von allen war, um ein Projekt dieser Dimension zu stemmen. Außerdem bestand, wie es bereits einige der heutigen Teilnehmer schon erwähnt haben, zwischen den beiden Herren eine aufrichtige Freundschaft, sie hegten dieselben politischen Ansichten, daran zweifelt nun wirklich niemand. Aber bei allem Respekt« – er wandte den Kopf leicht zu dem erfahrenen Arzt – »ich lege meine Hand dafür ins Feuer, dass der geschätzte Robert ausschließlich für das Wohl des Krankenhauses und damit der Stadt gehandelt hat.«

Seine Worte waren klar und deutlich gewesen. Denkwürdig, wie er meinte, und außerdem einwandfrei hinsichtlich der Form. Es gab allgemeines zustimmendes Gemurmel. Wer konnte schon etwas gegen solch eine Verteidigung sagen? Wer würde es wagen, Vorwürfe gegen einen in Barcelona so hoch angesehenen verstorbenen Arzt und Politiker zu erheben? Schade nur, dachte Darius, dass Robert dies nicht mehr miterleben konnte. Denn auch wenn Darius Rovira wusste, wovon er sprach, und er mit seiner exzellenten Wortwahl hervorstechen konnte, so hatte er doch, seitdem sein Lehrmeister nicht mehr mit von der Partie war, nicht mehr denselben Stand unter seinen Kollegen.

Er entschied, nach Hause zu laufen, die Rambla de Catalunya hinauf. Der Abend war angenehm, ein bisschen frisch noch, obwohl es bereits Juni war. Darius überlegte, was er nach dem Abendessen machen sollte, als seine Wege sich plötzlich mit denen einer außergewöhnlich hübschen jungen Dame kreuzten. Sie trug einen Hut mit pastellfarbenen Federn, die sich zusammen mit ihrer Figur sanft hin und her bewegten. Sie hatte ihren Arm bei einer anderen jungen Frau untergehakt, der Darius keinerlei Aufmerksamkeit schenkte. Gerade als die beiden an ihm vorbeigingen und er sich zum Gruße höflich an den Panama-Hut tippte, sah sie ihm unverfroren und mit voller Absicht in die Augen. Sie liefen weiter, und Darius setzte seinen Weg fort. Es war nicht das erste Mal, dass eine Frau ihm Andeutungen machte, im Gegenteil, das geschah recht häufig. Sogar in seiner Privatpraxis, bei sich zu Hause oder bei einem Opernbesuch, bei irgendeinem der zahlreichen Abendessen, denen er in Begleitung von Eulàlia beiwohnte, ganz egal, es gab immer eine Dame – jung oder alt –, die versuchte, ihn mit ihrem Blick zu necken. Manchmal war es die bloße Anwesenheit seiner Ehefrau, die die Damen dazu antrieb. Darius Rovira ging nicht wie erhofft darauf ein, sondern begann oft mit einem Spiel, das darin bestand, sie mit einer gewissen Verachtung zu bestrafen. Das brachte die Frau dann meist aus der Rolle, und sie fühlte sich unbehaglich. Daraufhin war er wieder galant im Umgang mit ihr. Und dabei beließ er es dann, denn Eulàlia war in seinen Augen eine schwache, emotional instabile, zu leidenschaftliche Frau, wie er fand, und durchaus dazu in der Lage, ihm aus dem Nichts heraus eine Szene zu machen, wenn sie nur die geringste Gefahr witterte.

Während Darius die Rambla hinauflief, dachte er über den Tag nach, an dem er Eulàlia kennengelernt hatte. Er erinnerte sich nicht mehr wirklich daran, ob er sie für hübsch gehalten hatte, wahrscheinlich nicht. Aber es stand auch fest, dass er bei sehr genauer Betrachtung keinerlei körperliche Eigenschaften feststellen konnte, die unharmonisch auf ihn gewirkt hätten. Ihre Gesichtszüge, auch wenn es ihnen an Anmut und natürlicher Schönheit mangelte, waren makellos und kein bisschen übertrieben. Eigentlich stach nichts hervor, sowohl Körper als auch Gesicht zeugten von einer technischen Perfektion. Zwar hatte er damals eine gewisse Leidenschaft für sie verspürt, und sie hatte ihm zudem eine Welt voller Möglichkeiten eröffnet, doch diese Leidenschaft war spätestens mit der Hochzeit erloschen. Manchmal überkam sie ihn noch. Ein paarmal gab er sich der romantischen Vorstellung einer gemeinsamen Familie hin, der glänzenden Zukunft, die sie erwartete. In letzter Zeit jedoch machte ihn Eulàlias Betteln nach Aufmerksamkeit schier wahnsinnig. Er hatte gehofft, dass sie als Mutter beschäftigter und auch abgelenkter sei, dass sie wie andere Frauen diese romantische Leidenschaft hinter sich ließe und eine pragmatischere Herangehensweise an den Tag legte. Daran wäre ihm sehr gelegen. Aber nein, Eulàlia belästigte ihn stets mit ihrer Begierde und Zuneigung, mit ihrem Hundeblick.

Seitdem sie die kleine Aurora auf die Welt gebracht hatte, hatte sie nach Aufmerksamkeit flehend damit begonnen, rund um die Uhr zu essen, fast schon zwanghaft. Mit gewisser Irritation sah er dabei zu, wie seine Frau immer mehr zunahm, und mit jedem weiteren Gramm nahm auch seine Ablehnung ihr gegenüber zu. Dennoch würde er diese Ehe unter keinen Umständen aufs Spiel setzen, schließlich hatte sie ihm die Türen zu den besten Häusern und angesehensten Familien der Stadt geöffnet. Und trotzdem musste er zugeben, dass es ihm mit jedem Tag schwerer fiel, sich in Eulàlias Nähe aufzuhalten. Deswegen war der Juni sein Monat, er blühte geradezu auf, wenn er nur daran dachte, dass seine Familie nach Camprodon reisen würde. Wie jedes Jahr verbrachten sie dort den ganzen Sommer, bis sie im September zu den Festivitäten zu Ehren von Barcelonas Schutzpatronin La Mercè zurückkehrten. Darius verbrachte den Juni und den Juli in der Stadt und reiste erst im August nach Camprodon, um dort die heißesten Tage des Jahres zu verbringen. Die restliche Zeit genoss er die Einsamkeit in seiner Residenz an der Rambla de Catalunya, die dann ungewöhnlich leer war, von Stille und Ruhe gesegnet.

In zwei Tagen reisten alle nach Camprodon. Dolors hatte alle Hände voll zu tun, so wie alle anderen im Haus auch, denn es hieß, Vorkehrungen für den Aufenthalt im Sommerhaus zu treffen. Sie musste Kleidung einpacken sowie Geräte und einen Teil des Geschirrs, das Senyora Rovira mitnehmen wollte. Und als ob das noch nicht genug wäre, musste sie auch noch die Ersatzköchin einarbeiten, die im Juni und Juli in Barcelona blieb, bis der Herr Doktor seine Praxis schloss und zu seiner

Familie in Camprodon stieß. Jeden Sommer das Gleiche, es war mittlerweile ihr siebter. Wie die Zeit vergeht, o Heilige Jungfrau Maria! Ihre Tochter führte ihr diese Tatsache jeden Tag vor Augen, sie war mit ihren dreizehn Jahren schon ein richtiges Fräulein. Noch immer hatte Maria dieselben traurigen Augen, die sie an ihren Tomás erinnerten. Das lockige Haar, das sie früher nicht zu kämmen vermochte, wurde nun von einem Zopf im Zaum gehalten, dadurch wirkte sie noch ein bisschen älter. Sie hörte Maria in der Küche lachen, wo sie zusammen mit der kleinen Aurora steckte. Was für ein Glück sie mit dem Mädchen gehabt hat, dachte Dolors. Während der ersten Zeit im Hause Rovira hatte sich die Mutter große Sorgen um ihre Tochter gemacht. Seit dem Abschied von Lluís hatte sie zusehen müssen, wie Maria immer tiefer in ihrer Traurigkeit versank, aus der sie nicht mehr herauszukommen schien. Zuerst dachte Dolors, dass es nur eine Frage der Zeit war, ein paar Tage oder Wochen vielleicht. Kinder sind hart im Nehmen, sie gewöhnen sich an alles. Aber die Zeit schritt voran, und das Mädchen aß kaum, hörte nicht auf zu weinen und lief wie eine verlorene Seele durch die Räume des Dienstpersonals eines Hauses, das auf Zurechtweisung und Stille gebaut war. Kann man vor Traurigkeit sterben, Herr Doktor?, hätte Dolors den Hausherrn damals so oft fragen wollen. Aber sie wagte es nie, sondern verwandte lieber ihre Kraft darauf, die Traurigkeit ihrer Tochter in der Dienstwohnung zu verstecken, damit sie ja nicht diese hervorragende Anstellung verlöre. Im Hause gab es außer ihr noch zwei sehr fähige Hausmädchen, eine Amme für das neugeborene Kind sowie den Lehrer des Jungen. Außerdem Antonio, den Kutscher. Dolors hatte sich leicht eingefunden, und schon bald gratulierte Senyora Rovira ihr zu ihrer guten Arbeit. Eine Frau, die ihr manchmal leidtat, denn sie war nervlich nicht die Stabilste.

Langsam, aber sicher akzeptierte Maria ihr neues Leben. Auch wenn sie weiterhin Trübsal blies und nicht wie vorher vor Leben nur so strotzte, so aß sie doch endlich wieder mehr und nahm ein bisschen an Gewicht zu. Das Mädchen lernte alles von ihrer Mutter, und es dauerte nicht lange, bis sie ihr beim Gemüseschneiden, Kartoffelkochen, Kabeljauwässern und Zubereiten der Mahlzeiten für die Tochter der Roviras half. Mit elf Jahren war aus Maria ein emsiges Mädchen geworden, das sich niemals beschwerte, immer diskret war und respektvoll mit den anderen umging. Dennoch hatte die Mutter sie nie wieder aus vollem Halse lachen gesehen. An der Seite der anderen Angestellten lernte sie die Arbeit eines Hausmädchens. Sie stellte sich dabei so gut an, dass Senyora Rovira ihr zu ihrem zwölften Geburtstag eine Hausmädchenuniform schenkte und sie von da an zum Teeservieren herbeirief, wenn Besuch im Hause war. Sie half den anderen auch dabei, die Betten zu machen, die Zimmer sauber zu halten, Wäsche zu waschen und zu bügeln – dafür hatte sie ein Händchen –, während die Mutter sie von ihren Kochtöpfen aus mit Stolz beobachtete. Ihre Maria war schon ein tolles Mädchen. Wenn da nur diese Traurigkeit nicht wäre … Schließlich übertrug man ihr die Aufgabe, sich um die Sauberkeit der Kinderzimmer zu kümmern. Zuvor hatte Maria kaum Kontakt zu der Tochter der Roviras gehabt, so sehr hatte die Amme in den ersten Lebensjahren ein Auge auf sie, doch jetzt sahen sie sich häufig. Die kleine Aurora war ein Sonnenschein, sie strahlte und lachte andauernd, und Maria gefiel es, sie um sich zu haben. Als eine französische Gouvernante die Amme ersetzte, nahm Maria mehr Platz in Auroras Leben ein. Langsam, aber sicher war Marias Freude zurückgekehrt. Und Dolors entging nicht, dass sie dies der kleinen Aurora zu verdanken hatte. Auch wenn ihr bewusst war, dass ihre Tochter niemals den Milchbruder, den sie einst gehabt hatte, vergessen würde, so ahnte sie doch, dass sich die Dinge von nun an bessern würden.

»Llorenç mag mich nicht«, beklagte sich Aurora. Sie war mit Maria im Spielzimmer, während die Gouvernante in ihrem Zimmer die für den Aufenthalt in Camprodon notwendige Kleidung einpackte. Maria war damit beschäftigt, das Spielzeug beiseitezuräumen, das Aurora auf dem Boden verteilt hatte, allerdings ohne Erfolg. Es war eine Art Spiel zwischen den beiden. Dann kam Llorenç ins Zimmer. Zwar waren Maria und er im selben Alter, dennoch überragte das Mädchen ihn um einen ganzen Kopf. Er war ein sehr ernster Junge und sprach fast nie mit den Hausangestellten. Normalerweise betrat Llorenç das Spielzimmer nicht, weswegen Maria und Aurora verstummten und ihn ansahen. Dem Jungen war dies wohl unangenehm. Er gab vor, etwas zu suchen, und verschwand schnell wieder.

»Es ist nicht so, dass er dich nicht mag, er ist einfach schon groß, Aurora«, antwortete ihr Maria.

»Du bist auch schon groß, aber du hörst mir zu«, gab das Mädchen zurück und zog an einer Haarlocke, die man ihr am Morgen gezwirbelt hatte.

»Das ist was anderes!«, erwiderte Maria lachend. Sie nahm eine Puppe aus dem Regal, die auch solche Locken wie Aurora hatte, nur waren sie ein bisschen dunkler und stumpfer. Das Mädchen hingegen hatte honigbraunes Haar, das im Sonnenlicht glänzte. »Spielen wir ein bisschen mit deinen Puppen?«

Aurora vergaß ihren Bruder und lief zu Maria, zerrte an ihrem Rock. Sie wollte diese, diese und diese Puppe, denn die kleine Rovira hatte nicht nur eine Puppe, wie etwa andere Mädchen in ihrem Alter, sondern eine ganze Sammlung, zu der an jedem Geburtstag und an jedem Weihnachtsfest noch ein paar Puppen hinzukamen. »Ich habe immer noch keine finden können, die so schön ist wie du!«, sagte ihr Vater stolz, weil er wusste, dass seine Tochter ein perfektes Abbild seiner selbst war. Der Vater verwöhnte das Mädchen viel mehr als den Jungen, für ihn hatte er anderes im Sinn.

Llorenç Roviras Schuljahr in der Jesuitenschule war vorbei, sodass er für ein paar Tage zu Hause war, bevor es nach Camprodon ging. Ihm wurde schnell langweilig in dieser Wohnung in Barcelona, in der er nur Zeit verbrachte, wenn er nicht im Internat war. Weihnachten und Ostern zogen sich in die Länge, immer war jemand zu Besuch, die Familie seiner Mutter, die alten Tanten, Freunde. Sein Vater kam und ging, die meiste Zeit jedoch verbrachte er in seiner Praxis oder eben außerhalb. Das verschaffte Llorenç Erleichterung, denn er versuchte, ihm so weit wie möglich aus dem Weg zu gehen. Zwar redete der Vater nicht viel mit ihm, wenn sie sich sahen, dennoch bestand er seit dem zehnten Geburtstag seines Sohnes auf dem einen oder anderen ernsthaften Gespräch.

»Weißt du schon, was du studieren willst?«, fragte er ihn.

»Medizin, Vater«, sagte er dann immer. Als gäbe es keine andere Antwort auf diese Frage. Er wusste, dass es für seinen Vater eine rhetorische Frage war oder zumindest die Vergewisserung darüber, dass sein Sohn sich nicht in anderen Gedanken verlor. Llorenç wusste, dass sein Vater einen Sohn haben wollte, der seiner und seines Rufs als herausragender Internist würdig war. Llorenç war dreizehn Jahre alt, und noch nie hatte er auch nur einem Menschen von seinen Zweifeln erzählt. Er wusste nicht, ob er überhaupt zum Arzt taugte, vielleicht wollte er auch etwas anderes ausprobieren. All das, was er in der Praxis seines Vaters sah, löste Beklemmung in ihm aus. Er hatte großen Respekt davor. Und wenn ihm etwas Angst machte, dann der Umgang mit Menschen. Wie sollte er da bloß mit Kranken umgehen? Er verbrachte seine Zeit lieber mit Büchern. Mit ihrer Hilfe flüchtete er sich in eine andere Welt, denn in die hiesige schien er nicht zu passen. In all den Jahren im Internat hatte er keine Freunde gefunden. Nur das Lesen hatte ihm wahre Freude bereitet und der ein oder andere Lehrer, dessen Erläuterungen zu Geschichte oder Literatur ihm einen Weg raus aus seinem traurigen Dasein zeigten.

Wenn Llorenç Zeit zu Hause verbrachte, war er meist auf seinem Zimmer oder streifte mucksmäuschenstill durch die Flure. Die Mutter saß derweil nähend am Erkerfenster im Salon und seufzte dabei, ach, was für eine Arbeit, all die Dinge, an die ich denken muss, wenn wir nach Camprodon reisen. Mein Sohn, hol doch bitte Cinta, hol Marieta, und sag Dolors Bescheid, ich muss mit ihr übers Abendessen sprechen. Die Mutter erteilte ihm nur Anweisungen, wenn sie ihn sah. Deswegen versuchte der Junge, den Salon so selten wie möglich zu betreten. Er war zum Spielzimmer gegangen, weil er seine kleine Schwester und das Hausmädchen, die Tochter der Köchin, lachen gehört hatte. Von den Stimmen der Mädchen angezogen, die wohl Spaß hatten, war er zur Zimmertür gegangen und hatte sie geöffnet, vielleicht durfte er ja eine Weile mit ihnen spielen. Er könnte Aurora ein Märchen vorlesen, wenn sie wollte, eines, das ihm gefallen hatte, als er so alt wie sie gewesen war. Noch immer standen sie im Regal des Spielzimmers, dort, wo Ripoll sie zurückgelassen hatte, als er zurück in sein Dorf gegangen war oder in einem anderen Hause eine Anstellung gefunden hatte. Als er jedoch eintrat, sah ihn Aurora mit ihren großen blauen Augen und kühnem Blick überrascht an. Manchmal fragte er sich, ob sie überhaupt etwas gemein hatten: Aurora war hübsch, fröhlich, spontan, noch nie hatte sie ihren Vater oder ihre Mutter gefürchtet. Ganz im Gegensatz zu ihm zeigte sich das Mädchen gerne vor und war jedem, der sich ihr näherte, ganz natürlich zugeneigt. Sie war eine Art

Engel, der überall Gefallen fand. Llorenç hingegen versteckte sich lieber vor allen. Die Anwesenheit der Tochter der Köchin bereitete ihm Unbehagen, denn auch sie sah ihn gespannt an, wie er da stocksteif in der Tür stand. Ihm wurde klar, dass er nur störte. Deswegen flüchtete er instinktiv, wie schon etliche Male zuvor.

Nach Tagen der Vorbereitung schlüpfte Senyora Rovira endlich in ihr Reisekleid und stieg in die Familienkutsche. Ihre Kinder und auch die Gouvernante stiegen ein. Der Herr des Hauses winkte seiner Familie vom Fenster aus, das zur Straße ging. Dabei stand er gerade, perfekt, im Gegenlicht, sodass sein Gesichtsausdruck nicht auszumachen war. Tatsächlich zeichnete sich auf seinem Gesicht ein zufriedenes Lächeln ab, welches Eulàlia erbost hätte, die von ihrem Mann, wie jeden Sommer, ein wenig Traurigkeit über den Abschied erwartete. Anderthalb Monate würden bis zu ihrem Wiedersehen in Camprodon vergehen. Auch wenn es nur ein Abschied auf Zeit war, konnte Eulàlia die Tränen und die bereits vor ihrer Abreise wachsende Sehnsucht nicht unterdrücken. Sie versuchte, mit der Hand zur Faust geballt, nichts von ihren Gefühlen preiszugeben, wobei sie ihr Spitzentaschentuch in Mitleidenschaft zog. Aus der Kutsche heraus sah sie zum Fenster, wo ihr Ehemann stand, und strengte sich an, eine Geste seinerseits zu erahnen, ein Lächeln, das ihr Kraft geben würde. Sei doch kein Kind, hätte Darius zu ihrem Verhalten gesagt. Eulàlia hob eine Hand und winkte ihm aufgeregt, dann gab Antonio dem Pferd die Peitsche. Die Kutsche setzte sich in Bewegung, und Eulàlia sagte zu ihren Kindern: »Winkt eurem Vater. Der Arme, er wird ganz allein sein ohne uns.«

Darius hob eine Hand, doch schon bald verloren sie ihn aus den Augen. Während sie durch die Stadt fuhren, schaute Eulàlia Rovira still aus dem Fenster. Sie atmete ein paarmal tief ein und wieder aus und vertrieb so ihre Sorgen und Ängste. Ja, und dann nahm sie sich vor, dass sie in diesem August des Jahres 1906, wenn Darius nach anderthalb Monaten, ohne sie zu sehen, endlich nach Camprodon käme, aufmerksamer ihm gegenüber, hübscher, lebendiger und wacher als jemals zuvor sein würde, damit ihr Mann erkannte, wie sehr er sie liebte und vermisst hatte, wenn auch nur unbewusst.

In der Wohlfahrtseinrichtung drehte sich alles um Arbeit und Pünktlichkeit. Aufstehen um halb sieben in einem Schlafsaal voller Betten, bitterkalt im Winter; nach dem Gottesdienst Frühstück und ein wenig Pausenzeit im Innenhof, natürlich unter den wachsamen Blicken der Schwestern; zweieinhalb Stunden Unterricht mit dem Lehrer oder einem der drei Hilfslehrer; dann Mittagessen, noch mal Pause und wieder Unterricht; vor dem Abendessen den Rosenkranz beten und vor dem Zubettgehen noch Hausaufgaben. Nachdem Lluís ins Bett gekrochen war, tuschelte er noch eine Weile mit seinen Bettnachbarn, ganz leise, damit die Nachtschwester nichts davon mitbekam und sie nicht verwarnen konnte. Doch schnell versiegten die Gespräche, alle waren sehr müde. Die Jungs schliefen ein, und mit etwas Glück träumten sie sich an einen fernen Ort, an dem sie geliebt und getröstet wurden, wenn sie sich einsam fühlten oder mit viel Zuneigung ins Bett gebracht wurden, wenn sie krank waren. Lluís hatte aufgehört, an die Amme und Maria zu denken, um es hier aushalten zu können. Anfangs hatte er an nichts anderes denken können und weinte, sobald die Schwester das Licht löschte. Alles war ihm zu viel, die Einsamkeit verschlang ihn, er konnte nichts gegen die Tränen machen, die unaufhörlich über seine Wangen liefen. Das ärgerte ihn so sehr, dass er sich die Augen rieb, bis sie ihm wehtaten. Er drückte sein Gesicht ins Kopfkissen und unterdrückte einen Schrei der

Ohnmacht. Ich will schlafen, ich will schlafen. Irgendwann gab sein Körper nach, dann erst konnte er bis zum nächsten Morgen ruhen. Aber mit dem ersten Tageslicht begannen die Probleme. Er konnte sich einfach nicht an die Einrichtung gewöhnen, weshalb er in einen Teufelskreis von Bestrafungen geraten war. Die Nonnen ermahnten ihn: Du hilfst dir selbst nicht. Also mussten die Ordensbrüder ihn entweder beruhigen, oder sie sperrten ihn zur Strafe für ein paar Stunden in ein dunkles Zimmer, damit er es lernte.

Eines Morgens, Nachmittags oder Abends, so genau wusste er das nicht, weil er mal wieder in dem dunklen Zimmer eingesperrt war, dachte er lange nach. Seit er vor etwa einem Jahr zur Wohlfahrt gekommen war, machte er nichts anderes, als alle um sich herum zu hassen, die Lehrer, die Nonnen, die anderen Kinder. Ein Gedanke ließ ihn nicht los: Sie wollten, dass er lernte? Also lernte er. Von da an nahm er aufmerksam und diszipliniert am Unterricht teil. Er lernte ohne größere Schwierigkeiten lesen und schreiben. Außerdem entdeckte er seine Vorliebe fürs Zeichnen, wofür er die ersten anerkennenden Worte der Nonnen erhielt. Aber er hatte auch ein Händchen für Arithmetik und konnte sich außerdem im Geografie-Unterricht leicht Orte, Flüsse und Berge einprägen. Lluís war nicht länger einer der auf dem Boden sitzenden Schüler – die Klassenräume waren meist so voll, dass einige auf dem Boden Platz nehmen mussten –, sondern hatte sich ein Stückchen Tisch erobert, an dem er dem Unterricht folgen konnte. Dann rückte er von der letzten Reihe bis in die erste vor, denn den Lehrern gefiel es, die Schlausten und Fleißigsten vor sich sitzen zu haben. Er bekam keine Strafen mehr und ging vorsichtig ein paar Freundschaften ein. Die Pausen im Innenhof verbrachte er nicht länger alleine mit dem Blick auf den Boden gerichtet in einer Ecke, sondern er spielte mit seinen Kameraden Fußball. Er wurde sich klar darüber, dass er in dieser verschlossenen Welt aus Nonnen, Ordensbrüdern und Jungen mit Kitteln und geschorenen Köpfen, wie dem seinen, sogar ein klein wenig Glück verspüren konnte, wenn er nicht mehr an Maria und die Amme dachte, wenn er so tat, als hätte es sein vorheriges Leben nicht gegeben. Er bestand die Vorstufe und kam in die nächste Klasse. Seine Noten waren exzellent.

Mit seinem Lernfortschritt kam auch das Interesse für die Lehrberufe auf. Die Lehrlinge waren zwölf oder dreizehn Jahre alt, und die Fleißigsten unter ihnen wurden in den Werkstätten der Wohlfahrt anstellig: in der Schusterei, in der Bäckerei, in der Schlosserei oder in der beliebtesten Werkstatt, der Druckerei. Einige von ihnen gingen in die Werkstatt eines Handwerkers in der Stadt, um einen Beruf zu erlernen, andere stiegen in der Hierarchie auf und machten eine Kaufmannslehre, um später Handel zu treiben. Anderen wiederum gelang es, in der Stadt in einem Büro zu arbeiten. Letztere waren Teil einer Elite, der Studenten. Dies war nicht nur eine Möglichkeit für die Klügsten unter den Heimkindern, sondern auch für diejenigen, deren Eltern einen Namen hatten, oder vielmehr deren Mütter einen Namen hatten. Die Studenten, jene auserkorenen Jungs, schliefen vom Rest getrennt, kleideten sich anders, hatten ihre eigenen Klassenräume und, vielleicht am wichtigsten, aßen sehr viel besser. Lluís machte sich Gedanken über seine Zukunft, wenn er die älteren Jungs im Speisesaal, im Innenhof oder beim Vorbeigehen an den Werkstätten beobachtete. Er kam zu dem Schluss, dass er wohl nie Student sein würde. Er kannte kein Findelkind, dem dies gelungen war. Also beschloss er, Bestleistungen zu erbringen, um für die Druckerei zugelassen zu werden.

Bald schon würde es ein Jahr her sein, dass er als jüngster Lehrling in der Druckerei eingesetzt worden war. Den größten

Teil des Tages verbrachte er in einer Ecke, wo die Bücher gebunden wurden. Dort erhielt er von einem der Meister Anweisungen. Vor ihm an der Wand hing zu dekorativen Zwecken eine Fotografie einer Skulptur von zwei Sängerknaben. Einer hielt die Partitur, der andere ein langes Kreuz in der Hand. Beide hatten den Mund geöffnet, man konnte sie fast singen hören. Der Gesichtsausdruck der beiden war so treffend, so lebendig, dass Lluís die Details stundenlang studierte. Manchmal verbrachte er nach der Arbeit noch Zeit in der Werkstatt, um ein paar Skizzen davon anzufertigen. Er versuchte dann, diese Ausdrucksstärke mit Kohle auf Papier zu bannen.

Der Buchbindermeister erwischte ihn, wie er nichts tat und auf die Fotografie starrte. Lluís hatte große Angst vor dem Ärger, der ihn erwartete.

»Entschuldigung, Senyor. Ich war abgelenkt«, sagte er mit gesenktem Kopf und kehrte zur Arbeit zurück. Vor ihm stapelten sich Seiten, die es zu begutachten galt. Lluís tat dies mit gekonnten Bewegungen. Derweil sah ihn der Meister weiter an, dann richtete er seinen Blick wieder auf die Fotografie an der Wand. Er war schon ein recht alter Mann, seine Haare wurden bereits weiß, er arbeitete schon lange bei der Wohlfahrt. Dabei hatte er Lehrlinge jeder Couleur gesehen, einige fauler, andere fleißiger. Es gab solche, die viel quatschten, aber wenig arbeiteten, und solche, die ihre Arbeit still und eifrig erledigten. Der Buchbindermeister war sehr zufrieden mit Lluís, das konnte er kaum verbergen, und in diesem Augenblick verspürte er die Lust, ihm die Geschichte dieser Fotografie zu erzählen. Er fragte ihn: »Die Statue gefällt dir wohl, was?«

Lluís nahm an, dass der Meister ihn mehr als nur einmal dabei erwischt hatte, wie er sich in der Fotografie verlor. Er sah ihn an, und da er keinerlei Abneigung in seinem Gesicht ausmachen konnte, erklärte er ihm: »Ich zeichne sie sehr gern,

Senyor. Ich habe etliche Skizzen, aber es gelingt mir nicht, den Gesichtsausdruck der beiden zu treffen.«

Der Meister lächelte und ließ den Blick schweifen. Dann erläuterte er Lluís: »Diese Statue heißt *Ave Maria*, sie stellt zwei Schüler dar, wie du sehen kannst. Sie wurde von einem unserer ehemaligen Heimkinder erstellt.«

Lluís dachte, dass der Buchbindermeister ihm einen Bären aufbinden wollte, aber eigentlich machte niemand im Heim Witze. Er fragte nach: »Soll das heißen, der Bildhauer ist wie wir? Dass er hier im Heim gelebt hat?«

Der Meister nickte und sagte, dass das schon etliche Jahre her gewesen sei und dass derjenige, der diese Statue erschaffen hatte, ein großartiger, in Barcelona bekannter Künstler war, der nicht vergessen hatte, woher er stammte.

»Eusebi Arnau ist ein Beispiel dafür, dass unsere Schüler alles schaffen können, was sie wollen, wenn sie denn ihr erlerntes Wissen anwenden und etwas Talent mitbringen.«

Lluís bat den Buchbindermeister, den Namen des Künstlers zu wiederholen. Er wollte ihn sich unbedingt merken.

Ein paar Tage später fragte der Meister nach den Zeichnungen, jenen Skizzen, von denen Lluís ihm erzählt hatte, die er von Eusebi Arnaus *Ave Maria* angefertigt hatte. Mit einer Mischung aus Schüchternheit und Widerwillen – Lluís hatte noch keine Skizze, die er für gut genug befand, er hielt seine Skizzen für wertlos – brachte er ihm die Blätter mit den Kohlezeichnungen. Der Buchbindermeister schaute sie sich in aller Seelenruhe an. Er sagte nicht, ob sie ihm gefielen oder nicht. Er fragte Lluís nur: »Darf ich die behalten?«

Wie konnte er ihm das ausschlagen? Der Junge nickte und fuhr mit seiner Arbeit in der Ecke der Druckerei fort.

Die Tage vergingen, und der Meister sprach nicht wieder von den Skizzen oder von der Fotografie, die noch immer an der Wand hing. Zwei oder vielleicht auch drei Wochen später jedoch kam der Buchbindermeister in Begleitung des Druckereileiters und der Oberin auf ihn zu. Der Meister legte ihm die Hand auf die Schulter und schob ihn zu den beiden hin. Die Oberin wandte sich mit beiden Händen unter ihrem Habit versteckt an Lluís: »Wir haben Neuigkeiten für dich.«

Der Buchbindermeister konnte nicht anders, als dem Jungen leicht auf die Schulter zu klopfen und ihn ermutigend anzulächeln. Der Druckereileiter war es, der den Jungen aufforderte, ihnen ins Büro der Oberin zu folgen.

Dort angekommen, nahm Lluís auf einem Stuhl Platz, der ihm angeboten wurde. Allerdings saß er etwas verloren dort, denn er verstand nichts, er wusste nicht, ob es gute oder schlechte Neuigkeiten waren. Er wartete, bis die Oberin zu ihm sprach: »Dein Lehrmeister hat etwas sehr Lobenswertes für dich getan. Du wirst ihm dafür ein Leben lang dankbar sein.«

Lluís sah den Buchbindermeister an, der weiterhin lächelte. Er verstand noch immer nichts. »Diese Zeichnungen ...«, fuhr die Oberin fort, »von der *Ave Maria* haben Senyor Arnau beeindruckt. Dein Meister hat sie ihm zusammen mit einem Bericht über deine Noten und dein gutes Verhalten in den vergangenen Jahren zukommen lassen.«

Die Oberin, so schien es Lluís, lächelte, aber vielleicht irrte er sich auch. »Senyor Arnau hat hier in diesem Hause seine Ausbildung erhalten, und er hat sich uns immer gütig gezeigt. Er möchte, dass du in seinem Atelier arbeitest. Er ist der Meinung, dass du Talent hast. Momentan ist der Mann sehr beschäftigt. Er hat sehr viele Aufträge. Er arbeitet für die besten Architekten der Stadt und benötigt etliche Helfer. Ich muss dir nicht sagen, dass dies sehr viel für einen Jungen wie dich bedeutet. Du musst also nicht nur zeigen, was du hier gelernt hast, sondern bist verpflichtet, den guten Ruf dieses Hauses zu wahren.«

Lluís wusste nicht, ob er richtig verstanden hatte: Wurde er gerade weggeschickt? Sollte er wirklich das Heim verlassen und für Mestre Arnau arbeiten? Nachdem er so sehr um sein altes Leben geweint hatte? Damals, als die Straßen rund um das Hospital de la Santa Creu seine Welt bedeuteten, als das Leben nicht Disziplin, sondern Spiel und Zuneigung war, als Maria und er, ohne es zu wissen, Freigeister waren. Nachdem er sich dazu gezwungen hatte, all das zu vergessen, was nicht seine Gegenwart ausmachte – so schmerzlich war die Erinnerung an sein altes Leben gewesen. Und nun, nach sechs Jahren im Heim, in denen er tagein, tagaus gelernt hatte, erst im Klassenzimmer, dann in der Druckerei, sagte man ihm, dass er gehen könne? Dass er im Hause eines Bildhauers arbeiten solle, der Statuen herstellte, so wie die, die er gezeichnet hatte? Ein großartiger Künstler. Ein wichtiger Mann. Senyor Arnau hatte seine Kohlezeichnungen gesehen und wollte, dass er für ihn arbeitete.

Jetzt sprach der Buchbindermeister lächelnd, doch Lluís hörte ihn nicht. Seine Stimme überlappte sich mit der des Druckereileiters und auch mit den Mahnungen der Oberin, die sie ihm mit auf den Weg gab. All das klang für ihn wie Musik in weiter Ferne, verwaschen und sanft. Vielleicht war das alles nur ein Traum, aus dem er schon bald erwachen würde, nur um wie jeden Tag an seine Arbeit zu gehen.

Lluís verließ die Wohlfahrtseinrichtung sechs Jahre, nachdem ihn die Amme dorthin gebracht hatte. Einen Ort, den er eigentlich nur dann verlassen hatte, wenn er einem Toten das letzte Geleit gab – eine Aufgabe, die den Heimkindern oft zuteilwurde. Die Schwester überreichte ihm ein neues Hemd, eine neue Hose, einen Pullover und außerdem einen Mantel als Leihgabe. Seit Langem war es das erste Mal, dass er eigene Kleidung besaß und so auf die Straße ging. Um den Hals, unter dem Hemd versteckt, trug er das Bleisiegel mit dem Datum und der Nummer, mit der sein Eingang als Findelkind in der Drehlade in der Carrer de Ramelleres dokumentiert worden war.

Im Atelier des Bildhauers Eusebi Arnau, das an der Plaça de Tetuan lag, herrschte reges Treiben, da die wichtigsten Aufträge der Stadt geradezu vom Himmel auf ihn herabregneten. In jenem Frühling fertigten Arnau und dessen Gehilfen Skulpturen für die Bühne des Palau de la Música Catalana an, eines Gebäudes, mit dessen Bau der Architekt Lluís Domènech i Montaner vom Dirigenten des Volkschores Orfeó Català beauftragt worden war. Don Lluís, wie ihn alle nannten, die für ihn arbeiteten, hatte eine Fülle von Handwerkern und Künstlern aus Barcelona und darüber hinaus angeheuert: Glasermeister, Bildhauer, Mosaikleger, Maler und Kunstschmiede, außerdem ein ganzes Heer an Maurern und Steinmetzen. Eusebi Arnau und seine Lehrlinge arbeiteten an einer Skulptur, und seit Kurzem arbeiteten sie an einer weiteren für ein anderes Gebäude desselben Architekten: das zukünftige Hospital de Sant Pau.

Noch wusste Lluís von alldem nichts. An einem Montagmorgen brachte man ihn zum Atelier des Bildhauers, man sagte ihm, Junge, mach uns bloß keine Schande, warte hier. Wenn der Mestre Zeit hat, wird er sich schon um dich kümmern. Es verging mehr als eine Stunde, in der sich Lluís einfach nur das Treiben um ihn herum ansah. Er saß in einer dunklen Ecke an einer nackten Mauer, von der aus er einen Blick auf das gesamte Atelier hatte; durch ein großes Fenster drang viel Tageslicht hinein. Lluís wagte es kaum, zu blinzeln, damit ihm ja nichts vom Ateliergeschehen entging: Ein Junge saß nicht weit von ihm entfernt, dabei war sein Rücken vor Anstrengung gekrümmt, er fertigte Zeichnungen in einem Heft an. Ein anderer nahm gerade letzte Änderungen an einer Gipsfigur vor, die riesig war, bestimmt zwei Meter hoch; sie stellte eine Frau mit sehr realistisch getroffener Kleidung dar. Am anderen Ende des Ateliers, wo das Licht stärker war, stand ein älterer Junge – bestimmt ein fortgeschrittener Gehilfe – und feilte an einem geflügelten Pferd. Es war so gut wie fertig; vor allem beeindruckte Lluís die darin eingemeißelte Bewegung. Außerdem gab es noch drei andere Jungen, die in der gegenüberliegenden Ecke an einem Relief arbeiteten, das irgendeine Geschichte zu erzählen schien. Lluís sah sich weiter um und bemerkte, dass alle um ihn herum deutlich älter waren als er, vor allem aber beherrschten sie ihr Handwerk perfekt. Panik überkam ihn, und er umklammerte seine Beine mit aller Kraft, als ob er so seine Zweifel ausmerzen könnte. Was, wenn Mestre Arnau sich geirrt hatte? Wenn er ihn sofort zurück ins Heim stecken würde, ohne dass ihm Lluís auch nur beweisen konnte, dass er große Lust aufs Lernen hatte? Der Vormittag verging, ohne dass Arnau auftauchte, und Lluís wurde immer unruhiger. Vielleicht kam der Mestre ja gar nicht mehr, vielleicht hatte er vergessen, dass man ihm heute einen Heimjungen bringen wollte. Auf seinem Stuhl malte er sich das Horrorszenario aus. Plötzlich fuhr er zusammen. Er hatte eine Figur entdeckt, die er bislang noch nicht gesehen hatte. Sie stand seitlich von ihm auf einem Holzsockel und war nicht gerade groß: das Tonmodell einer Amme. Lluís staunte, als wäre er gerade Zeuge einer Erscheinung geworden. Die Amme hatte einen weichen Gesichtsausdruck, der ihn sehr an seine Ersatzmutter erinnerte. Sie trug ein Kopftuch, unter dem die Haare verschwanden, und richtete ihren Blick auf den Säugling, der an ihrer linken Brust trank. Mit der einen Hand presste sie ihre Brustwarze zusammen, damit der Säugling leichter an die Milch kam. Mit der anderen Hand hielt sie beschützend den winzigen Körper. Lluís merkte, wie sich alles in ihm zusammenschnürte und er sich plötzlich wieder ganz klein fühlte. Diese Tonfigur war noch wunderbarer als die Sängerknaben, die er so lange Zeit studiert hatte. Es überraschte ihn, wie vertraut, wie nah ihm Arnaus Skulpturen waren, ohne ihn zu kennen. Irgendetwas riefen sie in ihm wach, etwas so Heftiges und Starkes, dass ihm angst und bange wurde.

Sein Blick war starr auf die Amme aus Ton gerichtet, sodass er den Meister erst wahrnahm, als dieser direkt vor ihm stand. Lluís drehte überrascht den Kopf und sah Arnau zum ersten Mal: ein kräftiger Mann mit kastanienbraunem Haar, das gut frisiert und durch einen exakt gezogenen Scheitel in zwei Hälften getrennt war. Er trug einen dichten, makellos gestutzten Bart, dessen Spitzen leicht nach oben gezwirbelt waren. Der Mann musste um die vierzig Jahre alt sein, er war nicht sonderlich groß, machte aber trotzdem Eindruck.

»Steh auf, Junge«, befahl er ihm.

Lluís tat, wie ihm geheißen, und fragte mit dünner Stimme nach: »Mestre Arnau?«

Der Mann nickte. »Hast du dir gut angeschaut, was wir hier tun?«

»Ja, Senyor«, antwortete Lluís und schluckte.

Der Mestre fuhr fort: »Mir haben deine Zeichnungen meiner *Ave Maria* sehr gefallen.« Es sah aus, als würden sich seine Bartspitzen ein wenig heben, aber ein Lächeln konnte Lluís in seinem Gesicht nicht ausmachen.

»Erzähl mir, was kannst du?«

Lluís schluckte noch einmal, sein Mund war ganz trocken vor Aufregung. Er zwang sich zu einer Antwort. »Was auch immer Sie wollen, Senyor. Ich kann alles lernen, was Sie mir beibringen wollen.«

Der Mestre schien zufrieden mit dieser Antwort. Er drehte ihm den Rücken zu und schritt in Richtung seiner Gehilfen. Kurz hielt er inne, da der Junge ihm nicht folgte, also machte er eine Geste, damit er dies tat. Er sagte zu ihm: »Heute beobachtest du nur, und zwar alles. Stör bloß niemanden bei der Arbeit.«

Er blieb vor dem geflügelten Pferd stehen und sprach kurz mit dem Jungen, der es ausbesserte. Gleich darauf wandte er sich wieder an Lluís, um ihm zu erläutern: »Du wirst hier im Atelier schlafen. Dort am Ende gibt es ein Zimmer« – er zeigte mit einem Finger nach hinten – »da hast du ein Bett und alles Notwendige. Abends, wenn alle das Atelier verlassen haben, wird es deine Aufgabe sein, den Ton und den Gips vom Boden und von den Sockeln zu kratzen, das ganze Atelier zu fegen und alle Werke mit Tüchern abzudecken, das ist notwendig. Miquel wird dir zeigen, wie das geht«, sagte er und legte eine Hand auf die Schulter des Jungen, der mit dem Pferd beschäftigt war. Der Mestre machte eine kurze Pause, sah Lluís in die Augen, um sich seiner Aufmerksamkeit zu versichern, und fuhr fort: »Jeden Morgen wirst du dabei helfen, Material von A nach B zu bewegen, du wirst den anderen assistieren, wenn sie dich darum bitten, und du wirst lernen, wie wir unser Werkzeug reinigen und für den nächsten Tag vorbereiten.«

Lluís nickte ernst und ganz still, nur manchmal entwischte ihm ein »Ja, Senyor«. Er versuchte sich auszumalen, wie es wohl war, in diesem riesigen Raum zu schlafen, der ziemlich gottverlassen sein musste, sobald alle gegangen waren. Aber er sagte nichts, denn er wollte nichts mehr auf dieser Welt, als bei Mestre Arnau zu bleiben, unter keinen Umständen wollte er zurück ins Heim. Auch wenn er jetzt schon die Einsamkeit der Nächte spürte – er war es ja nicht gewohnt, ganz alleine in einem Raum zu schlafen –, durchströmte ihn schon bei der Vorstellung daran, Teil des Atelieralltags zu sein, ein Glücksgefühl, das er seit seiner Zeit bei der Amme und seiner geliebten Maria nicht mehr verspürt hatte. Mestre Arnau war ein ernster Mann, streng mit seinen Gehilfen, aber freundlich und respektvoll im Umgang. Lluís wollte sich erkenntlich zeigen. Etwas sagte ihm, dass er dies am besten tat, indem er nicht viel redete, sondern einfach gehorchte.

»Das sind fürs Erste deine Aufgaben, du lernst von den Gehilfen. Nimm dir Zeit, Junge, und beobachte alles mit dem Blick des Zeichners, der dir innewohnt«, sagte der Mestre abschließend, und dabei wurde seine Stimme plötzlich weicher, freundlicher. Lluís sah ihn freudestrahlend an, er war ihm unendlich dankbar. Der Mestre schob noch etwas nach: »Wenn du dich gut machst, wirst du später lernen, wie man Ton wiederverwendet und anmischt.«

Als am Abend alle Gehilfen das Atelier verlassen hatten, waren nur noch Senyor Arnau und Lluís übrig. Sie aßen ein warmes Mahl, eine Frau mit Schürze und Kopftuch hatte es ihnen in das Zimmer gebracht, in dem Lluís schlafen sollte. Der Mestre sprach kaum, er war mit seinen Gedanken woanders. Lluís genoss die Stille und schlürfte seine dampfende Suppe. Er wunderte sich darüber, dass der Mestre nicht wie alle anderen nach Hause gegangen war. Ob er wohl niemanden hatte, der auf ihn wartete? Vielleicht war er auch aus Höflichkeit ihm gegenüber geblieben, der von nun an im Atelier leben würde. Nach dem Abendessen fragte ihn der Mestre über das Leben im Heim aus, er wollte Details. In seinen Augen zeichnete sich etwas ab, das sich als vage Erinnerungen deuten ließ. Gegen Mitternacht verabschiedete sich Arnau mit sanfter Stimme, ohne sich sonderlich zu beeilen. Er schritt durch das Atelier, welches schon seit einer Weile im Dunkeln lag. Dann hörte Lluís noch, wie er die Tür abschloss. Es war ein so ereignisreicher Tag gewesen, dass Lluís, kurz nachdem Arnau gegangen war, in einen tiefen Schlaf sank. Von der warmen reichhaltigen Suppe und der angenehmen Gesellschaft gestärkt, träumte er in dieser Nacht von seinem neuen Leben. Von den Gehilfen, die er an diesem Tag bei der Arbeit beobachtet hatte, vom geflügelten Pferd und von der zwei Meter großen Gipsfigur, aber vor allem von der Amme aus Ton, die in seinem Traum zum Leben erwachte und ihren Blick hob, zu ihm. Ihr Gesicht wurde zu dem von Dolors, und darin formte sich ein leichtes Lächeln, als sie sagte: »Lluís, mein Sohn, alles wird gut.«

Der Juni wich einem recht heißen Juli, und im Atelier von Mestre Arnau arbeiteten alle von Sonnenaufgang bis Sonnenuntergang, um all die wichtigen Aufträge abarbeiten zu können. Eine der Arbeiten war eine Gipsfigur eines alten Grafen aus Barcelona, die gerade aus der Form gelöst worden war. Nun folgte der Schritt, bei dem das Modell zur Herstellung der Figur aus Stein diente. Ein Gehilfe verlieh ihr zunächst den Grobschliff, bevor dann der Bildhauer selbst Hand anlegte. Abhängig vom Modell verwendete der Mestre dafür entweder ein Zahneisen oder einen Meißel oder er machte nur noch die letzten Ausbesserungen mit einer Raspel. Die steinerne Grafenstatue würde dann zum Bestimmungsort gebracht werden, der kein anderer war als die Treppe vor dem Verwaltungspavillon des zukünftigen Hospital de Sant Pau.

Lluís bewegte sich mittlerweile mit der Leichtigkeit desjenigen durch das Skulpturenreich, der schon sein ganzes Leben dort verbracht hatte. Wenn die Gehilfen frühmorgens im Atelier ankamen, lagen die Werkzeuge immer schon ordentlich bereit, die Sockel waren sauber und der Boden gefegt. Er hatte seinen Platz im Atelier gefunden, auch hatte er das Vertrauen von einigen Gehilfen für sich gewinnen können. Ab und zu unterhielten sie sich mit ihm und gaben ihm bereitwillig Auskunft, wenn er sie etwas zu ihrer Arbeit fragte. Es gab sogar ein paar Gehilfen, die ihm ganz genau erklärten, welches bildhauerische Verfahren sich für welches Modell und zu welchem Zeitpunkt des Prozesses eignete, während Lluís danebenstehen und zugucken durfte. Lluís hörte genau zu, studierte alle Schritte. Mestre Arnau beobachtete ihn dabei unauffällig. Insgeheim wusste er, dass Lluís schneller lernen würde als jeder seiner Gehilfen davor.

Lluís durfte dem fortgeschrittenen Gehilfen aus nächster Nähe zusehen, wie dieser die Gipsmasse anmischte und das Gerüst für einen Arm oder ein Bein vorbereitete. Er hatte dabei sein können, als das Gipsmodell der Grafenstatue aufgebrochen worden war, worauf er besonders stolz war. Manchmal gab der Mestre ihm die Erlaubnis, aus dem übrig gebliebenen Ton die ein oder andere Büste zu modellieren. Es handelte sich dabei natürlich um keine Aufträge; vielmehr versuchte sich Lluís darin, die Arbeiten aus dem Atelier zu kopieren, oder er nahm sich Zeichnungen des Mestre als Vorlage. Das war laut Arnau Teil seiner Ausbildung zum Bildhauer. Eusebi Arnau war sich sicher, dass aus diesem Jungen, den er in seinem Atelier aufgenommen hatte, eines Tages ein wahrhaftiger Künstler werden würde.

Es war Freitagmorgen, Arnau kam gerade im Atelier an. Er ging die Aufgaben für diesen Tag durch und gab allen Gehilfen Anweisungen. Dann wandte er sich an Lluís, der damit beschäftigt war, einem Gehilfen zu assistieren, indem er eine Schicht flüssigen Gipses auf ein Modell auftrug.

»Heute kommst du mit mir mit, wir schauen uns den Baufortschritt an«, eröffnete ihm Arnau. »Na los, beeil dich, wir brechen sofort auf.«

Die Hände nach oben gestreckt, noch triefend vor Gips, machte Lluís Augen so groß wie Mühlsteine. Er fragte den Mestre erst gar nicht, wohin es ging. Er beeilte sich, seine Hände zu waschen und die Schürze abzulegen, die seine Kleidung vor dem Gips schützen sollte. Der Mestre wartete an der Tür auf ihn, dabei sprach er mit dem fortgeschrittenen Gehilfen über die Grafenstatue. Die Zeit drängte, sie musste bald fertig sein, durfte das Atelier allerdings nur perfekt verlassen, so wie alle seine Arbeiten. Jedes Werk wurde penibel vom Mestre begutachtet. Er genoss das Vertrauen der besten Architekten, hatte die Anerkennung der Kunstverständigen sicher und wurde mit den wichtigsten Aufträgen bedacht, was an seiner unermüdlichen Art und sorgfältigen Arbeit lag.

Als er Lluís auf sich zukommen sah, sagte er zu seinem Gehilfen: »Ich nehme ihn mit zum Krankenhausbau, Don Lluís erwartet uns dort.«

Sie fuhren in einer gemieteten Kutsche quer durch die Stadt. Dabei sprach Arnau das erste Mal mit ihm über das zukünftige Hospital de Sant Pau.

»Ringsherum wirst du nur Acker sehen«, erläuterte er ihm, »aber irgendwann, in gar nicht allzu ferner Zukunft, wird die Stadt bis dorthin heranreichen, mit Straßen, Geschäften und Nachbarhäusern. Hast du schon mal von Ildefons Cerdà gehört?«

Lluís schüttelte den Kopf, wie es der Mestre erwartet hatte. Er führte aus: »Vor langer Zeit hat er als Bauingenieur einen Stadterweiterungsplan für Barcelona erarbeitet, da die Stadt wächst und wächst, seitdem die Stadtmauern abgetragen wurden. Er hat sich ein Quadrat-System ausgedacht, bei dem die Häuserinseln geometrisch perfekt angeordnet sind. Ein ehrgeiziges Projekt, an dem seit Jahren gebaut wird. Cerdà ist schon vor etlichen Jahren gestorben, aber sein Erweiterungsplan wird von anderen fortgeführt. Wie du dir denken kannst, gibt es Personen, die den Plan für großartig halten, andere wiederum sind der Meinung, dass er sterbenslangweilig und zu monoton ist. Ich will hier nicht weiter ins Detail gehen. Nur so viel: Das momentan im Bau befindliche Hospital de Sant Pau wird an das neue Viertel Eixample angrenzen. Das Sant Pau selbst steht zwar in den Plänen nicht im Viertel, aber mit Sicherheit werden Häuser, Straßen und Geschäfte bis dorthin gebaut. Dann wird das Krankenhaus nicht mehr so weit weg von allem sein, wie es jetzt noch der Fall ist. Du wirst sehen, das Gelände, auf dem Don Lluís arbeitet, ist riesig! Und es wird noch viel größer werden, wenn sich die Zuständigen vom Sant Pau und vom Santa Creu endlich einigen. Habe ich dir schon gesagt, dass das Projekt auch Pavillons für das Hospital de la Santa Creu vorsieht? Es sind quasi zwei Krankenhäuser auf einem Grundstück, dabei übernimmt das Santa Creu die Verwaltungsangelegenheiten. Aber das steht gerade alles auf der Kippe.«

Lluís hörte dem Mestre aufmerksam zu, der eigentlich nicht so sehr zum Reden geneigt war. Bislang hatten sie nur Zeit im Atelier verbracht, es war das erste Mal seit seiner Ankunft dort, dass er es verließ. Der Mestre erzählte und erzählte, während ihm Lluís dabei zuhörte. Gleichzeitig wandte er seinen Blick nicht von dem Pferd ab, das die Kutsche zog. Es war wunderschön, hatte braunes, glänzendes Fell. Bei jeder Bewegung wurde die Anatomie des Tieres sichtbar, jeder Muskel schien lebendig. Wenn er am Abend alleine wäre, wollte er ein paar Skizzen davon anfertigen.

»Das Projekt sieht insgesamt achtundvierzig Pavillons vor«, fuhr der Mestre fort, »und durch das Areal verläuft eine große Allee, von oben nach unten. Außerdem gibt es noch zwei weitere Alleen, die quer dazu verlaufen, sowie begrünte Flächen um jeden einzelnen Pavillon herum. Für jede Krankenstation ein Pavillon. Mittendrin, an der großen Allee gelegen, der Pavillon, in dem die Ärzte operieren. Unterirdisch werden alle Pavillons über Tunnel miteinander verbunden sein. Don Lluís spricht von dem Projekt wie von einer Art Gartenstadt, einer Krankenhausstadt, die direkt an die richtige Stadt angrenzt, mit eigenen Wegen und allen notwendigen Diensten. Er ist der Meinung, dass dort Platz für mehrere tausend Kranke sei, wenn erst einmal alle Baupläne umgesetzt worden sind. Kannst du dir das vorstellen?«

Sie ließen die letzten Häuser und Straßen hinter sich; jetzt waren nur noch Äcker zu sehen, ab und zu ein Gehöft. Es ging bergauf, sodass das Pferd mehr Kraft aufwenden musste. Eine Weile schwiegen sie, dann hob der Mestre seine Hand und zeigte mit dem Finger auf einen weit entfernten Punkt.

»Siehst du das Gebäude, das dort gebaut wird?«

»Ja, Senyor«, antwortete Lluís.

»Das ist das Eingangsgebäude: der Verwaltungspavillon. Dort werden die Kranken ankommen. Mittig davor wird die Statue aufgestellt, deren Modell wir gestern aus dem Gips gelöst haben«, sagte er zu Lluís, der auf jenen Punkt in der Ferne starrte, als sehe er bereits alles vor sich.

Die Kutsche war oben am Eingang des zukünftigen Krankenhauses angelangt. Die Größe war bereits am Eingangspavillon zu erahnen, wo man als Besucher willkommen geheißen werden sollte. Der Hauptteil dieses Pavillons war bereits gebaut, ein paar Seitengänge waren auch schon bis zur ersten Etage hochgezogen. Überall hantierten Maurer und Steinmetze. Der Mestre stieg mit seinem Gehilfen an der Seite aus der Kutsche und lief schnurstracks in Richtung Hauptfoyer. Dort stand unter ein paar bereits errichteten Säulen ein Mann, dunkler Mantel und Hut, weißes Haar und ein ebenso weißer Bart. Er war etwas größer als Arnau und strahlte etwas Ruhiges, Distinguiertes aus. Ein paar zusammengerollte Zeichenpläne unterm Arm, hielt er den Blick prüfend nach oben gerichtet, auf die Säulen. Als er die Schritte des Bildhauers vernahm, senkte er den Kopf und begrüßte ihn freudig. Arnau murmelte dem Jungen zu: »Das ist der Architekt: Don Lluís.«

Domènech i Montaner und Arnau unterhielten sich eine Weile, vor der Mittagssonne geschützt, welche den Bauarbeitern den Schweiß auf die Stirn trieb. Sie sprachen über die neuesten Anmerkungen zu den Steinstatuen, die der Architekt dem Bildhauer hatte zukommen lassen. Es ging um Details, sie verstanden sich hervorragend, beide Künstler arbeiteten bereits seit Jahren zusammen. Als Don Lluís den Gehilfen von Arnau erblickt hatte, hatte er nur die Augenbrauen nach oben gezogen. Wahrscheinlich war er daran gewöhnt, ihn in Begleitung irgendeines Gehilfen zu sehen. Er widmete sich ganz dem Gespräch mit seinem Kollegen, nahm den Jungen mit demselben Vornamen gar nicht richtig wahr. Der Bildhauerlehrling richtete währenddessen seine Aufmerksamkeit abwechselnd auf den Architekten und auf den Mestre, um möglichst alles zu verstehen, was sie diskutierten. Verstohlen sah er dabei immer wieder hinüber zu den Männern, die unter der brennenden Sonne Steine hauten, Wände verputzten oder Dinge von einem Ort zum anderen schafften. Als die Detailfragen zu den Statuen geklärt waren – das war der Grund des Treffens gewesen –, forderte Don Lluís Arnau auf, ihm über die große Allee zu folgen.

»Der Winter war hart, dadurch haben wir etliche Arbeitstage verloren«, erläuterte er. »Zum Glück konnten wir im Frühling einiges aufholen, es geht also mit der Sache voran.«

Zu dritt schritten sie über das, was einmal die Hauptallee sein würde. Der Architekt beschrieb dem Bildhauer jedes Stück, machte Angaben dazu, wo genau jeder einzelne Pavillon stehen würde und bei welchem Arbeitsschritt sich jeder dieser Pavillons gerade befand.

»Die auf der rechten Seite der Allee, also die östlich gelegenen Pavillons sind für Männer gedacht, wie du dich sicherlich erinnerst, die westlich gelegenen für Frauen«, kommentierte Don Lluís. »In dem ersten Pavillon für Männer haben wir Ende letzten Monats mit den Metallarbeiten begonnen, während die Arbeiter im zweiten Pavillon gerade die Wände des Erdgeschosses fertigstellen sowie die Gewölbe.«

Sie schritten langsam voran, das Bauland ging bergan. Don Lluís führte seine Erläuterungen fort, während Arnau hauptsächlich nickend zustimmte und der Junge ihnen mit Interesse folgte.

»Bei vier der Krankenpavillons werden die Wände hochgezogen, und in dem dort drüben stehen bereits die Bogen. Im Erdgeschoss wird an den Verkleidungen gearbeitet. Sieh mal, Eusebi, und hier vor uns ist das Operationshaus«, sagte der Architekt zum Bildhauer.

»Alle Achtung, Don Lluís. Die Wände sind ja mindestens schon vier Meter hoch. Es geht wahrlich gut voran«, staunte Arnau.

Domènech blieb stehen und sprach über all die Gebäude, die noch weiter oben entstehen würden, und auch die seitlich gelegenen. Zum Beispiel über den großen Hauptpavillon, der eigentlich aus drei Teilen bestand, die mit überirdischen Gängen miteinander verbunden werden würden. Dort war die Unterbringung der Ordensschwestern, der Küche und der Apotheke geplant. Noch weiter oben hatte der Architekt Platz für Patienten mit ansteckenden Krankheiten vorgesehen, um sie den Hygienevorschriften entsprechend von den anderen

Patienten fernzuhalten. Pavillons für Patienten mit Schwindsucht, Pocken, Syphilis und Typhus. Außerdem war eine Krankenstation für Kinder geplant und weitere ebenfalls abgesonderte Pavillons für Patienten, die unter Scharlach, Masern oder Diphtherie litten. All das sollte in dieser riesigen Krankenstadt unterkommen, die Don Lluís mithilfe einer ganzen Reihe von Arbeitern errichtete: Architekten, technische Zeichner, Bildhauer, Steinmetze, Keramiker, Maler, Mosaikleger, Glaser, Schmiede und etliche Handwerker spielten für den großen Dirigenten und machten so sein Werk überhaupt erst möglich. Es würde noch Jahre dauern, er hoffte, die Fertigstellung noch miterleben zu können. Momentan floss das Geld des Bankiers Gil; Don Leopold Gil, Testamentsvollstrecker und Neffe des verstorbenen Bankiers, zahlte es systematisch aus. Alle warteten darauf, dass der Streit zwischen dem Sant Pau und dem Santa Creu endlich beigelegt wurde, damit schon bald der Traum eines gemeinsamen Krankenhausareals Wirklichkeit werden konnte.

1910

Erste Herbsttage

Es war sein erster Tag an der Medizinischen Fakultät. Der Vater hatte Antonio damit beauftragt, Senyoret Llorenç mit der Kutsche dorthin zu fahren, da er selbst dessen Dienste an diesem Morgen nicht benötigte. Der Kutscher dirigierte das schwarze Pferd der Familie über die Rambla de Catalunya nach oben, bog in die Carrer de Provença ein, und von dort aus ging es ein gutes Stück geradeaus bis zur Carrer de Casanova. Der Gebäudekomplex, in dem sowohl die Medizinische Fakultät als auch das Hospital Clínic untergebracht waren, wo die Medizinstudenten ihre Praktika absolvierten, war umgeben von Baugrundstücken, auf denen Stück für Stück weitere Gebäude entstanden. Die Straßen dieses neu entstehenden Stadtteils verliefen so, wie es der Eixample-Plan vorsah, die Bäume waren wie am Schnürchen aufgereiht gepflanzt worden, geometrisch korrekt angeordnet, und markierten so das gesamte Areal. Dank der Medizinischen Fakultät und des neuen Krankenhauses nahm das Viertel langsam Gestalt an und füllte sich mit Leben. Das Hospital Clínic war bereits seit fünf Jahren in Betrieb. Durch die Gänge, Räume, Operations- und Krankensäle schwirrte tagtäglich ein regelrechtes Heer aus Ärzten, Pioniere einer Medizin, die seit Beginn des neuen Jahrhunderts die Welt veränderte und stets Fortschritte machte. Den Ärzten, die einen Lehrstuhl innehatten, folgten hunderte von Medizinstudenten, sie beobachteten sie genau und eiferten ihnen nach. Mit Beginn des Herbstes füllten sich die Hörsäle der Fakultät.

Am Haupteingang der Fakultät, an der Carrer de Casanova gelegen, führte eine mittig gebaute steinerne Freitreppe hinauf zum Portikus, dessen Säulen majestätisch emporragten. Sie konnten so den ein oder anderen Erstsemesterstudenten einschüchtern, dem es vergönnt war, hier zu studieren. Wenn er den Blick hob, sah er den halbmondförmigen Giebel, der mit dem Portikus abschloss. Auf einem Hochrelief waren hier unterschiedliche Persönlichkeiten der Medizingeschichte abgebildet. Das architektonische Zusammenspiel schindete auf jeden Fall Eindruck. Zu beiden Seiten der Fakultät erstreckten sich parallel zueinander Krankenpavillons, auf der einen Seite die für Männer, auf der anderen Seite die für Frauen.

Die meisten Medizinstudenten betraten das Gelände über einen der beiden Seiteneingänge, so auch Llorenç Rovira.

»Ich brauche dich nicht mehr, danke, Antonio«, sagte er etwas ungeduldig zum Kutscher. Er wollte nur ungern mit der pompösen Kutsche seines Vaters die Aufmerksamkeit der anderen Studenten auf sich ziehen. Er betrat die Eingangshalle und mischte sich unter die Studenten, die den Gang hinunterströmten. An seinem Ende befand sich ein quadratischer Hof mit Säulengang, der zumindest ein wenig Platz inmitten der Menschenmenge bedeutete. Er hörte, wie ein Student vor einer Gruppe von Erstsemestern von der Verteilung der Hörsäle sprach; er war mindestens im dritten oder vierten Studienjahr.

»Histologie, Hygiene, Gerichtsmedizin und Chirurgie. Die Seziersäle für Studenten aus dem ersten und zweiten Studienjahr befinden sich ebenfalls im Erdgeschoss«, erläuterte er mit gewisser Überheblichkeit, als ob die Erklärung ihm einiges abverlangte. »Außerdem findet ihr dort auch das Leichenschauhaus des Krankenhauses.«

Llorenç lief ein Schauer über den Rücken. Er gesellte sich zu der Erstsemestergruppe, um nach dem Anatomiesaal zu fragen. Der Student antwortete ihm schlicht mit einer Handbewegung.

»Da«, sagte er und zeigte auf den rechts vom Hof gelegenen Teil.

Llorenç bedankte sich leise und entfernte sich von der Studentengruppe, auf dem Weg zu seiner ersten Vorlesung. Schon beim Eintreten in den Hörsaal sah er, dass dieser aus allen Nähten platzte. Er war als Amphitheater angelegt; die nach oben hin ansteigenden Holzbänke für die Studenten bildeten einen Halbkreis. Llorenç blieb kurz in der Tür stehen, denn er wusste nicht recht, ob er durch die ersten Reihen zu den Treppenstufen des Hauptgangs gehen sollte, um von dort zu den letzten Reihen zu gelangen, oder ob er sich doch lieber einen Platz irgendwo in der Nähe der Tür suchen sollte, um eben nicht von allen beäugt zu werden. Ihm blieb nicht mehr viel Zeit, bis der Dozent kam. Der Lärm der Studenten war unglaublich, wahrscheinlich waren alle an ihrem ersten Studientag ziemlich aufgeregt. Llorenç war gerade in der Mitte des Saales angelangt, in der Nähe der Tür hatte er keinen freien Platz finden können, da sah er einen jungen Mann in der dritten Reihe linker Hand sitzen, der mit beiden Händen gestikulierte. Llorenç blickte kurz hinter sich. Meinte er ihn oder jemand anderen? Er machte weiterhin Handbewegungen, die bedeuten sollten: Genau dich meine ich. Also stieg Llorenç die Treppenstufen bis zur dritten Reihe hinauf, und der junge Mann rutschte ein Stück zur Seite.

»Hier ist noch Platz für jemanden«, sagte er bestimmt.

»Kennen wir uns?«, fragte Llorenç.

»Gern geschehen«, antwortete der junge Mann und lächelte.

»Na dann, danke schön.« Llorenç streckte ihm etwas ungeschickt die Hand hin und stellte sich vor. Der junge Mann drückte ihm kraftvoll die Hand.

»Marcel Riera«, sagte er. »Spannend, was?«

Llorenç teilte seine Auffassung nicht unbedingt. Spannung verspürte er nicht, vielmehr zog sich sein Magen zusammen, da nun feststand, dass sein Vater einmal mehr gewonnen hatte. Dort saß er nun, seinen Schulabschluss in der Tasche und im ersten Studienjahr Medizin, so wie der Vater es sich gewünscht hatte, wahrscheinlich schon seit dem Tag seiner Geburt. Im Hause Rovira war nie auch nur darüber diskutiert worden. Den Wünschen des Vaters hatte Llorenç ganz natürlich entsprochen, zumal er ein Junge war, der jeder Konfrontation aus dem Weg ging. Der Vater befahl, der Junge befolgte seine Befehle, so war es, seitdem er denken konnte, und das würde sich auch nicht ändern, jetzt wo er älter war. Llorenç Rovira hatte eine erstaunliche Anpassungsfähigkeit ausgebildet, er diskutierte wirklich nie. Daran gewöhnt, niemals eine eigene Entscheidung zu treffen, saß er wie ein Zuschauer in seinem eigenen Leben, immer in der ersten Reihe, aufmerksam und diszipliniert. Er versuchte, das Ganze positiv zu sehen, er hatte schließlich eh keine Chance gegen den Willen seines Vaters. Vielleicht war das eine Charakterschwäche, aber für ihn lag es eher an der Hartnäckigkeit seines Vaters – jemand, der immer wusste, was er wollte. Er gehorchte seinem Vater, richtig gute Ideen hatte er selbst eben auch nicht. Und trotzdem wurde es Llorenç an seinem ersten Tag in der Medizinischen Fakultät etwas mulmig. Worauf hatte er sich da nur eingelassen? Von klein auf hatte er angenommen, dass er eine Art vererbte Berufung in sich trug, die er zwar selber nie verspürt hatte, aber jetzt konnte er auch nicht mehr zurück. Kurz bevor sein erster Anatomieunterricht begann, wurde ihm bewusst, dass er sich selbst in den Abgrund gestürzt hatte.

Der Dozent trat ein und ging über eine kleine Treppe zum Pult, auf das alle einen guten Blick hatten. Vor ihm saßen mehr Studenten, als eigentlich gut in den Saal gepasst hätten. Sie starrten gespannt zu ihm nach vorne, und langsam legte sich eine Stille über den Saal. Erst als auch der letzte Student verstummt war, begann der Anatomieprofessor mit seiner Vorlesung. Ohne auch nur jemanden anzuschauen, den Blick auf einen weit entfernten Punkt über den Köpfen der Studenten gerichtet. Äußerlich wirkte er eher bescheiden, doch seine tiefe, durchdringende Stimme überraschte. Mechanisch, weder hochtrabend noch gefühlsduselig, besprach er die fachlichen Lernziele sowie die Lehrinhalte des ersten Studienjahres.

»Das Hauptziel dieses Kurses ist das Erlernen der anatomischen Anordnung des menschlichen Körpers …« Llorenç hörte ihm von der dritten Reihe aus zu, versuchte, die Bedeutung dessen, was der Professor dort von sich gab, zu verstehen. Dabei gelang es ihm nicht, sein flaues Gefühl im Magen zu vertreiben.

»… einige Theorieeinheiten, denen eine Einführung in die Anatomie vorangeht, Grundlagen, allgemeine Kenntnisse über das Skelett- und Gelenksystem, anschließend das Studium der Muskulatur, der Gefäßsysteme und des Nervensystems …« Llorenç beobachtete aus dem Augenwinkel seinen Kommilitonen Marcel, der ihm liebenswürdigerweise neben sich Platz gemacht hatte, und das Glänzen in dessen Augen, als würde er vollkommen fasziniert sein von dem, was der Professor auf so monotone Art und Weise erläuterte.

Nach der ersten Vorlesung des Tages verließen die Erstsemester den Hörsaal und gingen an die frische Luft in den Innenhof. Llorenç war die Treppenstufen des halbrunden Hörsaals hinuntergestiegen, gefolgt von Marcel Riera. Nun standen sie gemeinsam draußen, als würden sie bereits seit Jahren miteinander befreundet sein. Das beunruhigte Llorenç ein wenig, der nun wirklich nicht daran gewöhnt war, dass sich jemand lange in seiner Gegenwart aufhielt. In der Schule war das nicht vorgekommen, und er war davon ausgegangen, dass es auch hier an der Fakultät ähnlich verlaufen würde. Aber da stand er, dieser Junge mit dem breiten Lächeln. Da Llorenç nicht so genau wusste, was er zu ihm sagen sollte, wartete er, bis dieser zu sprechen anfing.

»Und?«, fragte Marcel.

Llorenç sah ihn nur an. Marcel hakte nach: »Was hältst du von der ersten Vorlesung? Findest du das nicht auch alles unglaublich aufregend?«

Dieser Marcel scheint ein paar Schrauben locker zu haben, dachte Llorenç, aber es war bereits zu spät, das Weite zu suchen.

»Also, aufregend …«, begann er. »Ich habe schon jetzt den Überblick darüber verloren, was wir alles lernen müssen.«

»Und das ist nur der theoretische Teil«, antwortete ihm Marcel mit Begeisterung, als hätte er Llorenç gar nicht zugehört. »Ich kann es kaum abwarten, mit dem praktischen Teil anzufangen, mit dem Sezierunterricht. Hast du Angst davor? Stammst du eigentlich aus einer Ärztefamilie?«

Llorenç nickte nur, und Marcel fuhr fort: »Also, ich nicht. Ich bin der Erste in meiner Familie. Mein Großvater hat eine Textilfabrik gegründet, und mein Vater hat sie geerbt. Mein großer Bruder hat sie übernommen, als mein Vater gestorben ist.«

Llorenç versuchte sich vorzustellen, wie das wohl war, keinen Vater mehr zu haben.

»Ich hatte also die Möglichkeit, mich für Medizin einzuschreiben. Am liebsten möchte ich Chirurg werden«, sagte Marcel.

An diesem ersten Tag an der Medizinischen Fakultät begann zwischen Llorenç und Marcel Riera eine lang andauernde Freundschaft. Sie besuchten alle Vorlesungen gemeinsam, saßen immer nebeneinander. Marcel war ein äußerst geselliger Kerl, das komplette Gegenteil von seinem neuen schüchternen Freund. Er begeisterte sich für alles, was mit Medizin, dem menschlichen Körper, Krankheiten zu tun hatte, für die neuen Entdeckungen, von denen in medizinischen Fachzeitschriften die Rede war und die er zitierte, als wäre er bereits Arzt. Das wirkte sich positiv auf Llorenç aus, und so wich dessen anfängliche Angst langsam einem wachsenden analytischen Interesse. Zumindest erschien ihm die theoretische Welt entdeckenswert. Der praktische Teil hingegen lag ihm nicht sonderlich. Die Erstsemester brachten Leben in die Fakultät, sie kamen nur selten in die Nähe des Krankenhauses, in dem sich die Studenten ab dem dritten Studienjahr hauptsächlich aufhielten. Noch waren die Patienten – außer bei einem der seltenen Besuche einer Krankenstation oder bei der Veranschaulichung, zu der der Dozent ein »Beispiel« mitbrachte, also einen Patienten – nicht Teil ihres Alltags. Mit Toten sah es da schon ganz anders aus. Im ersten und auch noch im zweiten Studienjahr mussten sich die Studenten den Leichnamen widmen, die auf dreizehn Seziertischen in zwei Sälen aufgebahrt lagen und ihnen ihre mit Formaldehyd konservierten Körper entgegenstreckten. Es galt, jeden Muskel, jeden Nerv, jedes Blutgefäß zu studieren und, vor allem, der Verwesung des menschlichen Fleisches gleichgültig gegenüberzustehen. Es gab solche Studenten, wie Marcel, denen es nichts ausmachte, aber es gab eben auch jene, wie Llorenç, die weniger überzeugt von der Sache waren und dem deprimierenden Spektakel bedrückt und mit einer gehörigen

Portion Ekel beiwohnten. Je mehr das Sezieren Teil ihres Studienalltags wurde, desto entspannter waren einige von Llorenç' Kommilitonen im Umgang mit den Leichen; groteske Scherze wurden gemacht, Streiche mit Körperteilen, die verschwanden, ein Kopf zum Beispiel, oder jemand formte unanständige Körperstellungen. Damit brachten sie die Empfindlichen und Zartbesaiteten, unter ihnen auch Llorenç, dazu, sich zu übergeben.

Das erste Trimester ging glücklicherweise schneller vorüber, als er befürchtet hatte, was vor allem an der Freundschaft mit Marcel Riera lag, so schnell, dass schon fast Heiligabend vor der Tür stand. Ein paar Tage Verschnaufpause standen an, die Llorenç von seiner Familie umgeben verbringen würde. Er wollte seinen neuen Freund zum Essen einladen oder vielleicht zum Kaffeetrinken, an einem der Tage, an dem seine Mutter das Haus nicht mit Gästen füllte. Er dachte darüber nach, wie er es anstellen sollte, dass er seinem Vater nicht begegnete, um so dem Verhör über sich selbst und seinen Fortschritt im Studium zu entgehen. Marcel war das einzig Gute, was ihm seit Langem passiert war. Und auch wenn er darauf hoffte, dass dieser Mensch Teil seines Lebens wurde, so wollte er das Kennenlernen mit seinem Vater ein wenig hinauszögern. Er wollte auf keinen Fall, dass der Vater sein Urteil über diesen Freund fällte – schließlich stammte Marcel aus keiner Ärztefamilie – und ihn dann vielleicht von Llorenç fernhielt.

»Mia, beeil dich doch mit der Kiste, ich will Mutter überraschen«, sagte Aurora Rovira, eine Schönheit von zehn Jahren, die allen Freude bereitete, die mit ihr unter einem Dach wohnten.

Maria stellte sich auf einen Stuhl und machte den Arm lang, um so an eine Kiste mit Krippenfiguren zu gelangen, die auf dem obersten Regalbrett stand. Senyor Rovira hatte die

Figuren auf einer Reise nach Deutschland gekauft, sie waren äußerst geschmackvoll, so etwas sah man selten in Barcelona. Sie waren mit zarten Farben bemalt. Die Jungfrau Maria kniete betend, die Falten ihrer Kleidung waren fein ausgearbeitet. Josef stand aufrecht, in der Hand einen langen Stock, er wirkte erhaben, sein Bart war sehr detailreich. Maria holte den Pappkarton mit aller Vorsicht herunter, Aurora nahm ihn ihr ab und stellte ihn auf den Tisch. Feierlich hob sie den Deckel von der Kiste, und wie von Zauberhand tauchten die Figürchen unter dem feinen, schützenden Seidenpapier auf.

»Mia, wo ist es denn, das Jesuskind?« Aufgeregt, voller Vorfreude auf Weihnachten suchte Aurora die kleinste der Figuren.

Maria fand die Figur in der Ecke der Kiste und gab sie ihr. »Hier, jetzt kannst du ihn in die Krippe legen.«

Aurora strahlte sie an, und ihr freudiges, hoffnungsvolles Wesen erfüllte Maria mit Zuversicht. Sie war noch immer das Hausmädchen der Roviras.

»Wenn Mama das erst sieht. Dieses Jahr haben wir noch mehr Hirten und Berge. Das wird schön.«

Maria sah Aurora dabei zu, wie sie Figur für Figur die Krippe aufbaute, die sie, sobald sie fertig war, jedem Familienmitglied und allen Hausangestellten vorführen würde. Llorenç half ihr schon seit Langem nicht mehr dabei, er hatte andere Dinge zu tun, sodass es Aurora überlassen war, mithilfe ihrer geliebten Maria die Krippe aufzubauen.

»Was meinst du? Stehen die Hirten dort oben gut? Oder soll ich sie lieber weiter unten hinstellen, links, damit es so aussieht, als kämen sie vom Fluss?«

Das Mädchen fragte zwar, aber Maria antwortete ihr erst gar nicht, da Aurora selbstständig eine Entscheidung treffen würde. Sie war nicht wie ihr Bruder, sie war viel lebendiger, sehr klug und hatte immer alles klar und deutlich vor Augen. Willensstark, wie sie war, würde sie bestimmt alles im Leben erreichen, was sie sich vornahm. Davon war Maria überzeugt. Niemand sonst im Hause kannte Auroras Launen so gut wie sie, nicht einmal Senyora Eulàlia, und wahrscheinlich liebte auch niemand sonst das Mädchen so bedingungslos wie sie. Als die Eltern das Mädchen zur Schule schickten, betrübte Maria das. Die Zeiten der französischen Gouvernante hatten ihr besser gefallen; damals verbrachte Aurora die gesamte Zeit zu Hause, und Maria konnte sich an ihr erfreuen. Sie versuchte immer, in ihrer Nähe zu sein, um zuzusehen, wie sie zeichnete oder wie sie die ersten Musikinstrumente zu spielen anfing. Als sie jedoch in die Schule kam, verbrachte das Mädchen deutlich weniger Zeit zu Hause. Seitdem freute sich Maria umso mehr auf die Ferien. In diesen Weihnachtsferien las Aurora ihr zum ersten Mal laut vor. Maria sah sie bewundernd an, lauschte mucksmäuschenstill der Geschichte, die das Mädchen so geschickt erzählte, als könne sie sie auswendig. Mit ihren achtzehn Jahren konnte Maria kaum lesen, gerade ausreichend, um die Einkaufsliste zu entziffern, weswegen Auroras Fähigkeit sie verzauberte. Dass Aurora mit ihren zehn Jahren schon so viel gelernt hatte! Irgendwann sagte das Mädchen zu ihr: »Jetzt bist du an der Reihe.« »Womit?«, fragte Maria. »Mir eine Geschichte vorzulesen.« Marias Wangen wurden rot vor Scham. »Das kann ich nicht«, beichtete sie ihr. Von diesem Tag an brachte die junge Rovira ihr das Lesen bei, als wäre es ein Spiel. So entdeckte Maria an diesen Winternachmittagen eine ganz neue Welt, die aus wilden Tieren und außergewöhnlichen Geschichten bestand. Manchmal, wenn Senyora Eulàlia nichts davon mitbekam, lauschte sie an der verschlossenen Tür, hinter der Aurora Klavierunterricht erhielt. Dann verspürte sie einen Stich in ihrem Herzen und wollte weinen. Sie musste an die

Prinzen aus Auroras Märchen denken, an ihren Milchbruder, Lluís, der mittlerweile ein junger Mann war. Sie überlegte, was er wohl zu ihr sagen würde, wenn er sie als achtzehnjähriges Mädchen sähe. Ihre Mutter Dolors setzte dem Ganzen meist ein Ende, indem sie aus dem Nichts auftauchte und sie anfuhr: »Maria, was machst du denn hier an der Tür? Glaubst du etwa, es gibt in der Küche nichts zu tun? Und was, wenn Senyora Eulàlia dich beim Spionieren erwischt? Du weißt doch, wie sie ist!« Also folgte Maria ihrer Mutter in die Küche, wo sie sich mit viel Arbeit ihre Gedanken aus dem Kopf schlug, sodass Klaviermusik und Geschichten in weiter Ferne verschwanden.

Mestre Arnau wirkte verändert, seitdem er vor einem Jahr Senyoreta Anna París kennengelernt hatte. Jemand aus ihrer Familie hatte das Porträt eines verstorbenen Frühchens – der Sohn ihrer Cousine – bei ihm in Auftrag gegeben. Darüber hatte der Mestre Anna kennengelernt und sich in sie verliebt. Sie war deutlich jünger als er. Plötzlich war der Mestre wie ausgewechselt. Wenn er vorher kaum über sein Privatleben gesprochen hatte, so gefiel es ihm nun umso mehr, Lluís, der mittlerweile einer seiner treuesten und talentiertesten Gehilfen war, von den gemeinsamen Unternehmungen und Reisen zu erzählen. Im Februar hatte der Mestre seine Anna in der Kirche de la Purissíma Concepció geheiratet. Lluís war natürlich auch eingeladen gewesen und hatte sich für das Ereignis seinen ersten Anzug gekauft. Die Hochzeit war es ihm wert, denn er schätzte den Mestre, der ihm die Türen zu seinem Atelier geöffnet hatte, und damit zu einem Traum. Mittlerweile war die Bildhauerei fester Bestandteil seines Lebens, genauso wie die Arbeit im Atelier und die Entwürfe, die das Atelier verließen; manchmal hatte er sie selbst geformt, er wurde immer genauer und besser dabei. Es waren Entwürfe, aus denen später Skulpturen aus Marmor, Stein oder anderem Material entstanden. Die Aufträge für den Palau de la Música waren schon vor geraumer Zeit abgearbeitet. Abgesehen von ein paar kleineren Privataufträgen konzentrierten sie sich jetzt auf Figuren, die mehr als zwei Meter maßen. Es waren Abbildungen von Engeln und Heiligen, die für die schon sehr weit fortgeschrittenen Pavillons des zukünftigen Hospitals de la Santa Creu i Sant Pau vorgesehen waren. Vor einem Jahr hatten sich beide Seiten endlich geeinigt. Lluís war zu Ohren gekommen, dass letztendlich der Provinzgouverneur hatte einschreiten müssen, um den Streit zu schlichten. Zunächst wurden die Pavillons des Hospitals de Sant Pau fertiggestellt, die dann dem Hospital de la Santa Creu überantwortet wurden, das für den Betrieb zuständig sein würde. Währenddessen sollten die restlichen Pavillons gebaut werden. Wenn der Bau komplett abgeschlossen war, läge die Verwaltung des gesamten Komplexes beim Santa Creu. Lluís wusste sogar vom Mestre, dass Don Lluís bereits über den Bauplänen vom Santa Creu saß und Kostenanschläge ausarbeitete. So hatte Lluís, der vor vier Jahren zu Eusebi Arnau gekommen war, die Fortschritte dieses riesigen Bauvorhabens und dessen präzise Ausführung aus nächster Nähe miterlebt. Bei den wiederholten Baustellenbesuchen konnte er den Bau der einzelnen Pavillons nachverfolgen, wie an jeder Ecke des neuen Krankenhauses langsam die Mauern hochgezogen wurden, wie die Gewölbe folgten, wie die Wände geglättet und unterschiedliche Verkleidungen angebracht wurden, aus Holz, Marmor oder glasierten Keramikfliesen von unerhörter Schönheit. Bei den gemeinsamen Besuchen mit Mestre Arnau mochte Lluís es besonders gern, dem Treiben der unterschiedlichen Gewerke zuzusehen. Er war fasziniert von all den Künstlern und Handwerkern, die hier unter Don Lluís arbeiteten. Eines nicht mehr allzu weit entfernten Tages, so malte er sich aus, würden all diese Pavillons, deren Errichtung er mit eigenen Augen verfolgte, sich mit Patienten, Ärzten und Krankenschwestern füllen. Durch die Krankensäle und -stationen würden Ordensschwestern und Kapläne eilen, so wie er es, als er noch klein war, im Hospital de la Santa Creu tagtäglich erlebt hatte. Er hatte die Zeit bei seiner Amme und Maria nie wirklich vergessen können, den Innenhof des alten Krankenhauses, die Streitereien mit den Jungs aus dem Viertel, den Totengang. Und die Amme, seine Amme, mit dem Korb unter dem Arm, wie sie gerade aus der Küche des Santa Creu kam. Er hatte gelernt, sich schmerzfrei an seine Vergangenheit zu erinnern; vom heutigen Standpunkt aus fühlte es sich an, als sei das damals ein anderes Leben gewesen.

Im Atelier von Arnau hatte er sich selbst eine Zukunft geschmiedet, von der wohl niemand auch nur etwas hätte ahnen können, als die Amme ihn bei der Wohlfahrt abgab. Jetzt wusste er, dass er sich nie wieder einsam fühlen würde, denn er hatte die Bildhauerei, eine Tätigkeit, die ihm nicht nur Nahrung und ein Dach über dem Kopf verschaffte, sondern ihm auch neue Ideen und Zukunftspläne bescherte. Der Mestre hielt große Stücke auf ihn, hatte ihn sogar bei einem abendlichen Zeichenkurs eingeschrieben, wo er viel über Zeichentechnik lernte. Eines Tages, sagte sich Lluís, wenn er gerade vom Kurs ins Atelier zurückkam, wenn er mit den Händen im Gips oder Ton steckte oder wenn er dabei half, einen Engel zu erschaffen, oder er sich am Porträt eines Heiligen versuchte, eines Tages werde ich mein eigenes Atelier haben. Und dieser Gedanke kam nicht von irgendwoher, sondern entsprang einem Treffen mit einem ehemaligen Gehilfen des Mestres.

Dieses hatte kurz vor der großen Europareise des Mestres stattgefunden. Schon seit Tagen gab Eusebi Arnau jedem im Atelier genaue Anweisungen, damit die Arbeit während seiner Abwesenheit nicht ins Stocken geriet. So sollten einige Modelle angefertigt werden, die er bei seiner Rückkehr abschließen wollte. Zwei Tage vor seiner Abreise kam ein junger Mann von etwa dreißig Jahren ins Atelier. Lluís befand sich gerade in einer Ecke des Ateliers, in der das Licht besonders gut war. Dort kopierte er die Zeichnungen, die der Mestre von einer geplanten Steinskulptur der heiligen Anna angefertigt hatte, welche für den dritten Pavillon auf der Westseite des Krankenhauses bestimmt war. Dass der Mestre jemanden erfreut an der Tür begrüßte, kümmerte Lluís nicht im Geringsten, da er bereits daran gewöhnt war. Viele Menschen betraten Arnaus Atelier. Die Türen des Mestres standen Freunden, Kunden und Zuarbeitern, ehemaligen Gehilfen und anderen Schützlingen immer offen. Abgesehen von den Modellen, die stundenweise kamen – oftmals Sinti und Roma, da der Mestre von der Schönheit ihrer Körper schwärmte –, betraten manchmal auch durchaus skurrile Figuren das Atelier, Menschen aus Arnaus Vergangenheit, denen er irgendwann einmal geholfen hatte. Doch plötzlich wurde Lluís von den Stimmen um ihn herum aus seiner Konzentration gerissen. Die anderen Gehilfen im Atelier hatten angefangen, über den Besucher zu tuscheln. Deswegen versuchte nun auch Lluís auszumachen, wer da gekommen war, konnte jedoch wegen des starken Gegenlichts nur die Silhouette erkennen. Er bemerkte des Mestres außergewöhnliche Herzlichkeit, mit der er den Besucher empfing, weswegen er seine Kollegen fragte, um wen es sich da handele.

»Das ist Pablo Gargallo«, antwortete ihm Tomás, einer der ältesten Gehilfen im Atelier.

Auch wenn Lluís ihn noch nie gesehen hatte, so wusste er doch ganz genau, wer Pablo Gargallo war. Er wusste, dass es sich um einen der wichtigsten ehemaligen Gehilfen Arnaus handelte. Als Lluís selbst noch ein Heimkind war, hatte Arnau ihn als Lehrling im Atelier aufgenommen. Auch hatte Lluís von dessen Aufenthalten in Paris gehört. Seine Kollegen hatten ihm erzählt, dass er dort mit anderen Künstlern aus der ganzen Welt zusammengelebt hatte. Maler, Bildhauer, Künstler, die mit neuen Materialien, neuen Formen und Kompositionen experimentierten, von denen die meisten von der Hand in den Mund lebten und nur wenige es zu Ruhm schafften. Er wusste auch, dass Gargallo bereits einige Einzelausstellungen hatte, jeder sprach darüber. Die erste hatte in der Kunstgalerie Sala Parés stattgefunden. Außerdem erhielt er mindestens genauso wichtige Aufträge wie Mestre Arnau. An vielen dieser Aufträge arbeiteten sie gemeinsam, zunächst als Mestre und Schüler, später getrennt als eigenständige Künstler. Im Palau de la Música hatte Lluís einige von Gargallos Werken gesehen. Vor allem erinnerte er sich an die Walküren auf dem großen Vorbühnenbogen, heroische Kriegerinnen, wie ihm Mestre Arnau erläutert hatte, die einer Wagner-Oper entsprangen. Lluís wusste ebenfalls, dass Gargallo momentan für den Architekten Domènech einige Skulpturen und Reliefs für das Hospital de Sant Pau anfertigte. Da er Gargallo unbedingt kennenlernen wollte, ließ er seine Zeichnungen von der heiligen Anna liegen und näherte sich den beiden. Er stand da, als ob er nur darauf wartete, dass der Mestre sie miteinander bekannt machte. Arnau reagierte sofort. »Pablo, das hier ist der junge Mann, von dem ich dir erzählt habe.«

Lluís blickte überrascht drein, er fühlte sich geehrt, dass der Mestre ihn im Gespräch mit anderen Künstlern erwähnte. Neugierig auf den ehemaligen Gehilfen des Mestres, der sich einen eigenen Namen gemacht hatte, sah er sich ihn ganz genau an: Gargallo war deutlich kleiner als er, von kräftiger Statur, ein gedrungener Körper, wie man ihn im Norden Spaniens häufig sah. Woher kam er doch gleich? Nach den ersten vier Wörtern konnte er dessen Herkunft eindeutig ausmachen, er sprach so wie ein anderer Gehilfe aus dem Atelier, der aus Aragón kam. Außerdem bemerkte er den klaren, einfachen Blick; der Mann war ihm auf Anhieb sympathisch. Gargallo sagte freundlich: »Ich wollte dich schon seit Längerem kennenlernen.«

Lluís gab ihm die Hand. »Senyor Gargallo ...«, hob er an und dachte an jene Walküren im Palau de la Música und an die ihm bekannten Ausstellungsfotografien, auf denen Reliefs von Lastern und Tugenden zu sehen waren, Steinreliefs, die ihn wegen ihrer Ausdrucksstärke beeindruckt hatten.

»Wäre es möglich, einige seiner Arbeiten zu sehen?«, wandte sich Gargallo an Mestre Arnau.

»Aber natürlich.« Der Mestre befahl Lluís: »Geh deine Zeichnungen holen, die, die du zuletzt in deinem Zeichenkurs gemacht hast. Wir setzen uns eine Weile in dein Zimmer.«

Das Zimmer, in dem Lluís vor vier Jahren zum ersten Mal geschlafen hatte, sollte den Ort markieren, an dem eine aufrichtige Freundschaft beginnen und Gargallo das Leben des Bildhauergehilfen grundlegend verändern sollte.

Arnau reiste nach Deutschland, Frankreich, Holland, Belgien und wahrscheinlich auch noch in ein paar andere Länder. Während seiner Abwesenheit war im Atelier deutlich weniger zu tun, sodass Lluís Zeit hatte, sich frei in der Stadt zu bewegen. Er war achtzehn Jahre alt und hatte gerade Gargallo kennengelernt. Bislang war Mestre Arnau ihm ein großartiger Mentor gewesen, sein einziges Vorbild in dieser von ihm leidenschaftlich verehrten Welt der Bildhauerei. Doch jetzt spürte er, dass er von Pablo Gargallo neue und andere Dinge lernen konnte. Dieser öffnete ihm nicht nur Tür und Tor zu seinem Atelier und Zuhause – er lebte bereits seit einiger Zeit wieder in Barcelona –, sondern stellte ihm auch seine Geschwister, Freunde und mit ihnen einen Typ Mensch vor, den Lluís zuvor nicht zu Gesicht bekommen hatte. Menschen, die von ihrer Kunst und für die Kunst lebten, junge Künstler auf der Suche nach ihrem eigenen Weg fernab von geltenden Traditionen; Künstler, die mit neuen Ausdrucksformen experimentierten, die über Musik sprachen, über Malerei, Bildhauerei und Lyrik, die Zeichnungen auf einem Fetzen Papier oder in einem Notizheft anfertigten, während sie angeregte Gespräche über Entwicklungen innerhalb der Kunst führten.

Einmal bat ihn Pablo um Begleitung zu einem Café, wo er sich mit einem engen Freund treffen wollte, einem Maler, der ebenfalls Pablo hieß. »Wir sind gleich alt, und wir sind beide nach Barcelona gekommen, als wir noch klein waren; damals haben unsere Eltern hier Arbeit gefunden«, erläuterte er ihm die Umstände. »Habe ich dir schon mal von Maella erzählt? Von meinem Geburtsort? Mein Vater fuhr dort eine Diligence. Ich erinnere mich daran, wie ich jeden Morgen sehr früh aufgestanden bin, um ihm beim Striegeln der Pferde zu helfen. Was für eine Kälte das immer war! Mutter gab mir eine Scheibe Brot mit Allioli zum Frühstück. Die Geschäfte liefen nicht besonders gut, also beschlossen meine Eltern, nach Barcelona zu gehen, dort lebte Tío Fidel. Ich war sieben, als ich herkam, Lluís. Vater fand eine Anstellung bei der Feuerwehr in der Oper, im Liceu. Im Chor des Liceu haben meine Geschwister und ich uns dann unsere ersten Peseten verdient. Pablo, der Kerl, den ich dir vorstellen will, kommt aus Andalusien. Er ist auch mit seinen Eltern nach Barcelona gekommen, ein bisschen später als ich. Im Quatre Gats sind wir gute Freunde geworden. Hast du schon mal von der Taverne von Pere Romeu gehört? Schade nur, dass ich dir den Ort nicht mehr zeigen kann! Romeu musste den Laden schließen, wegen der ganzen

Künstler, die dort ein und aus gingen, aber niemals zahlten. Es hat nicht viele Menschen wie ihn gegeben. Leider ist er schon tot. Mit Pablo bin ich oft dahin, da haben wir viele Künstler kennengelernt. Wir gehörten eher zu den jüngeren, aber auch der Maler Casás i Rusiñol war oft dort. Was für Gespräche im Quatre Gats geführt wurden! Pablo hat dort zum ersten Mal Zeichnungen ausgestellt. Ich mach dich mit ihm bekannt, er ist ein großartiger Maler. Er lebt zwar in Paris, kommt aber oft nach Barcelona. Wenn du seine neuesten Arbeiten siehst, wird dein Leben nicht mehr dasselbe sein. Das kannst du mir glauben! Die Zeiten ändern sich, die Kunst befindet sich inmitten einer Revolution, und Picasso – so heißt er mit Nachnamen – ist daran nicht ganz unschuldig.«

Durch Pablo entdeckte Lluís in diesen Tagen eine Welt, die vorher für ihn verschlossen gewesen war. Eingeschlossen in Arnaus Atelier, in das er auf direktem Wege vom Heim gelangt war, mit Arbeit überhäuft und damit beschäftigt, das Handwerk vom Mestre zu erlernen, hatte er gar nicht bemerkt, dass es da draußen noch mehr Welt gab, noch mehr Kunst. All das erwachte vor seinen Augen gerade erst zum Leben. In jenen Tagen des Jahres 1910 wurde ihm bewusst, dass es noch viel für ihn zu lernen gab, dass es eine ganze Menge neuer Materialien gab, mit denen er noch nie gearbeitet hatte. Fast schon heimlich experimentierten Bildhauer, wie eben auch Pablo Gargallo, damit in ihren kleinen Ateliers herum, die deutlich bescheidener waren als das von Arnau, aber deswegen nicht weniger bedeutsam. Lluís' neuer Freund, mit dem er über viele Jahre hinweg in freundschaftlichem Kontakt stehen würde, zeigte ihm einige seiner kleinformatigen Modelle, bei denen er Kupferplatten zerlegte, formte und sie zu Masken zusammensetzte. Eine davon hatte eine gelockte Haarsträhne, die ihr über die breite Stirn fiel. Wie war es nur möglich, metallene Haare so plastisch aussehen zu lassen? Auf der Baustelle des Krankenhauses hatte Lluís Schmieden und Kunstschmieden bei der Arbeit zugesehen, jedoch war er nie auf die Idee gekommen, dass man Metall so verarbeiten konnte, wie Gargallo es tat. Das war revolutionär, davon war er überzeugt. Gargallo versicherte ihm, dass er noch ziemlich am Anfang stand, es galt, die plastischen Möglichkeiten von Metallen zu erkunden. Auch wenn er schon daran arbeitete, so bedurfte es doch noch einer ganzen Menge Versuche. Außerdem musste er nebenbei auch klassische Aufträge annehmen, um sich sein Brot zu verdienen. »Irgendwann wird er kommen«, sagte Gargallo zu Lluís, der alles Neue aufsaugen wollte, »der Tag, an dem die Bildhauerei neuen Regeln unterworfen wird, so wie es gerade in der Malerei passiert. Am besten machst du es wie ich, Lluís. Beobachte viel und lerne alles von deinen Lehrmeistern, und dann experimentierst du so lange, bis du deinen eigenen Stil gefunden hast. Glaub mir, Lluís, du hast Talent, verschwende das nicht nur mit Auftragsarbeiten. Such dir deine eigene Nische in der Kunstwelt.«

Im Hause Rovira waren die Weihnachtstage so anstrengend wie jedes Jahr. Für Dolors hieß es, für zahlreiche Familienangehörige und Freunde des Hauses zu kochen, da Senyora Eulàlia nur allzu gerne Gäste hatte. Die Hausmädchen frotzelten, dass sie so zumindest von ihrem Besuch ein wenig Zuneigung erhielt, da ihr Ehemann sie links liegen ließ. Solche Kommentare hörte Dolors nicht gern. Es war zwar offensichtlich, dass der Herr Doktor nicht viel mehr als Verärgerung für seine Ehefrau empfand – sie wiederum ertrug still die Verachtung, die er ihr gegenüber schonungslos vor allen Bediensteten an den Tag legte –, aber Dolors hatte diese Frau liebgewonnen. Eine Frau, die innerlich malträtiert, nach außen hin empfindlich war und die an ihrer Einsamkeit litt, was die Köchin nur allzu gut verstehen konnte, auch wenn ihre eigene Einsamkeit eine andere war.

Trotz der Müdigkeit, die nach den Festtagen in ihr aufstieg, verschaffte sie sich jedes Mal Gehör, wenn in der Küche mal wieder jemand einen Scherz über die Senyora oder den Senyor machte – ob die beiden wohl seit der Geburt der kleinen Rovira überhaupt schon das Bett geteilt hatten, ob der Senyor wohl mehr als nur eine Geliebte hatte. Dann machte sie deutlich: »Genug jetzt. In meiner Küche wird nicht schlecht von den Herrschaften gesprochen.«

Daran und an die vergangenen Tage dachte sie an diesem bitterkalten Januarmorgen. Sie wusste nicht genau, was sie hatte, gut ging es ihr jedoch nicht. Das Abendessen vom Vortag war ihr nicht bekommen, nachts hatte sie schlaflos im Bett gelegen. Trotz der zwei zusätzlichen Decken war ihr die Kälte in die Knochen gekrochen. Als am Morgen die ersten Sonnenstrahlen durchs Fenster fielen, kam es ihr vor, als hätte sie die ganze Nacht nicht geschlafen. Und trotzdem war sie wie von selbst aufgestanden, mit automatischen, alltäglichen Bewegungen. Die Füße suchten nach den Hausschuhen, mit der Hand nahm sie den Wollmantel vom Stuhl und legte ihn sich um. Während sie sich wusch und anzog, verbesserte sich ihr Zustand nicht sonderlich. »Ich werde alt«, sagte sie zu ihrem Spiegelbild. Die morgendlichen Aufgaben fielen ihr schwer. Sie musste die Einkaufsliste schreiben: Kartoffeln, Kohl, Gemüse für die Brühe und Fleisch. Die Speisekammer hatte sich über die Festtage deutlich geleert, jetzt musste sie wieder aufgefüllt werden, denn schließlich sollte Routine bei den täglichen Mahlzeiten einkehren. Mir ist so kalt, meine Beine sind angeschwollen. Dolors rieb sich die Hände und schlang die Arme um ihren Körper, der vor Kälte zitterte.

Maria hatte die Betten gemacht und kam gerade in die Küche, um sich mit ihrer Mutter über die kleine Rovira zu unterhalten, die seit heute wieder in die Schule musste.

»Nach all den Tagen hier wird sie mir fehlen. Es fühlt sich so unwirklich an, wenn sie nicht im Hause ist. Dann ist alles so still und traurig. Du hättest sie sehen sollen, wie sie gestern Abend mit den Tanten von Senyora Eulàlia umgegangen ist. Sie sieht aus wie ein Engel, wenn sie für die Damen Klavier spielt! Und schon ein richtiges Fräulein ist sie. Sie wird erwachsen. Immer hängt sie sich an Llorenç, um ihn über die Medizinische Fakultät auszufragen. Er versucht, sie loszuwerden, aber ich glaube, dass er sich insgeheim darüber freut. Ist sie nicht toll, Mutter?«

Dolors war mit den Kochtöpfen beschäftigt und schien nicht zuzuhören. Sie wollte die Töpfe anders anordnen, um sie näher an der Kochstelle zu haben. Plötzlich rutschte ihr einer aus den Händen; mit viel Lärm fiel er zu Boden.

»Was machst du denn da?«, rief Maria und riss die Hände in die Höhe. Dann sah sie, dass ihre Mutter kurz davor war, in Ohnmacht zu fallen. Schnell war sie bei ihr und stützte sie. »Geht es dir gut? Was hast du denn, Mutter?«

Dolors ließ sich von ihrer Tochter bis zu dem Tisch bringen, an dem normalerweise die Bediensteten aßen. Dort setzte sie sich auf einen Stuhl. Maria und ihre Fragen hörte sie nur als Hintergrundrauschen. Sie spürte einen starken Schmerz in ihrer Brust, mittendrin. Ich muss mich nur kurz ausruhen. Das geht schon vorbei. Das war die Nacht oder das Abendessen von gestern.

»Heute bin ich nicht zum Scherzen aufgelegt, meine Kleine.« Sie legte eine Hand an ihre Schläfe. Sie fror zwar, schwitzte aber plötzlich.

»Hast du schlecht geschlafen?«, fragte Maria. »Ich habe dich die ganze Nacht rumoren gehört.«

»Also hast du auch nicht geschlafen? Wir sind vielleicht zwei!«, versuchte sich die Mutter an einem Scherz, da sie die Tochter verängstigt sah.

In diesem Augenblick kamen Carme und Rosa in die Küche, die beiden Hausmädchen, die zusammen mit Maria im Hause arbeiteten. Sie waren mit dreckigen Laken beladen.

»Die Letzten, die gewaschen werden müssen«, sagte Carme, die Aufgewecktere der beiden. »Die Betten in den Gästezimmern sind alle frisch bezogen. Es muss nur noch die Bettwäsche von der kleinen Rovira gewechselt werden. Ach, wie froh ich bin, dass die Festtage vorbei sind. Jetzt wird es endlich wieder ruhiger.«

Als sie die Köchin am Tisch bemerkte und dann den Topf und die verstreuten Essensreste auf dem Boden, rief sie aus:

»Heilige Jungfrau Maria! Was ist denn hier passiert?«

Maria bedeutete ihr, leiser zu reden. Sie sagte ihnen, dass ihre Mutter schlecht geschlafen hatte und ihr ein wenig schwindelig war.

»Ach, es ist nichts«, gab Dolors vor. Die jungen Frauen ließen sie sich alt fühlen, das war ihr zu viel. Rosa sagte, dass sie schlecht aussehe, und Carme meinte, sie sei ziemlich bleich, irgendwie erdfarben, wie ein Häufchen Elend. Maria legte ihr die Hand auf die Stirn und rief: »Aber Mutter! Du bist ja eisig! Zitterst du? Du musst sofort ins Bett.«

Sie kam nicht gegen sie an. Die drei jungen Frauen teilten ihre Aufgaben unter sich auf und schickten sie ins Bett. Dolors war fast schon wie eine Mutter für alle drei, schließlich war sie die Älteste unter den Bediensteten. Die Köchin und ihre Tochter lebten schon seit sehr langer Zeit im Hause Rovira. Sie führten das Zepter über ihr eigenes kleines Reich. Senyora Eulàlia war eine schwierige Person, mit all ihren Hochs und Tiefs. Die Hausmädchen kamen und gingen, aber Dolors und ihre Tochter hatten sich gut eingefunden. Dem Senyor schmeckte das Essen der Köchin, und der Senyora gefiel es, wie die Tochter sich um ihre Aurora kümmerte. Ihre Kleine hatte so viel Energie, dass sie selbst oft erschöpft aufgab. Sie konnte sich darauf verlassen, dass Maria bereitstand, um noch eine Weile mit ihr zu spielen, sie abzulenken, was ihr angenehm war, denn so war sie ein paar Sorgen los.

Der Morgen verstrich, Dolors ging es immer schlechter. Maria hatte ihr mehrere Decken gebracht, und trotzdem wurde ihr Körper nicht warm. Und sie schwitzte! Es musste ungefähr eine Stunde her gewesen sein, dass sie sich wieder hingelegt hatte, als sie nach ihrer Tochter rief. Zaghaft sagte sie zu ihr: »Ich hab Schmerzen in der Brust, die sich bis in meinen Arm ausbreiten.« Dabei sah sie ihreTochter verängstigt an, sie war es nicht gewohnt, sich nicht rühren zu können. Ihre Stimme klang brüchig, als sie Maria bat: »Und wenn du der Senyora Bescheid gibst? Vielleicht ist der Herr Doktor ja noch im Hause …«

Maria war beunruhigt. Wenn die Mutter nach dem Senyor verlangte, konnte das nichts Gutes heißen. Deswegen fragte sie nach: »Geht es dir denn wirklich so schlecht, Mutter?«

Der eindringliche Blick ihrer Mutter sagte mehr als tausend Worte, dann griff sie sich an die Brust. »Was ist los, Mutter?« Maria sprang auf und rief nach Carme, die gerade das Frühstück des Ehepaars Rovira abgeräumt hatte.

»Lass das kurz stehen und bleib bei meiner Mutter, bitte. Ich gehe, um Senyora Eulàlia Bescheid zu geben.«

Sie fand sie am Esstisch sitzend, alleine. Sie versuchte, ihr die Lage so schnell und präzise wie möglich zu erläutern, ohne dabei in Tränen auszubrechen. Sie hoffte, dass Senyor Rovira noch nicht zum Krankenhaus aufgebrochen war. Senyora Eulàlia läutete rasch die Glocke, und Rosa erschien.

»Schau nach, ob Senyor Rovira bereits das Haus verlassen

hat.« Dann wandte sie sich an Maria. Etwas harsch befahl sie ihr: »Zurück zu deiner Mutter, und warte dort, bis Senyor Rovira kommt. Er wird wissen, was zu tun ist.«

Maria gehorchte und eilte zurück ins Zimmer, in dem ihre Mutter lag. Dort sah sie, wie Carme ihr gerade ein feuchtes Tuch auf die Stirn legte, um das Leiden ein wenig zu lindern. Dolors' Gesichtszüge waren nicht mehr so angespannt wie zuvor, sie sah etwas erholter aus. Sie war sehr still, so als schliefe sie. Als Maria zu ihr trat, bedeutete sie ihr, sich zu setzen. Carme ließ die beiden alleine.

»Öffne die Schublade des Nachttischs«, flüsterte die Mutter.

Maria öffnete die Schublade. Die Mutter deutete auf eine Holzschatulle, die sie herausnehmen sollte. Maria hatte die Schatulle schon oft gesehen, sie wusste, dass die Mutter darin ihr Geld aufbewahrte, ihr Erspartes aus all den Jahren im Hause Rovira. Mit der Schatulle auf ihrem Schoß fragte sie die Mutter: »Und was jetzt?«

»Mach sie auf, meine Liebe«, bat diese sie mit schwacher Stimme.

Also öffnete Maria die Schatulle. Dolors versuchte, sich aufzusetzen, doch dabei verzerrte sich ihr Gesicht vor Schmerz. Sie rieb sich die Brust, mit der anderen Hand hielt sie ihren linken Arm. »Mutter, du sollst dich nicht anstrengen«, schimpfte Maria mit ihr. »Der Doktor kommt bestimmt gleich.« Sie blickte voller Angst zur Tür. »Warum braucht er nur so lang?«

Dolors schien ihre Tochter nicht zu hören, sie war ganz auf die geöffnete Holzschatulle konzentriert. »Siehst du den braunen Umschlag? Nimm ihn heraus.«

Bereits etwas verzweifelt tat Maria, was die Mutter von ihr verlangte. Warum kommt bloß der Arzt nicht? Wo sind denn alle? Sie nahm den braunen Umschlag aus dem Kästchen und öffnete ihn. Etwas Geld, eine Fotografie. Darauf war ein Junge zu sehen, der Lluís sehr ähnlich sah, ihrem Lluís, in dem Alter, als die beiden getrennt wurden. Ihr Herz machte einen Satz.

»Wer ist das?«, fragte sie ihre Mutter. Trotz der Ähnlichkeit konnte das nicht ihr Milchbruder sein, die Kleidung und die Frisur des Jungen waren dafür zu antiquiert.

»Das muss Lluís' Vater sein, er sieht ihm sehr ähnlich. Die Kleidung ist zu alt, als dass es ein Bruder sein könnte.«

»Woher hast du das Foto?«, fragte Maria überrascht.

Dolors seufzte und sammelte ihre Kräfte. Dann erklärte sie: »Eine Schwester des Findelhauses hat es mir an dem Tag gegeben, als ich ihn entgegengenommen habe. Sie war sich sicher, dass ich den Jungen früher oder später adoptieren würde. Also gab sie mir die Schatulle, die die Mutter mit dem Kind zusammen in die Drehlade gelegt hatte.«

Maria sah sich die Fotografie genau an, als versteckten sich darin noch weitere Informationen. »Warum hast du das nie erwähnt? Hat Lluís das Foto schon mal gesehen? Warum hast du es ihm nicht gegeben? War sonst nichts in der Schatulle?«

Dolors schüttelte den Kopf.

»Ich habe sie aufgehoben, um sie ihm zu geben, wenn er ein bisschen älter wäre … Aber als ich ihn zurück ins Heim geben musste, habe ich entschieden, sie zu behalten. Das war meine einzige Erinnerung an ihn.« Eine Träne rann über ihre Wange und fiel auf das Kopfkissen. »Vergib mir, Tochter, dafür, dass ich ihn weggegeben habe. Ich weiß, was Lluís dir bedeutet hat. Mir auch. Das Foto habe ich behalten, um ab und zu einen Blick darauf zu werfen und so sein Gesicht vor Augen zu haben. Außerdem … dachte ich, dass ich ihn vielleicht eines Tages wieder zu uns holen könnte.«

»Aber das hast du nicht getan«, sagte Maria in ernstem Tonfall. Sie strich leicht mit ihrer Hand über das Foto.

Dolors rieb sich wiederholt die Brust. Sie schloss die Augen und stieß ein ersticktes Keuchen aus.

»Mutter! Herr Doktor! Wo bleibt er denn bloß?«

Maria wollte aufspringen, um auf eigene Faust den Arzt zu suchen, aber Dolors griff nach ihrer Hand.

»Meine Liebe …«, begann sie, all ihre Kraft zusammennehmend, das Atmen fiel ihr schwer. »Das Geld im Umschlag ist für Lluís. Und auch die Fotografie. Falls mir etwas passiert, will ich, dass du zum Heim gehst und nach ihm fragst. Er wird bereits erwachsen sein … Achtzehn Jahre, so wie du. Es ist nicht viel Geld, aber vielleicht kann er etwas damit anfangen. Ich will, dass du ihm sagst, dass ich immer an ihn gedacht habe. Dass ich ihn um Vergebung bitte, um Gottes willen.«

Maria legte die Schatulle mit dem Geld und der Fotografie zurück in die Schublade und lief los, um Hilfe zu holen. Der Arzt hatte das Haus bereits verlassen. Senyora Eulàlia hatte Rosa zum Santa Creu geschickt. »Alles wird gut, Mädchen. Ich hab ihr gesagt, sie soll sich beeilen. Sobald sie ihn gefunden hat, wird er wissen, was zu tun ist.«

Aber die Lage verschlechterte sich rapide: Dolors hatte die Augen geschlossen, ihr Körper war so ruhig, dass sie bewusstlos schien. Maria sprach leise mit ihr und streichelte ihre Hand. »Herr, habe Erbarmen mit ihr«, beteten die Bediensteten neben ihr. Alle warteten auf die Ankunft des Arztes. Als Rosa keuchend vom Santa Creu zurückkam, war es bereits zu spät. An diesem Januarmorgen starb Dolors an Herzversagen. Ihr Gesicht lag ganz ruhig da, ihr Körper hatte sich dem ewigen Schlaf hingegeben. Die Bediensteten bekreuzigten sich, und zusammen beteten sie ein Vaterunser.

Es dauerte einige Wochen, bis Maria beschloss, zum Heim zu gehen. Der Tod ihrer Mutter hatte sie voller Schmerz zurückgelassen. Ihre verbliebene Kraft steckte sie in die Verrichtung ihrer alltäglichen Aufgaben. Vorübergehend hatte sie die Aufgaben ihrer Mutter übernommen. Sie arbeitete den ganzen Tag über ohne Pause, was ihr dabei half, nicht zu viel über den Tod ihrer Mutter nachzudenken. Der Schmerz jedoch fraß sie von innen auf. Plötzlich war sie ein Waisenkind, so wie Lluís. Ihr Leben ging allerdings einfach weiter. Senyora Eulàlia hatte sich ihr gegenüber sehr verständnisvoll, ja fast schon herzlich gezeigt. Sie hatte ihr gesagt: »Schau, das Leben ist leider so, wir müssen das aushalten lernen. Du bist jung, fleißig, und in diesem Haus wird es dir nie an Arbeit fehlen. Aurora geht zwar zur Schule, aber du weißt, wie sehr dich meine Tochter anhimmelt. Ich hoffe, du verschwendest nicht einen Gedanken daran, gehen zu wollen. Verstanden? Du hast hier ein Zuhause.«

An einem Donnerstag im Februar zog sie sich ihren Mantel an, der vorher ihrer Mutter gehört hatte, und verließ das Haus. Sie hatte den ganzen Nachmittag frei, so wie jede Woche, und sie wollte zur Wohlfahrt. Sie ging die Rambla hinab mit der verpackten Holzschatulle unterm Arm. Ab und zu blieb sie stehen, weil ihr Zweifel kamen. Ihr war ganz schlecht vor Aufregung. Lluís wiedersehen. War das möglich? Wie sah er bloß aus? Als sie sich das letzte Mal gesehen hatten, waren sie noch Kinder … Und jetzt? Was er wohl von ihr halten würde? Ob er sie für schön befinden würde? Und wenn er sie nicht sehen wollte? Wenn er sauer auf sie war, weil sie ihn in all den Jahren nie besucht hatte? Vielleicht war es besser, nicht hinzugehen. Nein, Mutter hatte ihm einen Teil ihrer Ersparnisse vermacht, und sie musste ihrem letzten Willen nachkommen. Einerseits verspürte Maria große Angst vor dem Wiedersehen mit Lluís, andererseits war die Sehnsucht nach ihm mindestens genauso groß.

Als sie bei der Wohlfahrt ankam, riss sie sich zusammen und wandte sich entschlossen an die Nonne, die sie an der Tür empfing.

»Ich bin hier, um jemanden zu besuchen«, sagte sie mit klarer Stimme.

»Name?«

»Maria Salvadó, Senyora.«

»So heißt das Mädchen?«, fragte die Ordensschwester. »Der Name sagt mir nichts.«

»Nein, Senyora, Entschuldigung. Das ist mein Name.«

»Nennen Sie mir den Namen des Kindes, das Sie besuchen wollen«, sagte die Nonne ungeduldig.

»Lluís Amadeu Julià«, antwortete sie ihr langsam und deutlich.

Die Nonne ließ sie ein und bedeutete ihr, in einem kleinen Raum neben der Eingangstür zu warten, während sie im Verzeichnis nachsah.

»Wie alt ist der Junge? Wissen Sie, in welcher Abteilung er untergebracht ist?«

Maria zögerte kurz, bevor sie antwortete: »Er ist kein Kind mehr. Er ist achtzehn Jahre alt.«

Sie wurde ganz rot im Gesicht, als die Nonne sie musterte.

»Sind Sie seine Schwester?«, hakte die Nonne nach.

»Könnte man so sagen«, antwortete ihr Maria.

»Das heißt?«

Die Nonne bemühte sich sichtlich um Geduld, deshalb fügte Maria rasch erklärend hinzu: »Meine Mutter war seine Amme. Lluís hat bis zu seinem siebten Lebensjahr bei uns gelebt, dann musste ihn meine Mutter abgeben. Meine Mutter … sie ist vor Kurzem verstorben, und ich soll ihm etwas geben, was sie ihm hinterlassen hat.«

Als die Nonne langsam verstand, worum es ging, veränderte

sich ihr Gesichtsausdruck. Mit etwas freundlicherer Stimme sagte sie: »Er ist also ein Findelkind. Dann schauen wir mal nach.«

Sie setzte sich eine Brille auf und ging das Verzeichnis durch.

»Lluís Amadeu Julià … Jetzt weiß ich, wen Sie meinen«, sagte die Nonne plötzlich und sah sie an.

Sie erklärte Maria, dass Lluís nicht mehr bei der Wohlfahrt lebte. Dass er schon Jahre zuvor als Gehilfe im Atelier des sehr bekannten Bildhauers Eusebi Arnau angefangen hatte.

»Es handelt sich um einen sehr wichtigen Künstler, der selbst hier bei der Wohlfahrt aufgewachsen ist. Wir sind sehr stolz auf ihn«, sagte sie.

Mit einem Mal wurde Maria bewusst, wie angespannt sie wegen des bevorstehenden Treffens gewesen war. »Können Sie mir die Adresse des Ateliers geben?«, bat sie die Nonne.

Die Schwester rief nach einer Kollegin, die wiederum die Oberin verständigen sollte. Maria wartete kerzengerade, an ihren Körper den Arm gepresst, unter dem die Schatulle klemmte.

Nachdem sich die Oberin ausführlich über die Umstände informiert hatte, die Maria auf der Suche nach jenem Jungen zu ihnen geführt hatten, sprach sie ihr schließlich ihr Beileid über den Tod der kürzlich verstorbenen Mutter aus und veranlasste eine der Schwestern, ihr die Adresse des Künstlerateliers zu geben. Die Oberin gab ihr den Segen und verabschiedete sie. »Gott sei mit dir, mein Kind.«

Maria lief nach Hause zurück, jetzt war sie ein wenig enttäuscht. Eigentlich war sie davon ausgegangen, dass sie Lluís heute wiedersehen würde, aber sie musste noch warten. Nächsten Donnerstag wollte sie zu der Adresse gehen, die man ihr gegeben hatte: Eusebi Arnau. Bildhauer. Plaça de Tetuan … Als versteckten sich auf dem Stück Papier Antworten, las Maria es wieder und wieder. Lluís, Bildhauergehilfe? Ihr Lluís. Wie er wohl war nach so vielen Jahren?

Der Tag hatte verregnet begonnen und sich den Morgen über kaum verändert. Im Atelier von Mestre Arnau arbeiteten die Gehilfen mit deutlich weniger Licht als an sonnigen Tagen. Jeder war mit seiner Aufgabe beschäftigt, ob nun mit einem Hochrelief im Auftrag einer Kirche aus der Umgebung, mit einer Engelsskulptur für das Familiengrab der Canets oder mit einem der vielen Entwürfe einer Marienfigur oder eines Heiligen im Auftrag des Architekten Domènech. Just an einer dieser Marienfiguren arbeitete Lluís. Den Morgen, wie auch den Vortag, hatte er damit verbracht, auf Grundlage von Arnaus Zeichnungen von der Schwarzen Madonna von Montserrat mit Gips ein Modell anzufertigen. Sie war für die Fassade des vierten Pavillons auf der Westseite des Hospital de la Santa Creu i Sant Pau gedacht. Die Figur, die keine zwei Meter maß, sollte in einer Art Steintempel stehen, den Pablo Gargallo anfertigte, genau wie die beiden Engel, die jeweils auf einer Seite der Jungfrau kniend das Bild vervollständigen sollten. So wie es die Ikonographie vorsah, hielt die Mutter Gottes das Jesuskind, außerdem trugen beide Heiligenschein und Krone.

Mestre Arnau kam nach dem Mittagessen ins Atelier, um mit seinem Rundgang zu beginnen, bei dem er jede Arbeit, jeden Gehilfen, jeden Meißelschlag überprüfte. Als er bei Lluís ankam, stellte er sich eine Weile hinter ihn und beobachtete ihn still bei der Arbeit. Lluís wusste, dass er seine Arbeit nicht unterbrechen durfte, bis der Mestre ihm Anweisungen gab. Eine Weile lang geschah nichts, dann nahm sich der Mestre das Gesicht, die Krone und ein paar Details der Kleidung vor. Er trat einen Schritt zurück und lächelte zufrieden. »Morgen setze ich noch ein paarmal die Raspel an, dann ist sie fertig«, sagte er.

Die Aufträge von Don Lluís, die er Arnau während der ersten, schon sehr lange andauernden Bauphase des neuen Krankenhauses erteilt hatte, waren fast alle abgearbeitet. Es fehlten nur noch ein paar Bilder für die Pavillons auf der Westseite, dann waren alle Skulpturen fertiggestellt. Auf die Frage, wann mit dem Bau der restlichen Pavillons begonnen werden sollte, gab es noch keine Antwort, das hing vom Santa Creu ab. Zwar war das Erbe des Bankiers Gil pünktlich und genau von dessen Neffen, Don Leopold Gil, in Tranchen für die jeweilige Bauphase ausgezahlt worden, doch oblag es nun dem Santa Creu, die noch ausstehenden Pavillons zu finanzieren. Es war ungewiss, wann dieses Geld aufgebracht werden konnte, da die alteingesessene Institution die Ausgaben für den Bau und die alltäglichen Ausgaben für den laufenden Betrieb unter einen Hut bringen musste.

Mestre Arnau ließ Lluís die Marienfigur fertigstellen. Er versprach ihm, dass er ihm danach bei den Medaillen und anderen Aufträgen der Geschwister Masriera helfen dürfe. Arnau wusste von dem neuen Vergnügen seines Gehilfen. Er wusste, dass das Interesse, mit anderen Materialien zu arbeiten, mit der Freundschaft zu Pablo Gargallo zusammenhing und mit dessen jüngsten Arbeiten. Arnau war sich bewusst, dass es für Lluís noch viel zu lernen gab und dass er ihn nicht alles lehren konnte. Vor mehr als fünf Jahren war er zu ihm ins Atelier gekommen, dieser Junge mit den tiefschwarzen leuchtenden Augen, mit dem Blick eines scheuen Tieres, das wachsam beobachtet. Nur wenige seiner Gehilfen legten das Interesse an den Tag, das er bei Lluís beobachtete. Mestre Arnau war stolz auf ihn, denn irgendwie fühlte er sich an sein junges Ich erinnert. Vielleicht lag es daran, dass sie beide ihre Bildung bei der

Wohlfahrt genossen hatten, vielleicht aber auch an der wahrhaftigen Liebe zur Bildhauerei, die beide verspürten. Lluís war ein geborener Bildhauer, daran gab es keinen Zweifel. Der Tag würde kommen, an dem er den Jungen ziehen lassen musste, schmerzlich dachte er daran, denn er hatte sich so sehr an ihn gewöhnt, ihn sogar ein wenig liebgewonnen, mehr als seine anderen Gehilfen. Doch bis zu diesem Tag wollte er ihm alles beibringen, was in seinen Möglichkeiten stand.

Am frühen Nachmittag hörte der Regen endlich auf, es brach sogar ein wenig Blau zwischen den Wolken hervor, sodass es im Atelier wieder heller wurde. Lluís ließ die Marienfigur ruhen und war auf dem Weg zu Mestre Arnau, der an einigen Schmuckstücken saß, da sah er eine weibliche Silhouette an der Türschwelle. Die junge Frau hielt inne, ohne genau zu wissen, ob sie eintreten oder auf jemanden warten sollte. Lluís sah sich um, doch alle waren beschäftigt, also ging er zu ihr, um nach ihrem Anliegen zu fragen. Vielleicht war es ein Modell, das der Mestre angefragt hatte, obwohl es nicht den Anschein machte. Vielleicht war sie eine Kundin, die einen Auftrag erteilen wollte, aber auch das schien eher unwahrscheinlich. Er ging auf sie zu, während sie sich nervös und unentschlossen die Hände knetete. Unter dem Arm hatte sie ein Päckchen, und sie sah sich um, als würde sie jemanden suchen.

»Womit kann ich Ihnen helfen?«, fragte Lluís.

Maria starrte Lluís an, ihr Mund öffnete sich, doch zunächst kam nichts heraus.

»Du bist es«, flüsterte sie schließlich. Zwar hatte sie sich auf diesen Augenblick vorbereitet, trotzdem war er anders als erwartet. Vor ihr stand ein Mann mit den Augen des Jungen, den sie einst geliebt hatte. Er hatte sich verändert, aber wie! Sie war verwirrt. Ein Unbekannter, der ihr gleichzeitig bekannt vorkam.

Lluís lächelte ein wenig, ohne zu verstehen. Die junge Frau trug ein Kopftuch, unter dem kleine Locken hervortraten. Sie sah ihn an, als würde sie ihn kennen. Dann zog sie sich langsam das Kopftuch vom Kopf, darunter kamen gut frisierte, stark gelockte Haare zum Vorschein. Wenn das Haar nicht frisiert wäre, hätte es ihn an jemanden erinnern können. Die junge Frau lächelte nervös, wollte am liebsten im Boden versinken, da erkannte Lluís ihre Gesichtszüge.

»Das kann nicht sein! Maria?«, stieß er aus.

Sie war so überwältigt und beschämt, dass sie nicht mehr als ein nervöses Lachen hervorbrachte.

»Mia!«, rief Lluís. Er konnte es immer noch nicht glauben, zögerte kurz, doch dann durchfuhr es ihn, und er fasste sie um die Hüfte. Er hob sie ein Stückchen in die Luft, so wie sie es getan hatten, als sie klein waren, und sie verschmolzen in einer Umarmung. Maria versteckte ihr Gesicht an seiner Brust und merkte, wie ihr die Tränen aus den geschlossenen Augen rannen. Als beiden bewusst wurde, dass sie die Aufmerksamkeit aller im Atelier auf sich gezogen hatten, ließen sie voneinander ab, ein wenig unbeholfen.

Maria hatte das Päckchen unterm Arm hervorgezogen und hielt es nun in beiden Händen. Sie starrte es an, um Lluís nicht in die Augen schauen zu müssen.

»Du hast dich ganz schön verändert«, sagte sie zu ihm.

Lluís lachte. »Du aber auch, Mia. Du bist eine junge Frau geworden. Du siehst gut aus.«

Maria sah auf, um auszumachen, ob er das ernst meinte. Was dachte er bloß von ihr? Hielt er sie für schön? Nachdem sie das Mittagessen für die Herrschaften zubereitet hatte, hatte sie sich in ihr Zimmer zurückgezogen und eine ganze Weile vor dem Spiegel zugebracht. Sie hatte drei Frisuren ausprobiert, verärgert darüber, dass ihre Haare nicht so wollten wie sie. Sie sah schrecklich aus, die Haut zu bleich, die Augen unterlaufen, weil sie die ganze Nacht kein Auge zugemacht hatte, wissend, dass sie am nächsten Tag Lluís wiedersehen würde. Lluís war groß geworden, er hatte einen breiten Rücken, er sah so gut aus, dass sie ganz rot wurde, als er ihr in die Augen sah.

»Lass uns uns hinsetzen«, sagte er und nahm sie bei der Hand, so wie früher. Maria ließ sich zu zwei Stühlen und einem kleinen Tisch führen. Mestre Arnau kam aus seinem Büro, in dem er an den Masriera-Stücken arbeitete. »Wer fragt nach mir?«

»Niemand, Mestre«, antwortete Lluís schnell, »ich habe Besuch.«

Arnaus Interesse war geweckt, und er kam hinzu.

»Darf ich vorstellen, Senyor, das ist Maria. Meine Milchschwester«, sagte Lluís ein wenig befangen. Er sprach nie über seine Vergangenheit. Er erinnerte sich nicht daran, dem Mestre je erzählt zu haben, dass er vor der Wohlfahrt eine Familie hatte, seine Amme und Maria.

Arnau war ein Mann weniger Worte, vor allem, wenn es sich um ihm unbekannte Menschen handelte, weswegen er Maria wohlerzogen die Hand reichte, sehr erfreut, und sich dann zurückzog. Die beiden saßen an dem Ort, an dem Lluís vor so langer Zeit darauf gewartet hatte, seinen Mestre kennenzulernen, um für ihn zu arbeiten.

»Was machst du hier?«, fragte er Maria, als sie wieder alleine waren. »Wie hast du mich gefunden?«

Maria war so aufgeregt, dass sie ganz vergessen hatte, weshalb sie wirklich hier war, und das, obwohl sie die Holzschatulle die ganze Zeit in den Händen hielt und mit ihrem Blick nicht von ihr abließ, um so ihre Scham vor so viel Unbekanntem zu verbergen. Sie atmete tief ein, nahm all ihre Kraft zusammen, um die traurige Nachricht zu überbringen. Sie sagte zu Lluís: »Mutter ist tot.«

Die Nachricht erschlug ihn förmlich. Sein Gesichtsausdruck, der zuvor von freudiger Überraschung gezeichnet war, nahm plötzlich dunkle Züge an, und er senkte seinen Blick und starrte zu Boden. Maria wusste nicht recht, was sie tun sollte. Wenn sie noch klein gewesen wären, hätte sie ihm ihre Hand auf den Nacken gelegt, hätte ihm über seine schwarzen Haare gestreichelt, so wie sie es immer getan hatte, wenn Lluís verstimmt war. Dann hatte er auch immer auf den Boden gestarrt, und Maria hatte ihn gestreichelt und ihm von schönen Dingen erzählt oder etwas für ihn gesungen. Niemand sonst auf der Welt war in der Lage gewesen, Lluís' Gemütszustand zu verändern, so wie es seine Mia tat. Aber das war alles lange her. Also erzählte Maria ihm von den Geschehnissen jenes Tages, an dem es der Mutter morgens nicht gut ging und es am Nachmittag schon zu spät war.

»Mutter ist tot, Lluís«, wiederholte sie. »Ich bin alleine.«

Endlich hob Lluís den Kopf und sah ihr direkt in die Augen. Er strich mit einer Hand über ihre Wange. Maria spürte, wie sich ihre Nackenhaare aufstellten. Lluís sagte mit fester Stimme: »Du bist nicht alleine, Mia, du hast mich.«

Marias Blick verneinte das, als wolle sie sich entschuldigen. All die Jahre über war Lluís alleine gewesen, ohne auch nur ein Lebenszeichen von ihr. Sie hatten ihn verlassen, jawohl, und jetzt hatte sie wohl kaum ein Recht darauf, etwas von ihm zu erwarten. Mit dünner Stimme sagte sie zu ihm: »Ich hatte so große Angst. Ich dachte, dass du mich vielleicht nie wiedersehen willst.«

»Wie kannst du nur so etwas sagen, Maria? Du bist meine Schwester.«

Sie nickte und versuchte, ihre Fassung wiederzugewinnen.

Da erinnerte sie sich an die Schatulle, die auf ihrem Schoß lag, von beiden Händen umschlossen. Sie gab sie Lluís mit den Worten: »Mutter hat dich immer geliebt. Sie hat immer an dich gedacht. Bevor sie starb, hat sie mir diese Schatulle gegeben mit dem Auftrag, dich zu finden und sie dir zu überbringen. Sie gehört dir.«

Lluís sah sich das Päckchen an und zögerte noch einen Augenblick. Schließlich löste er das Papier vorsichtig und öffnete langsam die Schatulle. Es schien, als hätte er Angst vor einer Begegnung mit seiner Vergangenheit. Er fand darin die Fotografie und den Umschlag. Zuerst nahm er die Fotografie heraus. Darauf sah er einen Jungen, der ihm sehr ähnlich sah.

»Wer ist das?«, fragte er.

Maria setzte sich auf. Sie antwortete: »Wahrscheinlich dein Vater, wegen der Ähnlichkeit. Das dachte zumindest Mutter, aber sicher war sie sich nicht. Man hat ihr die Schatulle mitgegeben, als sie dich im Findelhaus abgeholt hat, als du noch ein Säugling warst.« Als würde sie das Verhalten ihrer Mutter entschuldigen wollen, fuhr sie fort: »Sie wollte sie dir geben, wenn du größer wärst, weil sie wusste, dass du ihr Fragen stellen würdest, die sie dir nicht beantworten konnte. Später entschloss sie sich, die Fotografie als Andenken an dich zu behalten …«

Lluís legte die Fotografie in die Schatulle zurück und nahm den Umschlag heraus. Darin befand sich Geld. Maria erklärte ihm: »Das ist von Mutter für dich. Ein Teil des Ersparten, das sie über die Jahre hinweg zur Seite gelegt hat. Es war immer für dich gedacht.«

Im intensiven Schwarz von Lluís' Augen sammelte sich Flüssigkeit, sie glänzten derart, dass Maria dachte, er würde gleich zu weinen anfangen. Sie wollte ihn umarmen, um ihn zu trösten, um diesen nun geteilten Schmerz auch in sich selbst zu beruhigen. Andererseits wollte sie vor Glück schreien, weil sie so froh war, ihn wiedergefunden zu haben. »Lluís, ich habe dich so vermisst.« Da Lluís nichts sagte, fing Maria mit Erklärungen an, er solle sich keine Sorgen machen. »Mutter hat auch mir etwas hinterlassen, und Gott sei Dank fehlt es mir nicht an Arbeit. Das Geld gehört dir, du kannst damit tun und lassen, was du willst.«

Lluís war so überrascht, dass er nicht einmal lächeln konnte. Er hatte einen Knoten im Hals und so viele unterschiedliche Gefühle in sich, dass er verstummt war. Alle, wirklich alle Erinnerungen an seine Amme kamen wieder hoch. Ihre Stimme, ihre Hand, nach der er griff, wenn sie auf den Straßen rund um das Santa Creu unterwegs waren, der mit Essen gefüllte Korb und der Geruch der Brühe, die sie ihnen zum Abendessen bereitete, die Geräusche einer anderen Zeit, in der er sehr glücklich gewesen war, in der er sich sehr sicher gefühlt hatte. Fast schon konnte er Dolors sagen hören, Junge dies, Junge das, pass auf deine Schwester auf, gute Nacht, mein Sohn, und ein Kuss auf die Stirn. Der Kuss auf die Stirn von der Amme, der einzigen Mutter, die er je kennengelernt hatte. Mutter ist tot. Sie hat immer an dich gedacht.

Von da an sahen sich Lluís und Maria oft. Zwar gab es in Arnaus Atelier viel zu tun, die letzten Arbeiten für das Sant Pau standen noch an, aber jeden Donnerstag bat Lluís um Erlaubnis, mit Maria spazieren gehen zu dürfen, da es ihr freier Nachmittag war. Gemeinsam liefen sie die Rambla hinab bis zum Santa Creu, und von dort aus streiften sie durch die Gassen ihrer Kindheit. Maria gefiel es, ihm von ihrer Arbeit im Hause Rovira zu erzählen, einem Haus, das Lluís nur von außen kannte, da er sie jeden Donnerstag dort abholte. Es hatte große Fenster, die auf die Rambla de Catalunya zeigten, und manchmal, während er auf Maria wartete, konnte er dort das

Profil einer Frau ausmachen, ein wenig dick, wahrscheinlich die Dame des Hauses. Das Haus gehörte einem angesehenen Arzt aus Barcelona. Er hatte zwei Kinder: Senyoret Llorenç, der Medizin studierte und wie sein Vater Arzt werden wollte, und Senyoreta Aurora, die von Maria abgöttisch geliebt wurde. Schnell merkte Lluís, wie wichtig sie in Marias Leben war. Auf gewisse Art und Weise war sie wohl ein Ersatz für ihn geworden, dachte er. Als sie klein war, hatte sie einen Bruder, mit dem sie alles teilte; als sie älter war, hatte ein Mädchen Platz in ihrem großzügigen Herzen gefunden. Maria war einfach dafür gemacht, jemanden zu lieben.

»Ich glaube, ich bin ein bisschen eifersüchtig auf das Mädchen«, neckte Lluís Maria, wenn sie von Aurora Rovira schwärmte.

Maria lachte vergnügt und nahm seinen Arm. »Ich weiß, sie ist noch ein Kind. Aber sie ist wie eine kleine Schwester für mich. Ich mag es, bei ihr zu sein, auf sie aufzupassen. Ihre Mutter ist leicht aus der Ruhe zu bringen und nimmt sich nicht viel Zeit für sie. Ihr Vater überhäuft sie mit Geschenken und Aufmerksamkeit, arbeitet aber sehr viel.«

»Ich sehe schon. Du liebst sie wie eine Schwester, also so wie mich.«

»Mehr oder weniger«, sagte Maria, senkte den Blick und wurde rot. Lluís bemerkte Marias Versuche, sich für ihn hübsch zu machen, nie. Früher hatte sie sich nie Gedanken über ihr Äußeres gemacht, erst recht nicht, um Jungs zu gefallen. Jetzt verbrachte sie jeden Donnerstag eine ganze Weile vor dem Spiegel. Sie kniff sich in die Wangen, sie kämmte ihr gelocktes Haar, sie besserte ihre Kleider aus, die sie sich selbst genäht hatte. Maria fragte sich, ob Lluís eines Tages auffallen würde, dass sie sich so für ihn herausputzte.

Im Mai übergab Mestre Arnau Domènech das letzte Wandbild von zwei Metern Höhe, das die Fassade des vierten Pavillons auf der Westseite des Krankenhauses zieren sollte. Lluís Domènech i Montaner reichte die Rechnung über die Arbeiten des Bildhauers bei Don Leopold Gil ein, der sich darum kümmerte, dass dieser für die tausendzweihundertsechsundsiebzig Arbeiten, nach Abzug der vereinbarten fünf Prozent Rabatt, bezahlt wurde. Die erste Bauphase dieses monumentalen architektonischen Werks – das größte Krankenhaus der Geschichte – lief auf ihr Ende zu. An einigen Pavillons mussten noch abschließende Arbeiten durchgeführt werden, das sollte bis Ende des Jahres geschehen. Doch die bildhauerischen Arbeiten waren damit erledigt, sodass Mestre Arnau damit rechnete, dass es bis zum Beginn der zweiten Bauphase erst einmal etwas entspannter in seinem Atelier zugehen würde.

Der Mestre zahlte Lluís ein wenig Geld aus, mehr, als dieser erwartet hatte. Damit wollte er seine Zufriedenheit mit dessen Arbeit ausdrücken. Außerdem empfahl er ihm, eine Weile Urlaub zu machen. Das brachte Lluís völlig durcheinander, denn er hatte noch nie in seinem Leben Urlaub gemacht. Dieses unerwartete Gefühl von Freiheit, Wochen ohne jegliche Verpflichtung, die vor ihm lagen, brachte ihn für ein paar Tage zum Grübeln. Am Donnerstag holte er Maria ab, um mit ihr durch die Straßen zu laufen. Er war so still, dass Maria erst nach ein paar Anläufen etwas verängstigt fragte: »Ist irgendwas passiert? Gibt es schlechte Neuigkeiten?«

Lluís hielt inne und schaute von einer auf die andere Straßenseite, um abseits der vorbeitrabenden Pferde und abgehetzten Menschen, der dazwischen umherlaufenden Straßenverkäufer und im allgemeinen Gewimmel der irgendetwas schleppenden Menschen eine ruhige Ecke zu suchen. Er entdeckte eine passende Gelegenheit, nahm Marias Hände und zog sie zu einem Eingangstor eines Gebäudes. Er sah sie eindringlich mit seinen schwarzen Augen an. Marias Herz schlug schneller. »Mia, meine Liebe«, sagte er. »Ich weiß jetzt, was ich mit dem Geld machen will, das mir Dolors hinterlassen hat.«

Maria konnte ihn nicht einmal »Was willst du damit machen?« fragen, so nah war sein Gesicht. Lluís sagte feierlich: »Ich gehe nach Paris.«

Maria fühlte sich, als wäre sie von einer Kutsche überfahren worden, als läge sie dort tot auf dem Boden. Aber sie stand aufrecht da, Lluís gegenüber, den sie erneut verlor.

»Geht es dir gut?«, fragte er sie, als er Marias Blässe bemerkte.

»Was soll das heißen, du gehst nach Paris?«, brachte sie hervor.

Lluís erklärte ihr, dass er schon seit einiger Zeit darüber nachgedacht hatte, es war ein lang gehegter Traum, den er umsetzen wollte. Womit er nicht gerechnet hatte, war, dass der Mestre ihm die Möglichkeit gab, für eine gewisse Zeit das Atelier zu verlassen. Doch genau das war vor zwei Tagen geschehen, als das letzte Wandbild für das Hospital de Sant Pau fertiggestellt und alles bezahlt worden war. Er hatte hin und her überlegt. Dann hatte er zunächst mit Pablo Gargallo und schließlich mit dem Mestre gesprochen.

»Ich habe dir schon oft von Pablo erzählt«, sagte er zu Maria, die langsam wieder zu sich kam. »Er hat in Paris gelebt, er kennt viele Künstler. Dort hat er sehr gute Freunde, und er meint, es sei überhaupt kein Problem für ihn, mir ein paar Adressen von Freunden zu geben, damit ich dort vorstellig werden kann. Er sagt, dass ich dort ein Zimmer und ein Atelier mieten kann, um dort einige Monate zu lernen. Paris! Kannst du dir das vorstellen, Mia?«

»Einige Monate?«, fragte sie.

Lluís nickte und fügte hinzu: »Ich habe die Erlaubnis vom Mestre.«

»Und dann kommst du wieder?«, fragte sie bang.

Lluís nickte beiläufig und führte seine Pläne aus: »Mestre Arnau hat mir empfohlen, zu einem Bildhauer zu gehen, der dort eine Schule hat. Er hat mir ein Empfehlungsschreiben verfasst, das ich in seinem Namen einreichen soll. Mia, und wenn sie mich dort für ein paar Monate als Schüler aufnehmen?«

»Ein paar Monate, richtig?«, beharrte Maria.

»Was ist denn los, Mia? Freust du dich denn gar nicht für mich?«

Maria versuchte ein Lächeln, sie fühlte sich verletzlich. Sie wollte sich irgendwo hinsetzen, aber da standen sie an diesem Eingangsbogen, mit seinem Gesicht nah an ihrem, für einen Augenblick hatte sie geglaubt …

»Es ist nur …« Sie zwang sich, nicht zu weinen. »Jetzt, wo ich dich endlich wiederhabe, trennen wir uns schon wieder.«

Lluís nahm ihr Gesicht zwischen seine Hände und gab ihr einen Kuss auf die Wange.

»Mia, ich werde dich niemals verlassen.« Das sagte er mit so viel Zärtlichkeit, dass Marias Körper fast nachgab, ihre Kraft war aufgebraucht.

Lluís war deutlich größer als sie, für den Wangenkuss hatte er sich zu ihr herunterbeugen müssen. Maria glaubte nicht, dass es irgendwo auf der Welt jemanden gab, der attraktiver war als Lluís: ein breiter Rücken, ein athletischer Körper, sein zerwühltes Künstlerhaar und ein Gesicht, in dem zwar immer noch der kleine Lluís erkennbar war, dessen Züge jedoch markanter waren. Sie war sich sicher, dass er jede Frau verführen konnte, wenn er nur wollte. Er versicherte ihr: »Es werden nur ein paar Monate sein. Danach komme ich wieder, und wir sehen uns wie gewohnt, so wie in den vergangenen Wochen. Wir sind doch eine Familie, Maria, wir haben einander. Du weißt, ich liebe dich wie meine eigene Schwester, und nichts wird mich je wieder von dir fernhalten.«

Maria sah ihn sich an, und zu ihrem Leid fing sie wie ein Schlosshund zu weinen an. Lluís nahm sie in die Arme und flüsterte ihr ins Ohr: »Weine nicht, Mia. Du wirst nicht mal merken, dass ich dir fehle, so schnell bin ich wieder da.«

Sie zwang sich, wieder Haltung anzunehmen. Sie fühlte sich dumm. Sie trocknete ihre Tränen und sagte: »Beachte mich nicht. Ich bin ein Dummchen und egoistisch noch dazu.« Sie lächelte. »Mutter wäre stolz auf dich. Du wirst ein großartiger Künstler, Lluís. Da bin ich mir sicher.«

Lluís streckte den Arm aus und sagte ihr: »Los, gehen wir.«

Zusammen spazierten sie schweigend durch die Stadt. Lluís war mit seinen Gedanken bereits in Paris, Maria dachte daran, wie nah sie dort unter dem Torbogen dem Himmel gekommen war.

1916

Frühling

Ein paar Jahre waren bereits vergangen, seitdem die Bauarbeiten des neuen Krankenhauses an den Hängen des Pelada-Bergs ins Stocken geraten waren. Das Santa Creu wurde von einem erstickenden Alltag erdrückt, es gab einfach keine Möglichkeit, in den Bau der geplanten Pavillons zu investieren. Die Verwaltungsmitglieder trafen sich regelmäßig zur Planung der Patientenumverteilung in die bereits vor Jahren errichteten Pavillons. Wunderschöne lichtdurchflutete Pavillons mit geräumigen Krankensälen und hohen Wänden, die von erlesensten Keramikfliesen geschmückt waren, deren Modernisme-Stil bereits ein wenig aus der Mode gekommen war – zumindest unter der neuen Architekten- und Künstlergeneration. Die Erhaltung der Pavillons war nicht einfach, aufgrund der Nichtnutzung war es bereits zu Verfallserscheinungen gekommen. Deshalb hatte die Verwaltung endlich den ersten Arzt, Doktor Torras i Pujalt von der Abteilung für Allgemeinmedizin für Frauen, überzeugen können. Seine Abteilung sollte im Juni dorthin umziehen. Mit einem gewissen Pioniergeist und zusammen mit ein paar Assistenzärzten und Schwestern der Wohlfahrt begann endlich die ärztliche Behandlung in den neuen, wunderschönen Gebäuden.

Während die Vorbereitungen für das große Ereignis getroffen wurden, blieb der Alltag im Krankenhaus in der Carrer de l'Hospital derselbe. Llorenç Rovira und Marcel Riera waren im sechsten Studienjahr und verbrachten ihr Praxisjahr im Hospital de la Santa Creu. Beide hatten einen Platz bei einem ordentlichen Arzt ergattert, der ihnen täglich den Arztberuf näherbrachte. Darius Rovira hatte nicht gewollt, dass sein Sohn sofort unter ihm arbeitete, auch wenn ihm die Allgemeinmedizin im Santa Creu unterstand. Er war davon überzeugt, dass es besser für seinen Sohn war, erst einmal unter der Anleitung eines anderen Arztes Erfahrungen zu sammeln, damit er dann auf ihn zurückgreifen konnte, wenn er ihn brauchte. So verschaffte er ihm einen Platz bei einem seiner alten Studienkollegen, Doktor Torras i Pujalt – dem Arzt, der zuerst in den Neubau übersiedeln würde.

Marcel hingegen hatte sich für die Chirurgie entschieden. Daran hatte sich seit den ersten Tagen seines Medizinstudiums nichts geändert. Über die Jahre hatte sich sein Wunsch nur noch verstärkt. Der Operationssaal war sein Ort. Vom ersten Augenblick an hatte er im Chirurgieunterricht, an dem alle Medizinstudenten teilnehmen mussten, wie kein anderer aufgepasst. Er war der wohl begabteste und am weitesten fortgeschrittene Student. Sein Traum, sein Praxisjahr an der Seite eines guten Chirurgen verbringen zu dürfen, war in Erfüllung gegangen, als er einen Platz bei einem der Besten seines Faches zugewiesen bekam: bei Enric Ribas i Ribas, der einer der chirurgischen Abteilungen für Männer im Hospital de la Santa Creu vorstand.

So waren beide im selben Krankenhaus gelandet, und trotz der unterschiedlichen Fachrichtungen sahen sie sich weiterhin häufig.

Es war einer jener grellen Frühlingstage, dessen Himmel Verheißung bedeutet. Marcel und Llorenç gingen zusammen die Rambla in Richtung Krankenhaus hinunter. Auf den Straßen herrschte reges Treiben: Menschen, die mit ihren übervollen Karren in die Stadt kamen, um ihre Produkte auf dem Markt zu verkaufen; Geschäfte wurden geöffnet und Kittelschürzen entweder am Rücken verknotet oder auf der Vorderseite zugeknüpft; Kinder liefen umher; ein paar Frauen boten bereits lautstark ihre Ware feil. Das Gezwitscher der Vögel, die auf den Ästen der Bäume zu beiden Seiten der Rambla saßen, machte es unmöglich, ein Gespräch zu führen. Als sie auf der Höhe der Carrer de l'Hospital angelangt waren, überquerten sie vorsichtig die Straße, um nicht von der Tram überfahren zu werden, die mittlerweile fuhr. Sie wichen ein paar Karren mit geschlachteten und gerupften Hühnern aus, dann waren sie am Ziel. Llorenç drängte seinen Freund: »Heute gibt es keine Ausrede. Um halb zwei treffen wir uns am Kreuz im Innenhof, und du kommst zum Mittagessen mit mir nach Hause. Mein Vater hat persönlich danach verlangt. ›Seit Tagen schon habe ich deinen Freund nicht gesehen‹, damit liegt er mir in den Ohren. Mutter hat die Köchin mit einem Braten beauftragt. Und Aurora wird auch da sein.«

Llorenç lud seinen Freund oft zum Mittagessen zu sich nach Hause ein. Der Vater hatte seine Freude daran, ihm Fragen über die Arbeit bei Ribas zu stellen, und die Mutter schien auch besser aufgelegt, wenn Gäste im Haus waren. Manchmal ließ sich Marcel bitten, allerdings eher aus Anstand. Allein schon die Aussicht, Aurora Rovira zu begegnen, jener Schönheit von sechzehn Jahren, die sein Freund zur Schwester hatte, war Anreiz genug. In einem Haus, das ihm eher trist, still und beherrscht erschien, strahlte das Mädchen wie die Sonne selbst, schon bald würde sie all jenen Kopfzerbrechen bereiten, die sich in sie verlieben sollten.

Als sie am Santa Creu ankamen, traten sie durch das Tor und grüßten den Pförtner. Marcel begleitete Llorenç bis zur Treppe, die zur Abteilung für Frauen hinaufführte. Dort gab er ihm die Hand, und geradezu feierlich sagte er: »Doktor Rovira, ich werde pünktlich sein. Wie immer ist es mir ein Vergnügen, mit Ihnen und Ihrer gütigen Familie zu Mittag zu essen.«

»Wie du das Drama liebst«, erwiderte Llorenç lachend. Er imitierte ihn, zog seinen Hut und antwortete: »Um halb zwei, Doktor Riera! Vergessen Sie das nicht!«

Marcel verbrachte noch ein wenig Zeit im Innenhof, bevor er zur Abteilung für Männer ging. Er genoss die ersten Morgenstunden, die wohl beste Zeit, um das geschäftige Treiben der Krankenhausmitarbeiter zu beobachten: Ordensbrüder und -schwestern, Studenten im Praxisjahr, Assistenzärzte, Hilfspersonal und jede Art von Lieferanten, die Vorratskammern und Lager füllten. Ein Meer aus Männern und Frauen, die ihren Arbeitstag begannen, wobei die meisten von ihnen wahrscheinlich auf ihre Vorgesetzten warteten. Fast alle bekannten Ärzte hatten einen Lehrstuhl an der Medizinischen Fakultät inne oder waren außerordentliche Professoren, und sie alle liefen durch den Ameisenhaufen aus Abteilungen, die mit Betten und Kranken überfüllt waren, als wären sie dort zu Hause. Sie grüßten einander an den Krankenbetten unter den aufmerksamen Blicken hunderter Augenpaare. Am Morgen standen die Ärzte bei den Patienten hoch im Kurs, nach einer Nacht voll Schmerzen, ohne Schlaf oder durchzogen vom eigenen herzzerreißenden Stöhnen. Schon wenn ihre Schritte am Ende des Saales hörbar wurden, brach in den Betten unter dem steinernen Bogengang eine Unruhe aus: Da kommt der Herr Doktor! Da kommt der Herr Doktor!

Marcel stieg die Stufen zur Männerabteilung hinauf, durchquerte mehrere Krankensäle – in denen je vier Bettreihen mit dem nötigen Abstand standen – und kam schließlich im Ärztezimmer an. Dort begegnete er Manuel Corachan, einem der Chirurgen, die für Ribas arbeiteten und mit dem Marcel sehr gut befreundet war. Er war ein paar Jahre älter als er, vermutlich Mitte dreißig. Er war aus València zum Medizinstudium nach Barcelona gekommen; das Geld dafür hatte er als Herrenfriseur verdient. Stets war er gut frisiert, sein Bart exakt gestutzt und der Schnurrbart nach oben gezwirbelt. Ein schmales Gesicht, ein intelligenter Ausdruck, höflich im Umgang und vor allem ein sehr fleißiger Mann. Rasch waren Marcel dessen Geschick und Schnelligkeit bei den Bewegungen am OP-Tisch aufgefallen. Seit bereits zehn Jahren arbeitete er an der Seite von Ribas und würde es noch weit bringen. So ein Chirurg wie Manuel Corachan, das wollte Marcel irgendwann auch sein. Als er als jüngster unter den Studenten im Praxisjahr in der chirurgischen Abteilung angefangen hatte, hatte ihn Ribas an die Seite von Corachan gestellt, wofür Marcel zutiefst dankbar war.

»Guten Morgen, Marcel«, begrüßte ihn Manuel Corachan, als er ins Ärztezimmer kam. »Ich habe gerade angefangen, die Krankenakten durchzugehen. Setz dich.«

Er zeigte auf einen Stuhl neben ihm, und Marcel beeilte sich, hängte aber zuvor noch seinen Hut auf. Interessiert schaute er auf die Akten, die Manuel studierte. Seit dem ersten Tag im Praxisjahr war es die immer selbe Routine: Die Assistenzärzte schauten gemeinsam mit den Studenten im Praxisjahr die Krankenakten durch, die ihnen von Ribas gegeben worden waren. An dem großen Tisch im Ärztezimmer machten sie einige letzte Notizen, bevor Don Enric dort eintraf, und bereiteten so die Visite gewissenhaft vor, bei der sie ihn begleiteten. Am Krankenbett war es unerlässlich, dass der Assistenzarzt alle Angaben zum Patienten machen konnte, wenn der Professor am Fußende eines Krankenbettes stand und nach dem Zustand des Patienten sowie nach dem Krankheitsverlauf fragte. Der Assistenzarzt fasste zunächst die Krankengeschichte zusammen, worauf dann Details zum momentanen Zustand folgten. Marcel gefiel Ribas' Anspruch an seine Studenten, diese unnahbare Distanz und der dennoch freundliche Umgang, den er ihnen gegenüber pflegte. Es war nicht nur Ribas' eindrucksvoller Werdegang im Santa Creu – er hatte bereits tausende Fälle als Chirurg in diesem Hause behandelt, dabei hatten all die jungen Ärzte aus erster Hand lernen können –, sondern es war auch die menschliche Art, wie er Medizin lebte. »Auch wenn das Operationsgeschick wichtig ist, so macht es nicht die Grundlage eines guten Chirurgen aus«, pflegte er zu sagen. »Der Technik voraus gehen das Wissen über die Krankheit und die genaue Beobachtung des Zustandes des Patienten. Sie müssen die Fälle lesen, dem Menschen zuhören, ihn beobachten, bevor Sie das Skalpell anlegen. Nach der Operation gilt es dann, Senyors, die Nachbehandlung mit größtmöglicher Sorgfalt auszuführen. Nur wenn all das gegeben ist, werden Sie als Chirurgen die gewünschten Ergebnisse erzielen.«

Trotz dieser Erläuterungen und Vorkehrungen war es normal, dass Wunden sich öffneten und entzündeten, weswegen die Studenten im Praxisjahr, wie auch Marcel, alle zwei Tage die Wundverbände in den Behandlungssälen wechseln mussten. Das machte einen Großteil von Marcels Arbeit an diesem Morgen aus. Im Behandlungssaal stank es bestialisch, aufgrund der Eiterungen, der dreckigen Verbände und der Dämpfe, die aus einem Kocher aufstiegen, in dem systematisch das Arztbesteck desinfiziert wurde. Marcel kümmerte sich routiniert um die Wundversorgung vieler Patienten, er war geübt im Prozedere. Zunächst reinigte er die Wunde unter Wasser, das dafür benutzte Besteck legte er in den Kocher, um es später steril wieder herauszuholen, dann legte er einen neuen, sauberen Verband an, der ein oder zwei Tage hielt. Die zurückhaltende

Stille der Studenten wurde nur selten durch einen Schrei eines Patienten durchbrochen, der den Schmerz nicht mehr aushielt. Es galt, den alten Verband möglichst vorsichtig von der Wunde zu lösen, der allerdings oft wegen des Eiters oder des getrockneten Bluts daran festhing. Wenn der Student den Verband dann mit einem Ruck lösen musste, war das Aufstöhnen kaum zu vermeiden. Während Marcel sich um die Wunden kümmerte, dachte er bereits an den kommenden Tag, denn Ribas hatte ihm gesagt, dass er für die Anästhesiegabe für die geplanten Operationen zuständig sein würde. Dabei musste er Vorsicht walten lassen, während der gesamten Operation über die Pupillen wachen, um sicherzugehen, dass der Patient betäubt war, und vor allem, dass es keine Zwischenfälle gab und der Chirurg vernünftig arbeiten konnte. Ein Fall von Leberkrebs und zwei Magengeschwüre. Größtenteils hatten sie Operationen am Unterleib. Als er mit der letzten Wunde des Vormittags fertig war, schrubbte er sich energisch die Hände, zog sich den Kittel aus, den er über seinem Anzug trug, und ging ins Ärztezimmer. Seine Gedanken schweiften ab, hin zum bevorstehenden Mittagessen.

Um Punkt halb zwei wartete Llorenç an das Gitter gelehnt, das das barocke Kreuz einrahmte, im Innenhof auf seinen Freund. Die Sonne schien ihm direkt ins Gesicht. Er blinzelte, um die Treppe zur Männerabteilung beobachten zu können, und hielt zwischen den jungen Männern nach Marcel Ausschau. Die Wärme der ersten Frühlingssonne ließ ihn für einen Augenblick absolute Glückseligkeit empfinden, als gäbe es nichts Besseres, als dort zu stehen und auf seinen Freund zu warten. Tatsächlich war Llorenç in der Anwesenheit seines Freundes Marcel glücklich. Wenn er da war, schien er ein anderer Mensch: lebendiger, geistreicher, gesprächiger als bei anderen

Gelegenheiten. Das Leben war plötzlich bunt, sobald Marcel in seiner Nähe war.

Endlich sah er ihn in seinem dunklen Anzug die Treppe hinuntersteigen, seine Weste ordentlich geknöpft, den Blick starr auf die Stufen gerichtet, was dafür sprach, dass er in Gedanken versunken war, das sah Llorenç sofort. Als Marcel unten angekommen war, hob er den Blick und machte seinen Freund aus.

»Wie ist es dir an diesem Vormittag ergangen?«, fragte er ihn, als er fast bei ihm war.

»Sehr gut!«, antwortete ihm Llorenç gut gelaunt.

Sie überquerten den Innenhof bis zur Carrer del Carme, von dort aus liefen sie bis zum Haus der Roviras. Sie sprachen über ihren Vormittag, die Fälle, die sie gesehen hatten, die Lehren ihrer Lehrmeister. Im Santa Creu lernten die Studenten mit jedem Tag neue Dinge. Dieses Bad in der Wirklichkeit, das ihnen im Santa Creu bereitet wurde, das jeder im Theorieunterricht erlernten Krankheit ein Gesicht gab, sorgte dafür, dass sie sich fast schon wie richtige Ärzte fühlten, auch wenn noch ein paar Monate fehlten, bis sie ihren Abschluss machten. Beide hatten vor, danach in ihrer jeweiligen Abteilung weiterzuarbeiten, der eine bei Doktor Ribas, der andere bei Doktor Torras, da sie dort das gefunden hatten, was sie machen wollten. Llorenç wollte den Augenblick so lange wie möglich hinauszögern, für seinen Vater arbeiten zu müssen, weil er wusste, dass dann alles wieder so sein würde wie früher. Letztendlich hatte er die Abneigung gegenüber der Medizin überwunden, die er noch zu Beginn seines Studiums verspürt hatte, den unvermeidlichen Ekel vor dem Seziersaal und den üblen Gerüchen darin. Seitdem Llorenç im Praxisjahr war, konnte er dem Arztberuf sogar einiges abgewinnen. Allerdings war er noch nicht dafür bereit, unter seinem Vater zu arbeiten. An dessen Seite fühlte er sich noch immer wie ein Niemand.

Schon als sie das Haus betraten, stieg ihnen ein köstlicher Geruch in die Nase, der vom vor sich hin schmorenden Braten aus der Küche kam. Außerdem hörten sie ein ihnen bekanntes Lachen. Sie hängten ihre Hüte an die Garderobe.

»Aurora ist bereits da«, meinte Llorenç.

Wenn es nicht unhöflich wäre, wäre Marcel direkt in die Küche gegangen, von woher das Lachen kam, um sich Aurora und wahrscheinlich der Köchin anzuschließen. Aber er beherrschte die Regeln der Höflichkeit und folgte seinem Freund in den Salon, wo Senyora Eulàlia wie gewohnt am großen Fenster im Erker saß.

»Mein Sohn!«, rief sie aus und streckte Llorenç eine Hand entgegen. Er begrüßte sie. Ihre Stimme klang wie immer dramatisch, so als würde es ihr immerfort schlecht gehen. Marcel hatte sie bereits füllig kennengelernt. Ein Porträt, das er gesehen hatte, ließ jedoch darauf schließen, dass das nicht immer so gewesen war. Aufgrund ihres schlechten Gesundheitszustandes und der eingeschränkten Bewegungsfreiheit, die von ihrer Fettleibigkeit herrührte, verbrachte sie die meiste Zeit im Salon neben dem Fenster, von wo aus sie das Treiben draußen beobachtete. Sie verließ das Haus nur selten, denn das bescherte ihr grässliche Mühen. Ihr Gewicht ließ es nicht zu, dass sie eine Weile stand, sodass sie sich daran gewöhnt hatte, ihren Besuch stets zu Hause zu empfangen. Eulàlia Rovira erhielt oft Besuch. Jeden Tag zum Tee war jemand bei ihr. Alles Damen der gehobenen Gesellschaft aus Barcelona, einige davon Freundinnen, andere Familienangehörige. Die regelmäßigen Besuche hielten sie über alles auf dem Laufenden, tatsächlich gab es niemanden in der Stadt, der besser informiert war als sie: Sie wusste, wer an einer Krankheit litt, wer gerade auf Reisen war, wer bei der jüngsten Opernaufführung zugegen war oder welche Bewerber es um die Töchter aus gutem Hause gab. Sie war derart informiert, dass einige Damen sie aufsuchten, um sich Rat zu holen, wenn sie nicht genau wussten, wer da gerade ihrer Tochter oder ihrem Sohn den Hof machte. In diesem Fall war Senyora Eulàlia durchaus verständnisvoll und nahbar. Mit jenem von Verschwiegenheit geprägten Ton, der ihr so sehr gefiel und der sie sich wichtig fühlen ließ, zählte sie dann die ganze Liste von Tugenden, Mängeln und Details des jeweiligen Bewerbers auf, die für die Entscheidung ausschlaggebend sein dürften. Dadurch erhob sie sich zur obersten Richterin über eine Hochzeit, die nur auf Grundlage ihrer Meinung gefeiert werden konnte oder eben nicht.

Llorenç verehrte seine Mutter, so wie Aurora ihren Vater verehrte, als hätten die Geschwister in all den Jahren die Zuneigung ihrer Eltern unter sich aufgeteilt.

Marcel küsste der Mutter seines Freundes die Hand, und auf Geheiß dieser nahmen die beiden jungen Männer im Erker Platz. Sie plauderten ein wenig über alles Mögliche, über den Vormittag im Krankenhaus und über die noch bevorstehenden Vorlesungen am Nachmittag in der Fakultät. Marcel erzählte, ab und zu jedoch schielte er zur Tür, für den Fall, dass Aurora hereinkäme. Aber nicht sie kam herein, sondern Senyor Rovira, der sich keine Blöße geben wollte. Er grüßte die beiden jungen Männer und flüchtig auch seine Frau.

Er fragte nach Aurora, woraufhin seine Frau entschuldigend antwortete, sie sei bereits seit einer Weile in der Küche bei den Bediensteten. Ohne ein Wort zu sagen, läutete Senyor Rovira die Glocke, die neben seiner Frau lag. Sofort erschien Carme, das Hausmädchen, die Aurora zum Mittagessen rufen sollte. Sie gingen ins Esszimmer, in das Aurora hineingefegt kam. Sie lachte noch immer.

»Pardon, Papa!«, stieß sie fröhlich aus und drückte ihrem Vater einen Kuss auf die Wange. Auch bei Marcel entschuldigte sie sich dafür, ihn nicht schon früher begrüßt zu haben, aber sie hatte Maria, die Köchin des Hauses, schon tagelang nicht gesehen.

»Ich war nämlich unterwegs, weißt du?«, sagte sie zu Marcel. Die Mutter untersagte ihr so viel Nähe zum Personal, der Vater jedoch tolerierte alles. Derweil hatte Marcel nur Augen dafür, wie sich Aurora mittlerweile bewegte und wie sie sprach, sie war fast schon erwachsen. Als er sie kennengelernt hatte, war sie noch ein Mädchen, und jetzt … kam er aus dem Staunen nicht mehr heraus.

Sie setzten sich an den Tisch, und Aurora erzählte von den Tagen, die sie im Hause einer Cousine ihrer Mutter verbracht hatte, die in Reus lebte, sie hatte die Zeit dort sehr genossen.

»Jedes Jahr zu Beginn des Frühlings fahre ich dorthin«, sagte sie. »So hat Mutter ein bisschen Ruhe von mir, nicht wahr, Mama?«

Sie lachte verschmitzt. Vielmehr war sie es, die ein paar Tage wegwollte, aber sie wusste genau, wie sie sich ins beste Licht rückte. Der Vater war erfreut über ihre Rückkehr und hörte ihr aufmerksam zu. Wenn sie nicht da war, erschien ihm das Haus von einer tristen Stille getränkt, vor der er normalerweise flüchtete. Dann trat das Hausmädchen mit einem Tablett in der Hand in den Raum. Mithilfe eines weiteren Hausmädchens servierten sie den Anwesenden nacheinander die Vorspeise. Darius Rovira stellte Marcel und seinem Sohn allerhand Fragen über die Fälle, die ihnen in ihren Abteilungen zugeteilt wurden. Er breitete sich über das Geschehen im Krankenhausalltag aus, so sehr, dass Marcel dachte, wie sehr diese Unterhaltung die Dame des Hauses langweilen musste, zumindest ihrem abwesenden Gesichtsausdruck nach zu urteilen. Anders war es im Fall der Arzttochter, die stets alles über das Krankenhaus wissen wollte. Aurora war kein gewöhnliches Mädchen, das war Marcel bereits aufgefallen, als sie sich kennengelernt hatten. Von klein auf las sie immerzu, lauschte den Gesprächen der Erwachsenen, lauerte ihrem Bruder oder auch Marcel im Flur auf, damit sie ihr Bericht erstatteten über alles, was sie in den ersten Jahren an der Fakultät lernten. Wie sind die Vorlesungen? Wovon erzählen sie euch? Welche Bücher müsst ihr lesen? Wann macht ihr eure erste Visite? Fragen, die die beiden Medizinstudenten zum Lachen brachten, weil sie für ein kleines Mädchen eher unüblich waren, da konnte sie noch so sehr die Tochter eines Arztes sein.

Auf ihr Drängen gab Llorenç bei der Nachspeise Details über den bevorstehenden Umzug ins neue Krankenhaus preis: »Der Umzug der Abteilung von Mestre Torras ist für Ende Juni vorgesehen. Wir werden im Pavillon Sagrat Cor untergebracht. Erinnerst du dich an den Pavillon, als wir uns das Krankenhaus angesehen haben, Vater?«, fragte er um eine gewisse Komplizenhaftigkeit bedacht. Der Vater schwieg, er zog seine Oberlippe ein wenig nach oben, eine skeptische Geste, da er davon überzeugt war, dass das neue Krankenhaus noch nicht für die Nutzung bereit war. Llorenç fuhr mit seinen Erläuterungen fort: »Mestre Torras hat gesagt, dass man uns Studenten einen Bonus zahlt, da wir die Tram nehmen müssen, um dorthin zu kommen. Vielleicht stellen sie uns später eine Einachser-Kutsche zur Verfügung, aber das ist noch nicht sicher. Einer der Studenten wird auserkoren, um im Krankenhaus zu wohnen. Die Wache schieben wir zu dritt. Der Mestre hat uns damit beauftragt, eine Liste für die Verwalter mit all den Dingen anzufertigen, die er für die Versorgung des Pavillons für wichtig hält. Seinen Berechnungen zufolge sollte es möglich sein, erst eine kleine Gruppe von Patientinnen zu verlegen, um dann in den kommenden Monaten die Anzahl zu erhöhen. Einmal dort, werden auch sechs Ordensschwestern vor Ort sein sowie einige Bedienstete – und natürlich ein Kaplan.«

»Das ist ja so aufregend!«, rief Aurora aus. »Siehst du, Llorenç? Ihr werdet die ersten Ärzte des neuen Krankenhauses sein! Und es ist so hübsch. Wie eine Gartenstadt.« Sie wandte sich an ihren Vater: »Sag, Vater, so hat der Architekt Domènech es doch genannt, oder?«

»Ja, es ist wahrlich ein sehr ambitioniertes Projekt«, erwiderte ihr Vater. »Wenn es erst mal fertig ist, wird es wunderbar sein. Wie schon unser geliebter Robert sagte, ist wohl Domènech der einzige Architekt, der für solch ein Unterfangen geeignet ist«, fügte er hinzu und gab sich ein wenig der Nostalgie hin. Schnell jedoch fand er wieder zu seinem Pragmatismus zurück. »Ich glaube allerdings nicht, dass im Juni auch nur ein Patient dorthin verlegt wird.«

Llorenç war davon überzeugt, dass es durchaus möglich war, schließlich war Mestre Torras sich dessen sicher. Trotzdem wäre er nicht auf den Gedanken gekommen, mit seinem Vater darüber zu streiten.

Sie nahmen den Kaffee im Salon zu sich, und als Senyor Rovira in seine Praxis ging, schien es, als würde seine Ehefrau aufatmen. Sie hatte sich größtenteils aus der Unterhaltung herausgehalten. Jetzt fragte sie Aurora nach Einzelheiten über ihren Besuch in Reus, außerdem fragte sie Llorenç, wann er aus der Fakultät zurückkäme, sie wollte ihn mit ihrem Besuch am Abend bekannt machen. Später zog sie sich, von der Plauderei müde geworden, in ihr Zimmer zurück, um sich auszuruhen.

Als die jungen Männer zur Vorlesung mussten, ging Aurora zurück in die Küche, um ihr Gespräch mit Maria fortzuführen. Sie wollte sich nicht ausruhen, sondern irgendwie die Zeit bis zum abendlichen Besuch herumbringen. Im Gegensatz zu anderen Abenden war dieser aufregend, schließlich kamen ihre besten Freundinnen gemeinsam mit ihren Müttern zum Tee. Es stand bereits seit jenem Tag geschrieben, als ihre Mütter, die ebenfalls seit Kindheitstagen miteinander befreundet waren, ihre Töchter auf dieselbe Schule schickten, zu den Nonnen von Loreto, dass Aurora Rovira, Amèlia Llacuna und Mariona Puigmartí die besten Freundinnen werden würden.

Aurora öffnete die Tür zur Küche, wo Maria gerade die letzten Teller ordnete. Sie war genauso ordentlich und gewissenhaft wie ihre Mutter, an die sich Aurora sehr gut erinnerte. Maria war so sehr in Gedanken versunken, dass sie gar nicht wahrnahm, wie Aurora in die Küche kam. Als sie sie schließlich sah, fragte sie: »Willst du dich denn gar nicht ausruhen?«

»Ausruhen! Wovon denn? Von einem langweiligen Vormittag? Von einem Mittagessen, das noch ewig dauern würde, hätten nicht alle etwas zu tun? Ach, Mia, was für ein Glück die Jungs haben! Immer sind sie beschäftigt. Kämen heute Abend meine Freundinnen nicht, würde ich vor Langeweile sterben!«

»Dass du immer so übertreiben musst.«

»Nein, das tue ich doch gar nicht. Mutter und ihre Freundinnen quälen mich wirklich jeden Tag!«

Maria lächelte kurz verschmitzt, sagte aber nichts. Seit einiger Zeit schon hielt es die junge Rovira nicht mehr als Marionette ihrer Mutter aus. Vor den Damen, die die Gastgeberin besuchten, zeigte sie ihre Tochter vor, als handele es sich um eine Trophäe. Sie ließ sie ein paar Klavierstücke spielen, während die Damen über sie tuschelten. Was für eine reizende Taille, wie sie immer hübscher wird, eine Mischung aus Vater und Mutter, logen die Damen, wissend, dass sie ihrem Vater sehr viel ähnlicher sah. Sie hatte seine markanten Wangenknochen, die gleichen Augenbrauen, wie bei einem perfekten Gemälde, die Lippen noch jugendlich zart, und diese Eleganz in ihren Bewegungen. Sie wird eine gute Partie machen, ihrem Ehemann ein paar hübsche Kinder schenken, die geradezu engelhaft sein dürften. Aber Aurora wusste auch, dass die Damen lästerten, wenn ihre Mutter nicht in Hörweite war: Sie habe zu viel Charakter, was den Männern nicht gefallen werde. Aurora lachte über sie und ihr Gehabe. Im Stillen entfernten sich ihre Wünsche immer weiter von dem, was diese Frauen glaubten und predigten.

»Wie geht es denn Senyoreta Amèlia und Senyoreta Mariona?«, interessierte sich Maria, während sie mit den Tellern hantierte.

»Ich weiß es nicht, Mia, ich habe sie schon seit einer Woche nicht mehr gesehen! Es gibt so viel zu besprechen …«

Maria sah sie aus dem Augenwinkel an und lächelte. Sie wusste, dass Aurora am Abend zu ihr kommen würde, um ihr all die Neuigkeiten zu erzählen. So war es von klein auf: Aurora berichtete Maria über alles, was ihr widerfuhr, und sie zerbrachen sich gemeinsam den Kopf über alles, was ihr zu schaffen machte. Es war nicht so, dass Aurora ihre Meinung oder ihre Zustimmung hören wollte, es reichte ihr, dass ihr jemand hingebungsvoll, mit wahrem Interesse zuhörte, und vor allem, dass sie nicht von ihr verurteilt wurde, so wie es die anderen taten. Mit Maria konnte Aurora über Dinge reden, über die sie sonst mit niemandem sprach.

Um halb sechs traf der Besuch ein. Senyora Catalina und ihre Tochter Amèlia waren die Ersten, dann kamen auch Mariona und deren Mutter. Die Damen setzten sich in den Erker, die Mädchen ein wenig abseits von ihnen. Sie sprachen mittlerweile über Dinge, die ihre Mütter nichts angingen, zum Beispiel über Jungs, über neue Bekanntschaften, über ihre Zukunft, und sie beichteten sich ihre intimsten Wünsche. Mädchen mit einem bequemen Leben, guten Manieren und angenehmen Gesprächen, Mädchen, die schon bald eine Ehe eingehen sollten. Aurora liebte ihre Freundinnen abgöttisch, dennoch fühlte sie, dass sie anders war … Sie wusste es seit Kurzem, vielleicht aber auch schon seit jeher. Alles, wonach sich Amèlia und Mariona sehnten, war weit von ihren Vorstellungen entfernt.

»Wie war deine Zeit in Reus?«, fragte Amèlia.

Aurora erzählte von den Tagen bei ihrer Tante, wie schön das Haus und der Garten waren.

»Wahrscheinlich erzähle ich euch das jedes Jahr wieder, aber das Licht der Abenddämmerung über den Bäumen im Garten ist einfach bezaubernd …«

Mariona hielt ein Lachen zurück. »Wie romantisch du geworden bist, Aurora! Du wirst dich doch nicht in jemanden aus Reus verliebt haben«, sagte sie verheißungsvoll.

»Ach, Quatsch!«, erwiderte Aurora verärgert. »Bislang habe ich niemanden getroffen, der mir gefällt.«

»Ich schon«, stieß Mariona aus und wurde sogleich rot im Gesicht. Sie schaute kurz zu den Müttern, um sicherzugehen, dass sie ihnen nicht zuhörten.

»Du brauchst gar nicht zu sagen, wer es ist, ich weiß es schon«, sagte Amèlia kichernd. Beide Mädchen sahen sich an, dann drehten sie zeitgleich ihre Köpfe zu Aurora. Sie brachen in Lachen aus.

Senyora Catalina fragte vom Fenster aus: »Worüber lacht ihr denn so? Kommt her, um gemeinsam Tee zu trinken.«

»Wir kommen ja schon, Mutter«, sagte Amèlia brav. Sie gingen zu ihnen, doch zuvor hielt Aurora sie am Arm zurück, sie war neugierig, was ihr entgangen war. »Sagt ihr es mir, oder haben wir jetzt etwa Geheimnisse voreinander?«

»Ach was!«, wiegelte Amèlia ab. »Mariona ist es ein bisschen peinlich, dir das zu sagen.«

»Und warum?«, fragte Aurora überrascht.

Amèlia schaute rasch zu Mariona, die ihr zunickte, sodass Amèlia kaum hörbar zu Aurora sagte: »Es ist dein Bruder. Mariona mag Llorenç.«

Sie tranken gemeinsam mit ihren Müttern Tee, hörten artig der Plauderei zu, und später spielten Aurora und Amèlia vierhändig einige Klavierstücke in Begleitung von Marionas Gesang. Als das Tageslicht verschwand, klingelte es an der Haustür. Eulàlia Rovira legte ihre Hand auf die Brust und lächelte triumphierend. »Ich dachte schon, sie würde nicht mehr kommen.«

»Wer denn, Eulàlia?«, fragte Marionas Mutter.

Die Dame des Hauses lächelte geheimnisvoll. Es war offensichtlich, dass sie einen Überraschungsgast eingeladen und niemandem etwas verraten hatte.

»Warum denn so ein Geheimnis?«, fragte Senyora Catalina vergnügt.

Eulàlia Rovira läutete ihr Glöckchen, und sofort eilte das Hausmädchen herbei.

»Geh, mach die Tür auf und lass Senyora Jofre ein.«

»Glòria Jofre?«, fragten beide Freundinnen einstimmig.

Die Dame des Hauses nickte bestätigend. »Sie kommt gerade erst aus Paris zurück«, sagte sie.

»Wie hast du es nur geschafft, dass sie herkommt? Normalerweise besucht sie niemanden«, fragte Marionas Mutter überrascht mit leiser Stimme. »Man sagt, dass ihr Frauen ein Graus seien. Sie findet uns langweilig!«

»Du vergisst, dass ihre und meine Mutter eng befreundet waren«, antwortete Eulàlia. Sie fächelte sich mit kurzen und energischen Bewegungen ein wenig Luft zu und machte sich so ein bisschen wichtig.

Die drei Mädchen schauten mit Interesse zu ihren Müttern,

die leise und heftig über die mysteriöse Frau sprachen, bevor diese den Salon betrat. Sie hätten tausend Fragen gestellt, gäbe es Zeit dazu. Wer war Glòria Jofre? Wie kam es, dass sie nie von ihr gehört hatten?

Kurz bevor die Besucherin eintrat, konnte die Dame des Hauses nicht mehr an sich halten. »Man sagt, sie habe einen neuen Liebhaber!«, verkündete sie leicht boshaft.

Kurz herrschte Stille, die Zeit stand still. Eine elegante Dame – sie trug eine karierte taillierte Jacke, einen dazu passenden Rock, und auf ihrer schicken Frisur saß ein Hut im Violettton ihrer Kleidung – schritt forsch durch den Salon auf die Gastgeberin zu.

»Eulàlia, meine Liebe. Wie lang ist es jetzt her?«

Sie gaben sich ein Küsschen auf jede Wange, ohne sich dabei wegen des Hutes zu nahe zu kommen. Dann ließ Eulàlia das Hausmädchen einen Stuhl für den neuen Gast bringen. Und plötzlich ist es ein noch viel interessanterer Abend, dachte Aurora Rovira, die neben ihr saß.

Senyora Jofre musste so alt sein wie ihre Mütter, aber sie war ihnen in keiner Weise ähnlich, nicht mit ihrer Kleidung, ihrer Ausdrucksweise oder gar ihrem Auftreten. Diese Frau war äußerst elegant, wie die anderen auch, und doch hatte sie etwas Mondänes an sich, sie strahlte eine Kühnheit aus, die alles andere überstrahlte. Nachdem die Gastgeberin alle miteinander bekannt gemacht hatte, interessierte sie sich für die wohl wichtigste Frage, über die alle Zeitungen berichteten, die sie natürlich nicht lasen. »Sag schon, Glòria, wie sieht es zurzeit in Paris aus?«, fragte Eulàlia.

Senyora Jofre seufzte: »Die Auswirkungen des Krieges sind ganz offensichtlich. Vor zwei Jahren hat er begonnen. Paris ist voll von Müttern und Ehefrauen, die auf die Rückkehr ihrer Soldaten warten. Die Menge der jungen Männer, die den Tod finden oder verletzt zurückkommen, ist einfach nicht auszuhalten!«

Sie schaute kurz in ihr Publikum, sie nahm an, dass diese Mütter und Töchter von diesem Leid wussten. Dann fuhr sie fort: »Wir haben hier viel Glück, wir wissen gar nicht, was Leid ist. *La grande guerre* heißt es in Frankreich überall. Ich nenne ihn *la guerre absurde et misérable*! Der Machthunger und die Dummheit der Männer haben uns dazu gebracht!«

Die Damen trauten sich nicht, auch nur den Mund zu öffnen. Die Mädchen hingegen starrten sie mit offenen Mündern an, auch ihre Augen waren weit aufgerissen. Sie staunten über die Frau aus Paris, die fröhlich zwischen Katalanisch und Französisch hin und her wechselte. Sie sprach über die Schlacht bei Verdun im Nordosten Frankreichs, die im Februar begonnen hatte und die laut Experten auf keinen Fall verloren werden dürfe, da das den Sieg der Deutschen besiegeln würde. Ganz Paris sprach von einem General Pétain, der erst kürzlich zum Kommandanten in ebendieser Schlacht ernannt worden war, bei der die Deutschen bereits einige Siege für sich verzeichnen konnten. Pétain war Teil jedes Gesprächs, versicherte Glòria Jofre, als eben derjenige, der dem ganzen Spuk ein Ende setzen konnte.

Die Dame sprach über das Leben in Paris, die brennendsten Themen der Gesprächszirkel in den Cafés der Stadt, jedoch äußerte sie sich nicht über ihr Privatleben. In Barcelona gab es Gerüchte, dass diese Frau – seit Ewigkeiten ledig, Tochter aus gutem Hause, die sich dafür entschieden hatte, ganz alleine die Welt zu bereisen – sich der Pariser Boheme hingab, wo sie seit ein paar Jahren lebte. Man sagte, dass sie bei Kriegsbeginn dort geblieben war, um auf einen Soldaten zu warten, der später jedoch umgekommen war. Manch einer versicherte, dass Glòria Jofre Bücher unter männlichem Pseudonym schrieb und dass sie mehr als einmal als Mann verkleidet sich in moralisch fragwürdige Spelunken begeben hatte. Schlüpfrige Romane seien das, so meinten die einen, erotische Poesie, die anderen. Man wusste, dass sie mit Avantgarde-Künstlern verkehrte; die meisten von ihnen waren vor dem Krieg im restlichen Europa geflüchtet. Sie schenkte den Gerüchten keine Beachtung, sie sprach nicht über das, was sie tat oder nicht tat, zum einen, weil sie oft nur für ein paar Tage in Barcelona war, und zum anderen nahm sie kaum am gesellschaftlichen Leben teil, wenn sie einmal dort war. Fragte jemand nach, lächelte Glòria Jofre nur und versicherte, dass ihr Leben viel zu langweilig war, als dass es da etwas zu erzählen gäbe.

Bei Aurora Rovira hinterließ sie Eindruck, da sie anders war als alle Frauen, die sie bislang kennengelernt hatte. Sie hatte keine Gelegenheit dazu, alleine mit ihr zu sprechen. Hätte es sich ergeben, hätte sie ihr mit Sicherheit gebeichtet, dass sie nicht so sein wollte, wie es ihr vorherbestimmt war. Und sie hätte sie gefragt, eine Frau wie sie, wie man den gesellschaftlichen Konventionen trotzen und einen anderen Weg einschlagen konnte, auf dem man sich lebendig fühlte, auf dem das Erwachsenwerden nicht auch einen kleinen Tod bedeutete. So sah sie es zumindest, wenn sie sich ihre Gedanken über das Leben machte, über die Sehnsüchte der Frauen, die sie umgaben. Dann spürte sie ein Feuer in sich brennen, ein dringendes Bedürfnis, sich gegen all das aufzulehnen. Sie hörte Llorenç und Marcel bei ihren Gesprächen über das Studium zu, lauschte ihrem Vater, wenn er über seine Patientinnen sprach. Das Leben der Männer war immerzu interessant; für Frauen hieß es indes nur, sich dem Stricken, Sticken und Klavierspielen zu widmen und darauf zu warten, dass ein unerwarteter Besuch, wie der des heutigen Abends, neuen Gesprächsstoff lieferte. Aurora wollte das alles nicht, und zum ersten Mal hatte sie ein Beispiel für ein anderes Leben gesehen. Sie wäre gern ein wenig älter gewesen, hätte gern kurz allein mit ihr gesprochen, nicht aus Neugierde, sondern um zu lernen und zu beobachten.

Glòria Jofre blieb nicht lange. Sie entschuldigte sich bald wieder und brach auf. Instinktiv erhob sich auch Aurora, und bevor die Mutter etwas sagen konnte, bot sie ihr an, sie zur Tür zu begleiten. Es war nur ein kurzer Augenblick, weder genügend Zeit noch das ausreichende Vertrauen, um über wichtige Dinge zu sprechen, aber als Aurora ihr die Tür öffnete, fragte sie: »Senyora Jofre, kommen Sie uns wieder besuchen?«

Die Dame sah sich neugierig dieses hübsche Mädchen mit dem sehnlichen Gesichtsausdruck an.

»Wie alt bist du?«, fragte sie.

»Ich werde bald siebzehn.«

»Und warum willst du, dass ich euch wieder besuche?«, fragte sie geradeheraus.

»Sie sind so … anders als alle.«

Aurora spürte, wie ihre Wangen rot anliefen, weswegen sie schnell hinzufügte: »Ich will damit sagen, dass das Leben hier so langweilig ist! Sie erzählen von Dingen, die anderswo geschehen, sehr interessante Dinge. Ich würde gern mehr über den Krieg in Europa wissen, über die ganze Welt.«

Senyora Jofre beobachtete sie aufmerksam. »Weißt du schon, was du machen willst?«

Aurora wusste nicht genau, was sie damit meinte. »Sie meinen, in der Zukunft?«

Senyora Jofre nickte. »Willst du studieren, oder hast du einen guten Ehemann in Aussicht?«

Diese Frau war sehr direkt, niemand zuvor hatte so mit ihr gesprochen.

»Ich bin noch jung«, antwortete Aurora geradezu automatisch, so wie immer, wenn ihr jemand sagte, wie hübsch sie sei und dass sie schon bald umgarnt werden würde.

Senyora Jofre strich ihr über die errötete Wange, schenkte ihr ein Lächeln und ging. Bevor Aurora jedoch die Tür schloss, hielt Senyora Jofre kurz inne, um ihr einzuschärfen: »Du bist nicht zu jung, um zu wissen, welchen Weg du einschlagen willst.«

Sie schritt die wenigen Treppen bis zum Treppenabsatz hinunter, wissend um den auf ihren Rücken gerichteten Blick der jungen Rovira.

Wenn sonntags gutes Wetter war, nahm Lluís Maria mit zum Hospital de Sant Pau. Sie stiegen in die Tram nach Horta und liefen dann das letzte Stück zu Fuß bis zum hervorprangenden Verwaltungspavillon, der den Eingang bildete. Rundherum war es noch ländlich, die Menschen hatten diesen Ort für ihre sonntäglichen Familienausflüge auserkoren. Stets entzündete irgendeine Familie ein Grillfeuer, dessen Rauch aufstieg und alles in ein festliches Ambiente tauchte. Andere kamen mit ihrem Korb unter dem Arm, breiteten eine Decke aus, um dort zu faulenzen, während jemand das Brot schnitt. Der Wein floss in Strömen, die Gespräche waren angeregt, die Kinder sprangen durchs Gestrüpp, und manchmal wurde sogar ein Tanz improvisiert. Im Hintergrund dieser sonntäglichen Feste verfielen mit der Zeit die bereits vor Jahren erbauten und noch immer leerstehenden Pavillons des zukünftigen Krankenhauses. Lluís sah sie und seufzte wie jemand, der schon seit einer Ewigkeit wartete. »Wann kommen bloß endlich die Kranken, die Ärzte, die Schwestern und Brüder des Santa Creu?«, fragte Maria Lluís, der darauf keine Antwort wusste. »Wann werden die anderen Pavillons gebaut, die der Architekt geplant hat?« Lluís brach es das Herz, zuzusehen, wie die Jahre verstrichen, ohne dass der Bau fortgesetzt wurde. Es wurden weiterhin Skulpturen angefertigt, wie beispielsweise die beiden, die weniger als zwei Meter maßen und die Mestre Arnau zu Jahresbeginn Don Lluís übergeben hatte. Sie waren für die Vervollständigung der Fassade des Verwaltungspavillons gedacht. Oder die Statue zu Ehren des großzügigen Wohltäters, Bankier Pau Gil, welche in ein paar Monaten fertiggestellt sein würde, um den Eingang der Krankenhausanlage zu zieren. Von den neuen Pavillons war bislang aber nur einer gebaut worden, der dritte auf der Ostseite, von einem reichen Mann namens Rafael Rabell finanziert. Für die Umsetzung der restlichen Pavillons wurde das Geld des Santa Creu benötigt.

Lluís verdiente nicht viel mit seinen Aufträgen, aber er konnte sich nicht beschweren. Wegen des Kriegsausbruchs war er nach Barcelona zurückgekehrt. Er hatte ein kleines Lokal in der Carrer Comerç angemietet, wo er zugleich lebte und arbeitete. Mestre Arnau gab ihm Arbeit, sein Freund Gargallo ebenfalls, und trotzdem hatte er noch Zeit für eigene Projekte. Außerdem wurden langsam einige Kunstkritiker der Stadt auf ihn aufmerksam. In Paris hatte er unter ärmlichen Verhältnissen gelebt, doch hatte ihn diese Zeit voller künstlerischer Heftigkeit und Boheme zu dem gemacht, der er heute war. Er war erwachsener geworden, erfahrener. Wenn er einen Auftrag bekam, hielt er sich an die Vorgaben des Architekten oder des Bildhauermeisters. Wenn er aber für sich allein und frei arbeitete, dann wurde aus seinem kleinen Atelier in der Carrer Comerç eine Welt, in der Tag und Nacht ineinander übergingen. Wo nichts mehr Bedeutung hatte, nur noch die Arbeit selbst, die Herausforderung, jene Form hinzubekommen, jenes Gesicht, jenen Ausdruck, den er vor seinem inneren Auge sah. Seine Finger waren voller Tinte, wenn er wie ein Besessener erste Skizzen anfertigte. Er modellierte den Ton zur gewünschten Form, dann kamen die Gipsschicht, der Hammer, der Meißel, der körperliche Einsatz, sein Kampf mit den Elementen, um dem Material eine Seele einzuhauchen. Danach war er dann ausgelaugt. Er wollte seine innigsten Gefühle ausdrücken, die unmögliche Perfektion der Kunst begreifen. Unermüdlich studierte er das Aussehen von Männern und Frauen auf der Straße. Manchmal spazierte er stundenlang durch die anrüchigsten Straßen der Stadt – so wie er es in Paris getan hatte –, mit den Augen eines Verrückten, eines Erleuchteten, die vor fast schon krimineller Leidenschaft nur so sprühten, wenn sie den Ausdruck oder das Gesicht entdeckten, das er gesucht hatte, ohne vorher genau zu wissen, wie es aussah. Alles, was ihn aufwühlte, was direkt auf seine Seele traf: das wilde Tier im Blick einer Mutter, die ihr Kind beschützt; das Gesicht eines armen Mannes, der des Elends müde ist; die gierigen Augen eines Kindes, das kurz davor ist, ein vom Karren gefallenes Stück Obst zu klauen; die Angst, der Schmerz, das Leid, aber auch die Zärtlichkeit, die Liebe, die Wollust, die weder Alter noch soziale Schicht kennen. Für all das interessierte sich Lluís, der bereits ein gesamtes Leben gelebt zu haben schien, seit er in Paris gewesen war.

Maria sah diese Veränderung in seinen Augen und bemerkte sie in seinem Verhalten. Ihr kam es vor, als wäre er schon immer dieser Mensch gewesen, von Kopf bis Fuß Künstler, auch wenn er lange keine Möglichkeit gehabt hatte, es auszuleben. Sie nahm ihn lebendig wie noch nie wahr; Lluís schäumte vor Kraft und Leidenschaft, er war der wohl attraktivste Mann auf Erden. Maria verging fast, wenn er ihre Hand nahm, um ihr aus der Tram zu helfen, wenn er ihr einen geschwisterlichen Kuss auf die Wange gab, wenn er nah an ihr atmete oder wenn eine Strähne seines langen, schwarzen Haars zufällig ihren Körper berührte. Mit ihr sprach er so gut wie nie über Frauen, aber

Maria war sich sicher, dass er mehr als eine gehabt hatte. Sie musste nur auf die Blicke der Frauen rundherum achten und wie er darauf mit animalischem Instinkt schnell, subtil, intuitiv reagierte, indem er ihnen ein Blick zuwarf, ein Lächeln, und mit überraschender Leichtigkeit gelang es ihm so, den Frauen die Röte ins Gesicht zu treiben. So viele Dinge von Paris, die du mir nicht erzählt hast und auch nie erzählen wirst, dachte Maria. Sie versuchte, nicht darüber nachzudenken, sie zwang sich zu Fröhlichkeit, Einfallsreichtum, Heiterkeit, wenn sie zusammen Zeit verbrachten, damit er ja nicht ihrer müde würde.

Lluís war wegen des Krieges aus Paris zurückgekehrt. In den ersten Kriegsmonaten hatte sich Maria große Sorgen gemacht, da sie nichts von ihm gehört hatte. Dann war er im vergangenen Jahr mit seinem Freund Pablo Gargallo zurückgekommen, den Maria noch immer nicht kennengelernt hatte. Gargallo hatte im August geheiratet, allerdings an einem ihrer Arbeitstage, sodass sie der Zeremonie nicht beiwohnen konnte. Kurz darauf war Gargallo erkrankt. Lluís hatte ihr gesagt, dass er sich deswegen für längere Zeit nach Tiana begeben hatte, ins Haus der Mutter eines guten Freundes von Gargallo und ihm, Cinto Reventós, der außerdem sein Arzt war. »Mia, eines Tages nehme ich dich mit nach Tiana, dann lernst du alle kennen«, versicherte ihr Lluís. »Ich stelle dir Pablo und seine Frau vor, eine hübsche Französin, sie heißt Magali. Und auch Cinto und dessen Bruder Ramon, der Dichter ist und ein einfallsreicher Mensch. Du wirst schon sehen, wie du dich dort amüsierst.« Allerdings hatte Lluís sie bislang noch nie mitgenommen. Pablos Zustand diente Lluís dazu, Maria zu erklären, was er alles nicht wollte: »Ich will nicht heiraten, ich will keine Familie haben, die dann von mir abhängig ist, sondern frei sein, sodass ich tun und lassen kann, was ich will, und auch von wenig Geld leben. Ich brauche fast nichts. Wenn ich dir erzählen würde, wie ich in Paris gelebt habe … Wenn der Krieg zu Ende ist, gehe ich zurück. Ich habe dort viele Freunde zurückgelassen.« Marias Herz zersprang in tausend Stücke, wenn sie ihn so reden hörte, sie verzweifelte daran, verspürte große Lust, zu weinen, aber sie hielt sich damit zurück, bis sie wieder zu Hause war. Wieder dort, hörten die anderen Hausmädchen, wie sie in ihrem Zimmer schluchzte, und kamen zu ihr. Maria, tu endlich was. Du musst Lluís deine Gefühle zeigen, eine Frau weiß doch, wie das geht. Merkst du denn nicht, dass sonst eine andere kommt, die schneller ist als du? Ein Mann wie Lluís bleibt doch nicht lange ohne Freundin. Dadurch verzweifelte Maria nur noch mehr. Sie scheuchte sie aus ihrem Zimmer. Ich will nur noch schlafen, lasst mich! Mit dem Gesicht im Kissen versteckt, dachte sie, dass die Mädchen recht hatten, und die Angst machte sich in ihr breit. Ich bin nicht gut genug für ihn, deswegen stellt er mich auch nie seinen Freunden vor. Ich bin ihm peinlich, ich bin ein Niemand. Wenn ich ihm die Wahrheit über meine Gefühle sage … dann stößt er mich nur zurück. Und wenn ich ihn verliere? Ich hielte es nicht aus, ihn nicht mehr zu sehen! Immerhin habe ich ihn als guten Freund … Er mag mich … nur leider wie eine Schwester!

Diesen Sonntag verbrachten sie wie so viele andere zusammen. Sie machten einen Ausflug zum Sant Pau, setzten sich auf eine Decke und unterhielten sich über die vergangene Woche. Dabei aßen sie das Brot und die Wurst, die Maria sorgfältig eingepackt hatte. Sie blieben nicht lange, da Lluís noch vor Einbruch der Dunkelheit bei Mestre Arnau vorbeischauen wollte. Sie nahmen also die Tram zurück und liefen den Rest bis zum Hause Rovira. Gerade als sie sich am Hauseingang verabschiedeten, wurde die schwere Haustür aufgerissen, dahinter kam Aurora mit glühenden Wangen zum Vorschein.

»Maria!«, rief sie, als hätte sie gerade ein Schreck durchfahren. »Du bist schon hier! Wie spät ist es? Ich muss dir etwas erzählen! Aber nicht jetzt. Ich muss los. Ich will zu Amèlia. Ich komme bald zurück. Versprich mir, dass du heute Abend Zeit für mich hast. Ich muss mit dir reden.«

All das sagte sie in einem Atemzug. Als sie fertig war, bemerkte sie Lluís' Anwesenheit und wurde wieder zur Tochter aus gutem Hause: Sie schenkte ihm ein strahlendes Lächeln, reichte ihm die Hand zum Kuss und sagte: »Entschuldigt, ihr beiden. Ich bin so froh! Gut, ich muss los. Es war mir ein Vergnügen, auf Wiedersehen.«

Maria und Lluís blieben an der Haustür stehen, während Aurora in die Kutsche ihres Vaters stieg, die direkt vor dem Gebäude stand. Der Kutscher gab dem Pferd die Peitsche, und sie setzten sich in Bewegung.

»Sie ist wirklich eine Schönheit«, sagte Lluís beeindruckt. Maria spürte einen Stich in ihrer Brust. Sie kehrte ihm den Rücken zu und verabschiedete sich eilig von ihm.

»Adéu, Lluís«, sagte sie, ohne ihm dabei in die Augen zu schauen. »Bis Sonntag.«

Lluís rief ihr vom Eingang hinterher: »Am Sonntag kann ich nicht, Mia!«

Maria kam zurück und wartete auf eine Erklärung. Er setzte an: »Ich werde Pablo in Tiana besuchen. Dieses Mal kann ich dich nicht mitnehmen, da ich wahrscheinlich ein paar Tage dort bleibe. Aber das nächste Mal, das verspreche ich, kommst du mit!«

Maria schluckte ihren Ärger hinunter. »Gut, gut, das nächste Mal dann.«

Am Abend suchte Aurora sie auf. Maria hatte mit dem Abendessen alle Hände voll zu tun, aber es schien Aurora nichts auszumachen, in der Küche zu sein, sie stand die ganze Zeit hinter ihr. Offenbar konnte sie nicht bis nach dem Abendessen warten, sondern musste ihr gleich erzählen, was geschehen war.

»Ich habe mit Vater gesprochen, Mia. Es war unglaublich! Ich kann immer noch nicht glauben, was ich ihm gesagt habe. Ich muss mich kneifen.«

»Was hast du ihm denn gesagt?«, fragte Maria, ohne den Topf auf dem Herd aus den Augen zu lassen. Sie verehrte Aurora, Gott war ihr Zeuge, aber jetzt gerade störte das Mädchen, und zwar gewaltig! Bei so viel Arbeit hatte sie gerade noch genügend Kraft, das Abendessen fertig zu machen. Dann wollte sie schleunigst auf ihr Zimmer. Sie wollte nicht einmal etwas essen, sondern sich einfach nur einschließen und sich ihrer Traurigkeit und Ohnmacht hingeben, da sie nicht wusste, wie sie mit all dem, was Lluís betraf, umgehen sollte. Sie ahnte Schlimmes, vielleicht erfand er nur Ausreden, vielleicht wollte er sie seinen Freunden wirklich nicht vorstellen, weil sie ihm peinlich war.

Aurora war derart mit ihren eigenen Angelegenheiten beschäftigt, dass sie Marias Unwohlsein gar nicht erst wahrnahm. »Ich bin nach dem Mittagessen zu ihm in sein Sprechzimmer gegangen«, fuhr sie fort. »Ich wollte alleine mit ihm reden. Erst hat er es für einen Scherz gehalten, aber als er gemerkt hat, dass es mir ernst war, hat er mir zugehört. ›Setz dich‹, hat er gesagt, und dann habe ich es ihm gesagt.«

»Was denn? Was hast du ihm gesagt?« Maria klang ungeduldig, was recht ungewöhnlich für sie war, aber Aurora nahm davon keine Notiz.

»Seit Tagen denke ich darüber nach. Vor allem seit dem Besuch dieser Frau … du weißt schon, die Bekannte meiner Mutter, von der ich dir erzählt habe.«

»Glòria Jofre«, sagte Maria mechanisch. Aurora hatte ihr so oft von ihr erzählt, dass sie genau wusste, von wem die

Rede war. Senyora Jofre hatte Eindruck bei der jungen Rovira hinterlassen, das war nicht zu übersehen. Seitdem war sie regelrecht aufgeregt. Ihr Verhalten ihrer Mutter gegenüber, das schon aus reiner Gewohnheit rebellisch war, verschlimmerte sich. Manchmal verstummte sie schlagartig, dann wieder war sie geradezu euphorisch, Maria wusste, dass Aurora seit Tagen über etwas Großem brütete, von dem sie früher oder später erfahren würde.

»Ich habe Vater gesagt, dass ich Medizin studieren will.«

Maria sah sie überrascht an. Dass Aurora in der Lage war, solch ein Geheimnis für sich zu behalten und es nicht einmal ihr zu verraten, war neu und sprach für dessen Wichtigkeit.

»Das habe ich nun wirklich nicht erwartet!«

Aurora lächelte triumphierend.

»Maria, hast du wirklich gedacht, dass ich irgendwann mal wie meine Mutter enden würde?«

So eine Frage erschien dem Hausmädchen böswillig, darauf wollte sie nicht antworten. Aurora fuhr mit fester Stimme fort: »Andere Frauen haben auch Medizin studiert. Ich bin nicht die erste!«

»Aber du bist doch noch viel zu jung, um …«

»Nicht wirklich, Maria, nicht wirklich«, antwortete sie ihr scharf. »Ich muss das Vorstudium bestehen und mich gut vorbereiten, damit ich an der Fakultät angenommen werde. Aber wer kann das schaffen, wenn nicht ich?«

Sie war so überzeugt von ihrem Vorhaben, dass Maria es nicht wagte, ihr zu widersprechen. Aurora als Ärztin, dachte sie. Ist das möglich?

»Und der Herr Doktor hat dir sein Einverständnis gegeben? Darfst du studieren?«

Aurora konnte die Frage nicht bejahen, da ihr Vater sich nicht ganz so offen und verständnisvoll gezeigt hatte, wie sie es sich erhofft hatte. Aber er hatte es auch nicht ausgeschlossen, immerhin hatte er es ihr nicht verboten. Er hatte ihr nur geantwortet, dass sie dazu noch zu jung sei, dass es nur eine fixe Idee sei, und wenn nicht, darauf hatte sie gepocht, würden sie noch mal darüber sprechen, aber erst, wenn ein wenig Zeit ins Land gegangen sei. Jetzt war Frühling, bald schon standen die Sommerferien an. Sie sollte wie jeden Sommer mit der Mutter nach Camprodon fahren, und wenn sie zurückkäme und immer noch darüber nachdenken sollte, würden sie noch mal miteinander reden.

»Vater denkt, dass das schon vorbeigeht«, sagte Aurora. »Aber das wird es nicht, Mia, davon bin ich überzeugt. Nach den Sommerferien wird er es mir erlauben müssen, denn es gibt nichts auf der Welt, was ich mir mehr wünsche. Mia, ich werde Medizin studieren, wie Llorenç, wie Vater. Du wirst schon sehen.«

Während Maria das Abendessen zubereitete, dachte sie über alles nach. Aurora, ihre kleine Aurora! Wer hatte das schon ahnen können? Sie wusste, dass sie alles schaffen würde, was sie sich vornahm. Ärztin! Heilige Mutter Gottes! Was wohl ihre Mutter Dolors dazu gesagt hätte? Und was wohl Senyora Rovira dazu sagen wird? Die Unterhaltung mit Aurora hatte sie vor einer traurigen und schwierigen Nacht bewahrt. Ihre Wut über Lluís erschien ihr plötzlich winzig im Gegensatz zu so viel Überzeugung. Letztendlich würde sie ihn in zwei Wochen wiedersehen, und er würde, wie immer, nett und liebevoll zu ihr sein. Aurora hatte ihr gezeigt, dass sie tapferer und kühner sein musste. Man musste etwas riskieren, um seine Ziele zu erreichen. Vielleicht würde sie also am Sonntag in zwei Wochen einen Weg finden, um Lluís darauf zu stoßen, was er nicht zu sehen vermochte … Was für ein Mädchen, ihre Aurora! Wie stark und selbstsicher sie doch war. Sie wird es weit bringen, dachte sie. Nur hoffte sie darauf, dass sie auch weiterhin in ihrer Nähe sein würde, so wie es immer gewesen war. Denn Auroras Mut gab auch ihr Kraft.

Gegen Ende des Frühlings begann die Hitze. Die Tage wurden länger und die Nächte kürzer. Das Sant-Joan-Fest markierte schließlich den Sommerbeginn. So wie jedes Jahr bedeckten die Familien in Barcelona ihre Möbel mit Tüchern, holten ihre leichte Sommerkleidung aus den Schränken und machten sich bepackt auf den Weg zu ihren Sommerresidenzen. Ganze drei Monate Urlaub. Auf sie warteten das Bad im Meer, der Spaziergang am späten Nachmittag, abendliche Feste und neue Freundschaften, die Hochzeiten der Söhne und Töchter. Sie kehrten erst mit der Eröffnung der neuen Opernspielzeit in die Stadt zurück, mit der der Kreislauf von Neuem begann.

In der Stadt blieben die Männer, alte und junge, denen noch etliche Arbeitstage vor dem wohlverdienten Urlaub bevorstanden. Zwei Wochen, wenn überhaupt, im Juli oder August nahmen sich die Ärzte im Santa Creu frei, länger konnten sie ihre Patienten keinem anderen verantworten. Die Frauen und ein Teil der Bediensteten hatten sich aus dem Hause Rovira verabschiedet, übrig blieben Vater und Sohn, die beide in ihrem Arbeitsalltag versanken und möglichst wenig Zeit miteinander verbrachten.

Ende Juni begann für Llorenç und seinen Freund Marcel das Warten: Schon bald sollten sie von dem endgültigen Urteil ihrer Lehrmeister erfahren, das den Abschluss ihres Studiums bedeutete. Urlaub war für sie nicht denkbar, oder zumindest hegten sie keine Hoffnungen darauf. Beide waren darauf bedacht, ihren Arbeitsplatz zu behalten, sie wollten weiterhin in ihrer jeweiligen Abteilung arbeiten, wo sie zuvor ihr Praxisjahr absolviert hatten. Llorenç wünschte sich nichts sehnlicher, als bei Mestre Torras zu bleiben, auch wenn er irgendwann wohl zu seinem Vater wechseln müssen würde. Noch ließ Rovira seinen Sohn gewähren, schließlich war der gerade erst mit der Abteilung von Torras ins neue Hospital de Sant Pau umgezogen, sodass er ihn mit Neuigkeiten aus erster Hand versorgen konnte. Llorenç nutzte das ein wenig aus, er genoss es, Teil dieser kleinen Pioniergruppe im neuen Krankenhaus zu sein. Natürlich fehlte ihm Marcel; die chirurgische Abteilung sollte noch eine ganze Weile im alten Krankenhausgebäude in der Carrer de l'Hospital bleiben. Sie sahen sich nicht mehr tagtäglich, aber Llorenç rechnete damit, dass sich dies schon bald wieder änderte, der Umzug der restlichen Abteilungen konnte nicht mehr allzu viel Zeit in Anspruch nehmen.

In den ersten Tagen im neuen Krankenhaus mochte Llorenç am liebsten den kurzen Spaziergang von der Tram-Haltestelle bis zum Eingangstor des Krankenhausgeländes. Der Weg war unbefestigt, bei den Wagen blieben deswegen oft die Räder stecken; es war also am einfachsten, die letzten Meter zum Krankenhaus zu Fuß zu überwinden. Von hier oben hatte man den besten Blick auf die Stadt. Man konnte trotz des morgendlichen Nebels die Silhouette eines weiteren architektonischen Riesen erahnen, der wie ein Fantasiewesen emporstrebte: die Sagrada Família, deren Bau der Architekt Gaudí seit Jahren vorantrieb. Llorenç lief auf den eingezäunten Eingang des neuen Krankenhauses zu, drei schmiedeeiserne Tore, die von zwei riesigen Säulen flankiert waren, auf denen die namensgebenden Symbole prangten: das heilige Kreuz und der heilige Paulus. Von hier aus war der höchste Punkt zu sehen, den der Turm des Verwaltungsgebäudes ausmachte. Hier sollte eine große Uhr ihren Platz finden, die nicht nur für die Ärzte und zukünftigen Patienten gedacht war, sondern auch für das neue

Stadtviertel Guinardó, das eines Tages jenes Brachland mit Häusern und Nachbarn zum Leben erwecken sollte. Llorenç musste das Eingangsgebäude durchqueren, um zu der Allee zu gelangen, die auf der Hinterseite begann, einer Allee, die die Pavillons in West- und Ostseite trennte. Die Krankenstation unter Doktor Torras war im ersten Pavillon auf der Westseite untergebracht; eigentlich sollte hier die Männer-Chirurgie ihren Platz finden, momentan wurden hier jedoch alle Erstpatientinnen untergebracht. Der Pavillon war auf den Namen Sagrat Cor getauft worden, wurde aber gleichzeitig auch Pavillon Sant Salvador genannt, nach der Skulptur von Eusebi Arnau, die den Pavilloneingang schmückte. Linker Hand des Eingangsbereichs lag das Sprechzimmer, rechter Hand öffnete sich der wunderschöne verglaste Rundbau, von Tageslicht durchströmt, der tagsüber als Ort diente, an dem die Patienten sich die Füße vertreten oder ihre Familien empfangen konnten. Torras hatte zwar die Möbel dafür bereits in Auftrag gegeben, sie waren aber noch nicht fertig.

Jeden Morgen ging Llorenç durch den Eingangsbereich, um in den großen Krankensaal zu gelangen, in dem Platz für achtundzwanzig Betten war, das Herzstück des Pavillons, der eingeschossig mit Halbsouterrain gebaut war. Er malte sich die ersten Patientinnen aus und sah sich selbst als ausgebildeten Arzt, wie er sich sicher durch die Räumlichkeiten bewegte. Der Saal war riesig und besaß eine Decke in der typischen katalanischen Kuppelbauweise, bei der bis zu acht leicht spitz zulaufende Bogen zu sehen waren. Die Keramikwandvertäfelung verlieh dem Pavillon ein sauberes und glattes Aussehen, und sie erfüllte die geltenden Hygienevorschriften für die neuen, modernen Krankenhäuser in Europa. Die Fenster waren auf beiden Seiten relativ hoch angebracht und ließen viel Licht ein, sodass der Saal noch größer erschien. Die Betten warteten auf die zukünftigen

Patientinnen; sechs Schwestern und vier Bedienstete bereiteten gerade Bettwäsche, Bettdecken, Waschschüsseln, Waschsachen und alles Notwendige für deren Ankunft vor. Die Patientinnen wurden an diesem Vormittag erwartet, weshalb überall eine gewisse Nervosität zu spüren war. Torras war noch nicht eingetroffen, aber es würde nicht mehr lange dauern, deswegen sollte alles vorbereitet sein. Bereits anwesend waren der Assistenzarzt sowie die Studenten im Praxisjahr, die Teil der Abteilung unter Torras waren, darunter auch Llorenç.

»Rita, Emília, Teresa, Maria und Rosa«, zählte einer der Studenten leise auf, als Llorenç sich zu der Gruppe gesellte. Das waren die Namen der fünf Patientinnen, die gleich kommen sollten. Wahrscheinlich trugen die Verwalter des Santa Creu diese Namen zur Erinnerung in ihre Jahrbücher ein. Am kommenden Morgen mussten sie dann alle bei der ersten Visite anwesend sein, die in Begleitung der Oberin, des Hauptapothekers und des Priors des Santa Creu stattfinden sollte, ein feierlicher Akt, bei dem Torras den Zeremonienmeister geben würde.

»Die ersten drei bekommen die Betten Nummer zwei, drei und vier«, sagte Schwester Arnau zu den anderen Schwestern mit einer Liste in der Hand, auf der sie alles vermerkt hatte.

Pfarrer Granés überwachte den Altar, der provisorisch im Pavillon untergebracht worden war, wo zunächst die heilige Messe stattfinden und die Schwestern und alle Gläubigen die Kommunion erhalten sollten. Granés war zum Pfarrer für das neue Krankenhaus ernannt worden. Wie das restliche Personal versuchte er, sich mit dem begrenzten Platz zu arrangieren, der ihnen in der ersten Zeit im Sant Pau zur Verfügung stand.

Llorenç war hoch motiviert. In diesem Krankenhaus atmete er frische, saubere Luft, das hier war ein richtiger Palast im Vergleich zu den dunklen und schlecht durchlüfteten Räumen des alten Santa Creu. Es schien, als gäbe es hier in diesen künstlerisch verzierten Pavillons, in dieser gartenreichen und freundlichen Umgebung für die Flöhe, die eitrigen Sekrete, den Dreck und den Schweiß der Armen überhaupt keinen Platz. Das war der Teil seiner Arbeit, den Llorenç aus tiefstem Herzen verabscheute, oft schon war er dabei mit sich selbst aufgrund seiner ausgeprägten Empfindlichkeit und seines stetigen Strebens nach Schönheit in Konflikt geraten. Wie oft hatte er sich in den ersten Jahren seines Medizinstudiums gewünscht, dass man ihn in Ruhe ließ, dass man ihn nicht zu etwas zwang, wozu er nicht geboren war. Wie oft hatte er davon geträumt, frei zu sein, Dichter, Musiker oder Maler zu werden. Aber er hatte keine Wahl gehabt. Und doch war ihm beim Voranschreiten des Studiums und vor allem während seiner praktischen Arbeit etwas Unbeschreibliches offenbart worden: die Genesung eines kranken Körpers. Mit jeder neuen Behandlung eines Kranken versöhnte ihn diese Tatsache mit dem Beruf, für den er sich nicht geschaffen geglaubt hatte.

1921

Im heißen Sommer des Jahres 1920, der mit dem Umzug der zweiten Krankenstation – der Allgemeinmedizin unter Doktor Freixas – zusammenfiel, waren die Ärzte Zeugen eines von den Verwaltern des Santa Creu an die Gesellschaft verfassten Aufrufs geworden: Es musste endlich das Geld zusammengetragen werden, um den Bau des Sant Pau fortführen zu können. Die anderen vom Architekten Domènech i Montaner geplanten Pavillons mussten errichtet werden, damit die restlichen Krankenstationen so schnell wie möglich dorthin umziehen konnten. Das Gemäuer des alten Krankenhauses glich dem Herzen eines alten Mannes, das nach fünf Jahrhunderten zu sagen schien, genug jetzt. Es war nötig, an die Spendenbereitschaft der Bürger Barcelonas zu appellieren, bei all jenen die Flamme des Mitgefühls zu entfachen, die etwas zum Weiterbau des neuen Krankenhauses beitragen konnten. Deswegen hatten die Krankenhausverwalter den Maler Joan Llimona mit ins Boot geholt, der eine Farbzeichnung als Schenkung bereitstellte, die für sich selbst sprach: Von dem halb geöffneten Tor des Santa Creu sieht eine Ordensschwester machtlos einem Alten nach, wie er sich auf den Arm einer jungen Frau gestützt entfernt, weil er aus Platzmangel nicht im Krankenhaus aufgenommen werden konnte. *Keine Betten*, lautet der Schriftzug über dem Tor. Davon wurden etliche Kopien hergestellt. In den Gotteshäusern aller Stadtviertel wurden Almosenschalen neben einer gut sichtbaren Kopie aufgestellt, und die Notare Barcelonas hängten ebenfalls eine Lithografie in ihre Arbeitsräume, wo die Bourgeoisie ihre Testamente aufsetzte.

All das sorgte für eine Mittelaufstockung der Einrichtung, sodass die Ärzte mit Ungeduld und neuer Hoffnung auf ihren allmählichen Umzug warteten. Wirklich voran sollte es erst im folgenden Jahr gehen. Gerüchten zufolge stand die Verwaltung kurz vor dem Abschluss der Verhandlungen mit der Stadt über den Verkauf des Gebäudes in der Carrer de l'Hospital. Endlich konnten die restlichen Pavillons gebaut werden, trotzdem würde das alte Gebäude erst nach fünf Jahren vollständig außer Betrieb gehen, so sah es zumindest der Architekt vor. Also mussten einige weiterhin im Santa Creu arbeiten und andere im Sant Pau, wie es bereits seit einigen Jahren der Fall war. Aber viele Ärzte, Studenten im Praxisjahr, Ordensschwestern und -brüder blickten schon jetzt wehmütig auf die Steinmauern, die bis ins Kleinste unterteilten Krankensäle, die Flure, Treppen, Türen, Fenster, Bogengänge, Innenhöfe und Terrassen, auf denen die Patienten oft Luft schnappten und herumschlenderten, die Küche, die Apotheke, die Vorratskammern und die beiden Operationssäle – das alles türmte sich zu einer zukünftigen Erinnerung auf.

Und zwischen alldem eine junge Studentin im dritten Jahr ihres Medizinstudiums und gerade für die pädiatrische Abteilung zugelassen: Aurora Rovira hatte es geschafft, ihren Vater und alle anderen Zweifler von ihrem Ziel zu überzeugen, Ärztin zu werden. Nichts und niemand konnte sie aufhalten. Ihr Vater hatte ihren Wunsch erst für einen liebenswürdigen Witz gehalten, dann folgten seinerseits Ungläubigkeit und Skepsis sowie wahrhaftige Überraschung. Da er jedoch daran gewöhnt war, seiner von ihm über alles geliebten Tochter nichts ausschlagen zu können – aus dem einfachen Grund, dass sie sein schönstes Ebenbild war –, hatte er sie schließlich unterstützt.

Das erste Studienjahr durfte sie unter der Bedingung ableisten, dass sein Kutscher Antonio sie jeden Morgen bis zum Eingang der Fakultät brachte. Zum Missfallen von Aurora und anderen kühnen jungen Frauen, die sich ebenfalls für das Medizinstudium eingeschrieben hatten, schenkten ihnen die Studenten besondere Aufmerksamkeit, wenn eine von ihnen den Hörsaal betrat. Daraus ergab sich eine unangenehme Situation, denn die Studentinnen wollten ganz normal behandelt werden. Im zweiten Jahr hatten sich die meisten Studenten an die Frauen in ihren Reihen gewöhnt, und als Aurora im dritten Jahr Praktika im Santa Creu absolvierte, schenkten ihr die meisten Männer kaum noch Beachtung. Dort waren es eher die Kinder, die sie neugierig beäugten, oftmals fragten sie sie, ob sie Krankenschwester war und warum sie andere Kleidung als die Ordensschwestern trug, so sehr waren sie an Ärzte und Assistenzärzte gewöhnt. Die Ordensschwestern hingegen bereiteten Aurora Kopfschmerzen, vor allem die beiden Schwestern in den Krankensälen – im Sant Narcís und im Santa Anna –, in denen sie an der Seite des Arztes Martínez García Visite machte. Aufgrund ihrer jahrelangen Erfahrung im Krankenhaus und ihrer damit einhergehenden Stellung machten es die Schwestern einer angehenden Ärztin nicht gerade leicht.

Zum Glück hatte sie Marcel, der ihr in seinen freien Momenten im Innenhof des Santa Creu zuhörte. Mit der Zeit war der Freund ihres Bruders auch zu ihrem Freund geworden. Seitdem Aurora Praktika machte, vertraute sie Marcel all ihre Zweifel an, sie erklärte ihm alles, sie fragte ihn alles, denn es gab in dieser Männerwelt keine andere Frau, die so sehr lernen und vorankommen wollte wie Aurora Rovira. Marcel hörte ihr zu, und er verehrte sie mehr denn je. Früher hatte er in der kleinen Schwester seines Freundes nur diese unvergleichliche Schönheit gesehen, heute sah er in ihr die Frau, mit der er sein Leben verbringen wollte. Aber diesen Gedanken behielt er für sich. Vielleicht später, sagte er sich immer wieder, vielleicht später. Marcel Riera war sich bewusst darüber, dass Aurora momentan nur Augen für die Medizin hatte. So wie er es Jahre zuvor mit Llorenç zu tun pflegte, traf er sich nun in seiner freien Zeit mit Aurora am barocken Kreuz im Innenhof, um sich dort über die Vorkommnisse im Krankenhaus auszutauschen.

Gerade war der Oktober des Jahres 1921 angebrochen, der Herbst machte sich durch die gelblich gefärbten Blätter der Bäume im Innenhof bemerkbar. Die Alten saßen auf den Bänken, die Kinder spielten Verstecken, und bestimmt näherte sich auch ein ganz verwegenes Kind vorsichtig dem Gang, in dem die Toten lagen. Manchmal fuhr ein Windstoß durch den Hof. Diejenigen, die das Glück hatten, einen Mantel zu besitzen, zogen ihn enger zu, während die Ordensschwestern und -brüder eilig den Hof durchquerten. Aurora kam die Treppenstufen vom Santa-Anna-Saal hinunter, wo die Mädchen untergebracht waren. Marcel stand bereits am Kreuz und rauchte eine Zigarette. Der Morgen war anstrengend gewesen, eine Blinddarmentzündung und zwei Magengeschwüre. Als er sie erblickte, erkannte er sofort an ihrem Gesichtsausdruck, dass sie etwas zu verkünden hatte. Sie sah ihn und kam auf ihn zugeeilt.

»Endlich«, sagte sie, »ich wollte es dir schon die ganze Zeit sagen. Es gibt gute Neuigkeiten!«

Ihre dunkelblauen Augen leuchteten. Es gibt einfach keine schönere Frau, dachte Marcel, als könne er sich nicht an ihre Schönheit gewöhnen.

»Was ist denn los?«, fragte er.

»Es geht um das Sant Pau. Weißt du, was ich von meinem Vater erfahren habe?«

»Da brauche ich schon einen kleinen Hinweis«, scherzte Marcel.

»Doktor Girona, ein alter Bekannter der Familie, hat dem Krankenhaus eine sehr großzügige Spende vermacht. Vater sagt, dass davon der Pavillon für Mädchen mit nicht ansteckenden Krankheiten im Sant Pau gebaut werden soll. Er soll Santa Victòria heißen, in Erinnerung an die verstorbene Tochter des Senyor Girona. Wenn er fertig ist, zieht meine Abteilung dorthin um.«

Marcel schwieg. Allein die Vorstellung daran, auf die täglichen Zusammenkünfte mit Aurora verzichten zu müssen, beunruhigte ihn. Er wusste, dass die chirurgische Abteilung noch weit entfernt von ihrem Umzug war. »Aber noch haben sie nicht begonnen.«

»Nein! Das ist alles gerade erst beschlossen worden. Aber der Grundstein wird schon bald gelegt, und dann dauert es vielleicht noch ein paar Monate. Stell dir vor, Marcel! Ein ganz neuer Pavillon für die Mädchen, mit eingezäuntem Garten zum Spielen! Ich glaube, dass alles besser wird, wenn wir die Kinder ins Sant Pau bringen können.«

»Ich hoffe nur, dass wir Chirurgen zur gleichen Zeit umziehen«, murmelte Marcel. »Ich will nicht, dass du mich hier ganz alleine lässt. Erst Llorenç, jetzt du …«

Aurora stieß ein fröhliches Lachen aus. Sie war zufrieden. »Wir werden alle irgendwann im Sant Pau sein!«, versicherte sie ihm.

»Du hast recht. Ich will unbedingt dorthin«, sagte Marcel. Erst recht, wenn du da bist, dachte er.

Aurora fragte Marcel nach seinen Operationen und inwieweit Doktor Ribas ihn hatte intervenieren lassen. Sie war auf dem Laufenden über die jüngsten Entwicklungen im Bereich der Chirurgie, da er ihr stets darüber berichtete. Zunächst hatte der Tod von Raventós dafür gesorgt, dass Pujol die chirurgische Abteilung für Männer und Ribas die für Frauen übernommen hatte. So hatten sie zwei Jahre lang gearbeitet, bis dann vor ein paar Monaten der herausragende Chirurg und Gynäkologe des Santa Creu, Àlvar Esquerdo, an einem Herzinfarkt gestorben war. Pujol war daraufhin in die Gynäkologie gewechselt, und die Leitung der chirurgischen Abteilung für Männer war frei geworden. Alle waren der Meinung, dass der geeignetste Kandidat wohl Manuel Corachan war, Ribas' bester Schüler, an dessen Seite Marcel seine ersten praktischen Jahre verbracht hatte. Während noch Unsicherheit darüber herrschte, wer wohl Teil des Mitarbeiterstabs der chirurgischen Abteilung für Männer unter Corachan werden würde, vertraute Marcel Aurora seinen Wunsch an, unter ihm arbeiten zu wollen. Es war nicht so, dass Ribas ein schlechterer Arzt war, aber Marcel fühlte sich Corachan deutlich näher; er mochte dessen Elan und Wagemut, mit dem er, so ahnte Marcel voraus, die chirurgische Abteilung im Santa Creu revolutionieren würde. Allerdings sah es nicht so aus, als ob Ribas Marcel gehen lassen wollte. Letztendlich wählte Corachan drei Assistenzärzte für seine Abteilung aus; Marcel war nicht dabei. Er nahm die Entscheidung allerdings nicht ganz so schwer, da ihm die Wertschätzung Ribas' eine Menge bedeutete. Diese drückte sich darin aus, dass er an dessen Seite an den wichtigen Operationen teilnahm, nachdem Corachan mit seiner neuen Abteilung umgezogen war. Ribas gefiel Marcels Präzision und Schnelligkeit mit dem Skalpell, die er ihn manchmal vorführen ließ. Außerdem hatte er sofort Marcels Ernsthaftigkeit bemerkt, mit der er eine Blutung behandelte, eine Bewusstlosigkeit oder andere Beschwerden, die die Patienten zeigten.

»Genug von mir«, sagte Marcel, nachdem er von seinem Vormittag im Operationssaal berichtet hatte. »Wie geht es denn deinen Jungs und Mädchen?«

Auroras Gesicht strahlte. Auch wenn die Abteilung unter Martínez García die erste Station ihrer Praktika war, so wusste sie, dass es genau das war, was sie für den Rest ihres Lebens machen wollte. Ihre Jungs und Mädchen, wie Marcel scherzhaft gesagt hatte, bevölkerten ihre Träume und Albträume. Aurora Rovira lernte tagtäglich etwas über die Behandlung dieser kleinen unglücklichen Patienten. Sie lernte, die unterschiedlichen Krankheitsbilder zu verstehen und zu erkennen, die sie bei ihrer Visite an der Seite des Arztes zu sehen bekam; sie lernte, die Symptome zu deuten; sie verfolgte die vom Arzt verordnete und von den Krankenschwestern ausgeführte Behandlung; und sie wohnte gespannt der Genesung der Kinder oder aber dem tödlichen Ende bei. Ihr war bewusst, dass sie in diesem Beruf eine klare Linie zwischen ihrem Inneren und ihrem Äußeren ziehen musste. Niemals, unter keinen Umständen, durfte sie ihren Gefühlen freien Lauf lassen und beim Anblick der schmerzverzerrten Gesichter der Kinder weinen, die nach einem kurzen Leben ihren letzten Atemzug machten, einem Leben, das sie unter elendigen Umständen verbracht hatten, mit jeder Art von Entbehrung, die sie selbst nie kennengelernt hatte. Sie versuchte, stark zu sein, sich selbst und allen anderen um sie herum zu zeigen, dass sie Distanz wahren konnte, dass sie mit klinischem Blick und ärztlichem Pragmatismus eine gute Ärztin wurde. Nachts jedoch erschienen ihr die kleinen Gesichter im Traum, dann ließ sie sich ein wenig, aber wirklich nur ein wenig, von der Traurigkeit übermannen, von der Wut und Ohnmacht, aus der der große Wunsch entstand, die Welt zu verändern.

Wie immer schien Marcel und Aurora der Augenblick im

Innenhof viel kürzer, als sie ihn sich wünschten, sodass Aurora ihren Freund erst beim Abschied auf das Abendessen im Hause von Mariona ansprach: »Amèlia wird auch da sein, eine Freundin. Erinnerst du dich? Ich habe sie dir mal vorgestellt.«

»Vage«, sagte Marcel, wie immer, wenn Aurora ihm gegenüber eine andere Frau erwähnte.

»Die Hübsche, sehr Elegante! Der immer alle Jungs hinterherlaufen. Aber weißt du was? Sie hat sich verlobt. Und weißt du, mit wem?«

Marcel schüttelte den Kopf.

»Mit Josep Trueta.«

Zunächst gab er nur vor, zu wissen, von wem sie sprach, aber dann verband er den Namen mit einem der Assistenzärzte aus dem Mitarbeiterstab von Corachan. Ein groß gewachsener junger, athletischer Körper, helles Haar.

»Ich weiß, wer das ist. Er hat gerade seinen Abschluss gemacht, glaube ich«, bemerkte Marcel.

»Ja, er hat die letzten beiden Jahre in einem gemacht«, sagte sie und flüsterte ihm dann ins Ohr: »Er hat es eilig, Amèlia zu heiraten!«

Marcel verspürte ein Feuer in sich, nur weil er ihren warmen Atem spürte. Jedes Mal, wenn sie sich ihm mehr als gewöhnlich näherte, wenn sie ihn unabsichtlich berührte oder ihm ihr unglaubliches Lächeln schenkte, verging er beinahe vor Begehren. Dann wollte er sie mit aller Kraft an sich reißen, ihre Hüfte umfassen und sie an sich drücken, sie küssen, sofort, ohne auch nur eine Minute zu verlieren. Er hatte schon so lange gewartet und seinen Wunsch unterdrückt! Ach, er hätte ihr augenblicklich seine aufrichtige Liebe gestanden, er hätte sie gebeten, ihn zu heiraten, wenn sein Bauchgefühl ihn nicht daran gehindert hätte, warte, Marcel, warte noch ein bisschen. Also unterdrückte er seinen Trieb und verabschiedete sich stattdessen von Aurora, und beide gingen wieder ihrer Arbeit nach.

Es war eine der Ausnahmen, unter denen Eulàlia Rovira das Haus verließ. Nur wenn es die Etikette verlangte, nahm sie an einem Abendessen wie diesem teil. Sie waren zu ihren Freunden Puigmartí geladen, nur deswegen unternahm sie die Anstrengung, ihren schweren, maßlosen Körper zu bewegen. Lagen aus Musselin sollten ihrer Figur etwas Leichtigkeit verleihen, jene Stellen überdecken oder verstecken, an denen das Fleisch sich übermäßig ausgebreitet hatte. Schminke verwendete sie kaum, denn trotz der Enttäuschungen, der Langeweile, des Sichgehenlassens der letzten Jahre – was auf ihre selbsterteilte Einzelhaft zurückzuführen war – besaß sie immer noch guten Geschmack. Sie verabscheute Frauen, die es mit der Schminke übertrieben und damit versuchten, ihre Unvollkommenheit, ihren Kummer und ihr Elend zu verdecken. Frauen, die ordinär wurden, ein Charakterzug, den Eulàlia schon immer beklagenswert fand.

Darius Rovira, der Begründer ihrer tristen Existenz, war bereits fertig und wartete auf der Straße auf sie, wo Antonio den Wagen bereithielt.

»Nicht einmal die Treppen geht er mit mir hinunter«, seufzte Eulàlia vor ihrem Spiegel, ihrem einzigen Zeugen, dem sie ihren Kummer anvertraute. »Mein Mann hat schon vor langer Zeit aufgehört, mich zu lieben. Vielleicht hat er es auch nie getan.« Das hatte sie eines Tages zu ihrem Spiegelbild gesagt, und seitdem hatte sie nicht länger um ihn gekämpft, sie machte sich nicht mehr hübsch für ihn. Sie hatte die Hoffnung aufgegeben, dass er es bemerkte, dass er ihr auch nur ab und zu zulächelte, dass er sie heimlich berührte, zärtlich, eine Hand auf ihrem Rücken, wie in der Zeit kurz nach ihrer Hochzeit. Eulàlia hatte ihren Trost im Essen gefunden, darin war sie aufgegangen. Ihr war mittlerweile alles egal, weil ihr Darius so oder so keine Aufmerksamkeit mehr schenkte. Nur zu Ereignissen wie dem Abendessen des heutigen Tages, machte sie sich Sorgen: Was denken wohl die anderen über mich? Was sagen sie zu meinem Kleid? Zu ihrem Missfallen ließ sich wirklich nichts verstecken. Die Schneiderin ist unfähig, dachte sie. Gleich morgen entlasse ich sie und suche mir eine neue.

Zweimal ein kurzes Klopfen, und schon ging die Tür auf. Aurora streckte ihren Kopf herein: »Mutter, Vater ist schon ganz ungeduldig. Er wartet am Wagen und sagt, du sollst dich beeilen. Bist du fertig?«

Ach, glückliche Jugend! Eulàlia warf einen Blick auf das strahlende Aussehen ihrer Tochter. Das glänzende honigfarbene Haar fiel ihr in ausgeprägten Locken bis in den Nacken und rahmte ihr perfektes ovales Gesicht ein. Die Augenbrauen gut nachgezogen und die Lippen karminrot. Sie hatte eine schlanke Figur, so wie ihr Vater, gekleidet nach der neuesten Pariser Mode, ein Modell, das der Vater höchstpersönlich in Auftrag gegeben hatte. Das Spielzeug des Vaters, sein Püppchen, ließ alles um sie herum im Schatten versinken und hässlich werden. Aber Aurora bemerkte das gar nicht. Die Mutter schaute ein letztes Mal in den Spiegel, nahm die Handschuhe von der Kommode und seufzte widerwillig: »Gehen wir.«

Sie stiegen gemeinsam die Treppe hinunter.

»Und Llorenç?«, fragte Eulàlia, bevor sie an der Haustür waren.

»Erinnerst du dich nicht, Mutter? Heute Morgen hat er doch gesagt, dass er erst später aus dem Krankenhaus kommt. Antonio wird ihn abholen, nachdem er uns zu den Puigmartís gebracht hat. Mach nicht so ein Gesicht, er hat versprochen, pünktlich zum Essen da zu sein.«

Vater, Mutter und Tochter stiegen in das neue Auto, was erst vor Kurzem angeschafft worden war. Ein schwarzer Ford, einer der wenigen, die man in der Stadt herumfahren sah. Antonio hatte das Pferd aufgeben und lernen müssen, wie diese neuartige Maschine funktionierte, und vor allem, wie man sie anließ. Das Drängen des Hausherrn hatte ihm bewusst gemacht, dass er sich wohl oder übel den Herausforderungen der Zukunft stellen musste, dass er sich an die neuen Gefährte der Reichen in Barcelona gewöhnen musste, sonst würde Senyor Rovira, ohne auch nur mit der Wimper zu zucken, auf seine Dienste verzichten. Dann würde es ihm ergehen, wie es dem armen Gaul ergangen war, der früher noch der Stolz des Hauses gewesen war.

Familie Puigmartí lebte in einer luxuriösen Villa im höher gelegenen Teil der Stadt, auf dem Weg in Richtung Sarrià. Seit einer Ewigkeit trug der Patriarch bereits ganz selbstverständlich den Adelstitel »Baron«, und im Gegensatz zu anderen Titelträgern arbeitete er nicht nur, sondern besaß auch eine der produktivsten Textilfabriken der Gegend. Ricard Puigmartí war ein freundlicher, nahbarer und, wenn es sein musste, auch temperamentvoller Mann, der sich schon immer gut mit Darius Rovira verstanden hatte. Dieser sah in der Freundschaft zu den Puigmartís eine Gelegenheit, seinen Familiennamen in den katalanischen Adel einzubringen, denn dem Vater Darius war nicht entgangen, dass die Tochter der Puigmartís ein Auge auf seinen Sohn geworfen hatte, seitdem dieser nicht länger ein Kind war. Dieser Wunsch hatte zwar in seinem Innersten immer mehr Platz eingenommen, doch davon erzählt hatte er bislang niemandem. Er wollte es für sich behalten, bis er das nötige Gespräch darüber mit seinem Sohn höchstpersönlich führte. Er hatte alles durchdacht; es galt, alles so einzufädeln, dass Llorenç es nicht vergeigte. Die Verwandlung von Llorenç Rovira zum Lieblingsanwärter des Barons für seine Tochter musste ganz natürlich vonstattengehen. Mariona war zwar keine Schönheit, es war also kaum zu erwarten, dass Llorenç sich von ihr angezogen fühlte, aber Darius wusste besser als alle anderen, dass es die perfekte Heiratskandidatin nun mal nicht gab.

Llorenç verließ das Hospital de Sant Pau, um sich zum Abendessen zu begeben. Er war völlig ausgelaugt; hätte ihn jemand angesprochen, wäre er wohl kaum in der Lage zu einer Antwort gewesen. Gegen Mittag war er auf der Suche nach Doktor Freixas gewesen, der im Pavillon Sant Leopold arbeitete, den restlichen Tag hatte er dann kaum etwas zustande gebracht. Er war noch immer von dem Bild des jungen Mannes besessen, der zusammen mit seiner Mutter in den Pavillon gekommen war, als Llorenç gerade dort war. Er verstand nicht, weshalb, aber seine Gedanken kreisten unablässig um diesen jungen Mann.

Gegen Mittag hatte Torras ihn zum Sant Leopold geschickt: »Such nach Freixas und bitte ihn, die Materialliste zu unterschreiben.«

Beide Abteilungsleiter, Torras und Freixas, die einzigen Ärzte der neuen Pavillons, versuchten, sich zusammenzutun, wenn sie im Santa Creu um etwas bitten mussten. So sparten sie sich einen Weg zum alten Krankenhaus, die Transportkosten und vor allem die Zeit, die sie dabei verloren. Llorenç war zum Pavillon gegangen und hatte dort eine Schwester nach Freixas gefragt. Sie ließ ihn in dessen Büro warten, und während er dort auf ihn wartete, hatte er eine Frau und einen jungen Mann beobachtet, wie sie in den Pavillon kamen. Zunächst hatte er kurz gezögert, als er aber nirgends eine Schwester ausmachen konnte, hatte er sie selbst begrüßt: »Wen suchen Sie, Senyora?«

Die Frau hatte nach Doktor Freixas gefragt.

»Ich komme wegen meinem Sohn«, hatte sie hinzugefügt.

Daraufhin hatte Llorenç sich den jungen Mann angesehen. Er war blond wie jemand, der nicht von hier stammte, wahrscheinlich siebzehn oder achtzehn Jahre alt, sehr helle Haut, eher fragil und glänzende Augen, was sicherlich dem Fieber geschuldet war.

»Und Sie sagen, Sie wollen Senyor Freixas sehen?«, hatte Llorenç verwundert gefragt. Es war zwar so, dass dieser Tage viele Menschen ins Hospital de Sant Pau kamen, die dachten, dass es ein Sanatorium für Tuberkuloseerkrankte war – dieser Junge hatte vermutlich eine beginnende Schwindsucht –, doch die Abteilung von Freixas war für Frauen. Andererseits hatte Llorenç anhand der Kleidung der Frau und ihres Sohns ausgemacht, dass es sich nicht gerade um eine der armen Familien handelte, die normalerweise im Krankenhaus vorstellig wurden. Es musste sich um einen angesehenen Patienten handeln, hatte es ihm eingeleuchtet, einen, der für eine bessere Behandlung während seines Krankenhausaufenthalts bezahlte.

Ein wenig irritiert über das Verhalten des jungen Arztes, der ihnen eine Antwort schuldig geblieben war und nichts anderes tat, als sie schweigend zu mustern, hatte die Frau nachgehakt: »Wären Sie wohl so freundlich, dem Herrn Doktor Bescheid zu geben? Wir kommen von weit weg, Senyor.«

Genau in diesem Augenblick erschien die Krankenschwester und nahm sich der Situation an. Sie hatte Mutter und Sohn zum Rundbau geleitet, wo sich der Tagessaal befand, der genauso schön und tageslichthell war wie der des Pavillons Sagrat Cor. Aber der junge Mann hatte mit seinem Blick nicht von Llorenç abgelassen, keinen einzigen Augenblick. Dieses Gesicht mit den großen Augen, die Haut weiß wie Porzellan, der fiebrige Blick, die langen, hübschen Wimpern wie die einer

Frau. Den ganzen Tag lang konnte Llorenç sich diesen Anblick nicht aus dem Kopf schlagen.

Während er mit der Einachser-Kutsche, die man vor Kurzem mit Planen ausgestattet hatte, damit die kalte Oktoberluft nicht hineindrang, den Weg vom Krankenhaus hinabfuhr, fragte er sich noch immer, ob er den Jungen wiedersehen würde. Am wahrscheinlichsten war es wohl, dass Freixas sie ins Santa Creu geschickt hatte oder, wenn er die Familie gut kannte, in ein Sanatorium außerhalb der Stadt, wenn es das war, was er benötigte. Auf jeden Fall hatte er selbst keinen Einfluss darauf, es war also besser, das Ganze zu vergessen. Aber auf dem Weg zum Abendessen im Hause Puigmartí dachte er die ganze Zeit darüber nach.

Nur fünfzehn Gäste waren geladen. Sie saßen an einem peinlich genau eingedeckten Tisch im größten von drei Speisesälen des Hauses. Mittig ein paar weiße Kamelien, die einem Lichtbündel glichen, auf dunkelgrünen Blättern. Die erwachsenen Kinder an dem einen Tischende, die Eltern an dem anderen. Ricard Puigmartí saß mit dem Gebaren eines Mannes aus wohlhabender Familie am Tisch, der an wichtigen Besuch in seinem Hause gewöhnt war. An seiner Seite war seine Ehefrau, sichtlich erfreut über die Anwesenheit einer ihrer innigsten Freundinnen, Eulàlia Rovira, mit der sie ihr Leid über den Verlust ihrer Freundin Catalina teilen konnte, die in ihrer Wohnung gestorben war. Die eigene Tochter, Amèlia, hatte sie tot aufgefunden. Seitdem hatte das Mädchen trotz ihres jungen Alters die Mutterrolle übernommen; sie kümmerte sich um den Haushalt, den Vater und die Geschwister. Catalinas Tod war bereits eine Weile her, und alle versuchten, stark zu sein und nach vorne zu blicken. Außerdem konnte Amèlia wieder lächeln, weil sie sich mit einem Arzt namens Josep Trueta verlobt hatte.

»Ach, das Glück der Jugend«, flüsterte die Gastgeberin Darius Rovira zu, der neben ihr saß. Der Arzt bemühte sich ihr gegenüber um Freundlichkeit, schließlich war sie womöglich die Mutter seiner zukünftigen Schwiegertochter. »Ihre Tochter sieht Ihnen überaus ähnlich«, sagte Darius schmeichelnd zu ihr. »Aus ihr ist eine wirklich hübsche junge Frau geworden, wenn Sie mir erlauben, das zu sagen. Sicherlich hat sie schon einige Anwärter.«

Senyora Puigmartí unterdrückte ein Lachen, entzückt von den Worten dieses Mannes, der seine Verschlagenheit nur ab und an durchscheinen ließ. Alle hielten ihn für hochnäsig, man sagte, er grüße in der Oper nur eine Handvoll Menschen und gebe vor, die anderen nicht zu sehen. Das war nicht von der Hand zu weisen, aber der Gastgeberin gefiel der Ehemann ihrer Freundin trotzdem.

Da hob Ricard Puigmartí sein Glas, um auf seine Gäste anzustoßen, sichtlich angeheitert, der Wein war ihm bereits etwas zu Kopf gestiegen. Eine angenehme Art und Weise, sich den Sorgen zu entziehen, die sich dieser Tage die Industriellen machten, wie er später den Männern im Rauchsalon beichtete.

»Darüber will ich nicht vor meiner Frau sprechen«, gab er zu, »weil sie das nur beunruhigt, und dann geht es ihr schlecht. Aber die gegenwärtigen Spannungen in den Fabriken seit der Arbeiterrevolte sind nicht gerade vorteilhaft für das Funktionieren meines Unternehmens. Die Situation hat sich natürlich verbessert, seitdem wir einen neuen Provinzgouverneur haben, Martínez Andino. Und freie Gewerkschaften, die ihre Arbeit machen und die Arbeitgeber vor der Gefahr schützen, die von den Unruhestiftern unter den Arbeitern ausgeht. Aber noch immer gibt es Tote, immer noch fühlt man sich unsicher, wenn man vor die Tür tritt ... Und alles nur wegen vier Schurken, die mit dem Frieden in den Fabriken gebrochen haben! Immer noch versuchen sie, uns das Leben schwer zu machen, aber das werden sie nicht schaffen. Erst ein Streik, dann eine Kommission, die sich für bessere Arbeitsbedingungen einsetzt ... Was wollen diese Leute nur? Sie sollten froh sein, Arbeit zu haben! Der Krieg in Europa hat uns volle Auftragsbücher beschert, aber dann kamen die Krise, der Preisanstieg, der schrumpfende Export ... Darum kümmert sich niemand. Sie wollen möglichst wenig arbeiten und viel verdienen, als ob man damit Gewinn machen könnte! Einige meiner Freunde – Fabrikbesitzer, auf die ich wirklich viel halte – werden immer noch von den Tunichtguten der CNT bedroht. Und wie viele schon umgebracht wurden!« Puigmartí betrachtete sein Publikum, das ihm andächtig lauschte. In einem Anflug von Verachtung zog er die Oberlippe hoch, dann beschrieb er die Art von Gewerkschaftern, die er meinte: »Ein paar windige Typen, die noch den untergebensten Arbeiter einwickeln, der sein ganzes Leben lang gute Arbeit geleistet hat – bis sie angefangen haben, ihm Lügen und Blödsinn einzutrichtern! Gemeine Diebe im Dienste der Gewerkschaft, lausige Banditen, von der CNT und Co. bezahlt. Ich für meinen Teil erhöhe nur denen die Tagelöhne, die mir nachweisen, dass sie kein Gewerkschaftsmitglied sind.«

»So viele Anschläge ... Den Bürgern ist weder Erholung noch Frieden vergönnt. Aber Martínez Andino weiß, was er tut: Abschuss bei Flucht, freie Gewerkschaften ... bald schon werden wir wieder in Ruhe leben«, pflichtete Darius Rovira dem Gastgeber bei. Ihn ging das Thema zwar nicht direkt etwas an, da die einzigen Arbeiter, mit denen er zu tun hatte, in den Krankenbetten des Santa Creu dahinsiechten und wohl kaum schon bald wieder arbeiten würden. Jedoch verunsicherte Darius dieses Chaos zutiefst, und in Barcelona hielten die schwierigen Zeiten bereits lange an.

Als die Männer sich wieder zu den Frauen gesellten, nahm

sich Darius vor, das Verhalten von Mariona Puigmartí seinem Sohn gegenüber genau zu beobachten. Jedes noch so kleine Detail konnte der Erreichung seines Ziels zuträglich sein und ihm bei der Einschätzung helfen, ob er langsamer oder schneller bei seinem Plan vorgehen sollte. Er wollte keinen Fehler machen, einen Schritt nach dem anderen gehen, und vor allem sollte Llorenç davon nichts mitbekommen, der für diese Dinge nun wirklich kein Gespür hatte. Das kann nicht mein Sohn sein, dachte er manchmal. So nachgiebig, immer unentschlossen, blind gegenüber guten Gelegenheiten. Aurora rief nach ihrem Bruder, damit er sich zu ihnen gesellte. Die drei Freundinnen sprachen über Amèlias Verlobten.

»Du kennst doch Josep Trueta, oder?«

»Ich hatte nur selten mit ihm zu tun«, antwortete er.

»Dann müssen wir mal alle zusammen etwas unternehmen«, schlug sie ihrem Bruder vor und zwinkerte Mariona zu. Sie wurde sofort rot, aber Llorenç bemerkte es nicht einmal.

Amèlia konnte nicht aufhören, von ihrem Verlobten zu reden.

»Wir haben uns vor zwei Jahren im Sommer in Castellterçol kennengelernt«, erläuterte sie Llorenç. »Seine Schwester Júlia und ich sind gute Freundinnen. Im Sommer sehen wir uns dort alle, wir sind eine ganze Gruppe von Freunden und haben eine Menge Spaß. Ihr solltet auch mal mitkommen.«

»Ja! Wir könnten euch besuchen kommen, meinst du nicht, Llorenç?«, sagte Aurora erfreut. »Und du kommst auch mit, Mariona, dann fehlt niemand.«

Mariona machte eine Geste, die bedeuten sollte, nicht zu übertreiben. Auch wenn sie wusste, dass Aurora gute Absichten hatte, zog sie es doch vor, dass Llorenç selbst ihre Gefühle für ihn bemerkte. Er antwortete seiner Schwester mit einer gewissen Lustlosigkeit: »Ich weiß nicht, Aurora … Wir verbringen den Sommer doch in Camprodon. Ich glaube nicht, dass wir einfach so nach Castellterçol fahren können.«

»Wie langweilig du sein kannst, wenn du es darauf anlegst!«, sagte seine Schwester wütend. »Mach mir meinen Plan doch nicht gleich zunichte. Bestimmt können wir in den Ferien für ein paar Tage hin.«

Llorenç zuckte nur die Achseln, er hatte keine Lust auf Diskussionen.

»Erst mal müssen wir eh den Winter rumbringen«, meinte er.

Aurora dachte, dass es für Mariona nicht leicht werden würde mit ihrem Bruder, da er keinerlei Interesse für sie zeigte. Tatsächlich hatte sie bei ihrem Bruder noch gar kein Interesse für irgendjemanden ausmachen können, vielleicht lag das an seiner Schüchternheit. Das wird schon noch werden, dachte sie. Sie ließ das Thema fallen und wandte sich stattdessen wieder Amèlia zu, um sie über ihren Verlobten auszufragen. »Du hast gemeint, dass Josep ganz zufrieden mit der Arbeit bei Corachan ist.«

»Aber natürlich! Josep wusste schon bei Studienbeginn, dass er Chirurg werden wollte. Aber sein Vater hat ihn überredet, sein Praxisjahr bei einem Internisten zu machen, damit er so erst die Grundlagen und dann die Technik erlernt.«

Llorenç musste überrascht über die Äußerungen von Auroras Freundin lächeln, da sie mit Sicherheit nichts von Medizin verstand, und lobte die weise Entscheidung von Truetas Vater. »Mit Sicherheit hat ihm die Praxis in der Allgemeinmedizin dabei geholfen, Symptome besser zu verstehen und Daten zu analysieren. Manchen Chirurgen fehlt nämlich genau das. Sie schenken dem Patienten kaum Beachtung, sondern schneiden ihn auf und nähen ihn dann wieder zusammen«, wiederholte er den Sermon seiner Dozenten aus der Allgemeinmedizin.

Davon war Mariona beeindruckt. Alles, was Llorenç sagte,

erschien ihr ganz wunderbar, auch wenn sie nichts davon verstand.

Als die Roviras in dieser Nacht gemeinsam im Ford nach Hause fuhren, prangte am Himmel ein etwas unwirklicher bläulicher Mond, und sowohl der Vater als auch die Schwester malten sich insgeheim die Hochzeit von Llorenç und Mariona aus. Aurora hoffte sehr darauf, ihre Freundin zur Schwägerin zu bekommen.

Nach einem anstrengenden Nachmittag im Santa Creu schleppte sich Maria müde nach Hause. Es war später geworden, denn trotz der strengen Besuchszeiten in den Krankensälen der Pädiatrie ließ Schwester Teresa Maria noch eine Weile gewähren, schließlich war ihr bewusst, wie gut den Kindern ihre Anwesenheit tat. Lluís war wieder nach Paris gezogen, er hatte sie also erneut zurückgelassen. Sie hatte sich ohnmächtig gefühlt, war betrübt gewesen, weil sie nicht in der Lage gewesen war, ihm ihre Liebe zu zeigen – und zwar nicht jene geschwisterliche Liebe, von der er ausging, sondern eine Liebe zwischen Mann und Frau. Deswegen hatte Maria sich irgendwann Aurora anvertraut. Sie hielt diesen Schmerz nicht länger aus und brauchte Hilfe von jemandem. »Was soll nur aus mir werden, Aurora?«, hatte sie ihr gesagt, als Lluís weg war. »Er wird mich nie so sehen, wie ich es gerne hätte, weil er sich in einen anderen Typ Frau verguckt. Ich habe nichts vorzuweisen, ich bin ein Niemand.«

Aurora war sehr beunruhigt, sie so niedergeschmettert zu sehen.

»Du kannst dich nicht für immer zu Hause verstecken, Mia«, hatte sie sie ermahnt. »Du musst raus, dich ablenken, dein Leben leben. Du kannst doch nicht für immer auf Lluís warten.«

An diesem Tag beschloss Aurora nach einer Beschäftigung zu suchen, die Maria erfüllen würde, und tatsächlich dauerte es nicht lange, bis ihr etwas einfiel. Ein paar Tage später kam sie in die Küche und erklärte ihr: »Im Santa Creu gibt es viele Mädchen und Jungen, denen niemand Gesellschaft leistet. Die Besuchszeiten für Familienangehörige sind sehr kurz. Die Kinder sind einsam und langweilen sich. Es gibt ein paar Freiwillige, die sie mehr oder weniger regelmäßig besuchen.«

Marias Interesse war geweckt.

»Und was machen die Freiwilligen genau?«, fragte sie.

»Ganz einfach«, sagte Aurora. »Sie bringen ein Buch mit und lesen den Kindern eine Weile vor. Die Schwestern nennen sie ›die freiwilligen Vorleser‹.«

Ein paar Tage lange dachte Maria darüber nach, dann ging sie zum Santa Creu, um sich die Kinderabteilung anzusehen. Es reichte aus, in den Kinderkrankensaal einzutreten, die Krankenbetten, die Kindergesichter, die verängstigten Blicke, die kranken Körper zu sehen. Maria war sichtlich berührt, ihr Herz voll Zärtlichkeit für andere angesprochen. Sie hatte ein paar Märchenbücher dabei, schüchtern hatte sie sich einer der Schwestern als freiwillige Vorleserin vorgestellt. Seitdem waren bereits ein paar Jahre vergangen, einmal die Woche ging sie dorthin, um zu lesen, mit einer Regelmäßigkeit, als würde sie dafür bezahlt werden.

Sie war überrascht gewesen, hatte sie doch gedacht, dass sie diejenige war, die den Kindern etwas geben konnte. Denn es stellte sich heraus, dass es die Mädchen und Jungen im Krankenhaus waren, die ihr etwas gaben. Jedes Mal, wenn sie dort war, füllte sich ihr Herz mit Freude, denn allein schon ihr Ankommen wurde fröhlich kommentiert: Es ist Mia! Sie ist endlich da! Was liest du uns heute vor? Im selben Krankenhaus, in dem sie ihre Mutter tagein, tagaus aus der Küche hatte kommen sehen, hatte sie nun ihre eigene Welt entdeckt. Ausgerechnet in dem Viertel, in dem sie aufgewachsen war und mit Lluís gespielt hatte. Die Tatsache, sich von den Mädchen und Jungen gebraucht zu fühlen, hatte ihr dabei geholfen, sich von jenem Schmerz über die lange Abwesenheit von Lluís zu befreien.

Als sie an diesem Nachmittag nach Hause kam, aß sie ein wenig vom übrig gebliebenen Mittagessen und wollte dann auf ihr Zimmer gehen. Sie war alleine. Niemand war zu Hause, da die ganze Familie beim Abendessen der Puigmartís war. Die beiden Hausmädchen besuchten, befreit von ihren Pflichten, ihre Familien. Erst als sie das Küchenlicht löschen wollte, sah sie einen Umschlag, der für sie in einer Ecke lag. Immer, wenn ein Brief von Lluís ankam, machte ihr Herz einen Freudensprung. Wahrscheinlich hatte Carme den Brief dort hingelegt, bevor sie gegangen war. Sie nahm ihn und ging auf ihr Zimmer, um ihn dort in Ruhe zu lesen. Es war bereits zum Ritual geworden: Erst roch sie ein wenig daran, als ob der Brief Pariser Luft mitbrächte, dann öffnete sie vorsichtig den Umschlag, darauf bedacht, ihn nicht einzureißen, um später den Brief darin aufbewahren zu können. Dann fühlte sie die Briefbogen, einer, zwei, zog sie langsam heraus, entfaltete sie, strich mit den Fingern über die Einkerbungen, die der Füllfederhalter darauf hinterlassen hatte. Sie lächelte, weil Lluís immer so stark aufdrückte, dass die Wörter ins Papier gedrückt waren. Dann begann sie zu lesen, was Lluís ihr über das Leben in der französischen Hauptstadt schrieb, von seinen Fortschritten, den jüngst verkauften Skulpturen. Aber er interessierte sich auch für sie, wollte wissen, ob es ihr gut ging, ob sie noch im Hause Rovira lebte, wie hübsch die Tochter des Hauses jetzt wohl war. Wie alt ist sie jetzt?, fragte er sie, mittlerweile müsse Aurora Rovira ja eine junge Frau sein. Wenn ich eines Tages zurückkomme, würde ich gerne eine Büste von ihr anfertigen. Maria spürte einen Faustschlag in der Magengegend, ihre Hand verkrampfte an derselben Stelle. Wenn sie ihm Briefe schrieb, verlor sie kein Wort mehr über Aurora, denn Lluís schien hin und weg von ihr zu sein. Es überraschte sie wenig, wer war nicht von der jungen Rovira begeistert? Aber sie hatte genug von Komplimenten, die nicht an sie gerichtet waren. Und trotzdem hakte Lluís nach, wie denn das Medizinstudium laufe. Eine zukünftige Ärztin, Maria! Das sind die Frauen der Zukunft, versicherte er ihr. Er schrieb, dass die Frauen in Paris ganz anders waren und dass sich ein Weg hin zu mehr Gleichberechtigung öffnete, in eine Welt, in der auch Frauen Künstlerinnen waren, einen Beruf ergriffen und ihre Meinung äußerten. Das sind bewundernswerte Frauen, Maria, der Inbegriff einer neuen Zeit.

Sie legte sich aufs Bett und löschte das Licht, aber ihre Müdigkeit war mit dem Brief verschwunden. Wie hatte Lluís es genannt? Die Frauen der Zukunft. Sie zündete das Licht wieder an und setzte sich auf. Sie zog den Kittel über und streckte den Kopf aus der Tür, um zu sehen, ob Aurora schon wieder da war. Es dürfte nicht mehr lange dauern, bis sie vom Abendessen zurückkämen. Nach einer Weile hörte sie ein Geräusch in der Diele. Die Familie Rovira. Sie wartete zurückhaltend in der Küche, Aurora dürfte schon bald dort vorbeischauen, so wie sie es immer vor dem Zubettgehen machte. Ein paar entfernte Stimmen, das Öffnen und Schließen von Türen, Stille. Dann ein paar leise Schritte im Flur, die Küchentür öffnete sich, und Aurora kam herein.

»Maria!«, rief sie. »Du hast mir einen ganz schönen Schrecken eingejagt!«

Sie hatte das Licht nicht angemacht, sodass Aurora dachte, Maria müsse schon schlafen.

»Entschuldige, das wollte ich nicht.«

»Macht doch nichts. Was ist los? Kannst du nicht schlafen? Geht es dir nicht gut?«, fragte Aurora, als sie Marias missmutigen Gesichtsausdruck bemerkte.

Von so vielen Fragen überrascht, lächelte Maria und schüttelte den Kopf.

»Nichts«, antwortete sie. »Ich habe nur auf dich gewartet.«

Maria erzählte ihr, dass sie wie jede Woche zum Vorlesen ins Krankenhaus gegangen war. Sie sprach über Elena, Anna, Josefa und Andrea und auch über die Jungs – Martí, Benito und den kleinen Zweijährigen, der heute mit einer Hirnhautentzündung eingeliefert worden war. Sie musste nicht näher darauf eingehen, wer die Kinder waren, denn schließlich kümmerte sich Aurora um sie, seitdem sie bei Doktor Martínez arbeitete. Es war vielmehr andersherum, dank Aurora wusste Maria immer Bescheid über den Zustand der Kinder. Durch sie wusste sie, wer gute Chancen hatte, wer schon bald entlassen werden konnte und welcher Unglücksrabe diese Welt schon bald verließ. Maria behandelte sie alle gleich: Mit denen, die aufstehen konnten, las sie in einer Ecke Märchen, und denjenigen, die sich nicht bewegen konnten oder sogar zu schlafen schienen, leistete sie Gesellschaft an ihrem Bett. Sie verbrachte ihre Zeit dort damit, den Kindern Geschichten vorzulesen, mit ihnen zu reden, manchmal sang sie ihnen ein Lied vor, eines von denen, die ihre Mutter ihr und Lluís damals vorgesungen hatte, und nie verlor sie auch nur eine Träne, wenn sie von dem unglücklichen Ausgang einer Krankheit ihrer Kinder erfuhr.

Maria erzählte Aurora also von dem langen Nachmittag im Santa Creu, nur um dann auf das wirkliche Thema zu sprechen zu kommen, weswegen sie überhaupt auf sie gewartet hatte. »Ich habe viel nachgedacht in den vergangenen Tagen«, begann sie. »Ich wollte dich nach deiner Meinung fragen.«

»Worüber, Mia?«

Sie zögerte einen Augenblick, als wäre ihr peinlich, was sie sagen wollte, aber dann sprach sie es aus. »Ich habe über die Ordensschwestern im Krankenhaus und die Krankenpflegerinnen, die ihnen helfen, nachgedacht.« Sie schaute ihr direkt in die Augen und fragte mit ernster Miene: »Meinst du, ich könnte ... also, ich meine, glaubst du, dass ich ... Ich will mehr machen für die Kinder. Ich würde ihnen gerne helfen können, so wie die Schwestern und die Pflegerinnen.«

»Du meinst, du willst Krankenpflegerin werden, Maria?«

Sie nickte heftig mit dem Kopf.

»Ich würde natürlich weiter hier arbeiten. Aber vielleicht könntest du Senyora Eulàlia davon überzeugen, dass sie mir gestattet, an ein paar Nachmittagen in der Schule Santa Madrona oder in der Krankenpflegerinnenschule der Mancomunitat zu lernen.«

»Ich sehe, du hast dich bereits informiert«, sagte Aurora nachdenklich.

Maria beeilte sich klarzustellen: »Ich habe dir nichts davon erzählt, weil es erst nur ein Gedanke war. Aber jetzt will ich es wirklich.«

Plötzlich umarmte Aurora sie. Maria spürte ihr Herz vor Aufregung schneller schlagen. Das war's, jetzt ist es raus. Ihr hat meine Idee gefallen, und sie wird mir bestimmt helfen. Allein der Gedanke daran, irgendwann Krankenpflegerin zu sein, als Gehilfin den Ordensschwestern im Santa Creu unter die Arme zu greifen, sich selbst um die Genesung der Kinder kümmern zu können, erfüllte sie mit ihr bis dahin unbekanntem Mut. Trotzdem hing ein Schatten des Zweifels über ihr, denn wenn sie den Beruf der Krankenpflegerin erlernen würde, müsste sie eines Tages eine Entscheidung treffen: weiter im Hause Rovira arbeiten oder ins Santa Creu gehen. Aber das war noch zu weit gedacht. Erst einmal wollte sie es versuchen. Wie hatte Lluís in seinem Brief gesagt? Die Frauen der Zukunft … Sie konnte auch eine werden.

Zwei Jahre Allgemeinmedizin und vier Monate zusätzlich in einem bestimmten Fach. Entweder Kinderkrankenpflege, psychische Störungen oder Laborarbeit. Im Gegensatz zur Schule Santa Madrona wurde die Krankenpflegerinnenschule der Mancomunitat von Frauen geführt, was Maria gefiel. Den Praxisteil leistete man für gewöhnlich im Hospital Clínic ab, aber Aurora hatte ihr versichert, dass sie das auch im Santa Creu machen könne. Sie schrieb sich dort mit dem Einverständnis von Senyora Rovira und der vollen Unterstützung von Aurora ein. Sie sollte nicht nur ein paar Nachmittage zum Unterricht gehen, sondern an allen notwendigen Kursen teilnehmen. Aurora hatte ihre Mutter überredet, eine Hilfsköchin einzustellen, die Maria vertreten konnte, wenn es nötig war. Dolors' Tochter war Teil des Hauses; wenn es ein gutes Werk zu verrichten galt, war sie die beste Kandidatin dafür. So verkaufte die Tochter es der Mutter, und diese willigte ein. Sie erzählte ihren Freunden und Bekannten von ihrer guten Tat, nicht nur um herauszustechen, sondern auch um zu zeigen, was sich so Interessantes und Überraschendes in ihrem Hause zutrug. So ist es nun mal in einem Ärztehaushalt … Die Berufung, sich um die Kranken zu kümmern, wird immer weitergegeben.

Ein Jahr lag zwischen der Verlobung und der Festlegung der Hochzeit. Llorenç Rovira erklärte Mariona seine Liebe kurz nach jenem Abendessen, woraufhin sie anfingen auszugehen. Er hatte keinen einzigen Gedanken daran verschwendet, seinem Vater zu widersprechen, es war sozusagen nur eine Verpflichtung mehr. Ihm war klar gewesen, dass der Tag seiner Verlobung – und zwar mit einer Frau, über die sein Vater bestimmte – nicht in allzu weiter Ferne liegen konnte, im Großen und Ganzen sah er es positiv. Letztlich war Mariona Puigmartí ein gutes Mädchen, auch wenn sie ihm körperlich nicht attraktiv erschien, so kannte er sie zumindest schon seit langer Zeit, sie war ein angenehmer Mensch, und er fühlte sich wohl in ihrer Anwesenheit. Sie war sehr elegant, schick gekleidet, und da er noch für keine Frau so etwas wie Leidenschaft verspürt hatte, dachte er, dass die Liebe schon noch mit der Zeit komme.

Sie waren eine feste Gruppe geworden und unternahmen häufig etwas zusammen: Aurora, Amèlia und ihr Verlobter, die zukünftigen Eheleute Rovira und Marcel Riera. Sie gingen ins Kino, zum Tennisspielen oder widmeten sich anderen Dingen, die gerade angesagt waren, in jenen glücklichen Zwanzigerjahren. Der Verlobte Amèlias, Josep Trueta, hatte es nicht schwer mit den anderen beiden Männern. Denn alle drei waren Ärzte im Santa Creu – Llorenç hatte auf Wunsch seines Vaters die Abteilung unter Torras verlassen, um bei ihm zu arbeiten, sodass er wieder ins alte Krankenhaus zurückkehrte. Für gewöhnlich trafen sie sich vormittags im Innenhof, und zusammen mit Aurora, die weiterhin in der pädiatrischen Abteilung arbeitete, gingen sie die Fälle ihrer jeweiligen Abteilung durch. Josep und Marcel waren beide Chirurgen, wodurch sich ihre Arbeit sehr ähnelte, auch wenn der eine unter Ribas und der andere unter Corachan arbeitete. Vor einiger Zeit hatte sich Marcel auf Unterleibsoperationen spezialisiert, seinen Alltag machten Därme, Gebärmütter und Mägen aus, während Corachan Josep zu einer in den Krankenhäusern von Barcelona noch sehr jungen Spezialisierung geführt hatte: der Extremitätenchirurgie. Er zeigte ein besonderes Interesse für das Feld und sprach oft mit Marcel darüber, der ihm immer mehr ans Herz wuchs. Beide lebten für ihren Beruf, verbrachten ihre Zeit gerne im Operationssaal. Llorenç erging es anders, erst recht, seitdem er an der Seite seines Vaters arbeitete. Im Innenhof redeten sie über die täglichen Vorfälle im Krankenhaus, schmiedeten aber auch Pläne für Ausflüge oder um in den neuesten Kinofilm zu gehen, natürlich mit der ganzen Gruppe. Und wenn Aurora nicht mit von der Partie war, grübelten sie, wie sie sie endlich dazu bringen konnten, die Liebesanwandlungen Marcels zu erwidern.

Zwei Tage vor der Hochzeit von Llorenç und Mariona lagen die Nerven blank. Alle sprachen über die Vorbereitungen, es war die erste Hochzeit im Freundeskreis, schon bald sollte die von Amèlia und Josep folgen. Llorenç war launisch, nachdenklich, stiller als sonst. »Das ist doch egal«, sagten alle, »das ist doch normal vor einer Hochzeit.« Aber der wahre Grund für seine Unruhe war nicht die anstehende Hochzeit, sondern das Wiedersehen eines ihm bekannten Gesichts in einem der Krankensäle. Er hatte einen Morgen in der Männerabteilung verbracht. Normalerweise betrat er diesen Teil des Krankenhauses nicht, da er in der Frauenabteilung im anderen Flügel beschäftigt war. Als er im Auftrag seines Vaters auf der Suche nach einem Arzt einen Gang mit Patienten mit Atemwegserkrankungen durchquerte, hatte er plötzlich einen Blick auf sich gerichtet gespürt. Intuitiv hatte er sich umgedreht und direkt in die schwarzen Augen eines Patienten gesehen, der ihn genau beobachtete. Llorenç hatte ihn sofort wiedererkannt: Es war derselbe junge Mann, der vor einem Jahr mit dessen Mutter im Pavillon Sant Leopold vorstellig geworden war. Dieses Wiedersehen brachte ihn ganz durcheinander, er erinnerte sich an die vielen Träume mit dem jungen Mann – deren Grund er nicht zu deuten gewusst hatte. Wie von selbst ging Llorenç langsam auf das Krankenbett zu. Das Gefühl der Verunsicherung überkam ihn. Was sollte er diesem Unbekannten sagen? Er sah ihn wahrscheinlich nur an, weil er sich vage an ihn erinnerte, oder sein Blick war einfach an ihm hängen geblieben. Llorenç nutzte seinen Arztstatus – seitdem sie alle einheitlich weiße Kittel trugen, waren sie als Ärzte erkennbar, allerdings war nicht ersichtlich, welcher Fachrichtung sie angehörten – dazu, mit einer schnellen Bewegung das Patientenbrett in die Hand zu nehmen und sich die Anmerkungen durchzulesen: Es gab ein paar Anweisungen des behandelnden Arztes für den Ordensbruder, der sich um ihn kümmerte, außerdem war ein strikter Ernährungsplan vermerkt, an den sich Schwindsucht-Patienten halten mussten, um zuzunehmen. Und ein Name stand auf dem Brett, er prangte regelrecht darauf: Narcís Colomer. Llorenç schaute eine Weile auf den Namen, während der Patient ihn ansah. Dann näherte er sich dem Kopfteil des Bettes. Die Arme lagen auf der Bettdecke, der Brustkorb war etwas eingefallen, Llorenç meinte, dass der Mann magerer als bei ihrer ersten Begegnung und sogar gealtert erschien.

»Erinnerst du dich an mich?«, fragte er ihn.

Der junge Mann zögerte nicht. Er nickte still als Zeichen der Zustimmung. Trotz seiner eingefallenen Augen und seines verschlechterten Gesundheitszustands strahlte er noch immer die elegante Schönheit eines Prinzen aus. Wer bist du?, fragte sich Llorenç, der unter seinem weißen Kittel leicht zitterte. Warum träume ich ab und zu von dir? Von sich selbst überrascht, als hätte der Mann ihn darum gebeten, hörte er sich sagen: »Ich komme dich besuchen. Wenn ich kann.«

Im Gesicht des jungen Mannes machte sich ein strahlendes Lächeln breit, seine makellosen weißen Zähne kamen zum Vorschein, die im starken Kontrast zu seinem Äußeren standen. Plötzlich wurde Llorenç nervös und unsicher ob der Gefühle, die dieser junge Mann in ihm auslöste. Er verabschiedete sich ungeschickt und eilte so schnell wie möglich davon.

Ein paar Tage später entschied er zurückzukehren, doch da

lag Narcís Colomer bereits nicht mehr in dem Krankenbett. In Llorenç machte sich das seltsame Gefühl der Leere breit, eine nicht aufzuhaltende Angst, ihn nie wiederzusehen. Zerstreut suchte er im ganzen Saal nach ihm, er war sogar kurz davor, den zuständigen Ordensbruder zu fragen, aber dann traute er sich doch nicht. Er verbrachte einige unruhige Tage, in denen er sich furchtbar schlecht fühlte, aber dann nahm er sich vor, alles zu vergessen. Ein Vorkommnis ohne jede Bedeutung, sagte er sich, eine Wahnvorstellung wegen seiner Nervosität über die bevorstehende Hochzeit. Von da an konzentrierte er sich nur noch auf das glückliche Ereignis.

Llorenç und Mariona heirateten in der Kirche Santa Anna, in der Nähe des alten Krankenhauses, und verbrachten danach zwei Wochen in Frankreich, Deutschland und den Niederlanden. Wieder zurück, bezogen sie ein schönes Apartment in der Carrer de Balmes, ganz in der Nähe des Hauses der Eltern von Llorenç, wo dieser nachmittags in der Praxis seines Vaters aushalf. Die Monate vergingen. In Barcelona war die Lage zwischen Arbeitnehmern und Arbeitgebern weiterhin angespannt; oft war in den Nachrichten von Anschlägen auf offener Straße zu hören, von Schurken, die einen Arbeitgeber umbrachten, oder von anderen, die wiederum Gewerkschaftsmitglieder töteten. Arbeiter riefen zu tagelangen Streiks auf – wehe dem, der an solch einem Tag zur Arbeit ging. Einige Ärzte des Santa Creu hatten Fahrer, und an solchen Streiktagen mussten sie ein Schild mit der Aufschrift »Arzt« sichtbar am Wagen anbringen, damit die Streikenden den Wagen nicht aufhielten. Es waren unruhige Zeiten, und jeder schaute auf seine eigenen Klasseninteressen, die starke soziale Ungleichheit wurde immer deutlicher, vor allem in einem aufgrund der aufeinanderfolgenden Kolonialkriege des 19. Jahrhunderts verarmten Land. Die

Arbeiterklasse gewann an Kraft und setzte sich, angefacht von der Russischen Revolution, europaweit für den sozialen Kampf ein. In Katalonien ging er vor allem von Anarchosyndikalisten aus. Arbeiter, die nach mehr Rechten verlangten und nach weniger Ausbeutung seitens ihrer Arbeitgeber. Die wiederum sperrten sich dagegen und verlangten von der Regierung, etwas gegen diese unliebsame Situation zu unternehmen.

Im Herbst 1923 kam es dann zu einem Ereignis, worauf Fabrikinhaber wie Ricard Puigmartí gehofft hatten: Mit dem Einverständnis von König Alfons XIII. verübte General Primo de Rivera, Oberbefehlshaber von Katalonien, einen Staatsstreich. Die Arbeitergewerkschaft CNT, die den Arbeitgebern die meisten Kopfschmerzen bereitete, wurde sofort verboten, genauso wie alle politischen Parteien, die laut der neuen Machthaber für das allgemeine Chaos verantwortlich waren. Die neue Regierung sollte die Ordnung wiederherstellen und war zu keinerlei Verhandlung bereit. Puigmartí und andere Industrielle sahen dabei zu, wie ihre Arbeiter brav in ihre Fabriken zurückkehrten, aus Angst vor dem Gefängnis. »Endlich arbeiten sie wieder, wie es sich gehört!«, meinten die Industriellen zufrieden.

Einige dieser Arbeiter ließen ihre Wunden bei der Hilfs- und Fürsorgekasse behandeln, einem italienischen Unternehmen für Unfallversicherungen, dessen Hauptchirurg Corachan war. Dieser gab seinem Schüler Josep Trueta dort Arbeit als Assistenzarzt. Dafür erhielt er einen Lohn von zweihundertfünfzig Peseten. Im Gegenzug verpflichtete er sich für ein paar Stunden die Woche zur Behandlung von Patienten mit Arbeitsunfällen, die mit Finger- oder anderen Verletzungen kamen. So konnte der junge Mann endlich seine geliebte Amèlia heiraten. Die Hochzeit fand zwei Monate nach dem Staatsstreich statt. Die beiden gaben sich in der Kirche de la Puríssima Concepció das Jawort, etwa ein Jahr nach der Hochzeit von Mariona und Llorenç. Ein emotionaler Tag, an dem auch Tränen über die Abwesenheit Catalinas, der Brautmutter, nicht fehlten. Nach einer Reise quer durch Europa bezog das Paar eine Wohnung in der Gran Via, genau über der Wohnung, in der Amèlias Vater mit ihren Geschwistern lebte. So konnte sich die junge Frau um beide Haushalte kümmern, ohne aus dem Haus gehen zu müssen. Und auch die Freundesgruppe verlegte ihre Treffen in das neue Heim der Truetas.

Der Frieden kehrte zwar in die Fabriken und in die Straßen Barcelonas zurück, jedoch machte sich ausgerechnet unter jenen Bürgern Unmut breit, die zuvor froh über die Militärintervention gewesen waren, die aufgeatmet hatten und dankbar für Primo de Riveras harte Hand waren. Denn mit seinem weiteren Vorgehen waren sie alles andere als einverstanden. Im Verlauf der Monate des Jahres 1924 zeigte sich, dass der General eine deutlich wachsende Abneigung gegen alles entwickelte, was nach »Katalanismus« roch, ein schon seit Langem stetig wachsendes Phänomen, das drohte, die Einheit Spaniens zu zerstören. Um diesem Identitätsgefühl eines Volkes mit eigener Sprache beizukommen, verbot Primo de Rivera kurzerhand die Verwendung des Katalanischen bei allen offiziellen Ereignissen. Auch in den Schulen – dort wurde der Unterricht auf Spanisch verpflichtend –, im Gottesdienst, bei Werbeanzeigen und bei Geschäftlichem wurde Katalanisch nicht länger geduldet. Die katalanische Flagge wurde als Separatistensymbol abgestempelt und entsprechend verboten.

Der größte Coup der vorherrschenden Politik allerdings war die Absetzung des Präsidenten der Mancomunitat, des bekannten Architekten Josep Puig i Cadafalch. Jene Institution hatte seit zehn Jahren Katalonien zu einer gewissen Selbstregierung verholfen, die den Bau von Straßen und Eisenbahngleisen veranlasst sowie eine Infrastruktur geschaffen hatte, durch die jedes Dorf mit Elektrizität und Telefon versorgt wurde. Außerdem waren Schulen, Bibliotheken und Kulturzentren im ganzen Land entstanden. Doch die Ersetzung des bisherigen Präsidenten durch einen dem Diktator nahestehenden Industriellen bedeutete, dass all diese Errungenschaften wieder zunichtegemacht wurden. Alle Einrichtungen, die verdächtigt wurden, »dem Vaterland zu schädigen«, wie es der Diktator nannte, wurden geschlossen; die Presse unterlag fortan der Militärzensur. Nichts entging Primo de Rivera. Doch langsam, aber sich verlor er den Rückhalt in der Bevölkerung.

Je mehr Freiheiten eingeschränkt wurden, desto deutlicher wurde der Unmut. Einige junge Menschen, wie Marcel und Josep, wurden immer lauter mit ihren Forderungen, sie konnten nicht länger schweigen. Ihr Freund Llorenç entfernte sich hingegen zu ihrer großen Verwunderung immer mehr von ihnen, seitdem er ein verheirateter Mann war. Sie trafen sich jetzt häufig zu zweit und sprachen oft über die jüngsten absurden Verbote, von denen in den Zeitungen berichtet wurde. Sie waren überrascht von all der Wut gegen eine Sprache, die sie seit jeher zu Hause sprachen, und schlugen die Hände über dem Kopf zusammen, wenn sie wieder von der Schließung einer Einrichtung hörten, eines Vereins, einer Zeitung, allein aufgrund einer leicht patriotischen Gefühlsäußerung oder einer gefährlichen linken Ausrichtung. Beide Freunde waren überzeugt davon, dass das nicht lange anhalten konnte; die Menschen mussten sich der Situation stellen.

Die beiden verband nicht nur ihre politische Gesinnung, sondern auch der Sport. Mit wachsender Begeisterung trainierten Josep und Marcel. Entweder gingen sie zum Schwimmclub in Barcelona, spielten Tennis oder vergnügten sich bei einem jüngst in Mode gekommenen Sport: der Leichtathletik. Aufgrund der regelmäßigen körperlichen Betätigung verbesserte sich Marcels Aussehen deutlich. Er war zwar nicht so groß wie Josep, aber sein Rücken war dennoch breit und wurde immer muskulöser. Er fühlte sich stark, dazu in der Lage, die Welt zu verschlingen, und vor allem gab es ihm die Kraft, schon bald Aurora seine Liebe zu gestehen.

In den Frühlingsmonaten war es Marcel zur Gewohnheit geworden, nach einem Arbeitstag im Krankenhaus lange Spaziergänge durch die Stadt zu machen. Er trat aus dem Santa Creu und ging die Rambla hinab bis zum Hafen. Er setzte sich gerne irgendwohin, sah den Schiffen bei ihrer Ankunft zu und träumte von langen Reisen und neuen Erfahrungen. Vor einiger Zeit hatte ihm Ribas versprochen, ihn zum Chirurgie-Kongress nach London mitzunehmen, ein Versprechen, das er auch erfüllte. Die Tatsache, zum ersten Mal das Land zu verlassen, England zu sehen und all die Eminenzen der Medizin kennenzulernen, die überall auf der Welt mit ähnlichen Methoden arbeiteten, beeindruckte ihn sehr. Er wurde sich bewusst, was es alles außerhalb der Landesgrenzen zu entdecken gab. Er dachte darüber nach, Aurora einen Antrag zu machen und sie so bald wie möglich zu heiraten, vielleicht schon im Sommer des Jahres 1924 oder spätestens im Herbst, wenn sie ihren Abschluss machte. Er hielt es einfach nicht mehr aus. Er wollte ihr den Vorschlag machen, gemeinsam wegzugehen, sie wären dann ja beide Ärzte und könnten zusammen, frisch verheiratet, im wunderbaren London neue Erfahrungen sammeln. Er wollte mit Ribas sprechen, der ihn bestimmt für eine gewisse Zeit in der chirurgischen Abteilung eines seiner Freunde unterbringen konnte, und für Aurora würden sie eine pädiatrische Abteilung finden. Danach kämen sie zurück nach Barcelona, um dort ihr gemeinsames Leben aufzubauen, davon hatte er in heimlicher

Liebe zu ihr all die Jahre geträumt. Er wusste, dass sie bis zu ihrem Abschluss kein Wort von Hochzeit oder Ähnlichem hören wollte, aber zugleich wusste er um ihre Zuneigung, er wusste, dass es ihr in seiner Gesellschaft gut ging, er brachte sie zum Lachen, sie vertraute ihm ihre Probleme an, sie zählte voll und ganz auf ihn, sodass ein gemeinsames Leben durchaus vorstellbar war.

Seine Worte hatte er lange vorbereitet. Er wollte ihr gleich zu Beginn deutlich machen, dass er nie von ihr verlangen würde, ihren Beruf aufzugeben. Er wollte ihr zeigen, dass sie keinen anderen Mann wie ihn finden würde, der sie verstand, der sie kannte, der wusste, was sie glücklich machte. Vor ihren Freundinnen hatte sie in seiner Anwesenheit gesagt, dass sie niemals heiraten und Kinder bekommen würde, da es auf dieser Welt keinen Mann gab, der nachvollziehen konnte, was die Medizin ihr bedeutete. Marcel wusste, was zu tun war. Und wenn auch nur ein winziger Schatten des Zweifels den Blick seiner geliebten Aurora trüben sollte, während er ihr seine Liebe gestand, dann hatte er eine Antwort parat: Kinder werden wir erst haben, wenn du es willst, und wenn du gar keine willst, dann bin ich auch damit einverstanden. Zwar wäre ich gerne eines Tages Vater, aber meine Liebe zu dir ist mir wichtiger. Aurora, wenn du dein Leben mit mir verbringst, machst du mich zum glücklichsten Menschen auf Erden, nichts werde ich von dir verlangen.

Der Tag war gekommen. Am Vortag war Marcel lange spazieren gewesen. Am Hafen hatte er die Einfahrt von zwei Schiffen beobachtet und dies als gutes Vorzeichen interpretiert. Nur Josep Trueta wusste von seinem Vorhaben. Er hatte zum Abendessen geladen, ohne jemandem mitzuteilen, dass es einen Anlass zur Freude geben könnte. »Ein Abendessen mit Freunden, Amèlia, darauf habe ich schon seit Tagen Lust«, aber seiner Frau entging nichts, auch nicht der wahre Grund der Einladung. Deswegen bereitete sie ein üppiges Mahl vor, das dem Anlass gerecht würde.

Schon am frühen Morgen erkundigte sich Marcel im Sant-Narcís-Saal nach Aurora. Sie war gerade angekommen, und er fragte sie, ob sie nicht gemeinsam zu dem angesetzten Abendessen gehen wollten. »Ich hole dich ein bisschen eher bei dir zu Hause ab, dann können wir noch etwas spazieren gehen. Was hältst du davon?« Aurora willigte ohne jeden Verdacht ein, auch wenn Marcel sichtlich nervös war. Sie arbeitete den ganzen Tag, auf die Behandlung der Mädchen und Jungen im Santa Creu konzentriert, und danach ging sie nach Hause, um sich zu waschen und umzuziehen. Sie freute sich sehr auf das Abendessen, sie hatte ihre Freundinnen schon seit Ewigkeiten nicht mehr gesehen. Den Frühling über hatte sie so viel zu tun gehabt, dass sie kaum bemerkte, wie schnell er vergangen und dass es schon fast Sommer war. Und es war nicht irgendein Sommer. Wenn alles wie geplant lief, würde sie diesen Sommer ihren Abschluss machen. Endlich würde sie das sechsjährige Medizinstudium beenden und den so sehr herbeigesehnten Abschluss in den Händen halten. Sie war stolz, fast hatte sie es vollbracht. Und das, obwohl alle zunächst gedacht hatten, dass sie es nicht schaffen würde, dass sie irgendwann aufgeben würde. Martínez hatte ihr einen Arbeitsplatz als Ärztin in seiner Abteilung zugesichert, sobald sie ihren Abschluss gemacht hatte, sie würde also weiterhin in der Pädiatrie arbeiten können, wie sie es sich gewünscht hatte. Die Abteilung sollte schon bald in den Pavillon Santa Victòria des neuen Krankenhauses umziehen. Aurora wollte unbedingt Teil dieser neuen Erfahrung sein und freute sich darauf, dass die kranken Kinder an einem passenderen Ort genesen konnten, an dem die Belüftung besser funktionierte, wo es Grünflächen zum Spielen gab. An diesem Frühlingstag spürte sie, wie das Leben ihr zulachte und dass sich ihr tatsächlich eine gute Zukunft abzeichnete.

Als Marcel klingelte, ließ Aurora ihn nicht lange warten. Sie wollte gerne ein wenig mit ihm spazieren und ihm von ihren großartigen Aussichten erzählen. Mit ihm sprach sie gern über ihre Gedanken. Er hörte ihr zu. Er war ein guter Freund. Tatsächlich war er ihr bester Freund, abgesehen von Mariona und Amèlia. Schnell noch rückte sie ihren neuen Hut zurecht, das jüngste gerade erst aus Paris angekommene Modell, das sich perfekt an ihre neue Frisur *a la garçonne* – wie sie nur die verwegensten Frauen trugen – anschmiegte, und verließ das Haus.

Sie gingen ohne Eile, die Sonne kämpfte noch ein wenig gegen die Kälte an. Aurora erzählte, Marcel hörte ihr etwas abwesend zu. Dabei studierte er ihr elegantes Profil, geradezu anmutig mit dem neuen Hut, absolut bezaubernd. Allein der Gedanke daran, dass sie noch heute seine Verlobte werden könnte, ließ sein Herz höherschlagen. Er wollte den richtigen Moment abpassen. An der Gran Via gingen sie über die Straße. Vor einigen Jahren noch waren die Kutschen deutlich in der Überzahl, jetzt aber gab es immer mehr Automobile auf den Straßen, der Fortschritt ging schnellen Schrittes voran, alle Bessergestellten in Barcelona wollten eines besitzen. Vor dem erst kürzlich eröffneten Cinema Coliseum, einem majestätischen Gebäude, das laut Experten von den barocken Tempeln Roms inspiriert war, schlug Marcel vor, sich auf einer Bank niederzulassen.

»Es ist noch zu früh, um bei den Truetas aufzuschlagen. Außerdem will ich mit dir über etwas reden.«

Aurora setzte sich auf die Bank. Nervös versuchte er ihren Blick zu entziffern, er suchte nach einem Anzeichen dafür, dass sie wusste, worum es ihm ging, doch er fand nichts. Aurora beobachtete die Passanten und lächelte. Marcels Unruhe bemerkte sie nicht. Das wird nicht leicht, dachte er. Sie schwiegen eine Weile, er suchte nach den richtigen Worten. So oft hatte er geübt, aber jetzt fiel ihm nichts ein. Wie sollte er bloß anfangen? Er schluckte, und dann sagte er: »Aurora, wir kennen uns schon seit vielen Jahren. Ich erinnere mich noch, als ich dich zum ersten Mal sah. Damals hatte ich gerade mein Medizinstudium begonnen, und dein Bruder lud mich zum ersten Mal zum Essen zu euch nach Hause ein.«

»Ja, das ist wirklich schon Jahre her!«, stieß sie fröhlich aus. »Da war ich noch ein Kind.«

Marcel nickte, schluckte noch mal und fuhr fort: »Ich habe lange gewartet ...« Er griff nach ihrer Hand und nahm sie zwischen seine beiden Hände, und erst da sah Aurora ihn wirklich an. Es schien ihr wie Schuppen von den Augen zu fallen. Marcel sagte ermutigt: »Auch wenn ich schon seit Langem Gefühle für dich hege, wollte ich nichts überstürzen. Bald machst du deinen Abschluss. Ich bin so stolz auf dich! Du bist meine beste Freundin und hast meinen ganzen Respekt, wie du weißt.«

Mit einem Ton voller Vernunft in der Stimme antwortete sie: »Auch du bist mein bester Freund.«

Sie sah ihn ängstlich an, ohne auch nur zu blinzeln. Marcel fühlte, wie ihm das Herz jeden Augenblick aus der Brust springen würde. Er entschied, es nicht hinauszuzögern, und fragte sie: »Willst du mich heiraten?«

Es schien, als würde die Welt auf der Gran Via stillstehen, wo sie als Freunde auf das Abendessen bei den Truetas warteten. Es konnte ein großer Tag werden, eine Feier mit Freunden, die sich nichts sehnlicher wünschten, als dass die beiden ein Paar wurden, so sehr schienen sie füreinander gemacht.

Aurora begann eine Antwort zu formulieren: »Was hat

dich glauben gemacht …? Entschuldige, Marcel, das ist meine Schuld.« Sie seufzte. »Ein Missverständnis. Ein schreckliches Missverständnis.«

Marcel hatte das Gefühl, an einem Abgrund zu stehen, kurz davor, hinunterzustürzen. Ein Schwindelgefühl überrollte ihn, obwohl er auf der Bank saß.

»Das ist kein Missverständnis, Aurora. Ich liebe dich. Und ich dachte, dass du … dass wir …«

Er hörte seine eigene Stimme in weiter Ferne. Als hätte sich sein Geist von seinem Körper gelöst und würde diesen nun aus der Entfernung betrachten. Aurora zog ihre Hand zurück, die Marcel umfasst hatte. Ihr Körper wurde steif, eine Art Schutzmechanismus, so wie es die Kinder im Santa Creu taten, wenn der Arzt kam.

»Ich kann das nicht, Marcel. Es tut mir leid …«

Er fiel in sich zusammen. Er hatte Antworten vorbereitet, für den Fall, dass sie Zweifel haben sollte. Aber ihr Nein kam sofort, viel zu schnell, viel zu überzeugt. Als wäre alles ein einziges schreckliches Missverständnis gewesen. Hatte das nicht Aurora gesagt? Er konnte keinen klaren Gedanken fassen. Marcel fühlte sich blamiert, hintergangen, dort mitten auf der Gran Via, vor dem Cinema Coliseum, in das sie oft zusammen gegangen waren: Josep, Amèlia, Llorenç und Mariona … Was für einen Sinn hatte das alles, wenn Aurora ihn überhaupt nicht als den Mann sah, den sie lieben konnte?

An jenem Abend erschienen weder Aurora Rovira noch Marcel Riera zum Abendessen. Im Hause Trueta genossen nur Mariona und Llorenç das ausgezeichnete Essen, das die Gastgeberin so bedacht vorbereitet hatte. Angestoßen wurde allerdings nicht. Es gab ja nichts zu feiern.

Maria hatte einen Brief von Lluís erhalten, in dem es hieß, er würde nach Barcelona zurückkommen. Er erzählte ihr, dass, wie sie sicherlich wüsste, der Architekt Domènech i Montaner vor einigen Monaten gestorben war, gerade jetzt, wo es endlich mit dem Bau des Hospital de Sant Pau weiterging. Mestre Arnau hatte Lluís geschrieben und ihn gebeten, ihm bei ein paar Skulpturen für die neuen Pavillons zur Hand zu gehen. In seinem Brief beschrieb Lluís seine Betroffenheit über den Tod des Architekten. Ihm war sofort wieder sein erster Eindruck von dem Mann in den Kopf geschossen. Habe ich dir je davon erzählt, Maria?, schrieb er. Als Mestre Arnau mich zum ersten Mal zu der Baustelle des Hospital de Sant Pau mitnahm, stand dort Don Lluís. Er trug einen dunklen Mantel und musterte durch seine Brillengläser alles ganz genau. Er zeichnete unverschämt gut, er ging methodisch vor, war ernst und rigoros bei der Arbeit. Mestre Arnau hat mir gesagt, dass er in den vergangenen Jahren immer mehr seiner Architekturarbeit seinem Sohn Pere und seinem Schwiegersohn überlassen hatte. Don Lluís war ein großartiger Mensch, und, Maria, das solltest du wissen, auch ein wichtiger Politiker. Deswegen wurde ihm auch nicht das Begräbnis gestattet, das ihm eigentlich zugestanden hätte; Primo de Rivera wusste von seinem glühenden Katalanismus. Seit Jahren schon lebte Don Lluís abgeschieden von allen und allem in seinem Haus in Canet. Der Mestre sagt, dass er sich dort um seine kranke Frau gekümmert und nebenbei an seinen Studien zur Archäologie und Geschichte Kataloniens gearbeitet hat. Ein wahrer Patriot, oh ja, und vor allem ein großartiger Künstler. Es stimmt schon, der Modernisme ist aus der Mode gekommen, neue Stilrichtungen haben ihren Weg in Kunst und Architektur gefunden. Aber niemand kann sein Talent in Abrede stellen.

Maria las Lluís' ausführlichen Brief jeden Abend im Bett –

vier Seiten beidseitig beschrieben! Sie betete ein Vaterunser und bat wie schon seit Jahren um dasselbe: Gütiger Gott, bring ihn heil zurück und mach, dass er mich liebt.

In den vergangenen zwei Jahren war Maria in die Krankenpflegerinnenschule der Mancomunitat gegangen. Kurz bevor die Schule vom Militär geschlossen wurde, hatte Maria ihren Abschluss gemacht. Dann hatte sie als Hilfsschwester im Santa-Anna-Saal des Santa Creu zu arbeiten begonnen. Seitdem konnte sie die Jungen und Mädchen medizinisch betreuen, denen sie zuvor vorgelesen hatte. Lluís hatte sie davon nichts erzählt. Sie wollte ihn damit bei seiner Rückkehr überraschen. Sie wollte, dass es eine derart große Überraschung war, dass Lluís bei ihrer Wiederbegegnung endlich die neue Maria sah, eine dieser modernen Frauen, von denen er so schwärmte. Sie hatte sich gemäß dem Rat von Aurora die Haare geschnitten. Zwar stand ihr die Frisur nicht ganz so gut wie Aurora, aber dennoch hatte sie dadurch an Selbstvertrauen und Weiblichkeit gewonnen. Sie hatte gelernt, sich besser zu kleiden, sich ein wenig zurechtzumachen und sich wie eine Frau der Zwanzigerjahre in jenem Barcelona zu bewegen. Sie war zwar kein junges Mädchen mehr, dessen war sie sich bewusst, aber mit ihren zweiunddreißig Jahren sah sie sehr gut aus. Die Ausbildung und die Arbeit als Krankenschwester hatten ihr eine Sicherheit gegeben, die sie innerlich wie äußerlich verändert hatte. Jetzt sehnte sie sich nach Lluís' Rückkehr, damit er sie endlich bewunderte.

Für den Tag seiner Ankunft hatte sich Maria freigenommen. Sie machte sich stundenlang vor dem Spiegel zurecht, bevor sie aufbrach. Sie wohnte weiterhin bei den Roviras, Aurora hatte darauf bestanden. Allerdings war sie nicht länger die Köchin des Hauses, sie arbeitete nur noch gelegentlich dort. Senyora Eulàlia hatte ihr versprochen, dass sie weiterhin in ihrem Zimmer wohnen durfte, wenn sie als Gegenleistung an den Feiertagen aushelfe. Da sie im Santa Creu als Externe arbeitete, kam ihr diese Abmachung sehr gelegen, zumindest bis ihre Abteilung ins Sant Pau umzog. Dann würde sie sehr wohl das Haus verlassen, um auf dem Krankenhausgelände zu wohnen. Bevor Aurora zur Arbeit ging, fragte Maria sie nach ihrer Meinung zu ihrem Aussehen, dann ging sie in Richtung Bahnhof.

Dort angelangt, erkundigte sie sich am Schalter nach dem Gleis, an dem der Zug aus Paris ankommen sollte. Sie begab sich dorthin, suchte nach einer Bank, nahm Platz und wartete. Eine Weile verlor sich ihr Blick im geschäftigen Treiben. Einige kamen gerade an, andere schleppten Koffer und verabschiedeten sich am Zug von einem Familienangehörigen. Schaffner, Lokführer, junge Gepäckträger, die auf die Ankunft des nächsten Zuges und damit auf potenzielle Kundschaft warteten. Auf der Bahnhofsuhr war abzulesen, dass der Zug aus Paris gleich ankommen müsste. Sie wurde ein wenig nervös, vor Aufregung schlug ihr das Herz bis zum Hals. Sie strich sich die Haare unter ihrem Hut zurecht; den hatte ihr Aurora vor ein paar Monaten geschenkt. Langsam fuhr der Riese aus Stahl in den Bahnhof ein. Er spuckte Rauch, wurde immer langsamer, dann hielt er endlich an, und aus den vorderen Waggons stiegen die ersten Passagiere aus. Maria stand auf und zupfte noch ein wenig an ihrem Kleid. Sie war so aufgeregt! Schnell flog ihr Blick über die Waggontüren auf der Suche nach Lluís hinweg, kein Detail durfte ihr entgehen. Aus dem dritten Waggon stieg ein großer schlanker Mann aus, er trug einen hellen Anzug, dazu einen passenden Hut.

»Lluís!«, rief Maria und hob den Arm, damit er sie in der Menge ausmachen konnte.

Lluís sah sie noch vom Waggon aus, er lächelte ihr freudig zu und begann mit den Armen zu wedeln. Er sagte etwas zu einer Person hinter ihm, vielleicht ein anderer Passagier, den er kannte. Während Maria versuchte, sich durch die Menschenmenge ihren Weg zu bahnen, was gar nicht so einfach war, denn viele warteten auf dem Gleis auf einen geliebten Menschen, verlor sie Lluís' strahlendes Gesicht nicht aus den Augen. Ein Frauenhut versperrte ihr kurz die Sicht, aber fast war sie bei ihm. Als das Huthindernis überwunden war, stand sie vor ihm. Sie fielen sich in die Arme, und Maria glaubte, endlich dem Himmel nahe zu sein. Sie konnte es kaum fassen. So viel Zeit war seit dem letzten Treffen vergangen.

»Lass mich dich ansehen«, sagte er und trat einen Schritt zurück. »Du hast dich ganz schön verändert, Maria! Gut siehst du aus!«

Maria lachte und drehte sich kokett um sich selbst. Aber dann sah sie, dass an Lluís' Seite eine Frau stand. Eine sehr hübsche Frau – sie sah ein wenig französisch aus – wich ihm nicht von der Seite. Die Menschen um sie herum waren weniger geworden, aber die Frau hatte sich nicht fortbewegt, sondern stand da und lächelte beide an. Maria tat einen Schritt zurück, und Lluís nahm die Hand der hübschen Frau. »Mia, darf ich dir vorstellen: meine Ehefrau«, sagte er stolz.

Die Frau trat auf Maria zu und gab ihr einen Kuss auf die Wange.

»Ich bin Arlette«, sagte sie mit starkem französischem Akzent. »Ich wollte dich unbedingt kennenlernen, Lluís hat so viel von dir erzählt.«

Lluís sah sie verzückt an. Maria versuchte, sich nichts anmerken zu lassen, trotz des Dolchstoßes in ihr Herz. Und schon wieder brach die Welt unter ihren Füßen zusammen. Wie blöd du bist!, rief ihre innere Stimme. Was hast du denn erwartet?

Zu dritt verließen sie den Bahnhof. Maria schlurfte ein wenig hinterher. Lluís hielt ein Taxi an, der große Koffer wurde hineingehievt. Erst nahmen die beiden Frauen im Wageninnern Platz, dann stieg auch Lluís ein. Während sie durch die Straßen Barcelonas fuhren, staunte das Paar über die Veränderungen.

»Ich erinnere mich nicht, so viele Automobile in Barcelona gesehen zu haben. Und so viele neue Gebäude!«, rief Lluís. Dann zeigte er auf die Außenterrassen, die das Straßenbild im Zentrum prägten, seitdem das Wetter wieder besser war. »Sieh mal, Arlette, dahin werde ich dich ausführen. Paris wirst du gar nicht erst vermissen.«

Maria war sehr still, aber das bemerkte Lluís nicht, schließlich hatte er noch immer die alte Maria vor Augen, die schüchterne, unsichere und letztendlich fade Maria. Und Maria selbst konnte nicht anders, plötzlich war sie wieder die von früher, nichts war von den Veränderungen der letzten Jahre übrig geblieben. Ihr war die Lust vergangen, ihm von den Neuigkeiten zu berichten, ihm von all dem zu erzählen, was sie tat, ihm ihr Geheimnis zu verraten, persönlich, um seinen Gesichtsausdruck dabei zu sehen. Sie hatte so lange auf den Augenblick gewartet, in dem er von ihrer Verwandlung in eine moderne Frau erfahren sollte, davon, dass sie nicht länger ein Hausmädchen war, sondern eine ausgebildete Krankenpflegerin, damit er in ihr endlich eine Frau sah, die eines Künstlers, die seiner würdig war. Aber leider kam sie damit zu spät.

Marcel erhielt die ersehnte Antwort: In einer Woche sollte er in der chirurgischen Abteilung in einem Londoner Krankenhaus vorstellig werden. Mestre Ribas hatte dort einen guten Freund. Man hatte ihn als zusätzlichen Arzt auf Zeit eingestellt, es hieß also Koffer packen. Nach der jämmerlichen Vorstellung mit Aurora hatte er Ribas gebeten, ihm bei der Suche nach einem zeitlich begrenzten Arbeitsplatz in der Chirurgie in London behilflich zu sein. Zunächst war Marcels Ersuchen bei seinem Vorgesetzten nicht auf Wohlwollen gestoßen, denn er wollte einen so guten Schüler wie Marcel nicht verlieren. Sich seines Talents bewusst, hatte er ihn schon damals bei sich behalten, als Corachan seinen neuen Mitarbeiterstab zusammenstellte. Außerdem half er seit einiger Zeit zwei Nachmittage die Woche in seiner Privatklinik aus, in der es dank der Anschaffung von neuen Röntgengeräten gut lief. Wenn er Marcel gehen ließ, musste er sich um Ersatz kümmern, sowohl im Krankenhaus als auch in der Klinik, und das ärgerte ihn. Aber er konnte einem jungen Arzt auch nicht einfach die Flügel stutzen. Schließlich hatte er es damals ähnlich gemacht und war mit sehr vielen Erfahrungen zurückgekommen. Es war nicht zu leugnen, dass der junge Mann im Ausland vieles lernen würde, also gab Ribas nicht nur nach, sondern bot ihm seine Hilfe an. Er schrieb einem guten Kollegen, der Marcel bereits vor einem Jahr auf dem Kongress kennengelernt hatte, und bat ihn, eine Stelle für ihn zu suchen. Marcel zeigte sich Ribas gegenüber sehr dankbar. Er verabschiedete sich sichtlich gerührt mit einem »Bis bald, Mestre«. Er war sich bewusst, dass ein Lebensabschnitt zu Ende ging. In seinem Freundeskreis verabschiedete er sich nur von Josep Trueta. Er wollte nicht einmal Llorenç begegnen, da er alles, was mit Aurora zu tun hatte, aus seinem Gedächtnis streichen wollte. Er dachte, dass er nur so darüber hinwegkomme.

Als Aurora von Marcels wortloser Abreise nach London erfuhr, nahm sie es ihm übel. Sie beschuldigte Josep, ihr nichts gesagt zu haben, und auch Amèlia gegenüber war sie verärgert, sie musste doch davon gewusst haben. Er ist doch auch mein Freund oder zumindest ist er es gewesen. Dieses Missverständnis zwischen uns kann doch nicht einfach eine jahrelange Freundschaft beenden! Aber auch wenn sie nicht daran gewöhnt war, dass die Dinge nicht so liefen, wie sie wollte, musste sie es hinnehmen.

Das Jahr 1925 verlief für alle langsam und bleiern. Niemand konnte sich wirklich erfreuen, ausgenommen die Truetas: Amèlia hatte eine Tochter auf die Welt gebracht, die ihren Namen tragen sollte. Die Freundesgruppe traf sich allerdings nicht mehr in ihrem Hause, auch gingen sie weder zusammen ins Kino noch irgendwo anders hin. Einerseits hatten Mariona und Llorenç sich abgewandt, weil sie der ewigen Frage müde waren: Und wann gibt es Neuigkeiten? Bekommt ihr denn keine Kinder? Andererseits hatte sich Aurora in ihre Arbeit gestürzt und jede Einladung ausgeschlagen, sodass die anderen das Interesse an ihr verloren. Marcel verbrachte das ganze Jahr in England, und niemand wusste, ob er überhaupt zurückkäme.

Im Dezember zog endlich die pädiatrische Abteilung ins neue Krankenhaus um, und zwar in den Pavillon Santa Victòria, der zunächst eigentlich nur für Mädchen vorgesehen gewesen war, jetzt jedoch auch für Jungen geöffnet wurde. Im großen Krankensaal, der den Großteil des neuen Pavillons ausmachte, standen vierzehn Krankenbetten für Mädchen bereit; im hinteren Bereich befanden sich die Isolationszimmer. Die Jungen wurden im Halbsouterrain untergebracht, einem ebenfalls großen Saal, in den durch die hoch gelegenen Fenster viel Licht einfiel. Zwar war der Pavillon nicht so detailreich verziert wie die anderen, denn nach dem Tod des Architekten Domènech hatte dessen Sohn Pere die Ausgaben kürzen müssen, dennoch war er im Vergleich zu den Krankenhaussälen im Santa Creu ein wunderschöner Ort.

Maria zog zusammen mit den Ordensschwestern, den anderen Hilfspflegerinnen und den Angestellten dorthin um und gleichzeitig endgültig aus dem Hause Rovira aus. Darüber war

Aurora recht traurig, denn das Haus erschien ihr nun leer. Allerdings tröstete sie sich damit, dass sie ihre geliebte und treue Maria tagtäglich bei der Arbeit sehen würde, da sie ja beide am selben Ort arbeiteten. Sowohl die Krankenschwester als auch die Ärztin verschrieben sich ganz ihrer Arbeit und widmeten sich den kranken Kindern, um so dem Gefühl der Einsamkeit zu entfliehen, das sich in ihren Herzen breitgemacht hatte.

Mit dem ersten Schnee kam eine neue Patientin im Pavillon Santa Victòria an. Da sie weder Vater noch Mutter hatte, brachte eine Tante sie. Die Frau war besorgt, denn ihre Nichte kümmerte sich um ihre Kinder, während sie in der Fabrik arbeitete. »Wer passt jetzt auf sie auf?«, klagte die Frau. Das Mädchen schwieg, den Kopf etwas gesenkt und den Blick abwesend, wahrscheinlich aufgrund des hohen Fiebers. Ihre Beine versagten, eine Schwester kümmerte sich darum, dass sie sich setzen konnte. Das Mädchen hieß Elena, sie war neun. Als man sie einlieferte, hatte Aurora gerade Bereitschaftsdienst, also behandelte sie sie. Sie bestätigte das hohe Fieber, allerdings bemerkte sie auch den schwachen Puls. Sie zeigte unübersehbar Symptome von Kraftlosigkeit, außerdem klagte sie über Bauchschmerzen.

»Seit Tagen schon isst sie fast nichts mehr«, meckerte die Tante. »So oft habe ich ihr gesagt, dass sie krank wird, wenn sie nicht isst. Und jetzt das, Frau Doktor, wer soll denn bloß auf meine Kinder aufpassen?«

Aurora schickte sie höflich hinaus, untersuchte das Mädchen und war sich bei ihrer Diagnose sicher. Das Mädchen schaute sie mit aufgerissenen Augen an, aber sie schien keine Angst zu haben. Arme Kleine, dachte Aurora, während sie ihr eine Hand auf die Stirn legte und versuchte, Ruhe auszustrahlen. Neun Jahre und doch schon so alt. Sie rief Schwester Teresa herbei, damit diese die Aufnahme ins Krankenhaus eintrug. Sie zogen ihr die Kleidung aus, wuschen und desinfizierten sie und zogen ihr ein frisches Krankenhemd an. Das Mädchen ließ alles über sich ergehen, ohne auch nur ein Wort zu sagen, nur verkrampfte sie, wenn die Bauchschmerzen zu stark wurden. Aurora bat die Schwester, das Mädchen in einem Isolationszimmer unterzubringen, da es sich – das flüsterte sie ihr ins Ohr – um Typhus handeln konnte. Die Krankenschwester war mit Auroras Entscheidung nicht einverstanden, es sollte lieber noch Doktor Martínez einen Blick auf die Patientin werfen.

»Ich könnte ihr ein Behelfsbett geben, und wenn der Herr Doktor kommt …«, begann sie mit ihrem Vorschlag.

Aurora antwortete ihr höflich, aber dennoch bestimmt: »Nein, Schwester. Ich bin lieber vorsichtig. Bereiten Sie bitte das Bett am Ende des Saals vor, es ist schließlich frei. Ich werde Don Pere dann alles bei seiner Ankunft erläutern.«

Die Schwester tat wie geheißen, und Aurora ging in den Tagessaal, wo die Tante wartete und ungeduldig ihre Hände knetete. Als sie die Ärztin sah, stand sie auf. »Sie muss doch nicht etwa bleiben?«, fragte sie besorgt.

»Ich befürchte schon«, antwortete Aurora. Sie unterrichtete sie davon, dass es mindestens ein paar Tage, vielleicht eine Woche oder sogar länger dauern könnte. »Wir müssen einige Untersuchungen machen und ihre Entwicklung beobachten …«

Die Tante hatte genug. Sie dankte der Ärztin, hatte es aber plötzlich schrecklich eilig. Alles drehte sich wieder um die Arbeit. Wer soll denn jetzt auf die Kleinen aufpassen? Sie fragte nicht einmal danach, ob sie sich von dem Mädchen verabschieden konnte, sondern ging einfach.

Die neue Patientin wurde Maria zugewiesen. Als das Bett gerichtet war, legte sich das Mädchen hinein, die saubere Bettwäsche raschelte, und die Bettdecke wärmte ihren Körper. Sie seufzte leicht, es schien, als würde sie sogar ein wenig lächeln. Aber dann riss sie ihre Augen weit auf, sie sah Maria an, die noch im Zimmer war, um sich darum zu kümmern, dass nichts fehlte, und fragte: »Und wer passt jetzt auf die Kleinen auf?«

Maria war überrascht über diese Äußerung, die doch eigentlich die einer Erwachsenen war.

»Mach dir keine Sorgen«, sagte sie. »Du machst jetzt erstmal nur das, was die Ärzte dir sagen, dann wirst du auch wieder gesund. Wenn es dir besser geht, wirst du dich wieder um sie kümmern können. Deine Tante wird schon eine Lösung finden.«

Das Mädchen schüttelte den Kopf, dann zog sie eine Grimasse.

»Es tut weh …«, murmelte sie so leise, dass Maria es kaum verstand. Sie bat, auf die Toilette gehen zu dürfen. Maria begleitete sie und sah den grünlichen Durchfall, der Erbsenbrei glich, so wie Aurora es vermutet hatte.

Eine Stunde später erschien Martínez im Krankenhaus. Nachdem Aurora ihn auf den neuesten Stand gebracht hatte, ordnete er ein Blutbild der Patientin an. Die Tage vergingen, und das Fieber sank nicht, im Gegenteil. Die Ergebnisse der Blutprobe zeigten eine Verminderung der weißen Blutkörperchen und bestätigten so Auroras Erstdiagnose. Als Elena bereits eine Woche im Krankenhaus war, wurde ihr Stuhlgang blutig. Das Mädchen war sehr verängstigt, sagte aber niemandem etwas. Sie zwang sich dazu, den Reis oder Brei zu essen, der nach Aussage des Personals zu ihrer Besserung beitragen würde. Aber sosehr sie sich auch zwang, sie schaffte kaum die Hälfte ihrer Portion.

»Das sieht nicht gut aus«, sorgte sich Maria. Jeden Morgen maß sie Fieber und wartete auf Auroras Ankunft. Die Ärztin hörte ihre schmale ausgezehrte Brust ab; dabei herrschte absolute Stille, Elena beschwerte sich nie. Ohne Absicht gewann das Mädchen die Herzen der beiden Frauen für sich. Da kein Familienangehöriger sie besuchen kam, schauten Aurora und Maria ab und zu bei ihr vorbei. Die meiste Zeit verbrachte Elena isoliert von den anderen Mädchen im Santa Victòria damit, die vier Wände mit ihren großen, unterlaufenen Augen anzustarren.

Eines Tages tauchten Flecken auf ihrem Brustkorb auf, sie waren grünlich-violett. Als Aurora sie sah, befürchtete sie das Schlimmste, denn Elena zeigte immer neue Typhus-Symptome.

Nach Dienstschluss las Maria ihr jeden Abend eine Geschichte vor. Wenn Aurora dann noch im Krankenhaus war, leistete sie den beiden Gesellschaft. Maria las vor, und das Mädchen hörte aufmerksam zu, dankbar für so viel Gesellschaft. Allerdings tauchte nur das Gesicht mit den großen Augen unter der Bettdecke hervor. Aurora sah sich die Szene an einer Wand angelehnt an, lauschte der zarten Stimme ihrer geliebten Maria und fühlte sich in ihre eigene Kindheit zurückversetzt. Eine Stimme, die sie ein Leben lang begleitet hatte.

An einem dieser Abende, es war in der zweiten Woche ihres Krankenhausaufenthalts, fragte das Mädchen, nachdem die Geschichte zu Ende war: »Ist meine Tante gekommen, um mich zu besuchen?« Sie schaute beide Frauen an. »Vielleicht kommt sie ja, wenn ich schlafe …«

Aurora nickte entschieden. »Ein paarmal, während du schliefst.«

Das Mädchen gab sich zufrieden, auch wenn sie spürte, dass die Ärztin log. Ihre Tante hatte wahrscheinlich jemanden gefunden, vielleicht ein gesundes, kräftiges Mädchen aus dem Viertel, das sich jetzt um ihre Kleinen kümmerte. Wer wollte schon jemanden im Krankenhaus besuchen, der wahrscheinlich eh bald starb? Als hätte sie plötzlich alles verstanden, fragte Elena mit pragmatischer Stimme, sich ihrem Schicksal bewusst, als wäre sie eine alte Frau: »Wann sterbe ich, Frau Doktor?«

Maria erschrak und griff schnell nach ihrer Hand, die unter der Bettdecke hervorlugte.

»Aber Mädchen! Warum sagst du denn so was?«, erschrak sie.

Aurora schimpfte ein wenig mit ihr und bat sie, sich auszuruhen.

»Wenn du versprichst, mehr zu essen und brav zu sein, geht es dir schon bald besser.«

Als sie weit genug vom Krankenbett entfernt waren, fragte Maria sie: »Aurora, sie wird doch nicht sterben, oder?«

Aber Aurora konnte ihren Zweifel nicht verbergen. Das Mädchen machte keine Fortschritte.

In der darauffolgenden Woche schlief Elena sehr viel, sie hatte weiterhin Fieber, das nicht sank. Außerdem litt sie unter starken Kopfschmerzen, sodass sie meist sehr still dalag. Nur ihre Bauchschmerzen brachten sie ab und zu dazu, sich in ihrem Bett zu bewegen. Es waren nun fast drei Wochen seit ihrer Einlieferung vergangen. Eines Mittags betrat eine Schwester das Zimmer der Kranken, in der Hand hielt sie ein Tablett mit dem Essen; sie stolperte über etwas, sodass das Tablett mit viel Krach zu Boden fiel. Aber Elena bewegte sich nicht einmal. Die Schwester rief nach Maria, die wiederum die Ärztin holte.

»Sie wacht nicht auf!«, sagte Maria.

Aurora versuchte, eine Reaktion hervorzurufen – erfolglos. Dann stieß Martínez zu ihnen, der gerade erst angekommen war. Er beugte sich über den bewegungslosen Körper, zwickte sie in die Hand. Nichts. Er zwickte sie noch mal, diesmal in den Arm, ein bisschen stärker als zuvor … Das Mädchen sprang nicht auf den Schmerz an. Beide Ärzte sahen sich an. Martínez schüttelte den Kopf.

»Die Infektion hat das Gehirn erreicht«, sagte er zu Aurora. »Die Patientin liegt im Koma.«

Maria, die an ihrer Seite stand, musste ihre Tränen unterdrücken.

Elena hielt noch ein paar Tage in diesem Zustand des tiefen Schlafs aus, bis ihr kleiner dehydrierter Körper, dem es an allem Notwendigen zum Leben fehlte, außer ein wenig Zuneigung, doch aufgab. Kein Familienangehöriger weinte um sie. Niemand kam, um die Kleidung abzuholen, die sie bei ihrer Einlieferung getragen hatte. Maria und Aurora waren beide sehr betroffen von diesem Tod. Es war zwar nicht die erste Tote und mit Sicherheit auch nicht die letzte, dennoch hatte sie Spuren bei ihnen hinterlassen. Es war nicht die Krankheit an sich – die kannten sie bereits –, sondern das Gespenst, das seit dem ersten Tag groteskerweise um ihr Bett getanzt war: die Einsamkeit.

Auch sie selbst fühlten sich sehr einsam. Jede war auf ihre eigene Art und Weise mit ihrem eigenen Elend zu einer einsamen Frau geworden. Maria war daran gewöhnt, sie hatte bereits resigniert, Aurora hingegen traf dieses Gefühl völlig unvorbreitet. Bis jetzt hatte sie sich nie Gedanken darüber gemacht, dass Einsamkeit ihr zu schaffen machen könnte. Schon von klein auf, wenn ihre Freundinnen davon schwärmten, sich in einen Jungen zu verlieben, oder davon träumten, eine Familie zu gründen, hatte sie sich darüber unbedarft lustig gemacht; sie war sich bewusst, dass sie ganz andere Ziele hatte. Seit ihrem Medizinstudium war ihr klar, dass es kein einfacher Weg war, dass sie von allen beobachtet und von einigen sogar verschmäht wurde. Aber das machte ihr nichts aus. Damals fühlte sie sich stark, und die Liebe bedeutete eher ein Hindernis für sie. Deswegen hatte sie auch Marcels Antrag abgelehnt, bevor er ihn überhaupt hatte beenden können. Der Schrecken über diesen Vorschlag so kurz vor ihrem Abschluss war einfach zu groß gewesen. Zwar musste sie sich eingestehen, dass es etliche Momente gab – zum Beispiel, wenn sie durch die Straßen Barcelonas schlenderten oder sich im Innenhof des Santa Creu unterhielten –, in denen sie Gefühle für ihn empfand, eine seltsame und unbehagliche Unruhe, ein Kitzeln, absolute Glückseligkeit an seiner Seite, aber davon hatte sie sich immer schnell freigemacht. Sie war unter keinen Umständen bereit, ihren Beruf als Ärztin aufzugeben, ihr Leben etwas anderem als der Arbeit im Krankenhaus zu widmen. Sie wusste, dass die Liebe, eine Heirat und Kinder sie von ihrer Zukunft als Ärztin abhalten würden. Als Marcel ihr einen Antrag machte, beging er einen schweren Fehler: Sie war ganz und gar nicht bereit, alles für ihn aufzugeben. Und sie war auch über sein plötzliches Verschwinden verärgert gewesen, darüber, dass er so ganz ohne Abschied gegangen war. Aber ja, sie vermisste ihn, wohl wissend, dass sie ihn vielleicht nie wiedersehen würde. Mittlerweile hatte sie die Szene, die zu ihrem Bruch geführt hatte, etliche Male in ihrem Kopf wiederholt und bemerkt, dass sie ihn gar nicht zu Wort hatte kommen lassen. Und wenn eine Heirat mit ihm gar nicht die Aufgabe ihres Berufes bedeutete? Warum hatte sie gedacht, dass Marcel, der sie besser als sonst jemand kannte, sie zur Aufgabe dessen zwingen würde, was ihr am meisten am Herzen lag? Wo stand geschrieben, dass man nicht auch als arbeitende Frau Beruf und Liebesleben miteinander vereinbaren konnte, so wie es die Männer taten?

Marcel war nun schon vor anderthalb Jahren aus ihrem Leben verschwunden, wahrscheinlich hatte er längst ein neues in Großbritannien aufgebaut. Aurora erwog, dass der Fehler bei ihr gelegen haben könnte, mit ihrem entschiedenen Nein hatte sie wahrscheinlich eine Tür verschlossen, die sich nie wieder öffnen konnte. Auroras Herz weinte um ein Mädchen, das sie nicht hatte retten können und das einsam und allein gestorben war, und es weinte auch um eine Liebe, die sie hatte entschwinden lassen.

1929

Nach sechs Jahren Diktatur hatten die Beliebtheit von König Alfons XIII. und die der Regierung unter Primo de Rivera derart abgenommen, dass mittlerweile in fast jedem Haushalt ein Republikaner zu finden war. Gegen die Verschlechterung der Lage wurde wiederum mit Gewalt vorgegangen, sodass 1929 der Diktator das größte Propaganda-Unterfangen des Regimes in Barcelona auffahren ließ: die Weltausstellung, die im Frühling des Jahres eröffnet wurde. Im Jahr der Vorbereitung hatte diese für einen deutlichen Anstieg von arbeitswilligen Zuwanderern aus allen Ecken Spaniens gesorgt. Die Stadt wurde zu einem Ort der Moderne und des Fortschritts. Die ersten U-Bahn-Linien wurden gebaut und weitere Stadtviertel erschlossen, wodurch die Stadt wuchs, die Caféterrassen waren immer voll, Restaurants schossen aus dem Boden, Festsäle, neue Kinos und Theater, und auch einige Vergnügungsparks hielten Einzug in das Stadtbild. Die Menschen wollten in einem immer kosmopolitischeren Barcelona unterhalten werden.

Lluís und Arlette gingen fast jeden Abend aus, sie waren Stammgäste in den Künstlercafés, wo Lluís alle kannte. Maler, Bildhauer, Dichter, eine Menge Freunde, die er hier oder in Paris kennengelernt hatte. Künstler wie er reisten viel zwischen den beiden Städten hin und her, tauschten Neuigkeiten aus, Eindrücke über die neuesten Strömungen in der Kunst und über die angesagtesten Künstler. Pablo Gargallo war vor einigen Jahren zurück nach Paris gegangen, zusammen mit Magali und seiner kleinen Tochter Pierrette. Auch Arlette wollte unbedingt zurück, sie hatte sich trotz des regen gesellschaftlichen Lebens nicht an Barcelona gewöhnen können. Lluís arbeitete den ganzen Tag über, und sie langweilte sich zu Tode. Sie hatte keine Freunde gefunden und fand nur Trost darin, abends tanzen zu gehen. Allerdings zog Lluís die Gespräche mit seinen Freunden im Café vor, die Diskussionsrunden, die oft bis tief in die Nacht reichten, bei denen er sich einer großen interessanten Sache zugehörig fühlte. Das Paar ging dann schweigend nach Hause. In Arlettes Kopf ratterte es auf der Suche nach einer Möglichkeit, wie sie ihn zur Vernunft bringen und zur Rückkehr nach Paris bewegen konnte. Oft stritten sie, bis Arlette die Tür zuschlug und sich in dem einzigen Zimmer der Atelierwohnung einschloss, die Lluís im Viertel seiner Kindheit angemietet hatte. Dann schlief er auf dem Sofa oder arbeitete bis zum Morgengrauen, trank Glühwein, in Erinnerung an seine Zeit in Paris, und fühlte sich dadurch wohlig getröstet. Er wusste, dass am nächsten Morgen die süße Versöhnung auf ihn wartete, dass Arlette ihn wieder ins Bett lassen würde, um dort Körper an Körper nackt unter den Laken Frieden zu schließen.

Lluís fertigte eine Skulptur von großer Bedeutung für die Weltausstellung an. Der architektonische Leiter war kein anderer als der Sohn von Don Lluís, Pere Domènech i Roura, welcher die großen Arbeiten am Montjuïc-Berg mit den letzten Veränderungen am Hospital de Sant Pau verband. Sein Haupteinkommen bezog Lluís allerdings aus Porträts. In den vergangenen Jahren hatte er sich einen Namen bei angesehenen Familien Barcelonas gemacht, indem er Büsten von den bekanntesten Familienangehörigen angefertigt hatte. Es sprach sich schnell herum, sodass Lluís schon bald seinen Unterhalt mit dieser Arbeit verdiente. Arlette beschwerte sich darüber, dass er das Geld nicht etwa für eine größere Wohnung oder Kleider und Hüte für sie ausgab, sondern für neues Arbeitsmaterial und Werkzeug. »Worin liegt der Sinn, mehr Geld zu verdienen, aber nicht besser leben zu wollen?«, beklagte sie sich häufig. Aber Lluís war allein bei dem Gedanken an die Menge von Skulpturen elektrisiert, die er mit dem gekauften Material erstellen konnte. Er plante eine kleine Bronzeserie, deren Guss allerdings unglaublich teuer war. Während er sich über das Thema der Serie Gedanken machte, sparte er. Als er Maria im neuen Krankenhaus besuchte, hatte er schließlich eine Idee.

Viel Zeit war vergangen, seitdem sie sich gesehen hatten. Lluís hatte viel zu tun, und Maria war den ganzen Tag über im Krankenhaus. Wenn er darüber nachdachte, überkam ihn das schlechte Gewissen, weil er seine Milchschwester quasi links liegen gelassen hatte. Seine freie Zeit, die sowieso sehr beschränkt war, verbrachte er mit Arlette. So vergingen Tage und Monate, und er vergaß, Maria im Krankenhaus zu besuchen. Sie wiederum verbrachte inzwischen ihr ganzes Leben dort, denn sie arbeitete und wohnte im Sant Pau. Eines Sommermorgens, an dem Lluís früh eine Büste bei einem Kunden abgeliefert hatte, fasste er den Entschluss, sie endlich zu besuchen. Er nahm die Tram bis zum neuen Krankenhaus. In ein paar Monaten sollte die Einweihung mit einem offiziellen Festakt stattfinden. Wie sich die Umgebung verändert hatte! Sofort hatte Lluís wieder die Sonntage vor Augen, an denen Maria und er hier gemeinsam Zeit verbracht hatten. Damals standen die vier leeren, geduldig auf ihren großen Moment wartenden Pavillons inmitten von unbebautem Land. Während er die Eingangshalle des Verwaltungspavillons durchquerte, sah er sich zufrieden die vollbrachte Arbeit an. Er erinnerte sich an die Herstellung jedes noch so kleinen Details des Gebäudes, sowohl von Bildhauern wie ihm als auch von den Mosaiklegern, Malern und

Glasern. Ein minutiöses Werk, von dem er das Gefühl hatte, ein Teil zu sein, darauf war er besonders stolz.

Ein Ordensbruder zeigte ihm den Weg zum Pavillon Santa Victòria. Er wusste, dass Maria dort arbeitete, genauso wie die hübsche Aurora Rovira. Er musste auf der Hauptallee innehalten, auf deren einer Seite die Pavillons für Männer lagen und deren anderen die für Frauen, entworfen von Don Lluís. Er betrachtete alles mit einer gewissen Rührung. In ihm stieg die Erinnerung daran hoch, wie alles langsam erschaffen worden war. Er beobachtete die Menschen, die sich durch die Pavillons bewegten, die Alleebäume, die damals gepflanzt worden waren und heute angenehmen Schatten spendeten. Die Pavillons, wie Soldaten in Reih und Glied vor dem großen Operationshaus, waren reich und farbenfroh verziert. Allein schon der Anblick musste eine positive Wirkung auf die Patienten haben. Vielfarbige Keramikfliesen, Blumen- und Tierskulpturen, Wappen, Schutzpatrone, alles modelliert im Atelier von Mestre Arnau, und die Engelsfiguren von seinem Freund Gargallo. Der hübsche und stilisierte Wasserturm an jedem Pavillon, die verspielten Rundbauten, deren Kuppeln von schuppenförmigen Kacheln bedeckt waren. Schornsteine, Giebel, Rosetten, jede Menge Details, die dieses Krankenhaus zu einem Wunder aus der Hand eines Genies machten.

Er schritt nur langsam voran, so entzückt war er von allem, was er sah. Doch plötzlich stellte sich ihm jemand in den Weg.

»Entschuldigen Sie, ich war abgelenkt«, sagte er zu einer Frau in weißem Kittel. Da erkannte er sie.

»Senyora Rovira! Sie sind es!«, rief er mit ehrlicher Freude.

Aurora lächelte freundlich und gab ihm die Hand.

»Kommen Sie, um Maria zu besuchen?«, fragte sie ihn.

Lluís bejahte, er sagte, dass er auf dem Weg zum Pavillon Santa Victòria war, sich aber von der Schönheit der Pavillons hatte ablenken lassen. Aurora sah sich um. »Ja, wahrscheinlich haben wir uns hier schon daran gewöhnt, wir sehen das alles ja tagtäglich. Aber Sie haben recht, das Krankenhaus ist einzigartig.«

»Ganz bestimmt«, antwortete Lluís. Jetzt sah er sie sich an. Sie war hübscher als je zuvor.

»Sind Sie vielleicht auch auf dem Weg zum Santa Victòria?«, fragte er.

»Nein, ich bin mit meinem Vater verabredet, da drüben.« Sie zeigte auf den Pavillon Nostra Senyora del Carme.

»Dann kommen Sie später zum Santa Victòria zurück? Vielleicht sehen wir uns dort noch?«

»Vielleicht«, sagte sie. Sie verabschiedete sich und ging.

Er traf Maria bei der Arbeit im Pavillon für Kinder an. Sie trug ihre Krankenpflegerinnentracht, an die er sich noch immer nicht gewöhnt hatte. Derselbe Blick wie immer, seine Milchschwester zeigte keinerlei Groll darüber, dass er sie so lange nicht besucht hatte.

Dieser Krankenhausbesuch legte den Grundstein für weitere. Es geschah viel, da nun alle medizinischen und chirurgischen Abteilungen aus dem Santa Creu dorthin umzogen. Bald sollte die Einweihung stattfinden, die Krankenbetten waren bereits belegt. Vor allem beobachtete er während seiner Besuche bei Maria die jüngsten Patienten, die in den Betten des Pavillons Santa Victòria litten und die den Bildhauer in ihm inspirierten. Er fertigte im Bewusstsein, dass diese Kinder ein lebendiges Spiegelbild einer ihm bekannten Welt waren, Skizzen von ihnen an. Kinder, die während ihres Krankenhausaufenthaltes in den Genuss von Annehmlichkeiten und ausgewogener Ernährung kamen, die sie zu Hause nicht hatten. Er sah den niedergeschlagenen Gesichtsausdruck der Kinder mit Bauchschmerzen oder den wilden Blick, der von einer Hirnhautentzündung herrührte. Wenn sich der Gesundheitszustand eines Kindes verbesserte, drückte sich das im Glanz der Augen aus. Die kleinen Körper wanden sich oft vor Schmerzen oder wegen der Angst vor dem Unbekannten. Lluís zwang diese Krümmungen in seine Tonentwürfe hinein. Es gab wiederum auch Kinder, die still litten, wie ein Brett dalagen, was meist geschah, wenn das Fieber so hoch oder die Schwäche so groß war, dass sie keinen Funken Energie mehr aufbringen konnten, so erklärte es ihm Maria. Natürlich waren nicht alle solche Extremfälle. Es gab auch Kinder, die an einer leichten Krankheit litten und nur ein paar Tage dort verbrachten. Lluís machte sich Notizen, während sie draußen spielten oder ihre Mutter, ihr Vater oder ihre Geschwister zu Besuch waren und sie gemeinsam Zeit im Tagessaal verbrachten. Eine Mischung aus glücklicher Unschuld und kruder Wirklichkeit, die das Leben dieser Kinder bestimmte und den Bildhauer zum Nachdenken über seine eigene Kindheit brachte, bevor die Kunst ihm eine neue Perspektive eröffnet hatte. Die Notizen aus dem Santa Victòria dienten ihm später dazu, detailliertere Zeichnungen in seinem Atelier anzufertigen. Tagsüber besuchte er die Krankensäle voller Kinder, dank Maria und der Ärztin Rovira, die ihm Zugang gewährten, nachts arbeitete er unermüdlich daran, seine Kohlezeichnungen in Ton und Gips umzusetzen. Arlette beschwerte sich darüber, dass sie nicht mehr tanzen gingen und auch sonst nichts unternahmen. Aber Lluís konnte nicht auf ihre Bitten eingehen, weil er an seiner ersten Serie arbeitete, die er als etwas Eigenes empfand. Er nannte sie *Die armen Kranken*, so wie die Bürgerlichen normalerweise das Elend nannten, das in den Krankenhauspavillons untergebracht war. Er wählte die besten Stücke aus, um sie in Bronze zu gießen, auch wenn das hieß, sein ganzes Geld dafür auszugeben.

Während Lluís an seiner neuen Skulpturenserie arbeitete,

wohnte er regelmäßig Marias Arbeit bei. Er bemerkte, wie unerlässlich sie für die Kinder war und wie viel Geschick sie bei der Schmerzlinderung hatte. Sie maß Fieber, sie setzte ihnen so rasch Spritzen, dass sie nicht einmal Zeit für Klagen hatten, sie flüsterte ihnen etwas ins Ohr, sie erledigte die Anwendungen und half ihnen bei allem. Die Oberschwester überwachte ihre Arbeit mit Ernst und Strenge, aber es war offensichtlich, dass Maria ihren Platz im Krankenhaus gefunden hatte. Lluís bewunderte ihren Mut. Jene Milchschwester, die damals Hand in Hand durch die Gänge des Santa Creu mit ihm gelaufen war, die, nur weil er unbedingt wollte, auf Zehenspitzen die Leichen im Totengang beobachtet hatte, trotz der Angst und der nächtlichen Albträume, jene Maria, die er Jahre später wiedersah, verwandelt in ein Hausmädchen, das in einem guten Hause in Barcelona arbeitete, sie hatte es weit gebracht, so wie er. Beide hatten sie es aus ihrem alten Stadtviertel herausgeschafft und waren nun jemand. Aber auch über Aurora Rovira machte er sich Gedanken, wenn er zum Zeichnen im Pavillon war. Irgendwann im Laufe des Tages erschien die moderne Frau mit ihrem weißen Arztkittel: Sie bewegte sich von einem Bett zum nächsten, stattete den jungen Patienten einen Besuch ab, hörte deren rachitischen Brustkorb ab, verschrieb Medizin und eine ausgewogene Ernährung. Wenn sie vor Ort war, konnte Lluís seinen Blick nicht von ihr abwenden, manchmal zeichnete er sie sogar rasch. Einmal fragte er Maria, wie es sein konnte, dass eine Frau wie sie nicht längst verheiratet war, worauf sie antwortete, dass sie, genau wie sie, für ihren Beruf lebte. »Aber fühlt sich eine Frau wie sie nicht einsam?«, hatte Lluís nachgehakt. Und Maria hatte geantwortet, dass die Einsamkeit auch nur eine Begleiterin war, mit der man zu leben lernte.

Eine Abteilung nach der anderen zog aus dem alten Gebäude des Santa Creu im Stadtzentrum in die Modernisme-

Pavillons des neuen Krankenhauskomplexes. Als die Ärzte die gotischen Säle mit den großen Bogengängen verlassen mussten, unter denen sie seit jeher gearbeitet hatten, erfüllte sie eine Mischung aus Freude und Kummer. Freude über das neue Krankenhaus, das von Schönheit und Modernität geprägt war; dem alten Krankenhaus konnten sie in diesem Sinne nicht nachtrauern. Kummer aber darüber, das Gebäude hinter sich lassen zu müssen, in dem sie zu Ärzten ausgebildet worden waren und als Menschen an sich selbst gewachsen waren. Sie hinterließen nicht nur Fälle, sondern persönliche Geschichten, Niederlagen und Kämpfe gegen Krankheiten und für das Leben. Wenn man genau hinhörte, konnte man noch immer das Wehklagen, die Seufzer, die schnellen Schritte der Schwestern und Pfleger vernehmen, die in Zeiten von Epidemien, Aufständen oder einfach nur von wachsendem Elend den Ärzten hinterhereilen mussten, wenn das alte Krankenhaus wieder einmal aus allen Nähten platzte. Dieses Gebäude, das rund um einen zentralen Hof angeordnet war und in dessen Mitte ein barockes Kreuz stand, welches von allen hier arbeitenden Ärzten geliebt wurde, ging nun in die Hände der Stadt über, die es bereits vor einigen Jahren gekauft hatte. Es hieß, dass dort vielleicht ein Museum oder ein Stadtarchiv entstehen sollte. Die Ärzte und Verwalter baten, nur eine Sache mitnehmen zu dürfen: das Kreuz. Es sei die Seele dieser Einrichtung, brachten sie vor, es sei Zeuge so vieler Ärztegenerationen gewesen, es habe so viele unterschiedliche Menschen an sich vorbeiziehen sehen. Unter dem klaren Mondlicht hatte das Kreuz über Jahrhunderte hinweg nachts Wache über all die armen Kranken gehalten. Trotzdem bestand man im Rathaus darauf, das gesamte Areal mitsamt allen künstlerischen und archäologischen Stücken gekauft zu haben.

Das Hospital de la Santa Creu i Sant Pau wurde also ohne

das barocke Kreuz eingeweiht. An den Feierlichkeiten nahm auch König Alfons XIII. teil. Sie fanden Mitte Januar im Jahre 1930 statt. Der republikanische Geist war überall im Land zu spüren, er war die Antwort auf eine schon viel zu lange andauernde Diktatur. Der König jedoch spazierte zusammen mit dem Präsidenten Primo de Rivera und anderen Persönlichkeiten über das Modernisme-Gelände, wohl wissend, dass dieses Gebäude Architekturgeschichte schrieb. Achtundzwanzig Jahre waren vergangen, seit der Architekt Domènech i Montaner mit dem Bau begonnen hatte, und nur ein paar wenige wussten, dass sein Sohn Pere, Erbe des Projekts, viele Kämpfe hatte ausfechten müssen, um die Fertigstellung des Krankenhauses zu erreichen. Einerseits war es ein stetiger Kampf um die Finanzierung gewesen: Das Geld war tropfenweise in Form guter Taten von Bürgerlichen bei ihm eingegangen – manche hatten im Falle ihres Todes an das Krankenhaus gedacht, andere durch den schmerzlichen Verlust eines Familienangehörigen, die in Gedenken an diesen einen Pavillon errichten lassen wollten –, sodass letztendlich von den von Don Lluís geplanten achtundvierzig Pavillons siebenundzwanzig umgesetzt werden konnten. Doch auch die fortschrittliche Medizin hatte ihre Tücken, die medizinischen Notwendigkeiten hatten sich mit den jüngsten wissenschaftlichen Erkenntnissen verändert. Aber der wohl persönlichste Kampf von Pere Domènech i Roura hatte mit dem Tod seines Vaters vor sieben Jahren begonnen, der mit der Kunst: Don Lluís hatte einer Architektengeneration angehört, die für den Modernisme stand. Sein Sohn Pere war hingegen schon Teil einer anderen Bewegung, der des Noucentisme. Bei den bei seinem Tod bereits begonnenen Pavillons folgte Pere haargenau den stilistischen Vorgaben seines Vaters, aber bei den anderen noch ausstehenden Bauten – beispielsweise dem Großen Pavillon für Allgemeinmedizin, in dem die

Schwestern untergebracht werden sollten, die Kirche und das neue Rehabilitationshaus – hatte er sich für einen eigenen Stil entschieden, der ihm als architektonischem Leiter der Weltausstellung Anerkennung eingebracht hatte und mehr den Neigungen der neuen Architektengeneration entsprach.

Am selben Tag, an dem der König und zahlreiche Persönlichkeiten das neue Krankenhausgelände betraten, wurden die Tore auch für die Bürger Barcelonas geöffnet. Viele Menschen spazierten über das Gelände und staunten zum ersten Mal über dieses übermenschliche Werk, das in den ersten dreißig Jahren des neuen Jahrhunderts erbaut worden war. Ein wahrhaftiger Palast, tuschelte man. Tatsächlich ein Krankenhaus für Arme?, fragten sich viele, überrascht von den Gärten und dem detailverliebten Dekor. Aber eines war sicher: Das neue Hospital de la Santa Creu i Sant Pau ließ niemanden unberührt.

Llorenç war glücklich über sein zurückerobertes Leben im neuen Krankenhaus. Seitdem er dort zum ersten Mal unter Doktor Torras gearbeitet hatte, war das Aussehen des Geländes einem radikalen Wandel unterlegen, so wie auch die umliegende Gegend, die langsam verstädtert wurde. Mittlerweile war die Hauptallee, die das Gelände durchkreuzte, zu jeder Tageszeit hoch frequentiert, und auch die Pavillons sahen nicht mehr trostlos und leer aus, sondern waren mit Leben gefüllt. Es gab viel mehr Pavillons als noch zu seiner Anfangszeit, und jedem war eine bestimmte Abteilung zugeschrieben: Chirurgie, Allgemeinmedizin, Geburtshilfe und Gynäkologie, Onkologie, Kardiologie, Traumatologie sowie die Pavillons für die Pädiatrie, wo seine Schwester arbeitete. Sein Vater Darius Rovira hatte seine Abteilung im Pavillon Nostra Senyora del Carme untergebracht, der gegenüber vom Pavillon Sant Leopold lag, wo Llorenç zum ersten Mal Narcís Colomer zu Gesicht bekommen hatte. Es schien, als sei eine Ewigkeit vergangen seit jenem Tag, an dem sein Leben auf den Kopf gestellt worden war, ohne dass es ihm recht klar war. Von seinem Vater regelrecht zu der Heirat mit Mariona gezwungen, hatte er eine innere Hölle durchlebt, bis er Narcís kennenlernte.

In den ersten Jahren seiner Ehe hatte Llorenç es mit Selbstbetrug versucht, damit, dass ihn seine Ehe glücklich machen konnte, auch wenn er sie nicht selbst gewählt hatte. Mariona war eine freundliche, vornehme Frau, die ihm das Leben so angenehm wie möglich zu machen schien. Er hielt sie sogar für die perfekte Ehefrau, wenn da nicht die intimen Momente gewesen wären, die ihm regelrecht Qualen bereiteten. Das bemerkte sie natürlich, weswegen sie nicht länger in einem Bett schliefen. Die Entscheidung trafen sie ganz pragmatisch, begründeten sie mit ihrer Bequemlichkeit: Llorenç kam immer erst spät nach einem langen Arbeitstag im Krankenhaus und in der Privatpraxis seines Vaters nach Hause. Davon erschlagen, wollte er nur noch etwas zu Abend essen und dann ins Bett fallen. Es war also besser, dass jeder in seinem eigenen Zimmer schlief, um den anderen nicht zu stören. Manchmal war Mariona noch wach; Llorenç hörte sie weinen, sprach aber nicht offen mit ihr über seine Unfähigkeit, sie zu lieben. Ab und zu zwang sich Llorenç, dann ging er in ihr Zimmer, kam zu ihr ins Bett, berührte ihren Körper, der sich in der absoluten Dunkelheit verzehrte, und versuchte, es zu genießen. Manchmal gelang ihm sogar eine Erektion, sodass er mit dem Gefühl einschlief, etwas vollbracht zu haben. Allerdings waren diese Augenblicke sehr selten, und in all den Jahren hatten sie keine Kinder bekommen. Die Ehe zerfiel in dieser Tristesse, fraß Mariona langsam von innen auf, und Llorenç verspürte immer mehr Angst. Bis er dann ein zweites Leben außerhalb seiner Ehe begann.

Bei der Begegnung mit Narcís Colomer im Sant Leopold

hatte er zum ersten Mal so etwas wie Begehren gespürt, der junge Mann hatte ihn beeindruckt. Dieses Porzellangesicht, die Augen mit den langen Wimpern, sein eindringlicher Blick … Als er ihn kurz vor seiner Hochzeit wiedergesehen hatte und sich alles zu verwischen schien, versuchte er ihn zu vergessen – ohne Erfolg. Einen Monat nach den Flitterwochen hatte er dann Nachforschungen angestellt, er musste ihn wiedersehen, er wollte Antworten. Im Hospital Clínic fand er ihn schließlich wieder, und von da an verlor er ihn nicht mehr aus den Augen. Er befand sich in Behandlung bei Cinto Reventós. Llorenç besuchte Narcís fortan regelmäßig. Mit der Zeit wurden sich die beiden vertraut. Der junge Mann erzählte ihm von seinem Leben in Manresa, wo er seine Kindheit verbracht hatte und von wo ihn seine Eltern später verbannt hatten. Zunächst wollte Narcís ihm nichts über die Umstände sagen, doch mit der Zeit gewann Llorenç sein Vertrauen, bis er ihm eines Tages von dem Skandal berichtete, den er in der kleinen Stadt ausgelöst hatte.

»Meine Eltern haben eine wichtige Kurzwarenhandlung in Manresa. Alle kaufen dort ein, jeder kennt sie. Ich ging aufs Gymnasium und verstand mich sehr gut mit meinem Lehrer, Senyor Clausells. Manchmal gab er mir abends Privatunterricht, ich war nämlich kein guter Schüler.« Da hatte Narcís gelächelt, darin erinnerte sich Llorenç gut, außerdem hatte er ihn eindringlich angesehen. Dadurch hatte sich jede Form von Grenze zwischen ihnen beiden in Luft aufgelöst. Dann beichtete er ihm: »Meine Eltern haben allen gesagt, dass Senyor Clausells mich missbraucht habe, aber das stimmt nicht. Er war meine erste große Liebe.«

Llorenç schenkte ihm Aufmerksamkeit, er nahm jedes Detail begierig auf, das Vertrauen zwischen den beiden Männern war gegeben, weswegen Narcís ihm auch erklärte, dass nach dem skandalträchtigen Tag die Krankheit kam und die Eltern ihn nach Barcelona brachten, weit weg von allem und allen. Llorenç wusste, dass sie ihn nur sehr selten besuchten und auf dem Aufenthalt in Barcelona bestanden, weit weg von Manresa. Sie hatten allen gesagt, dass ihr Sohn im Ausland studiere, dass es lange bis zu seiner Rückkehr dauere, und sie sahen die Tuberkulose als Strafe Gottes für seine Sünden.

An dem Tag dieser Beichte spürte Llorenç plötzlich ein fiebriges Verlangen, die Lippen des jungen Mannes zu küssen, er wollte ihn liebkosen und ihm sagen, dass er von nun an nicht mehr alleine sei, er habe jetzt ihn. Narcís war der einzige Mensch auf Erden, bei dem sich Llorenç wohl fühlte. An diesem Tag hatten sie sich schweigend eine Weile lang angesehen, dann hielten sie unter der Bettdecke Händchen und verharrten so. Darauf folgten Tage mit flüchtigen Küssen, wenn niemand sie beobachtete, und die Hitze stieg Llorenç dabei in die Wangen, noch nie hatte er solch ein Glück verspürt. Nach einem Tag mit Narcís konnte er zu Hause Mariona kaum in die Augen schauen. Er fühlte sich verantwortlich für die Verbitterung, die seine Frau verzehrte. Tief im Inneren schätzte er seine Frau, während er zugleich die wohl intensivste Liebesgeschichte seines Lebens lebte. In diesen Jahren kam er finanziell für die Versorgung von Narcís auf, da dieser sich mit seinen Eltern zerstritten hatte. Er bezahlte auch seine Aufenthalte in einem Sommerhaus in Montseny, in das Reventós die Patienten für längere Zeit zu schicken pflegte.

Nach einem Rückfall war er wieder ins Hospital de la Santa Creu i Sant Pau eingeliefert worden, wo man gerade zwei Abteilungen für Tuberkuloseforschung eingerichtet hatte, die für Frauen unter der Leitung von Freixas und die für Männer unter der Leitung von Reventós. Llorenç tat gut daran, seinen Protegé in einem der Flügel des riesigen Pavillons Sant Carles i Santa Francesca unterzubringen, gleich hinter dem Pavillon für Allgemeinmedizin, am höchsten Punkt des Krankenhausgeländes. Reventós hatte einen Teil seiner Belegschaft aus dem Hospital Clínic mitgenommen, und vielleicht könnte er sogar Caralps überzeugen – Spezialist für Thoraxchirurgie –, ihm zu folgen. Llorenç glaubte, dass es der wohl beste Ort für seinen Geliebten war. Ohne dass Darius Rovira davon erfuhr, stahl sich Llorenç tagtäglich davon, um seinen Freund zu sehen. Er brachte ihm Bücher, sie lasen gemeinsam, manchmal gingen sie spazieren, und wenn niemand sie beobachtete, hielten sie Händchen. Ihre Finger suchten flink einander und fanden den Körper des anderen. An einem vor neugierigen Blicken geschützten Ort berührten sich die beiden Männer, küssten den Hals des anderen, stöhnten vor Leidenschaft. Das waren die glücklichsten Augenblicke im Leben von Llorenç, in denen er davon zu träumen wagte, eines Tages mit seinem gesundeten Narcís ein erfülltes Leben irgendwo weit weg zu führen.

Die Einweihung des Krankenhauses durch den König war keinen Monat her, da brachten die Tageszeitungen die Nachricht von der Entlassung Primo de Riveras. Die harte Hand seit dem Militärputsch, die Pressezensur, die Parteiverbote, die Schließung von Einrichtungen und die offensichtlich eingeschränkten Freiheiten hatten ein Regime ins Schwanken gebracht, das sich nun auf dem Tiefpunkt befand. Alfons XIII. beauftragte unverzüglich Dámaso Berenguer, einen in Kuba geborenen General, der sich im Rifkrieg verdient gemacht hatte, mit der Regierungsbildung. Dieser neue Abschnitt stand für den Wunsch, zu einer konstitutionellen Normalität zurückzukehren, die schon bald demokratische Wahlen versprach, um so die allgemein angespannte Lage zu beruhigen. Sie wurde als »weiche Diktatur« bekannt, dennoch zweifelten viele daran, dass dem Volk so wenig Veränderung ausreichte.

Anfang April des Jahres 1930 kehrte Marcel zurück nach Barcelona. Nach fünf Jahren in England, in denen er viel Erfahrung hatte sammeln können, kam er ans Hospital de la Santa Creu i Sant Pau zurück, nachdem ihn Corachan in einem Brief darum gebeten hatte. Der Chirurg, an dessen Seite er seine ersten praktischen Jahre verbracht und mit dem er sich schon immer gut verstanden hatte, wollte ihn in seiner chirurgischen Abteilung für Männer wissen, er hatte freie Stellen zu besetzen. Der Vorschlag beinhaltete auch das Versprechen, mit seinem guten Freund Josep Trueta arbeiten zu können, sodass Marcel sich schließlich zur Rückkehr entschied.

Niemand hatte Aurora darüber unterrichtet, niemand hatte sie auf die Überraschung vorbereitet, die ihr erstes Zusammentreffen im Krankenhaus bedeutete. Es geschah in der Nähe des Operationshauses, wo sich mittags viele Ärzte trafen, um sich zu unterhalten und Eindrücke auszutauschen. Ein angenehmer Ort, der um diese Zeit sehr sonnig war. Aurora ging dort täglich vorbei, wenn sie auf dem Weg zum Mittagessen ihren Vater und Llorenç abholte. Darius Rovira ließ seinen Chauffeur am Haupteingang des Verwaltungspavillons warten, zu dritt fuhren sie dann nach ihren Vormittagsvisiten nach Hause. Sie aßen zu Mittag – Llorenç aß mit ihnen gemeinsam, da er nachmittags in der Privatpraxis seines Vaters arbeitete –, unterhielten sich über ihre Patienten, und manchmal schnitt der Vater ein Thema an. So zum Beispiel, dass Aurora sich der Praxis anschließen sollte, weil er sie auch für die Kinder seiner Patientinnen öffnen wollte. Darüber dachte Aurora an diesem Apriltag nach, als sie am Operationshaus vorbeigehend Josep Trueta sah. Eine Gruppe von Chirurgen stand um ihn herum, sie machte einen Schritt auf ihn zu.

»Guten Tag, Josep!«, rief sie, erfreut, ihn zu sehen. »Wie geht es Amèlia? Ich muss sie unbedingt mal wieder besuchen.«

Josep trat aus der Gruppe hervor und nahm sie zur Seite. Freundlich antwortete er ihr: »Es geht ihr sehr gut, danke der Nachfrage.«

Er schien einen Moment zu zögern, er schaute zu den anderen Ärzten hinüber. Dann kam einer von ihnen auf sie zu, die Hände in den Taschen, ganz ruhig.

»Hallo, Aurora«, sagte Marcel.

Sie öffnete den Mund, brachte aber kein Wort zustande. Dann sagte sie: »Du bist zurück?«

Er nickte. »Mein erster Tag. Ich bin jetzt in derselben Abteilung wie Josep. Unter Corachan.«

Das hatte sie nicht kommen sehen. Nach langer Zeit stand sie Marcel Riera wieder gegenüber. Ihr schossen die zahlreichen Momente in den Kopf, in denen sie an ihn gedacht hatte, wie sehr er ihr gefehlt hatte und wie sie sich ihr Leben ausgemalt hatte, hätte sie anstatt »Nein« damals vor dem Coliseum »Ja« gesagt. Josep brach die Stille, die sich unangenehm ausbreitete, während Marcel und Aurora sich ansahen. »Don Manuel hatte darauf bestanden, seine Abteilung um drei Chirurgen zu erweitern. Und da war es nur logisch, dass eine der Stellen für Marcel reserviert war.« Mit einer Hand fuhr er Marcel freundschaftlich über den Rücken. »Du wirst sicherlich verstehen, dass ich mich sehr über seine Rückkehr freue.«

Aurora lächelte unsicher, sie wurde ganz nervös wegen all der in ihr aufsteigenden Gefühle. Ihr Herz raste, sie wusste nicht, was sie machen sollte.

»Ich muss los. Mein Vater und mein Bruder warten auf mich«, brachte sie schließlich hervor.

Marcel trat einen Schritt zurück, um sie gehen zu lassen. Er sagte ihr ohne jede Form von Groll in der Stimme: »Ich freue mich sehr, dich zu sehen, Aurora. Hoffentlich können wir wann anders reden und uns auf den neuesten Stand bringen.«

»Ja, natürlich«, antwortete sie rasch.

Marcel schien alles aus seinem Gedächtnis gelöscht zu haben. Jener Unheil bringende Nachmittag kam nicht zur Sprache, der Tag, an dem ihre Freundschaft aufgrund einer einfachen Liebeserklärung in die Brüche gegangen war. Es machte den Anschein, als hätte Marcel seine Absichten vollkommen aufgegeben, er behandelte sie schlicht wie eine Freundin, mit der er sowohl eine Vergangenheit als auch Freundschaften teilte, und natürlich ihren Beruf. Schritt für Schritt fanden sie wieder zusammen, unterhielten sich nach einem arbeitsreichen Vormittag über ihre Fälle, die Patienten, ihre alltäglichen Sorgen, manchmal auch erst am Nachmittag oder Abend. Sie nahmen den Faden wieder auf, genau dort, wo er abgerissen war. Aber nichts war mehr wie früher. Als hätten sie im einvernehmlichen Stillschweigen vereinbart, nicht über Gefühle zu sprechen. Deswegen wusste Aurora auch nicht, ob jemand anderes einen Platz in Marcels Herzen gefunden hatte. Manchmal wurde sie fast verrückt vor Neugier, traute sich aber nicht zu fragen. Also sprachen sie nur über ihren Beruf; sie teilten die bedingungslose Liebe für die Medizin. Marcel war eine andere Person geworden, und zugleich war er derselbe wie immer. Aber Aurora war tatsächlich jemand anderes geworden. Ihr Herz schrie danach, von Marcel geliebt zu werden. Dieses Mal wollte sie nicht so dumm sein, ihn gehen zu lassen.

Gegen Ende des Jahres 1930 genoss Lluís einen guten Ruf. Den hatte ihm seine Skulpturenserie *Die armen Kranken* eingebracht. Die schärfsten Kritiker sangen Loblieder darauf, und eine große Auswahl der Reihe wurde einen ganzen Monat lang in der renommierten Kunstgalerie Sala Parés ausgestellt, woraus wiederum der Verkauf aller Skulpturen resultierte. Mehr und mehr Aufträge regnete es nun von den angesehensten Bürgern der Stadt: Aristokraten, Industrielle und reiche Witwen wollten eine Büste von dem Künstler, der gerade in Mode war. So konnte Lluís nicht nur das in den Bronzeguss der Skulpturen gesteckte Geld wieder herausholen, sondern verdiente auch genügend für den Umzug in eine größere Wohnung. Er mietete ein Erdgeschoss im Stadtviertel Gràcia, wo es einen Hinterhof gab, in den morgens das Sonnenlicht fiel. Ein geräumiges Zimmer mit zwei großen Fenstern und einer Tür zum Hinterhof diente ihm als Atelier, außerdem gab es eine Küche und ein weiteres Zimmer mit einem großen Bett. Arlette war bereits weg, sodass sie nicht mehr in den Genuss dieser Veränderungen im Leben des Bildhauers kam. Aufgrund der Langeweile und der großen Sehnsucht nach ihrem Pariser Leben war sie dorthin zurückgekehrt. Die andauernden Diskussionen, das Bitten und Betteln, ihr Klagen hatten Oberhand gewonnen, sodass Arlette schließlich ihre Koffer packte und ging. Beide atmeten sie erleichtert auf. Es war ein ruhiger Abschied ohne Groll, denn sie wussten schon seit Längerem, dass die Beziehung nirgendwohin führte. Lluís vermisste Arlette nicht, und er war sich sicher, dass er für ein Leben alleine gemacht war.

Maria besuchte ihn jeden Sonntag, das war nun ihr freier Tag. Sie bereitete ihm das Mittagessen und noch die ein oder andere Mahlzeit für die kommende Woche zu, damit er trotz der vielen Arbeit auch etwas aß. Nach dem Mittagessen setzten sie sich in den grünen Garten, und Maria genoss die Pflanzen, die der Vormieter hinterlassen hatte.

»Du musst sie regelmäßig gießen, Lluís. Mindestens einmal die Woche, oder besser zweimal. Wenn du dich um sie kümmerst, blüht hier im Frühling alles auf«, sagte sie. Dieser Ort gefiel ihr wirklich sehr. Sie war zufrieden, weil sie sich wieder ein wenig um Lluís kümmern konnte, seitdem Arlette gegangen war. Auch wenn er nur an seine Skulpturen dachte, Maria mochte es, ihn zu bekochen und ihm ein bisschen im Haushalt zu helfen, damit alles ordentlich und schön war. Irgendwie fühlte es sich nach einem Zuhause für Lluís an, das erste Mal seit seiner Zeit bei der Amme. Und Maria gefiel es, ein Teil davon zu sein.

An einem Sonntag im Dezember erzählte Lluís Maria von einem neuen Auftrag: »Der kommt von Senyor Rovira, deinem alten Arbeitgeber. Er hat mir eine Mitteilung geschickt, damit ich ihn besuche. Er sagt, dass er eine Büste von sich haben möchte, und ich soll sie machen.«

Maria erschien das interessant. »Ich nehme an, dass du zusagst. Er ist ein wichtiger Mann.«

»Ich denke schon. Aber vielleicht mache ich mich erst mal rar«, sagte er amüsiert und zwinkerte ihr zu.

»Lluís! Das ist doch Senyor Rovira! Auroras Vater. Morgen gehst du dahin, sei nicht so eingebildet«, zischte sie.

Lluís lachte.

»Ach, komm, das war doch nur ein Scherz.«

Er mochte Marias sonntägliche Besuche. Bei ihr fühlte er sich wohl. Ihr musste er nichts vorspielen, er schuldete ihr keine Erklärungen, und sie stellte keine Forderungen, so wie die anderen Frauen. Maria erinnerte Lluís daran, wer er war, obwohl die Welt um ihn herum sich veränderte. Mit einer gewissen Neugier fragte er: »Wie ist er denn so, der Senyor Rovira? Kannst du ihn beschreiben?«

»Hast du ihn denn noch nie gesehen?«, fragte sie überrascht. »Du hast mich doch so oft bis zum Hause der Roviras begleitet.«

»Aber ich bin nie mit reingekommen, Maria. Wir haben uns immer an der Eingangstür verabschiedet.«

»Du hast recht.« Sie schloss die Augen, als müsste sie sich

konzentrieren, um ihren alten Arbeitgeber beschreiben zu können. »Er ist natürlich schon ein alter Herr, etwa siebzig Jahre alt. Das Haar ist silberfarben, immer gut frisiert. Er ist ein sehr attraktiver Mann. Alle Damen, die ihn in seiner Praxis aufsuchen, machen sich hübsch für ihn.«

»Wirklich?«, hakte Lluís interessiert ein. »Ich wusste nicht, dass es Frauen gibt, die sich für einen Arztbesuch hübsch machen!«

»Senyor Rovira ist ja auch nicht wie alle anderen«, erläuterte sie ihm. »Er ist anders, schon in jungen Jahren hielt man ihn eher für einen Filmschauspieler. Ein kantiges Gesicht, ein elegantes Profil ... Sogar jetzt, wo er alt ist, hat er noch immer etwas Besonderes. Es dürfte dir ein Leichtes sein, eine Büste von ihm zu machen.«

Lluís war zufrieden. Es gab Schädel, bei denen es unmöglich war, etwas Vorteilhaftes zu finden. Aber seine Kunden, die für die Büste eine ganze Menge Geld in die Hand nahmen, erwarteten natürlich trotzdem, in gutem Licht dazustehen. Oftmals musste er Schönheit schaffen, wo keine war.

Wie er Maria versprochen hatte, ging er am nächsten Tag zu Darius Rovira.

»Der Herr Doktor ist noch nicht da«, informierte ihn eine Frau, die wohl die Praxis-Krankenschwester war. Sie nahm ihm Hut und Mantel ab und führte ihn in den Warteraum, als handele es sich bei ihm um eine von Roviras Patientinnen. Sie ließ ihn alleine. Während er wartete, sah er sich die Bilder an den Wänden an, auf der Suche nach Hinweisen zum Geschmack des Hausherrn. Er sah sofort, dass der Arzt Sinn für Stil hatte, wenn dieser auch etwas veraltet war. Nicht nur die Bilder, auch die Stühle – mit weinrotem Samt bezogen! – und einige im Raum verteilte Möbelstücke, die etwas altbacken anmuteten. Das Ticken einer Uhr war zu hören, es musste aus einem angrenzenden Raum kommen, vielleicht vom Wohnraum der Familie, der auf der anderen Seite der Tür lag. Niemand war zu Hause, es herrschte absolute Stille, kein Schritt, kein Rascheln, nichts. Er musste an das einzige Familienmitglied denken, das er kannte, die Ärztin Rovira, die Tochter des Arztes. Er vermochte sie sich nicht an einem so trostlosen und stillen Ort vorzustellen.

Dann kam der Arzt nach Hause. Lluís hörte mehrere Stimmen, als die Haustür sich öffnete, aber er konnte nicht ausmachen, um wen genau es sich handelte. Plötzlich ging die Tür zur Praxis auf, und Darius Rovira trat ein. Mit festem Schritt und ausgestreckter Hand kam er auf ihn zu.

»Es ist mir ein Vergnügen, Sie kennenzulernen!«, sagte er, während sie sich die Hände schüttelten. Dann bat er ihn in sein Sprechzimmer.

Lluís schaute sich um. Das Sprechzimmer eines Arztes, das mit seinen Details Bände über seinen luxuriösen und erlesenen Lebensstil sprach, in dem es an nichts für die Untersuchung von anspruchsvollen Patientinnen fehlte. Wandteppiche, Bodenteppiche, eine ganze Bücherwand, ein massiver Schreibtisch und ein gepolsterter Diwan. Alles in allem zeigte sich hier eine Vorliebe fürs Alte. Wenn die moderne medizinische Technik nicht wäre, könnte man meinen, es hätte sich hier seit der Jahrhundertwende nichts verändert, dachte Lluís. Alles befand sich an seinem Ort, es herrschte eine penible Ordnung, die einen Charakterzug des Besitzers offenbarte. Darius Rovira ließ Lluís vor dem Schreibtisch Platz nehmen, er selbst setzte sich dahinter. Dann drückte er seinen Rücken durch, rückte sich ein wenig ins Profil und fragte: »Nun, was meinen Sie?«

»Senyor, es wird nicht schwierig sein, eine Büste von Ihnen anzufertigen. Ihr Kopf ist fast perfekt.«

»Fast?«, wunderte sich Darius Rovira etwas verdrossen.

Lluís erläuterte ihm entspannt: »Perfektion gibt es nicht, Senyor.«

Der Arzt schien seine Meinung nicht zu teilen, aber er ging zur Frage nach Herstellungskosten und -dauer über.

Lluís sagte, dass mindestens zwei Sitzungen notwendig seien, die erste, um ihn zeichnen zu können und seine Gesichtszüge im Detail zu erfassen, und die zweite, um mit dem Voranschreiten seiner Arbeit an dem Modell Veränderungen vorzunehmen.

»Verstanden«, antwortete Darius. Sie vereinbarten einen Termin für die kommende Woche, dann verabschiedeten sie sich.

Als Lluís ging, traf er auf Aurora, die von der Wohnung aus zur Praxis kam.

»Lluís!«, stieß sie überrascht aus. »Ich dachte, Vater sei alleine. Was machen Sie denn hier?«

»Der Herr Doktor möchte, dass ich eine Büste von ihm anfertige.«

Aurora lächelte und sagte schmeichelnd: »Natürlich, der Bildhauer, der gerade angesagt ist. Bestimmt wird es ein ganz wunderbares Werk.«

»Hoffen wir, dass es ihm gefällt.«

»Das wird nicht leicht sein. Mein Vater ist ein sehr anspruchsvoller Mann, das kann ich Ihnen sagen.«

»Das habe ich bereits bemerkt.«

Sie verabschiedeten sich, und Lluís trat auf die Straße. Es war ein kalter, wolkenverhangener Tag, aber er wollte spazieren gehen. Darius Rovira hatte ihn sehr beeindruckt. Er dachte an Marias Beschreibung vom Vortag und kam zu dem Schluss, dass sie etwas zu knapp geraten war. Die Eleganz dieses Mannes war unübersehbar. Er stellte ihn sich als jungen Mann vor und malte sich die Bewunderung aus, die er hervorgerufen haben musste. Wie ein Filmschauspieler, hatte Maria gesagt. Und sie hatte recht. Im Geiste fuhr er die Gesichtszüge nach und sah die Arbeit, die ihm die Kanten, der Kiefer und die Wangen bereiten würden. Sie erinnerten ihn an Aurora Rovira, auch wenn ihre Züge ein wenig rundlicher waren. Die Herkunft ihrer Schönheit war jedenfalls nicht abzustreiten.

Trotz all dieser Eigenschaften eines Mannes, von dem Lluís eine Büste anfertigen musste, kam in ihm ein Zweifel auf: Konnte er diesem fast perfekten Schädel auch eine Seele einhauchen? Bei seinem Treffen mit Darius Rovira hatte Lluís zwar das Aussehen im Detail studieren können, allerdings konnte er zu keinem Zeitpunkt erkennen – es gab einfach keinen Hinweis darauf –, was hinter dieser Fassade steckte. Es fehlte der Ausdruck, der eine gute Skulptur zum Leben erweckte.

Er lief so viele Umwege, dass es bereits dunkel war, als er zu Hause ankam. Anstatt etwas zu essen, machte er sich an die Arbeit. Zunächst fertigte er ein paar Zeichnungen in seinem Skizzenheft an. Doch gleich darauf riss er die Seiten heraus und zerstörte sie. Er setzte noch einmal an, aber er brachte nichts zustande, was ihm gefiel. Verärgert ließ er sein Skizzenheft links liegen, legte sich eine Decke um die Schultern und ging hinaus in den Garten. Weder Sterne noch Mond waren am Himmel zu sehen, die Dunkelheit deprimierte ihn. Ein Schauer lief ihm über den Rücken, und er entschied, wieder hineinzugehen. Er setzte sich hin und tat eine Weile lang nichts. Dann ging er in die Küche, griff nach dem Weinkrug, nahm ein Stück Käse und eine Scheibe Brot. Er aß und trank mit Genuss. Mit gefülltem Magen kehrte er ins Atelier zurück und nahm sein Skizzenheft wieder zur Hand. Erst wollte er weiter an den Vorarbeiten für die Arztbüste zeichnen, dann überlegte er es sich anders. Wenn ihm etwas nicht gelingen wollte, war es besser, es zur Seite zu legen. Er überlegte, was er stattdessen zeichnen konnte, irgendetwas Persönliches, was ihn wirklich bewegte. Jetzt wo er seine Serie über die Kranken abgeschlossen hatte, brauchte er eine Idee für eine neue Skulpturenserie. Er wollte nicht, dass die Auftragsarbeiten von städtischen Persönlichkeiten Einfluss auf seine wahre Kunst hatten. Erstere dienten ihm dazu, Rechnungen und Material zu bezahlen, Letztere hingegen ließ sein Innerstes ans Tageslicht treten. Während er darüber sinnierte, zeichnete er eine Frau. Er hielt inne. Und wenn er versuchte, seine Amme zu zeichnen? Er schloss die Augen, bemühte sich, die Gesichtszüge jener Frau heraufzubeschwören, die er so sehr geliebt hatte. Eine Stunde lang machte er Studien, arbeitete Details heraus, korrigierte sie. Mit der Zeit geriet er in Verzückung, doch plötzlich hob er den Kopf. Er ließ das Skizzenheft liegen und ging noch einmal nach draußen, um dort Mitternachtsluft einzuatmen. Jetzt erschien ihm das mond- und sternenlose Schwarz unglaublich inspirierend, als sei es eine riesige Leinwand. Er spürte nicht einmal die Kälte der Dezembernacht. Er stellte sich Formen, Gesichter, Kinder vor, die über den Innenhof der Wohlfahrtseinrichtung liefen, in der er seine Jugend verbracht hatte. Was wohl aus all den elternlosen Jungen und Mädchen geworden war? Er atmete tief ein, so aufgewühlt war er, ein Gefühl stieg aus seiner Magengegend empor. Er wusste es. Und er wusste genau, was er tun wollte: Er würde Studien für eine Serie mit dem Namen *Ursprünge* beginnen, mit der er zum ersten Mal an den Anfang von allem reisen wollte.

Die chirurgische Abteilung für Männer unter Corachan befand sich im vierten Pavillon auf der Ostseite des Hospital de la Santa Creu i Sant Pau, einem prächtigen Pavillon mit zwei Etagen sowie einem Souterrain, der dem heiligen Manuel geweiht war. Die Patientinnen waren derweil im Pavillon La Puríssima untergebracht, dem ersten auf der Westseite der Hauptallee. Die Geschlechtertrennung war aus dem alten Krankenhaus übernommen worden, jedoch waren einige Ärzte – so auch Corachan – der Überzeugung, dass dies auf lange Sicht nicht haltbar war und es bald gemischtgeschlechtliche Abteilungen geben würde. Die Assistenzärzte arbeiteten tagtäglich unter der Aufsicht von Manuel Corachan und mussten dabei zwischen den unterschiedlichen Krankensälen und dem Operationshaus hin und her wechseln, das auf halbem Wege zwischen beiden Pavillons lag. In diesem zentral gelegenen Gebäude, das über unterirdische Gänge mit den restlichen Pavillons verbunden war, halfen Marcel und Josep bei den chirurgischen Eingriffen. Sie hatten sich problemlos an die moderne und offen angelegte Einrichtung gewöhnt. Der kreisrunde Operationssaal – zur Hälfte verglast, zur Hälfte mit Marmor vertäfelt –, die Säle zur Eingipsung, zur Sterilisierung und zur Anästhesie waren Teil dieses neuen Lebens, das sie wieder zusammengebracht hatte.

Marcel war es gelungen, seine alten Freundschaften wiederzubeleben, als sei er nie weg gewesen – außer seine allererste Medizinerfreundschaft, die mit Llorenç Rovira, von dem er sich nicht einmal verabschiedet hatte, als er nach England gegangen war. Es gab keinen Tag, an dem ihm dies nicht Gewissensbisse bereitete, auch wenn die Distanz zwischen den beiden schon vorher immer größer geworden war. Wenn er so darüber nachdachte, war das Datum, an dem sich alles verändert hatte, der Tag der Heirat seines Freundes. Was war geschehen? Was hatte dieses neue Leben als verheirateter Mann mit der wachsenden Entfernung zu allem und allen zu tun, die Llorenç seitdem pflegte? In einem Anflug von Nostalgie entschied sich Marcel, seinen alten Freund aufzusuchen. An einem Morgen nach der Visite nutzte er einen freien Augenblick, um zum

Pavillon Nostra Senyora del Carme zu gehen. Er fand Llorenç auf Anhieb, denn gerade als er hineinging, kam er heraus. Sie lächelten einander an und begrüßten sich mit einer gewissen Freundlichkeit.

»Wo willst du denn hin?«, fragte ihn Llorenç.

»Ich bin hier, um dich zu sehen«, antwortete Marcel.

Llorenç sah ihn überrascht an.

»Ist irgendetwas passiert?«

Marcel lachte.

»Muss gleich irgendetwas passieren, um einem alten Freund einen Besuch abstatten zu dürfen?«

Llorenç schien unangenehm berührt. »Marcel, das ist doch schon lange her«, rutschte es ihm heraus.

»Entschuldige, dass ich damals gegangen bin, ohne ein Wort zu sagen.«

»Ist nicht schlimm, Marcel«, sagte er versöhnlich. »Ich bin dir nicht böse. Wir hatten uns schon zuvor auseinandergelebt. Du hattest deine Gründe. Und ich meine.«

Marcel fragte ihn ernst: »Was ist denn mit uns geschehen, Llorenç? Warum haben wir uns auseinandergelebt?«

Der Mann sah seinen alten Kameraden an, als durchlebte er die Vergangenheit erneut. Dann sagte er: »Ach, nichts. Wir hatten einfach nicht viel gemein.«

»Aber wir waren doch sehr gute Freunde«, erinnerte ihn Marcel.

Llorenç seufzte und versuchte sich an einer Erklärung: »Ich habe mich verändert, Marcel, und du hast es nicht bemerkt. Du bist mir aufrichtig wichtig, aber in Wirklichkeit sind wir beide sehr verschieden.«

»Und was hat das mit unserer Freundschaft zu tun?«

Llorenç sah ihn eindringlich an. Dann lächelte er ihn an. »Du hast es nie verstanden.«

»Was?«

»Ich habe dich geliebt und du meine Schwester.«

Die Stimmung in der Bevölkerung wurde immer aufgeheizter, eine Republik erschien möglich, und zwar schon bald. Man wusste, dass die republikanischen Parteien sich im August des vergangenen Jahres in Donostia im Baskenland getroffen hatten. Dort hatten sie einen Pakt geschlossen, mit dessen Hilfe das Land zu einer neuen Regierungsform gebracht werden sollte. Im Laufe der Monate erhitzten sich die Gemüter immer mehr. Zum Missfallen der Zeitungsleser gab es noch immer Zensur, auch wenn diese offiziell als abgeschafft galt, sodass es nicht immer leicht war, an die jüngsten Neuigkeiten zu gelangen. Dies galt allerdings nicht für Marcel, der durch die einflussreichen Freunde von Josep Trueta stets gut unterrichtet war. Zwar war er nicht politisch aktiv – mit seinen Patienten hatte er genug zu tun –, allerdings interessierte er sich sehr für den Wandel, den das Land zu durchlaufen im Begriff war. Er schwor sich, alles aufzusaugen und zu leben, was da auf ihn zukam. An einem Tag Mitte Dezember überbrachte ihm Josep Trueta die Nachricht über den Aufstand in Jaca, der quasi schon im Augenblick des Geschehens gescheitert war.

»Zwei Hauptmänner des Heeres und deren Garnison haben sich gegen die Monarchie erhoben. Sie haben sogar eine Republik ausgerufen. Allerdings sind sie Stunden später festgenommen worden«, erläuterte Josep, offensichtlich bewegt.

»Man wird ihnen ein Schauprozess machen«, prophezeite Marcel.

Am kommenden Morgen wurde eine Pressemitteilung der Regierung in allen Zeitungen abgedruckt, die die Bevölkerung beruhigen sollte. Darin wurde versichert, dass die Revolutionäre von Jaca festgenommen worden seien und dass man ihnen sofort den Prozess machen werde. Tatsächlich handelte es sich um ein stark abgekürztes Verfahren, denn am nächsten Morgen, der zudem ein Sonntag war, wurden beide Hauptmänner hingerichtet. Dieser Umstand traf alle hart, die bereits von einer Republik träumten. An diesem Tag wurden aus den zwei Hauptmännern Märtyrer.

Die Ereignisse überschlugen sich zu Jahresbeginn: Regierungspräsident Dámaso Berenguer trat zurück und wurde sofort durch Aznar ersetzt, welcher Gemeindewahlen für April ausrief, die ersten seit Beginn der Diktatur. Alfons XIII. versuchte so, das republikanische Fieber einzudämmen. Gleichzeitig erlaubte ein Amnestiegesetz die Rückkehr jener, die aus politischen Gründen ins Exil gegangen waren.

Im Februar schlug Josep Marcel vor, ihn nach Maçanet zu begleiten, um dort Francesc Macià willkommen zu heißen. Der katalanische Patriot, der seit sieben Jahren im Exil lebte, hatte viele Anhänger gewonnen, und zwar aufgrund seines Versuchs, Katalonien von Norden her einzunehmen, aus Richtung Prats de Molló. Dabei hatte er bei seiner Ankunft in Olot die Republik ausgerufen. Sein Plan scheiterte an der Denunziation durch einen infiltrierten italienischen Spion; dennoch wuchs Maciàs Ruhm seitdem stetig.

»Eine Autokolonne wird ihn am Bahnhof empfangen. Kommst du mit?«, schlug Josep vor.

Marcel nahm die Einladung gerne an. Am nächsten Morgen stieg er in Joseps Auto, einen US-amerikanischen DeSoto, und machte es sich neben einem weiteren jungen Mann bequem, der durch die Vermittlung eines gemeinsamen Freundes zur Gruppe gestoßen war. Josep stellte ihn Marcel vor: »Das ist Josep Tarradellas, von der katalanistischen Gruppierung La Falç.«

»Marcel Riera«, erwiderte er und reichte ihm die Hand. Dabei bemerkte er die unbequeme Haltung seiner Beine; das Auto seines Freundes war klein, und dieser Mann musste eine beachtliche Größe haben, so wie Trueta auch.

»Ist mir ein Vergnügen«, sagte Tarradellas und lächelte ihn mit seinen kleinen Augen an.

Sie fuhren bis Maçanet. Als sie am Bahnhof ankamen, waren sie beeindruckt von der Anzahl der Automobile; es mussten mindestens zweihundert sein. Die Menschenmenge drängte sich, um Macià zu sehen, über dessen dandyhaftes Gehabe Marcel staunte. Er stieg aus einem der Waggons, hob die Hand zum Gruße, und von überall ertönten Freudenschreie. Die Menschen drückten sich immer mehr in die Nähe des katalanistischen Politikers. Auch die drei Männer nutzten ihre Ellenbogen und kämpften sich voran. Als sie fast bei ihm waren, erkannte Trueta einen guten Freund, Sunyol, der ihnen Macià vorstellte.

Er war ihnen gegenüber sehr freundlich, vor allem Trueta gegenüber, nachdem Sunyol die Freundschaft ihrer aus Lleida stammenden Familien betont hatte. Nun bat Macià ihn inmitten der Menschen, die nicht aufhörten, zu ihm zu drängen: »Na, dann kann ich Ihnen wohl meine beiden Koffer anvertrauen. Es sieht so aus, als passten sie nicht ins Auto, das mich nach Barcelona bringen wird.«

Trueta musste nicht lange überlegen.

»Es wäre mir eine Ehre, Senyor«, sagte er und nahm sie entgegen.

Sie fuhren über die Küstenstraße zurück nach Barcelona. In jedem Ort standen Menschen an der Straße. Manche hielten Maciàs Wagen an, um ihn zu begrüßen und ihm die Hand zu küssen.

»Das ist ja ein richtiges Spektakel«, sagte Marcel, der auf

dem Rücksitz sichtlich bewegt war. »Um nichts in der Welt hätte ich mir das entgehen lassen!«

Marcel wusste, wie alle Frauen und Männer, die der Ankunft dieses betagten Herrn beigewohnt hatten, dass er diesen Tag nie vergessen würde.

»Jetzt denk nicht weiter darüber nach, Lluís, die sieht doch sehr gut aus«, sagte Maria an einem ihrer Sonntage im Atelier. Lluís stand enttäuscht vor der Büste von Darius Rovira. Er sah sie sich aus allen Blickwinkeln an und war schlichtweg nicht zufrieden.

»Das ist die schlimmste Büste, die ich je angefertigt habe«, sagte er ein ums andere Mal.

Maria entgegnete ein wenig müde: »Jetzt reicht es aber. Das stimmt nicht. Die Büste ist perfekt, und Senyor Rovira wird sie gefallen. Da bin ich mir sicher.«

»Er hat wirklich den hübschesten Männerkopf, den ich je zu Gesicht bekommen habe«, sinnierte Lluís, fügte dann aber verärgert hinzu: »Es fehlt nur die Seele. Ich habe der Büste keinen Ausdruck verleihen können. Sie sagt mir absolut nichts.«

»Senyor Rovira hat sie bei der letzten Sitzung für gut erachtet, nicht wahr? Er ist ein ungeduldiger Mann, Lluís, er wird dir keinen Aufschub mehr gewähren.«

»Ich weiß.«

»Ja, dann denk nicht weiter darüber nach. Morgen bringst du sie ihm«, beschloss Maria. Für den Fall, dass sich in Lluís noch immer Widerstand regte, sagte sie: »Das Geld kannst du gut gebrauchen.«

Lluís sah sich die Skulptur noch eine Weile schweigend an, dann deckte er sie mit einem Leinentuch ab.

»In Ordnung«, sagte er zu Maria. »Du gewinnst. Ich brauche das Geld.«

Auch wenn es ihm Unbehagen bereitete, ein Werk in diesem Zustand zu übergeben – es war das erste Mal, dass es ihm wirklich nicht gelungen war, einem Gesicht Ausdruck zu verleihen, trotz der einmaligen Eleganz des Modells –, zwang er sich, an das Geld zu denken, das es ihm einbringen würde. Er benötigte neues Werkzeug und mehr Material für die Skulpturenserie, in die er vertieft war. Die neue Serie *Ursprünge* hatte ihn auf eine Reise in seine Vergangenheit mitgenommen. Alles, was er mit Aufträgen verdiente, steckte er in die ersten Skulpturen, die von Waisenkindern und der Welt handelten, in der sie aufwuchsen. Auf einer Art Initiationsreise in seine eigene Vergangenheit füllte sich Lluís' Atelier mit Ton- und Gipsentwürfen von Ammen, Ordensbrüdern der Wohlfahrt und von Kindergesichtern, die ihn in seine Kindheit zurückversetzten und ihn zum ersten Mal zum Nachdenken darüber brachten, wer er war und woher er eigentlich kam. Er modellierte Gesichter von Waisenkindern, die Mitleid hervorriefen, aber auch gesellschaftliche Ablehnung. Sie waren ein Spiegel der wohl stärksten Einsamkeit, die ein Mensch durchleben konnte und aus der nur ein paar wenige herausfanden. Diese Welt wollte er einer Gesellschaft erklären, die ihm Aufträge erteilte und von seinen Ursprüngen nichts wusste. Einer Gesellschaft, die sich nicht einmal vorstellen konnte, wie es war, von jemandem abgelehnt zu werden, dem man nicht einmal nachtrauern oder den man hassen kann. Die Fotografie eines Jungen in antiquierter Kleidung auf einem Pferd, der ihm als Kleinstkind ähnlich sah, war die einzige Erinnerung an eine ihm unbekannte Vergangenheit, über die er gerne mehr gewusst hätte.

Im Frühling begann der Kurs zur Abdominalchirurgie, der ein Trimester lang dauerte und jedes Jahr von den chirurgischen Abteilungen des Krankenhauses angeboten wurde. Die Abteilungsleiter sowie Assistenz- und Hilfsärzte waren mit von der Partie. Jeder von ihnen hielt einen Vortrag über ein Thema, an dem er im vergangenen Jahr gearbeitet hatte. Im Pavillon Sant Manuel und im Pavillon La Puríssima hatten die Medizinstudenten aus dem sechsten Jahr und andere eingeschriebene Mediziner die Möglichkeit, an Patientenuntersuchungen und Operationen der Lehrkräfte teilzunehmen. Marcel Riera war eine Vorlesung über die Anästhesie in der Viszeralchirurgie zugeteilt worden, während sein Freund Josep Trueta über Knochenmarksentzündungen und Knochenbrüche dozieren sollte. Beide bereiteten ihre Vorträge im Büro von Corachan vor, auch wenn dies bedeutete, ständig unterbrochen zu werden – es handelte sich schließlich um Tage des gesellschaftlichen Umbruchs. In nicht einmal einem Monat standen die Gemeindewahlen an, deswegen war das Ambiente euphorisch. Immer wieder kam jemand mit den neuesten Nachrichten ins Büro, wie jetzt: Francesc Macià habe eine neue Partei gegründet, die aus einigen bereits bestehenden Parteien und Organisationen hervorgegangen sei.

»Sie heißt die Republikanische Linke Kataloniens, L'Esquerra Republicana«, erläuterte Josep seinem Freund. »Ich nehme an, dass er viele Stimmen bekommt, allen voran die der Parteien, die ihn in ihrer Blindheit nicht als Anführer wollten.«

Marcel traf sich fast jeden Tag mit Aurora, und durch ihn erfuhr auch sie von den Ereignissen. Manchmal gab es Treffen mit Kandidaten, und wenn er Zeit hatte, nahm er daran teil. Als einmal Macià sprach, begleitete ihn Aurora. Wie er ihr vorausgesagt hatte, war sie sehr von diesem Menschen beeindruckt.

»Wenn ich nur wählen könnte!«, klagte sie.

»Wenn wir die Republik erschaffen, dann dürfen Frauen

mit Sicherheit wählen«, war Marcel überzeugt. »Es ist nur eine Frage der Zeit, bis dieses altbackene Land sich endlich von der Bonzokratie befreit und nicht mehr länger den Freiheiten der modernen Zeiten entsagen muss. Wir leben in den Dreißigern, Aurora! Alles liegt vor uns.«

Marcels Enthusiasmus hatte auch Aurora ergriffen, sodass sie angefangen hatte, Zeitungen zu lesen und hitzige Debatten mit ihrem Vater zu führen. Dieser war weit davon entfernt, sich an der Aufregung über die Wahlen zu erfreuen. Im Laufe der Jahre hatte er eine Abneigung gegen jede Art von Wandel entwickelt, der seine Privilegien in Gefahr bringen könnte. Trotz der Verehrung, die Aurora seit klein auf für ihren Vater verspürt hatte, nahm sie auch wahr, dass sie ganz unterschiedliche Ansichten hatten.

Am Tag der Wahl bat Aurora Marcel, ihn begleiten zu dürfen. Es herrschte eine regelrechte Freudenstimmung, die auch die zwei folgenden Tage anhielt, an denen die Stimmen erneut ausgezählt wurden. Am Morgen des vierzehnten Aprils rief Marcel sie überwältigt zu Hause an.

»Die Republikaner haben gewonnen, Aurora! Komm mit mir mit!«

Er holte sie ab und lief mit ihr die Rambla hinab in Richtung Rathaus. Wie sie selbst waren noch viele andere unterwegs, denn es gab Gerüchte, der Rechtsanwalt Lluís Companys, Mitglied der Esquerra Republicana und Anwärter auf den Posten des Bürgermeisters, habe vom Balkon des Rathauses aus die Republik ausgerufen, und vielleicht würde dort auch Macià auftreten. Außerdem hieß es, dass im Baskenland gerade Ähnliches geschah und es nicht mehr lange dauern würde, bis im ganzen Land die Republik ausgerufen wurde.

Aurora ließ sich von einem glücklichen Marcel an der Hand durch die Menschenmenge führen, die sich immer dichter drängte. Auf der Rambla de les Flors wurden Sträuße in den Farben der Republikaner verkauft. Marcel kaufte einen für Aurora. Er nahm eine kleine Blüte heraus und steckte sie vorsichtig ans Revers ihrer Jacke. Plötzlich rammte eine Gruppe junger Männer sie von hinten, sodass Aurora an Marcel gedrückt wurde. Ihre Gesichter waren so dicht beieinander, dass sie beinahe den Atem des anderen spürten. Aurora sah ihm tief in die Augen, und nach einem kurzen Augenblick des Zögerns küsste sie ihn. Er war so überrascht, dass er im ersten Augenblick nicht reagierte. Dann löste er sich ein wenig von ihr und sah sie prüfend an. Vor seinen Augen zogen die Jahre der Traurigkeit vorbei, die er so oft hatte vergessen wollen. Er hielt sie derart fest an den Schultern, dass sie ihm sagen musste: »Du tust mir weh.«

Marcel zog sie wieder zu sich heran und küsste sie leidenschaftlich. Jemand neben ihnen rief lachend: »Seht, seht, die Verliebten feiern die Republik!«

Aurora versteckte ihr Gesicht an Marcels Hals.

»Ich hatte schon die Hoffnung verloren, dass du mich noch liebst«, beichtete sie ihm.

»Ich habe nie aufgehört, dich zu lieben«, antwortete er ihr voller Überzeugung.

Sie verloren sich in einer Umarmung. Marcel fuhr mit einer Hand durch ihr honigfarbenes Haar, klammerte sich an sie und sah in Richtung Himmel. Er kniff die Augen zusammen, damit er nicht zu weinen anfing, dabei wurde ihm bewusst, dass dies wohl der erste Augenblick eines erfüllten Lebens war.

Die Ersten, die davon erfuhren, waren ihre Freunde. Aurora traf sich mit Amèlia, um ihr alles zu erklären, und Marcel traf sich mit Josep, der ihm sofort gratulierte.

»Es musste also erst eine Republik ausgerufen werden, damit ihr zusammenkommt!«, rief sein Freund erfreut aus.

»So viel Glück macht mir Angst«, gestand ihm Marcel.
»Mach dir keine Sorgen. Jetzt wird alles gut.«

Doch während in diesem Frühling die Republik für immer mehr Freiheiten sorgte und Marcel und Aurora jeden Augenblick ihrer Liebe widmeten, brach das Unheil über Familie Trueta herein. Ihr jüngster Sohn, Rafeló, hatte sich beim Spielen in Vallvidrera eine Lungenentzündung zugezogen. Als diese in eine Rippenfellentzündung mündete, operierte Corachan höchstpersönlich den Jungen. Er legte ihm eine Drainage, über die große Mengen Eiter abliefen, doch ein paar Tage nach der Operation stieg das Fieber. Der kleine Junge starb schmerzdurchströmt mit gerade einmal fünf Jahren nach einer zweiten Operation. Josep und Amèlia waren am Boden zerstört. Der Großvater des Jungen, der ebenfalls Arzt war, hielt den Tod seines Enkels nicht aus und folgte ihm kurz darauf. Die Familie durchlitt die größtmögliche Trauer, während ihre Freunde gerade ein neues Leben begannen.

1933

Sommeranfang

Lluís hatte sich angewöhnt, Mestre Arnau zu Hause zu besuchen. Der Bildhauer musste mittlerweile um die siebzig sein; schon seit Jahren hatte er keinen dicken, schwarzen, an den Enden nach oben gezwirbelten Schnurrbart mehr. Seine Haare waren inzwischen weiß, und wenn er arbeitete, benutzte er eine Brille mit runden Gläsern, die ihm etwas Gütiges verlieh. Seine Aufträge waren weniger geworden. Erst war der aufkommende Noucentisme dafür verantwortlich, später dann der Avantgardismus, der Einzug in die Kunstwelt hielt. Wenn Lluís ihn aufsuchte, fand er ihn meistens lesend und seiner Frau – um deren Gesundheit es nicht gut bestellt war – Gesellschaft leistend oder beim Zeichnen vor. Vor einiger Zeit hatte der Mestre Gefallen am Malen und Zeichnen gefunden. Aufgrund der Bescheidenheit, die ihn ausmachte, versteckte er diese Werke immer dann, wenn ihn jemand besuchte, da er sie für nicht vorzeigbar hielt. Lluís griff nach einem Stuhl und nahm eine Weile neben ihm auf der Galerie Platz. Er sprach über seinen Erfolg mit *Ursprünge*, der Skulpturenserie, die er abgeschlossen hatte. Der Mestre hörte ihm schweigend zu und nickte.

»Ich wusste, dass du es schaffst«, sagte er zufrieden.

»Mestre, meinen Erfolg habe ich Ihnen zu verdanken.«

Arnau lehnte dies kategorisch ab und bekräftigte, dass es allein an Lluís' künstlerischem Talent liege.

»Wir müssen uns ausdrücken und uns Fragen über unsere Umwelt stellen.«

Arnau war überzeugt davon, dass er auch ohne ihn Bildhauer geworden wäre, und er war stolz darauf, dass der junge Mann trotz seines jüngsten Erfolgs und der zahlreichen Aufträge großer Persönlichkeiten der Stadt noch immer bescheiden war. Er schätzte die Authentizität eines Künstlers, der seine Vergangenheit nicht abstreift, sondern sich jeden Tag daran erinnert, wer er ist und woher er kommt.

»Das ist der Kern deiner *Ursprünge*-Skulpturen«, meinte der Mestre. »Es ist deine beste Serie, weil sie von dir handelt, von Gefühlen, die du kennst, und von Erfahrungen, die du am eigenen Leib gemacht hast. In jedem dieser Kinder und in den Ammen und den anderen Figuren, die dieses Universum ausmachen, steckt ein Stück von dir selbst. Das macht aus dem Werk etwas Einzigartiges und Sinnvolles.«

Der Sohn von Mestre Arnau war seit einiger Zeit von der Fotografie fasziniert, und er hielt einen dieser Nachmittage auf der Galerie fest. Es sollte die letzte Zusammenkunft sein: Zu Beginn des Sommers musste die Familie ihren Urlaub abbrechen, da Arnau sich nicht gut fühlte. Ein paar Tage später starb er im Kreise seiner Familie.

Als Lluís von seinem Tod erfuhr, besuchte er Maria im Krankenhaus. Es fühlte sich an, als wäre mit dem Mestre auch ein Teil von ihm gestorben, so bewegt war er beim Betreten des Pavillons Santa Victòria an diesem Vormittag. Maria war woanders; er müsse sich etwas gedulden, wenn er sie sehen wolle. Also nahm er im runden Besuchersaal in der Nähe des Fensters Platz und beobachtete von dort aus die Bäume im Garten. Er bemerkte nicht, dass jemand auf ihn zugekommen war, als er plötzlich eine Stimme hörte: »Lluís? Warten Sie auf Maria?«

Er blickte auf und sah die hübsche Figur der Ärztin Rovira. Dort stand sie aufrecht in ihrem weißen Kittel, die Hände in den Taschen, und lächelte ihn an. Lluís stand auf und streckte ihr die Hand hin.

»Senyora Rovira … Wie geht es Ihrem Vater?«

»Danke, gut«, antwortete sie. Sie schaute kurz in den Saal, es war nicht viel los. Das Licht strahlte durch die vielen Fenster – sie mochte den Platz, an dem sich der Bildhauer niedergelassen hatte. Sie hatte ein wenig freie Zeit und Lust auf eine Unterhaltung, also sagte sie zu ihm: »Wenn es Ihnen nichts ausmacht, setze ich mich eine Weile zu Ihnen, während Sie warten.«

»Ich bitte darum!«, rief Lluís erfreut. Er holte ihr einen Stuhl, und beide setzten sich.

»Die Gärten sind wirklich hübsch«, sagte Aurora mit einem Lächeln auf den Lippen. Lluís studierte sie genau, dann starrte er auf die Hand, die auf ihrem Knie lag. Sie bemerkte es und zeigte ihm den Verlobungsring: »In ein paar Monaten werde ich heiraten.«

»Herzlichen Glückwunsch!«, sagte Lluís. »Davon wusste ich gar nichts.«

Aurora zuckte mit den Schultern.

»Es ist noch ganz frisch. Marcel hat mich erst vor ein paar Tagen gefragt«, sagte sie.

Lluís kannte den glücklichen Mann nicht, obwohl Maria ihm schon etliche Male von ihm erzählt hatte.

»Ich freue mich sehr für Sie, Frau Doktor«, sagte Lluís, der sich fragte, wie das wohl sei, die wahre Liebe. Eine Zeit lang hatte er sich sehr verliebt in Arlette geglaubt, aber das Zusammenleben hatte dieses Gefühl erstickt. Und es hatte zwar davor bereits andere Frauen gegeben, wie auch danach, aber mit keiner konnte er sich eine Beziehung vorstellen, die länger als ein paar Tage oder Wochen dauerte. Viele Frauen fühlten sich zu ihm hingezogen, aber sie hatten es schnell über, dass seine wahre und einzige Liebe seiner Kunst galt.

»Sie sehen mir ein wenig niedergeschlagen aus«, meinte Aurora. »Künstlerkopfschmerzen?«

Lluís schüttelte den Kopf.

»Ich habe einen Freund verloren. Meinen Mestre.«

Da Maria nicht da war, schüttete er sein Herz stattdessen der Ärztin aus, die immer so freundlich und allen nah erschien, trotz ihrer Herkunft. Lluís erzählte ihr von Mestre Arnau, von seinen Anfängen, von den letzten gemeinsamen Gesprächen. Er wollte ihr die Fotografie zeigen, die der Sohn des Mestres an jenem letzten Nachmittag gemacht hatte, und suchte in seiner Brieftasche danach. Als er sie herausnahm, fiel auch die Fotografie heraus, die er immer bei sich trug, die des Jungen auf dem Pferd, die ihm Dolors nach ihrem Tod hatte überbringen lassen. Er hielt sie in der Hand und zeigte Aurora das Bild von ihm und dem Mestre. Doch Aurora starrte auf das Bild mit dem Jungen auf dem Pferd und fragte Lluís, ob sie es sich einmal ansehen könne. Er kam ihrer Bitte nach, obwohl er es normalerweise niemandem zeigte.

»Entschuldigung, aber darf ich fragen, woher Sie diese Fotografie haben?«, fragte sie.

Lluís antwortete etwas verwundert: »Das ist eine lange Geschichte.«

»Würden Sie sie mir erzählen?«, bat ihn Aurora.

Ihr plötzliches Interesse an der Fotografie, die ihn seit dem Tag begleitete, an dem man ihn in der Drehlade abgegeben hatte, überraschte ihn so sehr, dass er kurz zögerte, bevor er ansetzte. Er nahm an, dass es kein Geheimnis für Aurora Rovira war, schließlich stand sie Maria sehr nahe, dass er ein Findelkind war, und seit seiner jüngsten Serie *Ursprünge* dürfte ohnehin jeder davon wissen. Also zeigte er auf den Jungen auf der Fotografie und sagte: »Das ist aller Wahrscheinlichkeit nach mein Vater. Ein paar Tage nach meiner Geburt wurde ich in der Drehlade in der Carrer de Ramelleres abgegeben, zusammen mit einer Schatulle, die diese Fotografie enthielt.«

Aurora schwieg und sah sich die Fotografie mit ernster Miene an.

»Maria wird Ihnen sicherlich erzählt haben, dass ihre Mutter meine Amme war, deswegen sind wir Milchgeschwister. Bevor sie bei Ihnen anfing zu arbeiten, haben wir zusammengewohnt, wir drei. Als Dolors starb, hat sie mir die Fotografie überlassen.«

Aurora fragte, ohne dass ihr ernster Ausdruck verschwand: »Wie können Sie sich sicher sein, dass dies Ihr Vater ist?«

»Als ich so alt war wie er, sah ich genauso aus«, erklärte ihr Lluís, den Blick auf die Fotografie gerichtet.

»Und haben Sie jemals herausgefunden …?« Aurora konnte ihre Frage nicht beenden.

Lluís schüttelte den Kopf.

»Ich weiß nichts, weder über meinen Vater noch über meine Mutter. Ich werde es wohl auch nie erfahren.«

Aurora Rovira seufzte tief. Plötzlich war ihr seltsam zumute. Lluís fragte sich, weshalb sie sich dafür interessierte. Die Ärztin schaute auf ihre Uhr und stand auf. Lluís erhob sich ebenfalls, und die Ärztin streckte ihm die Hand entgegen, ein wenig kühl und distanziert.

»Entschuldigen Sie, aber ich muss gehen«, sagte sie.

»Auf Wiedersehen«, sagte Lluís, überrascht über den plötzlichen Sinneswandel.

Aurora liefen die Tränen über die Wangen, und ihr Herz raste, als sie sich zum Pavillon Sant Manuel und auf die Suche nach ihrem Verlobten begab. Dort war er nicht, aber man sagte ihr, dass er gerade im Operationshaus zusammen mit Corachan war. Sie ging dorthin, auch wenn sie wusste, dass sie noch eine Weile warten musste, bis sie mit ihm sprechen konnte. Sie versuchte, sich zu beruhigen, atmete ein paarmal tief ein. Und dann dachte sie darüber nach, dass sie Lluís' Geschichte schon so oft aus Marias Mund gehört hatte, und immer klang sie wie eines der Märchen von früher. Eine traurige Geschichte, die von Marias Milchbruder, niemals hatte sie auch nur einen Gedanken daran verschwendet, dass sie etwas mit ihr zu tun haben könnte.

Endlich kam Marcel aus dem Operationssaal und suchte nach Aurora. Sie warf die Arme um ihn. »Lass uns ein bisschen spazieren gehen, ich muss dir etwas erzählen.«

»Was ist denn passiert, Aurora?«, fragte Marcel besorgt.

»Nicht hier«, bestand sie und bewegte sich von der Hauptallee weg.

Sie gingen bis zum Großen Pavillon, jenem riesigen Bau, der aus drei Gebäudeteilen bestand, in denen die Küchen, die Apotheke und das Kloster der Ordensschwestern untergebracht war. Aurora wollte niemandem begegnen, weswegen sie nach einer ruhigen Ecke in einem der Gärten suchte. Dann erzählte sie Marcel von der Unterhaltung über die Fotografie, die sie bei Lluís entdeckt hatte.

»Marcel«, sagte sie verängstigt, »in meinem Haus gibt es haargenau die gleiche Fotografie. Der Junge auf dem Pferd trägt dieselbe Kleidung. Es ist derselbe Junge.«

Marcel sah sie verwundert an.

»Dann gehe ich davon aus, dass Dolors mehr als eine Kopie davon hatte«, sagte er. »Von solchen Studiofotografien werden doch immer mehrere Abzüge gemacht. Ich habe auch so eine von damals. Was ist denn so seltsam daran, Aurora?«

Sie schüttelte den Kopf und sah ihn ernst an. »Marcel, der Junge auf dem Foto ist nicht sein Vater. Es ist meiner.«

Im Pavillon Sant Carles i Santa Francesca wurden die Tuberkulosepatienten einer strikten Routine unterworfen, die auf reichhaltiger und regelmäßiger Ernährung beruhte, auf häufigen Spaziergängen, leichten Leibesübungen und vor allem viel Zeit an der frischen Luft. Die privilegierte Lage des riesigen Pavillons machte ihn zu einem perfekten Ort für die Behandlung der Schwindsüchtigen. Narcís war einer der Patienten, die am längsten in der Tuberkuloseforschungsabteilung von Cinto Reventós behandelt wurden. Er kannte alle, die kamen und gingen, diejenigen, die überlebten, und diejenigen, die eines Tages starben. Eine Aura der Ungewissheit umgab die Schwindsüchtigen, die ins Krankenhaus eingeliefert wurden, da niemand sicher sein konnte, es lebendig wieder zu verlassen. Wenn jemand entlassen wurde, beäugten ihn die anderen neidisch und mit gewissem Kummer, und die Stunden wurden länger und bleierner als üblich.

Die Fülle an toten Stunden brachte einige Patienten dazu, neue Dinge auszuprobieren, wie zum Beispiel Zeichnen, Lesen oder ein Handwerk. Narcís schrieb wunderschöne Gedichte, die er dann Llorenç vorlas. Währenddessen betrachtete dieser verzückt die fragile Schönheit seines Schwindsüchtigen, die hellen, großen und feingliedrigen Hände, die denen einer Frau glichen, die rosigen Wangen, von Röte durchdrungen, vor allem nach dem Essen. Llorenç liebte seinen sensiblen und poetischen Blick, und er fand seinen Freund absolut bezaubernd, auch wenn Narcís an Tagen, an dem es ihm nicht gut ging, geradezu gemein wurde. Dann verletzte er Llorenç mit Worten und verfluchte den Tag, an dem man ihn dorthin verfrachtet hatte. Aber das dauerte meist nicht lange an, denn die Eltern von Narcís hatten ihn fast schon vergessen, sie besuchten ihn nicht mehr, sodass Llorenç wohl das für ihn war, was einer Familie am nächsten kam. Er kümmerte sich um ihn, vergaß ihn nie, er lenkte ihn ab, liebte ihn bedingungslos und weckte eine starke Leidenschaft in dem schwindsüchtigen Mann, die ihm das Gefühl vermittelte, vielleicht doch noch am Leben zu sein.

Llorenç besuchte ihn regelmäßig, und manchmal unterhielt er sich bei dieser Gelegenheit auch länger mit Reventós. Der Tuberkuloseforscher, dem der junge Rovira so viel Vertrauen entgegenbrachte, hatte nie nach der Beziehung zwischen Llorenç und seinem Patienten gefragt. Er ging von einer entfernten Verwandtschaft aus, die Llorenç selbst anfangs einmal erwähnt hatte. Reventós stellte keine Fragen, sein einziges Interesse galt der Genesung seiner Patienten. Dank der regelmäßigen Besuche von Llorenç Rovira verbesserte sich der Gesundheitszustand von Narcís Colomer, trotz der Komplikationen, die er in der Vergangenheit erlitten hatte. Vor einiger Zeit hatte er wegen eines Pneumothorax operiert werden müssen, und erst kürzlich hatte man Adhäsionen an einem bis dahin gesunden Teil der Lunge festgestellt, sodass er ein zweites Mal operiert wurde. Geduld war gefragt, und Hoffnung, dass die Sonnenbäder, die gute Ernährung und die leichten Übungen zur Genesung beitrugen. Dennoch wusste Reventós aus Erfahrung, dass Lebenslust das beste Mittel im Kampf gegen diese Krankheit war. Mit der Hilfe des jungen Arztes Rovira würde sein Patient Narcís Colomer wieder gesunden, davon war er überzeugt.

Der Vater sollte sich erklären, aber Aurora traute sich nicht, alleine mit ihm zu reden. Sie fürchtete eine armselige Lüge, eine schlechte Ausrede, mit der er sich aus der Angelegenheit stehlen würde. Deswegen hatte Aurora heimlich ein Treffen zwischen Lluís und ihrem Vater an diesem Abend arrangiert.

Über Maria hatte Aurora Lluís wiedergesehen, um ihm den zweiten Abzug zu zeigen. Sie hatten miteinander geredet, nach einer anderen Erklärung gesucht, aber keine gefunden. Es blieb also nichts anderes übrig, als den Vater mit den Umständen zu konfrontieren und von ihm eine Erklärung über diesen überraschenden Zufall zu verlangen.

Um halb sieben verabschiedete Rovira seine letzte Patientin für diesen Tag und schloss seine Privatpraxis, um Ordnung in seine Unterlagen zu bringen, da hörte er ein leises Klopfen an der Tür. Seine Tochter kam herein und kündigte weiteren Besuch an. Rovira winkte abwehrend ab, um diese Uhrzeit wollte er niemanden mehr empfangen. Aber Aurora ließ sich nicht beirren. »Es ist Lluís Amadeu, der Bildhauer.«

Er konnte ihn schlecht vor die Tür setzen, schließlich hatte er eine hervorragende Büste von ihm angefertigt, mit der er vor seinen Bekannten prahlte. Also gab er sich einen Ruck und bedeutete Aurora, ihn hereinzubitten. Als der Bildhauer das Sprechzimmer betrat, blieb die Tochter im Türrahmen stehen.

»Du kannst uns jetzt alleine lassen«, sagte er leicht verwundert zu seiner Tochter.

Aber sie bewegte sich nicht. Der Arzt streckte dem Bildhauer die Hand aus, der sie zu seiner Überraschung nicht ergriff.

»Was geschieht hier?«, fragte Darius Rovira und blickte von ihm zu ihr.

In diesem Augenblick zog der Bildhauer eine Fotografie aus seiner Jackentasche, die er auf den Schreibtisch legte. Der Arzt betrachtete sie kurz, dann wandte er sich wieder Lluís zu.

»Was bedeutet das?«

»Sind Sie das?«

»Ja, aber natürlich. Aber warum zeigen Sie mir das? Und warum haben Sie das Foto? Aurora, was soll das denn alles?«

Da ging Aurora langsam auf den Schreibtisch zu, wo der Vater aufrecht stand, er hatte sich nicht gesetzt. Sie zeigte ihm den zweiten Abzug, den sie zu Hause immer gesehen hatte. Das Gesicht des Arztes durchlief eine Veränderung. »Woher hast du das Foto?«, fragte er Lluís langsam.

»Von meiner Mutter. Sie hat es mit in die Drehlade gegeben, als sie mich als Säugling in der Carrer de Ramelleres abgegeben hat.«

Der Arzt hielt den Atem an.

»Das kann nicht sein«, sagte er schließlich.

Da bemerkte er Auroras drängenden Blick. »Geh, bitte«, bat er sie. »Lass uns alleine.«

»Nein, Vater. Ich gehe nirgendwohin«, antwortete sie mit fester Stimme.

Darius Rovira ließ sich auf seinen Stuhl fallen. Er war zu alt für all das. Er fühlte sich müde. Zerknirscht sah er sich die beiden identischen Fotografien an, die da auf seinem Schreibtisch lagen, und sagte nichts. Aurora hielt es nicht mehr aus, sie musste ihn fragen. »Ist Lluís mein Bruder?«

»Llorenç ist dein Bruder!«, schrie er aufgebracht. »Was soll dieser schlechte Scherz?«

Niemand hatte das Recht, Darius Rovira in solch eine Lage zu bringen.

Lluís für seinen Teil schwieg und beobachtete. Seine dunklen Augen waren auf das Gesicht gerichtet, das er zu einer Skulptur hatte werden lassen, ohne darin die Seele zu finden. Die schrecklichste Büste, die er je gemeißelt hatte. Aurora war diejenige, die weitersprach: »Wir wollen eine Erklärung, Vater. Warum hat man Lluís diese Fotografie mitgegeben? Was für eine Beziehung hast du zu ihm? Sprich, Vater, bitte!«

Darius' Gedanken rasten, aber er war zu müde, seine Reflexe versagten ihm. Er musste wohl für seine Fehler einstehen. Es gab außer der reinen Wahrheit nicht viel zu erzählen. Er seufzte und stand auf, drehte sich mit dem Rücken zu ihnen und beobachtete eine Weile das Kommen und Gehen der Menschen vor seinem Fenster. Dann schloss er die Augen und begann: »Ich habe diese Fotografie vor vielen Jahren einer Frau gegeben, die ich damals kennengelernt hatte.«

»Lebt sie noch?«, unterbrach ihn Lluís.

Rovira drehte sich um und starrte ihn an.

»Nein. Sie starb kurz nach der Geburt des Kindes.«

Es herrschte Stille. Darius Rovira entfernte sich vom Fenster und setzte sich wieder an seinen Schreibtisch. Er musste sich dem mit all seiner Würde stellen, dachte er. Das Einzige, was er nicht wollte, war, dass seine Tochter dabei war, aber da konnte er nichts machen. Er fuhr fort: »Ich war sehr jung damals. Gerade nach Barcelona gekommen. Sie war ein Mädchen aus dem Viertel, in dem ich wohnte. Ein sehr hübsches Mädchen. Wir waren eine Zeit lang zusammen, aber sie wollte eine Beziehung, die ich ihr niemals versprochen hatte.« In diesem Augenblick sah der Vater seine Tochter an. »Ich habe dann deine Mutter kennengelernt, und damit war die Beziehung vorbei.«

»Das ist nicht wahr!«, stieß Aurora hervor. Ihr Blick war vernichtend. »Lluís ist genauso alt wie Llorenç.«

Die feinen Adern an der Schläfe des alten Arztes pochten, er fühlte sich wie ein eingekreistes Tier. »Ich habe ihr gesagt, dass sie es nicht austragen soll!«, erwiderte er wütend. »Diese Frau wollte mein Leben ruinieren! Ich war ein verheirateter Mann, kurz davor, meinen Erstgeborenen in den Händen zu halten. Sie wollte mich zerstören.«

Aurora war von der Wahrheit wie erschlagen. Auch wenn sie es bereits geahnt hatte, wog das Gewicht schwer auf ihr.

»Diese Frau muss dich geliebt haben, Vater. Und du hast mit ihr gespielt, genauso wie mit Mutter. Wie kannst du dich nur so aus der Verantwortung stehlen? Sie hat ein Kind von dir erwartet.«

»Was hätte ich denn tun sollen? Solche Dinge passieren halt. Du lebst in einer anderen Welt. Da war deine Mutter, mein gesellschaftlicher Stand. Das verstehst du nicht.«

Aurora antwortete nicht, weil Lluís ihr zuvorkam.

»Ich würde gerne mehr wissen«, forderte er. »Fahren Sie bitte fort.«

Widerwillig kam Darius Rovira seiner Bitte nach und wandte sich ihm zu: »Deine Mutter hat dich zur Welt gebracht, aber ich weiß nicht, was sie dann mit dir gemacht hat. Ich habe sie ein paar Tage später im Santa Creu gesehen. Sie hatte eine schwere Lungenentzündung, da war nichts mehr zu machen. Ich habe sie nicht gefragt, was sie mit dem Kind getan hat«, gab er zu. »Ein paar Tage nach der Einlieferung starb sie.«

»Deswegen hat sie mich ins Findelhaus gebracht«, murmelte Lluís nachdenklich. »Weil sie krank war und sich nicht um mich kümmern konnte. Sie war keine Prostituierte, sie hat mich nicht im Stich gelassen.«

Es herrschte wieder Stille. Aurora weinte, den Blick auf den Boden gerichtet.

»Wenn ich gewusst hätte«, begann Darius, aber Lluís hob eine Hand, um den leeren Worten Einhalt zu gebieten. Er streckte seinen Rücken durch. »Ich weiß alles, was ich wissen wollte. Machen Sie sich keine Sorgen, ich will nichts weiter von Ihnen und werde auch niemandem etwas erzählen. Daran habe ich kein Interesse. Ich sehe Sie nicht als meinen Vater. Sie, Senyor, können mir nichts geben.«

Wütend verließ Lluís das Sprechzimmer. Er knallte die Tür und rannte aus dem grauen, beklemmenden Haus, um frische Luft zu atmen. Er lief ziellos umher, ließ sich von seinen Gedanken treiben, die seinen Kopf in Besitz nahmen. Um ihn herum war es laut, das Hupen der Automobile, Kutschen, Pferde, Männer und Frauen auf ihrem Weg irgendwohin, die zum Gruße an jemanden innehielten, die lachten, fernab von all dem, was Lluís gerade durchmachte. Die Mutter, ein hübsches Mädchen, eine Frau, die ihn sicherlich nicht in die Drehlade gelegt hätte, hätte sie nicht kurz vor dem Tod gestanden. Er spürte, wie sein Herz von einem unvorhersehbaren Gefühl überrumpelt wurde. Er wollte nicht, dass dieses winzige Glück, sich gewollt zu fühlen, von dem Bild eines Vaters getrübt wurde, der ihn verstoßen hatte. Es gab keinen Vater, es hatte ihn nie gegeben, nur eine alleinstehende Mutter, die ihn wahrscheinlich geliebt hätte, wäre sie nicht an einer Lungenentzündung gestorben.

Im Sprechzimmer waren Vater und Tochter zurückgeblieben.

»Hast du Mutter denn je geliebt?«, fragte Aurora ihren Vater mit unbeteiligter Stimme. Sie weinte nicht länger.

Aber Darius Rovira antwortete nicht. Er bat sie, ihn alleine zu lassen und zum Wohle ihrer Mutter niemals mit ihr über diese Angelegenheit zu sprechen.

»Das werde ich nicht tun, Vater, mach dir keine Sorgen«, antwortete sie, als sie das Sprechzimmer verließ. »Aber betrachte es nicht als Gefallen. Ich glaube einfach, dass du schon genug angerichtet hast. Jetzt weiß ich, was für eine Art Mensch du bist.«

Darius Rovira hob einen Finger, als wollte er sich trotz allem Respekt verschaffen, aber Aurora hatte bereits die Tür hinter sich geschlossen.

Marcel erwartete sie an diesem Abend. Er saß auf dem Balkon seiner kleinen Wohnung, in der er in der Hoffnung auf eine größere lebte, in die sie ziehen würden, sobald sie verheiratet waren. Die Balkontür stand halb offen, um Auroras Klingeln zu hören.

Sie war völlig am Boden zerstört, so hatte er sie noch nie erlebt.

»Es ist genau so, wie wir vermutet haben, Marcel!«, klagte sie. »Schlimmer noch! Vater ist ein Monster, er hat eine schwangere Frau alleingelassen, zur selben Zeit, als Mutter Llorenç gebar! Wenn sie das wüsste! Ich weiß nicht, ob ich es ihr sagen soll. Nein, ich werde nichts sagen. Er könnte Mutter eine Erklärung für alles geben, Mutter darf davon nichts erfahren. Meine arme Mutter! Und die arme Frau, Lluís' Mutter.«

Schluchzend erzählte sie ihm alles; ab und zu holte sie ihr Taschentuch hervor, um sich zu schnäuzen.

»Ich glaube nicht, dass ich ihm jemals vergeben kann«, endete sie.

Marcel brachte sie zum Sofa und hielt sie fest im Arm. Sie verfluchte ihren Vater, ab dem heutigen Tage sei er ein Unbekannter für sie.

Es dauerte eine ganze Weile, bis Aurora schwieg. Marcel liebkoste ihre Haare und spürte ihren gleichmäßigen Atem. Er dachte, dass sie wahrscheinlich vor Erschöpfung in seinen Armen eingeschlafen war, aber als er sich ein bisschen bewegte, schlang sie die Arme um seinen Hals.

»Schlaf mit mir«, flüsterte sie ihm ins Ohr.

Überrascht nahm er ihr Gesicht in seine Hände und sah sie an.

»Bist du dir sicher?«, fragte er sie.

Sie rückte noch näher und küsste ihn auf die Lippen.

»Schlaf mit mir, Marcel«, wiederholte sie.

Marcel küsste sie mit aller Leidenschaft. Seine Hände fuhren über ihren Hals, den er seit jeher geliebt und begehrt hatte, er spürte die seichte Kurve ihrer Hüfte, den in seine Richtung gebeugten Rücken, sie begehrte ihn. Er knöpfte ihre Bluse auf und berührte ihre Brüste. Er küsste und streichelte sie. Ihre Haut war so fein, sie roch wie eine exotische Blume. Sie ließen sich von einer grenzenlosen Leidenschaft überrollen und liebten einander bis zur Erschöpfung. Ihre nackten Körper, feucht von der Lust, bewegten sich die ganze Nacht. An diesem Tag kehrte Aurora nicht nach Hause zurück.

Mit dem ersten Tageslicht im Morgengrauen sah Aurora Marcel an. »Ich will, dass wir noch heute heiraten.«

»Heute?«, fragte er lachend.

»So schnell wie möglich. Ich will nicht länger warten.«

Marcel studierte das Gesicht seiner Geliebten. In dieser Morgenstunde war sie noch hübscher als sonst. Er wollte auch nicht länger warten, er wollte immer neben ihr erwachen.

»Dann heiraten wir sofort«, sagte er begeistert.

Aurora küsste ihn, während ihr eine Träne über die Wange lief. Konnten Glück und Unglück derart nah beieinanderliegen?

Die Hochzeit der Rieras musste noch ein paar Tage warten, da es einer Erlaubnis bedurfte, aber eine Woche später waren sie bereits in den Flitterwochen in Frankreich und später in Deutschland. Die Hochzeit hatten sie im kleinen Kreise mit ein paar Freunden gefeiert. Der Mutter gefiel die Entscheidung gar nicht, sie durfte kein großes Fest arrangieren, wie es ihr vorgeschwebt hatte. Warum denn plötzlich so eilig? Was wohl ihre Bekannten sagen würden? Aber die Hartnäckigkeit der Tochter und der überraschende Mangel an Widerstand seitens des Vaters brachten sie zu der Annahme, dass sie keine Wahl hatte. Einmal mehr fügte sie sich der Entscheidung ihrer Tochter, die sie noch nie hatte verstehen können.

Das Paar verbrachte ein paar wunderbare Tage in Paris, mit

ruhigen Spaziergängen am Ufer der Seine, fernab der Alltagsprobleme in Barcelona. Sie gingen in die Oper und auch zu einer Vorstellung im Moulin Rouge. Sie genossen beste französische Küche in den vielen kleinen Restaurants, die ihnen Freunde empfohlen hatten. Ein Liebestraum, ein paar leidenschaftliche Nächte in der romantischsten Stadt der Welt, so versuchte Aurora, sich von der furchtbaren Enttäuschung freizumachen, die sie erlebt hatte. Mithilfe von Marcel versuchte Aurora ihren Kummer über den Verlust ihres Vaters zu überwinden. Niemals würde es zwischen Vater und Tochter wieder sein wie früher.

Von Paris reisten sie nach Deutschland. Im Zug trafen sie auf eine Gruppe deutscher Soldaten, alle in Uniform, die viel Aufhebens machten, wohin sie auch kamen. Die restlichen Passagiere beäugten sie, und Aurora sagte zu Marcel: »Es scheint, als hätte man Angst vor denen.«

Marcel nickte und war bekümmert über eine solch beängstigende Lage. Ein Freund, der vor Kurzem nach Deutschland gereist war, kurz nach Hitlers Wahl zum Reichskanzler, hatte ihn bereits ins Bild gesetzt.

»Es gibt Gerüchte über eine Aufrüstung, so wie es auch in Italien unter Mussolini geschieht«, flüsterte er ihr zu.

Der Passagier an ihrer Seite hörte ihr Gespräch, auch wenn er die Sprache nicht verstand, so hörte er doch den Namen Mussolini. Er beugte sich zu ihnen und sagte leise: »*Fascistes … tous égaux.*«

Aurora war besorgt über die gesenkten Blicke einiger Zugreisender, wenn diese von den Uniformierten auf Deutsch angesprochen wurden. Zwar verstand sie nichts von dem, was man diesen Menschen sagte, aber sie konnte die Angst in ihren Augen sehen.

In Köln wurden sie Zeuge einer Szene, die sie zutiefst erschütterte. Sie waren aus dem Zug ausgestiegen und verließen gerade den Bahnhof, als einer der Soldaten einen jungen Mann ganz ungeniert anhielt, der vor ihnen gegangen war. Die Soldaten fragten ihn etwas auf Deutsch, das Aurora nicht verstand. Der junge Mann schüttelte verängstigt den Kopf, er war noch sehr jung. Der Soldat lachte ihn vor seinen Kameraden aus und hob mit einem Finger sein Kinn an, dann trat er ihm gegen das Schienbein. Die uniformierten Männer brachen in schallendes Gelächter aus, und der junge Mann lief, so schnell er konnte, hinkend davon. Aurora sah sich auf der Suche nach einer Reaktion der Menschen um, aber niemand tat auch nur irgendetwas, niemand sagte etwas.

Bei ihrem Aufenthalt in Deutschland, das erst seit Kurzem von jenem Politiker namens Adolf Hitler regiert wurde – ein kleiner Mann, braunes Haar, seltsamer Bart, der in den Zeitungen abgedruckt wurde, wie er Reden auf einem Podest vor Menschenmassen hielt –, konnte das Paar feststellen, dass sich in diesem Land gerade ein Wandel vollzog. Sie wussten, dass es etliche Menschen gab, die auf Vergeltung für einen vor Jahren verlorenen Krieg aus waren, der laut den Faschisten eine große Demütigung gewesen war.

Zurück in Barcelona arbeitete Marcel viel. Außer der Arbeit im Krankenhaus wartete auch eine Dozentenstelle unter Corachans Professur für chirurgische Pathologie in der neuen Universitat Autònoma auf ihn. Zwar hatte er schon jahrelang freiwillig im Krankenhaus unterrichtet, aber jetzt durfte er es auch offiziell tun. An der Universitat Autònoma wurde auf Spanisch und Katalanisch unterrichtet, die Professoren wurden nicht länger in Madrid ausgesucht, sondern von der Universität selbst. Die von der neuen Republik ausgehenden modernisierenden Kräfte waren endlich auch in der akademischen

Welt angekommen, und Corachan und seine Ärzte durften nun unterrichten.

Auch Josep hatte eine Stelle als Dozent erhalten. Marcel verfolgte die Fortschritte seines Freundes aus nächster Nähe. Er hielt ihn für den brillantesten Arzt, den er kannte, abgesehen von Corachan natürlich. Josep Trueta widmete sich bereits seit Jahren Knochenkrankheiten, außerdem behandelte er jede Art von Verletzungen bei seiner Arbeit in der Versicherungsgesellschaft für Arbeitsunfälle. Marcel hatte schon oft mit ihm zusammengearbeitet, und er zögerte keine Sekunde, als er ihm bei seiner Rückkehr aus den Flitterwochen vorschlug, ebenfalls bei der Unfallversicherung zu arbeiten. So kam es, dass sie nicht nur im Krankenhaus zusammenarbeiteten.

Für Josep waren es gute Tage, denn er war hoffnungsvoll, was seine Arbeit anging, auf die er viel Zeit verwendet hatte. Sie bestand in der schriftlichen Beschreibung der Technik, die er zur Wundversorgung anwendete. Er war fast fertig damit.

»Ich habe vor, die Arbeit bei der Katalanischen Gesellschaft für Chirurgie einzureichen«, kündigte er seinem Freund an.

»Die wird sicherlich gut aufgenommen, da bin ich mir sicher«, prophezeite ihm Marcel. Er wusste, wie wichtig diese Arbeit Josep war.

Ihm schoss die Erinnerung an jene schmerzvollen Tage in den Kopf, die das Paar aufgrund des Todes ihres Sohnes durchlebt hatte. Aurora und er waren erschüttert darüber gewesen, so wie viele in ihrem Umfeld, aber niemand hatte den Schmerz lindern können. Langsam, aber sicher schaffte das Paar es aus dem Loch heraus. Dabei half ihnen auch die Fröhlichkeit ihrer Mädchen. Amèlia hatte gerade ihre dritte Tochter zur Welt gebracht, Tula. Außerdem fiel Marcel auf, dass Josep mehr Kraft und Hingabe für seine Forschung zeigte als je zuvor.

Marcel hatte Joseps Werdegang von Anfang an verfolgt: Vor ein paar Jahren hatte Mestre Corachan ihm die Arbeit eines US-amerikanischen Chirurgen, Winnett Orr, über die Behandlung von Osteomyelitis zu lesen gegeben – eine Knochenkrankheit, an der viele Patienten im Krankenhaus litten –, und Josep hatte darin den Ausgangspunkt für seine eigene Forschung gefunden. Die Orr-Methode bestand darin, eine breite Gewebedrainage im Bereich des entzündeten Knochens zu legen, um danach die Wunde mit in Vaseline getauchtem Verbandsmull zu verbinden und das Körperteil dann mit einem Gipsverband ruhig zu stellen. Die Wunde eiterte, und der Verbandsmull nahm die Flüssigkeit auf, die dann wiederum vom Gips absorbiert wurde. Es handelte sich um eine neue Methode, die in vielen Fällen erfolgreich war. Die Entzündung verschwand, sodass Amputationen und eine große Anzahl Sterbefälle verhindert werden konnten. Josep wendete die Methode auch über Osteomyelitis-Patienten hinaus an, da er der Überzeugung war, dass diese Methode zur allgemeinen Infektionsvorbeugung diente, zum Beispiel bei frischen offenen Brüchen, also bei Wunden, die auf einen Unfall zurückzuführen waren. Wenn jemand nach einem Unfall mit einer Kutsche oder der Tram eingeliefert wurde oder wenn ein Arbeiter mit einem Armbruch zu ihm kam, weil er in die Maschinerie geraten war, dann wendete er die Orr-Methode an – und zwar in Verbindung mit der Resektion von abgestorbenem Gewebe. Diese Methode nach Friedrich wurde schon länger im Krankenhaus praktiziert. Trueta veränderte je nach erzieltem Ergebnis immer wieder Details der Methode. Sein Vorgehen hatte er in der Arbeit niedergeschrieben, die er nun der Katalanischen Gesellschaft für Chirurgie vorstellen wollte. Und Marcel, der nicht wie andere Kollegen eifersüchtig auf ihn war, wusste um den Fortschritt, den dieses Verfahren in seinem Fachgebiet bedeutete. Er war stolz auf seinen Freund, dem er eine glänzende Zukunft voraussagte.

Lluís hatte es sich zu eigen gemacht, jeden Abend auszugehen. Er ging ins Cafè Espanyol auf der Avinguda del Paral·lel. Dort traf er immer auf Bekannte, Maler oder Bildhauer oder eben auch andere Menschen, die er über die Jahre kennengelernt hatte. Manchmal ging er schon am späten Nachmittag dorthin, nahm auf der riesigen Terrasse Platz und genoss es, die Passanten bei einem Cognac beobachten zu können. Er zündete sich eine Zigarette an, betrachtete Männer und Frauen jeden Alters, die über die stimmungsvolle Prachtstraße flanierten. Es war unmöglich, sich auf der Paral·lel nicht zu vergnügen, wo mit dem anbrechenden Abend die Lichter entzündet wurden, die die Vorstellungen in den umliegenden Theatern ankündigten. Die Tavernen waren gut gefüllt, man sah die ersten Betrunkenen des Abends, und die Prostituierten begannen ihren Arbeitstag. Diejenigen, die es sich leisten konnten, genossen eine der vielen Tango-, Zarzuela- oder Varieté-Vorstellungen, allem voran die anzüglichen Bewegungen der Tänzerinnen, die zum Gefallen der Anwesenden manchmal deutlich mehr zeigten als nur ihre nackten Brüste. Auf der Terrasse des Cafè Espanyol wurde Lluís oft von der Nacht erwischt. Um diese Zeit kam meistens eine Gruppe Männer, deutlich jünger als er und – abhängig vom Tag – mehr oder weniger zahlreich, und nahm die Tische um ihn herum in Beschlag. Sie tranken, rauchten und führten politische Diskussionen, die Lluís von seinem Platz aus gut hören konnte. Da sie ihn oft dort sitzen sahen, luden sie ihn irgendwann ein, bei ihnen Platz zu nehmen. Anfangs war Lluís nur mäßig an ihren Gesprächen interessiert, aber mit der Zeit hörte er ihnen mit wachsender Neugierde zu. Diese jungen Männer waren aktive Mitglieder einer Vereinigung, die sich

»der Block« nannte; offiziell trugen sie den Namen »Arbeiter- und Bauernblock«. Politik war nie ein Thema für den Bildhauer gewesen, er wusste zwar ganz gut Bescheid und hatte auch als Außenstehender an etlichen Veranstaltungen teilgenommen. Aber er war vor allem mit seiner Kunst beschäftigt gewesen. Seine Jugend hatte er zwischen Barcelona und Paris verbracht, ohne etwas anderem Beachtung zu schenken. Jedoch war er mit vierzig Jahren an einem Punkt in seinem Leben angelangt, an dem er von der traurig-elendigen Geschichte seiner Geburt erfahren hatte, die letztendlich ein Sinnbild für die Privilegien der Reichen gegenüber denjenigen aus einfachen Verhältnissen war. Das wiederum brachte ihn dazu, den Gesprächen des Blocks mehr Beachtung zu schenken: der Klassenkampf, die soziale Ungerechtigkeit, unter denen noch immer die Arbeiter und Bauern litten, das wachsende Misstrauen unter den jungen Männern an der Republik, die zwar Bestand hatte, aber noch immer keine Antworten auf die Probleme der Benachteiligten der Gesellschaft gefunden hatte. All das pflanzte dem Bildhauer den Keim des Widerstands in den Kopf. Zwar verließ er sich auf niemanden, und er war oft verblüfft über die Auseinandersetzungen unter Linken, bei denen die einen die anderen in einer Art Bruderkampf kritisierten. Es überraschte ihn, von außen betrachtet, wie Anarchisten, Sozialisten und Kommunisten sich über die Unterschiede im Kampf ausbreiteten, ohne sich darüber bewusst zu sein, dass die Rechte sich organisierte.

Und es kam, wie es kommen musste: Bei den allgemeinen spanischen Wahlen im November wurden alle Zeuge des Sieges der Rechten. Von da an hatten die Konservativen wieder die Macht inne. Im Dezember starb dann Kataloniens Präsident Macià, der zu Beginn des folgenden Jahres durch Lluís Companys ersetzt wurde. In Katalonien regierte weiterhin die Linke, allerdings entfachte sich ein wahres Ringen um die Macht zwischen der katalanischen Regionalregierung und der spanischen Zentralregierung. Kataloniens Autonomie war Letzterer ein Dorn im Auge, sie wollte die Sprache, die Kultur und die katalanischen Einrichtungen lieber tot als lebendig sehen. Lluís' Freunde aus dem Cafè Espanyol, im Herzen Katalanisten, wurden nervös. Sie waren beunruhigt über die Lage Kataloniens und starteten einen Aufruf, um die linken Kräfte zu vereinen. Lluís wurde Zeuge, wie seine Freunde zu Streiks aufriefen. Er benachrichtigte sogar Maria, damit sie sich ein Bild von dem bevorstehenden Aufstand machen konnte. Die Situation wurde immer radikaler, im Oktober wurde ein Generalstreik für alle Städte und Dörfer Spaniens ausgerufen. In Barcelona stellten sowohl Trams als auch Busse und Taxis ihre Dienstleistung ein, Geschäfte wurden geschlossen. Menschengruppen liefen durch die Straßen und kündigten den Stillstand an. Die ersten Tumulte begannen.

»Es heißt, der Präsident Companys werde eine Erklärung abgeben«, sagte Lluís zu Maria. Sie waren bei ihm zu Hause und hörten die Neuigkeiten im Radio. Mit einem Mal setzte er sich auf. »Los, Maria, gehen wir.«

»Wohin willst du?«, fragte sie ein wenig erschrocken. Ihr gefiel das Chaos auf den Straßen nicht.

»Zum Platz der Republik. Ich will hören, was der Präsident sagt.«

Maria wollte nicht raus, kam aber auch nicht gegen Lluís an. Sie fand sich in jener Situation von früher wieder, als er sie dazu gedrängt hatte, sich zum Leichengang zu stehlen. Nur wenige Minuten später liefen sie Hand in Hand durch die Stadt. Er hatte es eilig, zum Palau de la Generalitat zu kommen: Es wurde bereits dunkel, und der Platz war voller Menschen. Maria fühlte sich durch das Gewimmel an ein Ereignis von vor ein paar Jahren erinnert, als Präsident Macià auf den Balkon getreten war, um die Republik auszurufen. Sie mussten eine Weile warten, bis Companys endlich erschien.

»... ich rufe den Katalanischen Freistaat innerhalb der Föderalen Republik Spaniens aus!«

Maria schaute zu Lluís, der der Ansprache des Präsidenten aufmerksam folgte.

»Und was jetzt?«, fragte sie ihn flüsternd.

Die Reaktion der konservativen Regierung in Madrid ließ nicht lange auf sich warten: Sie erklärte den Krieg und ließ die Armee Barcelona einnehmen.

Maria blieb zum ersten Mal über Nacht bei Lluís, der ihr sein Bett überließ und auf dem Sofa schlief.

»Hab keine Angst, Mia. Alles wird gut«, beruhigte er sie, während sie nicht wusste, ob sie überhaupt ein Auge zumachen konnte. Seit ihrer Kindheit hatte sie nicht mehr unter demselben Dach wie ihr geliebter Lluís geschlafen.

Schießereien waren zu hören, auch ein paar Kanonenschüsse. Es galt, den nächsten Morgen abzuwarten, um einen Eindruck von der Lage zu erhalten. Gegen sieben, acht Uhr morgens hörte sich Lluís draußen um. Präsident Companys und seine Minister waren verhaftet und zur *Uruguay* gebracht worden, einem Gefängnisschiff, das im Hafen vor Anker lag. Der Aufstand war niedergeschlagen worden; jetzt gab es nicht viel mehr zu tun, als abzuwarten und die Konsequenzen des Aufstands zu ertragen. Maria war aufgewacht. Es war kalt, und sie rückte ihre Jacke zurecht, während sie an Lluís' Seite in der Tür stand. Während die Nachbarn sich über die Ereignisse austauschten, flüsterte er ihr mit Schrecken im Gesicht ins Ohr: »Ich frage mich, wo die Männer aus dem Cafè Espanyol wohl sind.«

1936

Marcel Riera hegte keinen Groll gegen seinen Freund Josep Trueta. Als im vergangenen Jahr Ribas verstarb, war quasi das Rennen um dessen Nachfolge in der Chirurgie des Hospital Santa Creu i Sant Pau eröffnet gewesen. Zwar waren Marcel und Josep nicht die einzigen Anwärter auf die Stelle, aber doch die vielversprechendsten. Letztendlich bekam Josep die Stelle, und trotz der entgangenen Gelegenheit freute sich Marcel für ihn. Seitdem Aurora ihm verkündet hatte, dass sie Eltern werden würden, war er so von Glück erfüllt, dass er jeden Rückschlag mit einer gewissen Gelassenheit hinnahm. Marcel meinte der glücklichste Mann auf Erden zu sein. Zum ersten Mal in seinem Leben konnte ihm nichts und niemand etwas anhaben.

Zu Beginn jenes Julis, der ziemlich heiß daherkam, war Marcel aktiv an der Vorbereitung für einen Ehrenakt im Hotel Ritz zur Ernennung von Trueta beteiligt. Gemeinsam feierten sie ausgelassen bis tief in die Nacht. Sie stießen etliche Male miteinander an – ohne zu ahnen, dass dieser neue Abschnitt im Krankenhaus schon bald eine unvorhergesehene Wendung nehmen sollte.

Am neunzehnten Juli erwachte Marcel wie immer neben seiner Ehefrau. Es war Sonntag und noch sehr früh, als seine Augenlider dem durch das Fenster eindringenden Licht keinen Widerstand mehr leisten wollten. In die erste Etage in der Carrer Aribau, wo das Paar wohnte, drang jeden Morgen das Gemurmel der Frühaufsteher hinauf. Marcel drehte sich noch einmal um, er war noch nicht dazu bereit, sich von dem warmen Körper neben sich, von dieser unglaublich weichen Haut zu lösen und vergrub sein Gesicht in ihren Haaren, die sich auf dem Kopfkissen breitmachten. Er legte eine Hand um die Hüfte seiner großen Liebe, führte sie hinauf zu ihrem Bauch, der wuchs und wuchs. Aurora stieß einen leichten Seufzer aus, sodass Marcel sich fragte, ob sie noch schlief oder schon wach war. Er sagte nichts, sondern strich mit seiner Hand weiter über ihren Körper bis hinauf zu ihren Brüsten, die ebenfalls größer geworden waren. Daraufhin bewegte sie sich. Sie ließ sich zu ihm fallen, die Augen geschlossen, den Mund halb offen in Erwartung des ersten Kusses des Tages. Während die beiden Körper sich zu einer bekannten Melodie glühend und leidenschaftlich wogten, hörte man die ersten Schüsse auf der Straße. Aurora schreckte hoch und drehte ihren Kopf in Richtung Fenster. Die Gardine bewegte sich spielend im Wind, als wäre nichts geschehen.

»Hast du das gehört?«, fragte sie.

Marcel schlüpfte aus den Laken hervor und eilte zum Fenster. Er lehnte sich vorsichtig heraus, um einen Blick von dem zu erhaschen, was draußen geschah.

»Was ist da los?«, fragte sie vom Bett aus.

Marcel schaute sich auf der Suche nach seinem Hemd um, das er am Vortag irgendwohin geworfen hatte. Er sah es, streifte es sich über und zog sich rasch eine Hose an.

»Bleib hier«, sagte Aurora, als er sich seinen Gürtel umlegte.

»Ich will wissen, was zum Teufel da los ist«, antwortete er.

Als er schon fast aus dem Zimmer raus war, gab es einen weiteren Schuss.

»Marcel!«, schrie Aurora und legte eine Hand auf ihren Bauch. »Geh nicht!«

Genau in diesem Augenblick läutete das Telefon. Marcel nahm das Gespräch an. Langsam zog sich Aurora ihren Hausmantel an, streifte ihre Hausschuhe über und ging leise ins Wohnzimmer, wo Marcel telefonierte. Sie beobachtete ihn aufmerksam, wie er sich bewegte und sich immer wieder in die Haare griff.

»Verstanden«, sagte er und legte auf.

»Das war das Krankenhaus«, sagte er zu Aurora. Er hielt inne, als müsste er seine Kräfte sammeln. »Es gab einen Militärputsch. Mit dem Ziel, die Republik zu zerstören. Einige Armeeoffiziere haben ihre Kasernen verlassen, um bestimmte Gebäude einzunehmen. Sie sind auf dem Weg ins Stadtzentrum, aber die CNT und die FAI schieben schon die ganze Zeit Wache. Man hat es geahnt, weil sich auch anderswo im Land Militärs bereits erhoben haben. Die Menschen bieten ihnen die Stirn, überall werden Barrikaden aufgestellt. Deswegen auch die Schüsse.«

Aurora öffnete den Mund, sagte jedoch nichts, sie strich automatisch immer wieder über ihren Bauch. Marcel fuhr rasch fort, auch wenn es ihm die Kehle zuzuschnüren schien: »Im Krankenhaus sind die ersten Verwundeten eingeliefert worden. Nur Corachans Sohn und zwei Bereitschaftsärzte sind vor Ort. Trueta hat man bereits informiert. Aurora, ich muss sofort hin.«

Daraufhin machte sie in Richtung Schlafzimmer kehrt und sagte: »Gib mir eine Minute. Ich komme mit.«

»Auf keinen Fall!«, hörte sie Marcel aus dem Wohnzimmer rufen.

Dort stand er wie angewurzelt, voller Angst, dass den beiden Menschen, die noch denselben Körper teilten – Aurora und das Kind, sein ganzes Glück –, etwas passieren könnte, wenn sie mitkäme. Das wollte er verhindern. Doch er konnte sie nicht daran hindern. Aurora zog sich rasch an und folgte ihm auf die Straße, mit ihren Gedanken schon bei den Mädchen und Jungen im Krankenhaus.

Marcel ließ den neuen Wagen an, den sie über Raten in den vergangenen Monaten gekauft hatten. In jenen Monaten hatten die linksgerichteten Parteien die Wahlen gewonnen und waren so wieder an die Macht gekommen. Es waren Monate, die sowohl für Glücksgefühle in der Arbeiterklasse sorgten als auch für Argwohn unter den Konservativen; die Republik befand sich in einem gefährlichen Schwebezustand, was allerdings nur wenige wahrhaben wollten. Marcel atmete tief ein, die Hände am Steuer. Jetzt konnte man nur noch abwarten und zusehen, wie das alles enden würde. Erneut fielen Schüsse, und ein Nachbar näherte sich ihnen, um ihnen mitzuteilen, dass in der Avinguda Catorze d'Abril, also nur einige Meter von ihrer Wohnung entfernt, gerade ein Gefecht zwischen aufgewiegelten Offizieren und bewaffneten Bürgern stattfand. »Kommen Sie denen bloß nicht in die Quere, Herr Doktor! Dort können Sie unmöglich langfahren.«

Zum Glück mussten sie auf ihrem Weg zum Krankenhaus nicht dort entlang. Stattdessen drückte Marcel aufs Gas und fuhr die Straße mit hoher Geschwindigkeit hinauf, während Aurora sich mit beiden Händen den Bauch hielt. Sie mussten einige Straßen meiden, die aufgrund von Barrikaden gesperrt waren. Mehrmals wurden sie von Männern mit Waffen in der Hand angehalten.

»Wir sind Ärzte! Wir müssen ins Krankenhaus!«, rief Marcel am Steuer.

Nach ein paar Umwegen schafften sie es bis zum Krankenhaus, wo ihnen das Ausmaß der Situation schlagartig bewusst wurde. Hunderte von Menschen kamen und gingen, die Verwundeten verstopften den Eingang, alle warteten darauf, dass man ihnen sagte, wohin sie sollten. Einige Ärzte, Ordensschwestern und Krankenschwestern machten sich schnell ein Bild von den Verwundeten und schickten sie dann in einen der Pavillons. Alle schrien ihre Anweisungen, das gesamte Krankenhauspersonal arbeitete so effizient wie möglich inmitten dieser unerwarteten Menschenmenge. Marcel sah mit einem Stich im Herzen, wie Aurora sich ihren Weg zum Pavillon Santa Victòria bahnte, doch schon wurde er von Arbeitskollegen in Anspruch genommen.

Als er in der Chirurgie ankam, hörte er jemanden rufen: »Marcel!«

Die große athletische Figur seines Freundes Josep erschien vor ihm.

»Ich weiß gar nicht, wie ich es hierher geschafft habe«, sagte er bestürzt. »Sind alle da?«

Den ganzen Vormittag über trafen neue Verwundete ein. Einige trugen Militäruniformen, andere waren offensichtlich von der Sturmgarde Guardia d'Assalt und wiederum andere Zivilisten. Das Krankenhaus nahm alle auf, man machte keinen Unterschied, so wie es üblich war, so wie man es bei allen Revolten der Stadt in den vergangenen Jahrhunderten getan hatte. In den kommenden Stunden operierten die Chirurgen pausenlos Verwundete, die von den Barrikaden kamen, einfache Leute, manche von ihnen hatten noch nie in ihrem Leben eine Waffe in der Hand gehabt. Marcel versuchte sich nach jeder Operation eine Pause zu verschaffen, um sich nach Aurora zu erkundigen. Doch es gelang ihm nicht ein einziges Mal. Als die Sonne unterging, fand sie ihn. Sie sah müde, aber gesund aus.

»Hast du etwas gegessen?«, fragte er.

»Mir geht's gut, mach dir keine Sorgen«, antwortete sie. »Marcel, wir können nicht nach Hause. So wie es hier zugeht, ist es besser, wir bleiben über Nacht hier.«

Marcel war einverstanden. Die Lage würde sich nicht bessern, es stand ihnen eine lange und intensive Nacht bevor, sie konnten die Verwundeten nicht einfach abweisen. Und Marcel wollte nicht einmal daran denken, Aurora ganz alleine nach Hause zu schicken.

»Hast du deinen Vater gesehen?«

Sie schüttelte den Kopf. Die Beziehung zwischen Vater und Tochter war seit dem Tag der Auseinandersetzung nicht die beste.

»Und hast du etwas von Llorenç gehört?«

»Nein, auch nicht«, antwortete sie.

Marcel suchte einen Kollegen, damit er ein paar Minuten Pause machen konnte. Dann ging er mit Aurora zum Pavillon Nostra Senyora del Carme. Dort fanden sie Llorenç, der ebenso beschäftigt war wie alle anderen Ärzte, die es ins Krankenhaus geschafft hatten.

»Vater ist gegen Mittag gefahren«, berichtete er ihnen. »Antonio hat ihn abgeholt, weil Mutter ganz nervös war. Vater hat ziemlich grimmig dreingeschaut und gemeint, er sei für das alles viel zu alt. Ich habe ihm gesagt, dass ich im Krankenhaus bleibe und ihn auf dem Laufenden halte.«

»Meinst du, sie sind zu Hause in Sicherheit?«, fragte Aurora, ohne ihre Angst verbergen zu können. Trotz der Distanz zwischen ihnen, die die Konsequenz des aufgedeckten Geheimnisses war, konnte Aurora nicht umhin, sich um jenen Mann Sorgen zu machen, den sie in ihrem Leben am meisten geliebt hatte, abgesehen von Marcel. Es schien, als würde ihre Schwangerschaft sie anfälliger für Gefühle machen. Oftmals hörte Marcel sie nachts im Dunkeln weinen.

Llorenç sah sich um, bevor er ihr fast schon flüsternd eine Antwort gab: »Mutter hat dem Personal die Anweisung zum Packen gegeben. Wenn die Lage sich verkompliziert, gehen sie nach Camprodon.«

Marcel war der Meinung, das sei eine gute Entscheidung, gerade vor dem Hintergrund der jüngsten Entwicklungen. In der Chirurgie machten Nachrichten die Runde, dass die Anarchisten sich eines Großteils der Waffen bemächtigt hatten, und es hieß, dass sie damit nun den Aufstand probten. Ihre Feinde waren nicht mehr nur die aufgewiegelten Soldaten, sondern alle, die Ordensgewand oder Oberschichtenhut trugen. Ein Verletzter hatte sie davon unterrichtet, dass einige Mitglieder der CNT und der FAI gesagt hätten, sie würden jetzt Kirchen angreifen, und zwar die, in denen sich Teile des Militärs verschanzt hätten. »Sie wollen alles niederbrennen«, hatte er sie gewarnt, »und wenn sie auf einen Kaplan oder eine Nonne stoßen sollten … Gott möge ihnen beistehen.« Ein anderer Verletzter hatte Marcel am Arm gepackt und ihm auf dem Weg in den Operationssaal zugeflüstert: »Die Anarchisten sind im Besitz der Waffen, Herr Doktor, und die Offiziere sind nicht ihr einziges Ziel. Sorgen Sie dafür, dass die Ordensschwestern und -brüder das Krankenhaus verlassen, sie sind in Gefahr. Glauben Sie mir!« An diesem Höllentag entschieden sich einige wegen dieser Warnungen zur Flucht, andere wiederum tauschten ihre Ordenstracht gegen die Arbeitskleidung des Krankenpersonals. In den Wohnhäusern verriegelte man Türen und zog die Gardinen der Fenster zur Straße hin zu.

Diese und auch die zwei folgenden Nächte schliefen Marcel und Aurora im Krankenhaus, wie die anderen Ärzte. Von dort aus erfuhren sie, was um sie herum geschah. Über das Radio wurde das Volk von der Niederlage des Militärs unterrichtet.

Präsident Companys zwang den gerade erst festgenommenen General Goded, der gegen Mittag mit einem Wasserflugzeug in Barcelona gelandet war, um die Revolte anzuführen, dazu, die Niederlage öffentlich einzugestehen. Die Auswirkungen dieser Nachricht ließen nicht lange auf sich warten. In den Dörfern und Städten Kataloniens gaben die aufgewiegelten Soldaten ihre Waffen ab. Dennoch war der Militärputsch in anderen Gegenden Spaniens geglückt. Es dauerte nur wenige Tage, und das Land war gespalten in ebenjene Gebiete, die der Republik treu waren, und jene, die von den Militärs besetzt waren. In Barcelona geschah genau das, was jener Verletzte am ersten Tag des Gefechts vorausgesehen hatte: Die Kämpfer der CNT und der FAI gaben sich nicht mit der Niederlage des Militärs zufrieden, vielmehr nutzten sie die folgenden Tage, um deutlich zu machen, wer auf der Straße die Oberhand hatte. Oberkörperfreie Männer mit einem schwarz-roten Halstuch um den Hals patrouillierten mit in Beschlag genommenen Militärfahrzeugen durch die Straßen und besetzten die Büros wichtiger Gebäude. Auf ihren Schreibtischen lagen die Pistolen griffbereit. Sie ordneten Verhöre und Festnahmen von Bürgerlichen, von Geistlichen und von allen Personen an, die sie des Faschismus verdächtigten.

Zwischen den Verantwortlichen der Generalitat – dem Präsidenten und seinen Ministern – und denjenigen, die im Besitz des Großteils der Waffen waren, nahm in diesen unsicheren Tagen die Anspannung zu. Ganz offensichtlich hatten viele der Männer die Stadt verteidigt, indem sie tatkräftig den Widerstand des Volkes organisiert hatten und so den Militärputsch abwenden konnten. Trotzdem wusste niemand so recht, was nun geschehen würde. Als Aurora und Marcel am vierten Tag im Begriff waren, endlich nach Hause zu gehen, kam Llorenç mit der Nachricht auf sie zu, dass die Eltern nach Camprodon aufgebrochen waren. Aurora seufzte erleichtert auf. Sie hatte sich nicht einmal von ihnen verabschieden können, der Krieg war bereits im Gange.

Maria hatte Lluís dieser Tage nicht gesehen, da die Arbeit sie im Krankenhaus hielt. Sie war so ausgelaugt, dass die Angst um ihn sich kaum in ihr breitmachen konnte. Sie schlief wenig, aß noch weniger und bemühte sich vor allem darum, mit den neuen Aufgaben im Krankenhaus zurechtzukommen. Die Regionalregierung hatte das Krankenhaus einige Tage nach dem gescheiterten Putschversuch beschlagnahmt, sie hatten es sogar umbenannt in Hospital General de Catalunya. Und die Pavillons, die einst Namen von Heiligen trugen, waren nur noch Nummern: Pavillon 1 und 3 für die Chirurgie mit Corachan an der Spitze. Trueta wurde mit seiner Krankenstation in den Pavillon Santa Faustina, jetzt Pavillon 15, verlegt. Pavillon 4 und die Kirche waren unter der Leitung von Bosch für Traumapatienten vorgesehen. Die Allgemeinmedizin fand ihren Platz in den Pavillons 13, 14 und 23, und die Pavillons 11, 18 und 20 waren für Kinder. Alles war neu und anders, sie waren keine kirchliche Einrichtung mehr. Maria hatte gesehen, wie die ersten Ordensschwestern flohen, mit denen sie jahrelang zusammengearbeitet hatte. Sie hatte Aurora dabei helfen müssen, die verbliebenen Schwestern zu überzeugen, ihren Habit einzutauschen und sich ein wenig zu schminken, damit sie als säkulares Personal durchgingen. So viele ihr bekannte Gesichter waren entweder verschwunden oder hatten eine Verwandlung durchgemacht, alles im Namen der Revolution.

Es war Anfang August, als eine Kollegin zu ihr kam und ihr ins Ohr flüsterte: »Da ist ein Mann, der nach dir fragt.«

Nervös bat sie um Erlaubnis, kurz Pause machen zu dürfen,

um nachschauen zu können, wer nach ihr verlangte. Ein ungutes Gefühl machte sich in ihr breit.

»Lluís!«, stieß sie aus, als sie ihn erblickte.

Sie hatte sich so viel Sorgen um ihn gemacht, die sie mit niemandem hatte teilen können, dass sie in seinen Armen fast zusammenbrach.

»Mia, meine Liebe«, sagte er und umarmte sie.

Sie trat einen Schritt zurück und beäugte seine Kleidung: ein Einteiler, den normalerweise Arbeiter trugen, ein Ledergürtel mit Taschen und eine Mütze. Er bemerkte ihren Blick und drückte stolz die Brust durch.

»Ich bin gekommen, um dir die Nachricht persönlich zu überbringen.«

Maria bekam kaum noch Luft. Sie ahnte den Kummer, den er ihr erneut bereiten würde. Als befände sie sich in einem ihrer schlimmsten Albträume, hörte sie ihn sagen: »Ich habe mich bei der Bürgerwehr gemeldet.«

Maria konnte nichts sagen. Sie sah ihn einfach nur minutenlang an, in dem Wissen, dass sie ihn erneut verlieren würde, vielleicht diesmal für immer. Irgendwann konnte sie ihm eine Frage stellen: »Wann?«

»Vor zwei Wochen«, begann er seine Ausführungen. »Ich konnte dir noch nichts sagen, weil ich an einer militärischen Übung teilgenommen habe. Na ja, wenn man das so nennen kann! Ich muss gestehen, viel haben sie uns nicht beigebracht, aber immerhin kann ich jetzt eine Waffe laden und entladen, mit dem Gewehr zielen und eine Handgranate werfen. Den Rest werden wir auch noch lernen.«

»Ich meine, wann gehst du?«, murmelte sie und schluckte sowohl ihre Wut als auch ihr Ohnmachtsgefühl hinunter.

»In einer Woche«, erwiderte Lluís und fragte, ob sie ihn verabschieden würde, wenn er mit seiner Truppe offiziell losmarschierte. Er ähnelte den jungen Männern, die er im Cafè Espanyol kennengelernt hatte.

»Wegen denen hast du dich gemeldet, oder?«, wollte Maria wissen.

»Meinst du die Jungs von der POUM-Partei?«

Maria zuckte mit den Schultern. »Keine Ahnung. Die, die vorher vom Block waren, die, die du im Cafè Espanyol kennengelernt hast. Lluís, hör mir zu, die sind viel jünger als du! Wie konntest du dich bloß auf die einlassen? Du bist weder von der POUM noch von irgendeiner anderen Partei.«

»Mia, darum geht es doch gar nicht«, verteidigte sich Lluís. »Tausende von Männern haben sich wie ich freiwillig gemeldet! Der Augenblick ist gekommen, um für die Freiheit zu kämpfen. Das einigt uns. Wir können nicht einfach dasitzen und den Kopf in den Sand stecken. Nein, es ist an der Zeit, uns zu verteidigen und eine bessere Welt zu errichten. Maria, du und ich, wir sind aus demselben Holz geschnitzt, wir wissen beide, was es heißt, sich abzurackern und aus dem Nichts anzufangen. Nein, ich bin weder von der POUM noch von einer anderen Partei. Aber weißt du was? Ich will dasselbe wie sie: eine gerechtere und gleichberechtigtere Welt. Ich will nicht am Rand stehen und zusehen – ich will kämpfen.«

Seit Lluís um die traurigen Umstände seiner Geburt wusste, hatte Maria einer schleichenden Veränderung in ihm beigewohnt. Immer mehr hatte er sich von seinen gut betuchten Kunden gelöst, die ihn zuvor mit Aufträgen versorgt hatten. Er schlug deren Gefallen aus, deren Anerkennung, weil er Menschen wie Darius Rovira immer stärker verachtete. Menschen, die sich von ihren Sünden freimachten, ohne auch nur ansatzweise ein schlechtes Gewissen zu haben, die mit jeder Niederträchtigkeit davonkamen, nur weil sie Geld und Macht hatten. Lluís wollte nichts mehr mit solchen Menschen zu tun haben.

Dadurch radikalisierte sich seine Kunst, er nutzte sie im Sinne der Arbeiterklasse. Seine jüngsten Skulpturen handelten von der Habgier der Reichen, der Leere ihrer Seelen; das stellte er dem Leiden der Hilfsbedürftigen gegenüber. Jede Skulptur, jede Zeichnung, die er in den vergangenen Jahren angefertigt hatte, so schien es Maria, war ein wilder Schrei, der an seine eigene Vergangenheit gerichtet war. Der Tod seiner größten Vorbilder – Mestre Arnau, das Jahr darauf Pablo Gargallo, der an einer Lungenentzündung gestorben war – hatte ihn in die Arme der Männer im Cafè Espanyol getrieben. Zwar waren sie noch sehr jung, doch hatten sie ihm seine Hoffnung zurückgegeben.

Eine Woche später bat Maria um Erlaubnis, sich für ein paar Stunden von der Arbeit zu entfernen. Sie wollte Lluís verabschieden. Er trug dieselbe Kleidung wie vor einer Woche und marschierte mit einem Gewehr auf dem Rücken zusammen mit anderen Freiwilligen durch die Straßen. Eine Menschenmenge jubelte ihnen zu und warf Blumen, und ab und zu löste sich eine junge Frau aus der Menge, um einem Glücklichen einen Kuss zu geben. Als Lluís an Maria vorbeikam, trat er kurz aus der Reihe und gab ihr lächelnd einen Kuss auf die Lippen. Sie stockte, noch nie hatte Lluís etwas Derartiges getan, sie würde noch lange an diesen Kuss zurückdenken. Lluís versprach, ihr von der Front zu schreiben und sie auf dem Laufenden zu halten.

»Vergiss mich nicht, Lluís«, bat sie ihn, während ihre Beine zitterten. Wieder einmal wurde er aus ihrem Leben gerissen. »Wenn du mir nicht schreibst, werde ich …«

»Versprochen, Mia!«

Damit ging er an die Front nach Aragón.

1938

Ende Oktober

Tage, die zu Wochen, Monaten und letztlich Jahren wurden. Der vor zwei Jahren ausgebrochene Krieg hatte Leid, Hunger und Tod mit sich gebracht, und das für fast alle Familien, die in Barcelona um ihr Überleben kämpften. Die Fabriken waren verstaatlicht worden, und im Zuge dessen wurden sie vermehrt zur Waffenproduktion verwendet. Die Häuser der wohlhabenden Familien Barcelonas standen leer oder waren geplündert, die Geistlichen waren verschwunden, so wie die Marienstatuen von den Altären. Im Hospital General de Catalunya war eine neue Routine eingekehrt: Es wurden in erster Linie Menschen behandelt, die dem Hunger oder den Bomben zum Opfer gefallen waren oder die als Soldaten an der blutigen Front gekämpft hatten. Aragón war schon seit einiger Zeit verloren, die Bürgerwehren waren in eine Volksarmee umgewandelt worden, die Kommunisten hatten in dem Bruderkrieg, der auf republikanischer Seite untereinander tobte, die Oberhand über Anarchisten und POUM-Mitglieder gewonnen. Während die Soldaten des spanischen Staates Waffen und Truppenunterstützung aus anderen faschistischen Ländern bekamen und immer mehr Land einnehmen konnten, versuchten die Republikaner mit den weniger werdenden Mitteln zu überleben.

Lluís' Briefe von der Front waren recht regelmäßig in Barcelona angekommen – bis die Schlacht am Ebro begann. Seitdem hatte Maria nichts mehr von ihm gehört. Es blieb ihr also nichts anderes übrig, als mit der Unsicherheit zu leben, sie wusste nicht, ob er tot oder doch noch lebendig war. Aufgrund der Umstrukturierung des Krankenhauses war sie als Krankenschwester in der Chirurgie eingeteilt worden, weit weg von den Kindern, die sie zuvor behandelt hatte. Dennoch war sie stets mit ihrer geliebten Aurora in Kontakt, deren Sohn – ein Engel mit Goldlöckchen und dem Namen Robert, in Gedenken an den Patenonkel seiner Großmutter – der einzige Grund dafür war, dass ihr ab und zu ein Lächeln entwischte. Auroras und Marcels Sohn kannte keine Welt ohne Krieg. Die heulenden Sirenen mitten in der Nacht zum Zeichen dafür, sich in einen Unterschlupf zu begeben, die vom Elend gezeichneten Gesichter – all das war seinen neugierigen Augen nicht neu. Als die Bombenangriffe begannen, hatte Aurora es kategorisch ausgeschlossen, die Stadt zu verlassen. Sie wollte das Krankenhaus nicht im Stich lassen, und noch weniger wollte sie sich von ihrem Ehemann trennen. Auch wenn das hieß, ihr Leben und das ihres kleinen Roberts aufs Spiel zu setzen, sie wollte nicht weg. Sie arbeitete weiterhin als Kinderärztin und ließ ihren Sohn jeden Morgen bei ihrer Nachbarin. Die war schon etwas betagt und so etwas wie eine Großmutter für Robert. Die eigentlichen Großeltern, Darius und Eulàlia Rovira, warteten, zusammen mit ihrem Hausmädchen Mariona, fernab in ihrem Sommerhaus in der Nähe der französischen Grenze darauf, dass die spanischen Streitkräfte den Krieg gewannen, um dann wieder in die Sicherheit ihres Zuhauses zurückkehren zu können.

Im Pavillon 15 des Hospital General de Catalunya, welcher zuvor den Namen Santa Faustina getragen hatte und der hinter dem Pavillon Sant Carles i Santa Francesca stand – also auf dem höchsten Punkt des Krankenhausgeländes –, assistierte Maria Josep Trueta bei der Behandlung der Traumapatienten. Dieser war mittlerweile Leiter der Allgemeinchirurgie des Krankenhauses, da Corachan nach Frankreich hatte gehen müssen, nachdem er bei Kriegsbeginn von FAI-Mitgliedern bedroht worden war. Trueta unterstanden etliche Chirurgen. Darunter befand sich auch Marcel, dem dies gut gefiel. Wo immer er auch war, preiste er die Methode zur Wundversorgung bei Kriegsverletzungen seines Freundes an. Manchmal besuchten sie gemeinsam andere Krankenhäuser, um sicherzustellen, dass auch dort die Behandlung angemessen verlief. Trueta hatte seine Technik im Laufe der vergangenen Jahre perfektionieren können und bei Kriegsausbruch auf Verletzungen angewendet, die von Feuerwaffen herrührten.

Marcel hatte die Entwicklung stets mitverfolgt. Er erinnerte sich noch an Joseps Enttäuschung über die Skepsis seitens der Katalanischen Gesellschaft für Chirurgie, als er dort seine neue Methode vorgestellt hatte. Marcel hatte Josep wiederholt motivieren müssen. Zunächst entschlossen sich nur wenige Chirurgen, diese Methode zu erlernen. Doch dann kam der Krieg: Die Schussgefechte und die Bomber, aus deren Bäuchen Bomben regneten, sorgten für eine neue Art Verwundete, bei denen die Methode erfolgreich angewendet wurde. Langsam, aber sicher ging die Nachricht um, dass im Hospital General de Catalunya ein gewisser Arzt namens Trueta Verletzte vor der Verstümmelung bewahrte. Es kamen immer mehr Ärzte, um die Methode zu erlernen, auch außerhalb veranstalteten sie Seminare. Die neue Technik wurde schon bald allgemein in Katalonien angewendet, sodass auch Chirurgen aus anderen Ländern sich dafür zu interessieren begannen. Die Anzeichen in Europa waren überall zu spüren, ein großer Krieg stand bevor.

Maria kannte die Technik in- und auswendig. Wenn ein Verletzter mit Kugelsplittern im Bein oder Arm ankam, machte sich der Arzt sofort ans Werk. Eine schnelle Behandlung war grundlegend für den Erfolg der Methode. Zunächst die gründliche Reinigung der Wunde, die Entfernung jedes noch so kleinen Partikels aus Kleidung, Holz oder Steinen, das in der Wunde klebte. Danach entfernte der Arzt minutiös alles Gewebe, das nicht mehr mit Blut versorgt war. Dann stellte er den betreffenden Körperteil mit einem Gipsverband ruhig. Darin bestand das ganze Prozedere. Im Anschluss blieb den Ärzten und Krankenschwestern nichts anderes übrig, als abzuwarten und die Wunde zu beobachten. Wenn alles gut verlief, entzündete sich die Wunde nicht, sondern heilte ab. Maria hatte zu anderen Zeiten miterlebt, wie eine solche Wunde entweder zur Amputation eines Körperteils oder gar zum Tod des Patienten führte, da es oft zu einem unheilbaren Wundbrand kam. Aber die aseptischen Maßnahmen von Trueta, die mittlerweile im gesamten Krankenhaus angewendet wurden, ließen quasi Wunder geschehen. Vor den Augen aller konnten jene Männer und Frauen, die früher ans Bett gefesselt oder verstümmelt das Krankenhaus verließen, nun gesund nach Hause gehen, ohne dass ihr Leben durch einen fehlenden Körperteil eingeschränkt war.

Maria war ein wichtiger Teil des Prozedere. Nicht nur Trueta, sondern auch Riera und alle anderen Ärzte im Pavillon 15 vertrauten ihr und ihrer Arbeit als Krankenschwester. Als zu Kriegsbeginn viele der Ordensschwestern und -brüder aus dem Krankenhaus verschwanden, mussten schnell neue Krankenschwestern ausgebildet werden. Junge Frauen, an deren Ausbildung Maria beteiligt gewesen war. Sie selbst übernahm mittlerweile verantwortungsvolle Aufgaben, die früher die Ordensschwestern ausgeführt hatten. Es gab keinen Tag, an dem Maria sich komplett freinehmen konnte, so unentbehrlich hatte sie sich im Pavillon gemacht. Aber das war ihr egal, denn der einzige Grund, ihre Arbeit zu unterbrechen, war ein Besuch beim kleinen Robert.

Es war ein regnerischer Oktobermorgen. Josep Trueta konnte nach zwei Tagen im Krankenhaus endlich zum Schlafen nach Hause gehen. Gerade die letzten Stunden seines Dienstes waren nervenaufreibend gewesen. Er und seine Belegschaft mussten eine große Anzahl Verletzter behandeln, die wegen eines Bombenangriffs ins Krankenhaus eingeliefert worden waren. Nicht nur er selbst war erschöpft, alle Bürger Barcelonas waren es. Die Belagerung der Stadt wurde immer heftiger. Tagelang ließen die Bomber ihre Fracht unentwegt auf bewohntes Gebiet fallen. In der Theorie galten Waffenfabriken oder ein im Hafen ankerndes Kriegsschiff als Ziel. Doch die krude Wirklichkeit zeigte, dass Angriffe auf die Wohnhäuser der Bürger Barcelonas geflogen wurden.

»Warum unternimmt denn bloß niemand etwas dagegen?«, fragte Maria entrüstet, während sie Marcel Riera bei der Morgenvisite begleitete. An diesem Tag war Josep Trueta in einem anderen Krankenhaus. »Senyor Riera, ich verstehe es einfach nicht.«

»Die republikanische Luftwaffe tut alles, was in ihrer Macht steht, aber die Streitkräfte sind besser ausgestattet«, erwiderte Marcel. »Faschisten aus Deutschland und Italien schicken Flugzeuge, Bomben und Maschinengewehre. Davon können die Republikaner nur träumen.«

»Aber wie können sie denn unschuldige Frauen und Kinder angreifen? Das ist doch ein Skandal! Gibt es denn kein anderes Land, das dem Einhalt gebieten kann? Gibt es keine Gesetze gegen solche Verbrechen?«

Marcel schüttelte den Kopf, er hatte das Vertrauen in die Justiz schon vor langer Zeit verloren. Nachdem er einige Jahre in England gelebt hatte, wo die Demokratie zu Hause war, hatte er angenommen, dass die Engländer die Zivilisten hier sofort verteidigen würden. Er war davon ausgegangen, dass die Engländer bei der ersten Ungerechtigkeit eingreifen würden, die dieser blutige und ungleiche Krieg mit sich brachte. Aber so war es nicht. Er verstand die Empörung der Krankenschwester, er konnte ihre Gefühle nachvollziehen, da er sie selbst schon durchlebt hatte. In seiner Funktion als Arzt jedoch, der verantwortlich war für das Krankenhauspersonal, das tagtäglich kämpfte und durchhalten musste, um so viele Leben wie möglich zu retten, sah er sich dazu gezwungen, ein gutes Beispiel abzugeben. Als sie in den ersten Krankensaal traten, versuchte er, Maria Mut zuzusprechen. »Wir müssen noch ein wenig aushalten. Geben Sie die Hoffnung nicht auf, Maria, alles hat irgendwann ein Ende.«

Maria antwortete nicht. Seine Art hatte die Selbstbeherrschung wieder in ihr entfacht. Doch ihr Blick schweifte traurig durch den Saal. Wie in einem Albtraum drängten sich dort die Verletzten dicht aneinander. Ein resignierter Seufzer entfuhr ihr. Gleich darauf las sie das Krankenblatt des ersten Patienten laut vor: »Ignasi Prats, achtundfünfzig Jahre alt. Schusswunde, Verlust von Gewebe im Bereich des linken Gesäßmuskels. Außerdem Fraktur des linken Oberschenkels. Frühmorgens die Durchführung der aseptischen Maßnahmen.«

Im Nachbarbett rang ein nicht identifizierter Mann mit dem Tod. Aufgrund des letzten Bombenangriffs hatte er beide Beine verloren.

»Der übersteht den heutigen Tag nicht«, raunte ihr Marcel zu, als sie weit genug entfernt waren.

Maria dachte daran, dass jemand anderes das Bett des Namenlosen gleich nach dessen Tod bekommen würde. Sie würde das Wechseln der Laken anordnen. Und sobald es frisch bezogen wäre, käme der nächste Verletzte. Vielleicht einer der Jugendlichen, die sie mittlerweile an die Front schickten. Vom Ebro her wurden seit Monaten die am schwersten Verletzten nach Barcelona geschickt, viele von ihnen starben noch auf dem Weg dorthin. Maria fragte nicht nach, konnte sich jedoch ein Bild von der blutigen Schlacht machen. Sie sah die verängstigten Gesichter, die vor Angst und Schmerzen zitternden Körper, wie sie schwitzten und sich im Traum hin und her warfen. Für Maria hatte der Krieg vor allem ein Gesicht in Form von Spuren, die er an den Körpern seiner Opfer hinterließ. Im Krankenhaus wurden Schusswunden behandelt, die von Kugeln oder Maschinengewehren stammten, Prellungen und Frakturen, die von einer Handgranate oder anderen Qualen herrührten. All das mussten diese jungen, in Soldatenuniformen gesteckten Männer im Kampf gegen Francos Truppen erleiden. Wenn jemand eingeliefert wurde, schrieb man den Namen auf ein Formular sowie Alter, Division, Brigade, Bataillon, Militärrang und das Geburtsdatum. Dieses Formular archivierte Maria penibel, sobald derjenige tot oder lebendig das Krankenhaus verließ. Sie wollte, dass so zumindest die Geschichte dieses Dramas geschrieben würde, dessen Spuren durch das Krankenhaus führten.

»Herr Doktor, Sie werden dringend in der Ambulanz benötigt«, unterbrach eine Krankenschwester Marcel Riera und Maria während einer Untersuchung. Es handelte sich um eine rothaarige Krankenschwester, die sehr geschickt im Umgang mit den Patienten war und auf die Maria stolz war. Sie selbst hatte sie angeleitet, als sie nach der Absolvierung des Einführungskurses ins Krankenhaus gekommen war. Normalerweise schickte Maria sie zur Erstversorgung der ankommenden Verletzten in die Ambulanz, da die Ärzte gerade dabei fähige Leute an ihrer Seite benötigten. Von dort aus wurden die Verletzten dann in Betten verlegt, die in Marias Obhut standen.

Marcel schloss noch die Untersuchung des Patienten ab, bevor er der jungen Frau in die Ambulanz folgte.

»Warten Sie hier auf mich«, sagte er zu Maria. »Ich komme gleich wieder, dann führen wir die Visite fort.«

Der Arzt brauchte länger als gedacht, und als er wiederkam, sah sie schon an seinem Blick, dass etwas nicht stimmte.

»Gab es Komplikationen, Herr Doktor?«, fragte sie ihn.

Marcel sah sie lange an, er suchte nach den richtigen Worten.

»Was ist passiert, Herr Doktor?«, drängte sie.

Marcel nahm sie zur Seite, weit weg von den Krankenbetten. »Maria«, sagte er mit ernster Stimme, »man hat einen Verletzten von der Front am Ebro hergebracht. Es steht nicht gut um ihn, das sollten Sie wissen.«

»Warum reden Sie denn so mit mir?«, fragte sie erschrocken. »Was soll das heißen? Kenne ich die Person etwa?«

Sein Blick ließ sie verstummen. Dann bestätigte er ihre Ahnung: »Maria, es ist Lluís.«

Seit langer Zeit schon verließ Llorenç Rovira das Krankenhaus nicht mehr. Draußen hatte er nichts verloren, seine tagtägliche Arbeit mit den Patienten nahm ihn ganz in Anspruch, allen voran Narcís, der wie alle anderen männlichen Tuberkulosepatienten im oberen Teil des Krankenhauses untergebracht war. Die Frauen mit Schwindsucht hatte man zunächst in ein Hotel in Vallvidrera verlegt, um sie dann später auf einem Bauernhof des Santa Creu in Sant Andreu del Palomar unterzubringen. Die Männer waren jedoch im Krankenhaus geblieben. Für sie zuständig waren die Mitarbeiter von Cinto, seitdem dieser hatte gehen müssen. In den vergangenen Jahren hatte Llorenç nicht nur einmal daran gedacht, Narcís in ein Sanatorium irgendwo in den Bergen zu schicken, damit er vor den andauernden Bombenangriffen auf die Stadt geschützt war. Allerdings war es nie dazu gekommen, da Narcís darauf bestand, nicht weggeschickt zu werden.

»Solange ich noch lebe, will ich dich jeden Tag meines Lebens sehen«, bat ihn Narcís. »Verlass mich nicht, ohne dich überlebe ich das nicht. Was, wenn du mich wegschickst und mich nie wieder zurückholst? Was, wenn du von einer Bombe getötet wirst, bevor ich vor Sehnsucht nach dir sterbe? Nein, Liebster, tu mir das nicht an. Ich will bei dir sein.«

Llorenç zerging fast vor Leidenschaft, in die sich allerdings Angst mischte, die der Zuspitzung der Lage geschuldet war. Die Zeit verging. Währenddessen suchte er nach einer Lösung für beide. Manchmal sprachen sie über ein mögliches Kriegsende, über einen gemeinsamen Neuanfang an einem Ort, an dem sie niemand kannte. Seit zwei Jahren schon hatte Llorenç seine Ehefrau nicht mehr gesehen; sie lebte zusammen mit seinen Eltern in dem Sommerhaus in der Nähe zur französischen Grenze. Er spürte, wie er kaum noch Kraft dafür hatte, allen etwas vorzumachen. Wenn er sich das Kriegsende ausmalte, fehlte in dem Bild seine Ehefrau; er konnte sein altes Leben nicht mehr fortführen. Die Welt hatte sich verändert und mit ihr auch Llorenç selbst. Nach so viel Leid, Krankheit und Tod um ihn herum wollte er nichts anderes mehr als wieder die Jahreszeiten genießen, den Blumen beim Sprießen zusehen, den Geruch von feuchter Erde nach dem ersten Regen einatmen, durch schöne Orte schlendern, die Luft unter einem Himmel einatmen, an dem nur Vögel Platz hatten, und eben diesen Mann lieben und sich von ihm lieben lassen, der alles in sich zu vereinen schien. Es war diese tiefe Liebe zu Narcís Colomer, die der Zukunft einen Sinn gab.

»Herr Doktor, meine Hand … Warum kann ich meine Finger nicht strecken?« Lluís litt unter großen Schmerzen, die von zahlreichen Verletzungen herrührten, vor allem sein rechtes Bein schmerzte stark, es sah überhaupt nicht gut aus, allerdings war er deutlich besorgter um seine Hand.

»Ich brauche sie zum Arbeiten, Herr Doktor«, jammerte er verängstigt.

Marias Freude darüber, Lluís lebendig und bei sich im Krankenhaus zu wissen, war mit einem deutlichen Dämpfer einhergegangen, denn sein Zustand war alles andere als gut. An seinem Kopf fanden sich zahlreiche blutverkrustete Stellen, sodass sein schwarzes Haar verklebt am Kopf hing. Außerdem hatte er etliche Wunden und Quetschungen am ganzen Körper. Sofort sah sie, dass er Schwierigkeiten beim Atmen hatte. Er klagte über starke Schmerzen auf der rechten Seite seines Brustkorbs, den er mit seiner linken Hand berührte, als würde dies seine Schmerzen lindern können. Sein rechtes Bein ließ Schlimmes vermuten. Man hatte ihm bei der ersten Hilfe irgendwo da draußen eine Schiene angelegt, unter der sich wahrscheinlich eine große Wunde verbarg. Die Schmerzen waren offensichtlich. Aber Lluís' Aufmerksamkeit galt seiner Hand, mit der er früher Ton und Gips modelliert und den Meißel gehalten hatte. Er versuchte wiederholt, seine Finger zu bewegen, aber er schaffte es nicht.

Als er nach so langer Zeit im Chaos zwischen weißen Kitteln und verletzten Menschen endlich Maria sah, zitterte diesem Mann mit den dunklen Augen und dem eigentlich so robusten Körper der Unterkiefer, als wäre er ein kleiner Junge. Er unterdrückte wie immer seine Tränen, ließ Maria aber nicht aus den Augen, bis sie bei ihm war. Sie legte ihm vorsichtig eine Hand auf die Brust. Er atmete noch schwerer, aber sie versuchte ihn zu beruhigen, alles ist gut, Lluís, ich bin da, du bist endlich wieder zu Hause. Maria hatte während des Krieges tausende von Verletzten behandelt, die man von der Front nach Barcelona schickte. Sie hatte Männer, Frauen und Kinder mit jeder Art von Wunden und Quetschungen im Krankenhaus ankommen sehen, ein wahres Meer aus Opfern, die entweder überlebten oder nach ein paar Tagen starben. Als Krankenschwester war sie davon ausgegangen, dass sie nach so langer Zeit auf alles vorbereitet war. Aber das stimmte nicht ganz. Sie hielt es kaum aus, Lluís derart leiden zu sehen. Marcel Riera rief sie zu sich. Er las den Frontbericht, den die Ersthelfer erstellt und dem Verletzten zugesteckt hatten.

»Er ist noch etwas durcheinander«, warnte er sie. »Man hat ihn nicht im Krankenwagen transportieren können, er hat also Stunden auf einem Lastwagen verbracht. Die Erschütterungen und die Dauer der Reise müssen schrecklich gewesen sein.«

Maria sah auf den Arztbericht. »Wir haben hier ein Schädel-Hirn-Trauma«, erläuterte Marcel, »ein Thoraxtrauma, eine offene Tibiafraktur, eine offene Fibulafraktur rechts sowie eine Wunde am rechten Unterarm im muskulotendinösen Bereich.«

Er beobachtete sie aufmerksam, um abzuschätzen, wie sie das Ganze aufnahm. Schließlich wusste er um Marias Gefühle für den eingelieferten Soldaten, Aurora hatte ihm so oft davon erzählt. »Wir müssen sofort handeln«, sagte er.

Maria riss sich zusammen. Sie spürte, wie ihr Körper aus Angst vor dem zitterte, was geschehen könnte, aber dennoch wollte sie sich persönlich um Lluís kümmern.

»Sie können sich auf mich verlassen, Herr Doktor.«

Trueta würde erst am Abend des nächsten Tages wieder da sein, also übernahm Riera den Patienten. Zunächst entfernte er die Schiene vom Bein, unter der eine bogenförmige Wunde von etwa fünfundzwanzig Zentimetern zum Vorschein kam, die vom Fußknöchel bis fast zum Knie reichte. Die Wundränder waren weich, in der Wunde prangten Metall- und Knochensplitter. Er ordnete eine Röntgenaufnahme an, die die Schwere der Beinverletzung bestätigte, außerdem die Fraktur des rechten Radius sowie zwei gebrochene Rippen, die achte und die neunte.

»Bereiten Sie sofort einen OP-Saal vor«, ordnete er Maria an, die ihm nicht von der Seite gewichen war.

Sie säuberten die Wunden gründlich mit Wasser und Seife, entnahmen etliche verkrustete Fragmente. Mithilfe von Maria und einem weiterem Arzt entfernte Riera peinlich genau das gesamte abgestorbene Gewebe, so wie Trueta es immer tat. Dann deckte er, in der Hoffnung, nichts übersehen zu haben, die betroffene Stelle mit in Vaseline getauchter Gaze ab, bevor er ihm den Gipsverband anlegte. Das Bein wurde ausgerichtet, und was die Hand anging, so wurde sie vernäht, damit sie heilen konnte und hoffentlich wieder voll funktionstüchtig würde.

Lluís wurde ein Bett zugeteilt, das erste einer langen Reihe von Betten, in denen Menschen mit jeder Art von Verbänden lagen: einige mit Kopfverbänden, andere mit einer oder zwei verbundenen Extremitäten, viele von ihnen komplett in Weiß getaucht. Maria blieb eine Weile an Lluís' Seite, bis dieser aufwachte. Das Erste, was er sah, als er die Augen öffnete, war die Krankenschwester.

»Maria«, murmelte er.

»Streng dich bitte nicht an, Lluís«, ermahnte sie ihn. »Du musst dich ausruhen. Alles wird gut. Wir kümmern uns um dich.«

Er versuchte ein Lächeln und sah dabei wie ein kleiner Junge aus.

»Und die Hand?«, fragte er.

»Die Hand wird wieder. Die Sehnen waren gerissen, aber Riera hat sie wieder genäht«, antwortete sie ihm.

Sein Blick richtete sich auf die Stelle, wo er sein rechtes Bein vermutete. Ängstlich fragte er: »Und mein Bein … Ist es noch da?«

Maria nickte.

»Man hat mir gesagt, dass man es wahrscheinlich amputieren müsse. Stimmt das?«, fragte er.

Sie schüttelte den Kopf, unbeabsichtigt lief ihr eine Träne über die Wange.

»Du musst Geduld haben, Lluís.«

Maria begleitete weiter den Arzt, behandelte Patienten. Als sie ihre letzte Runde abgeschlossen hatte, ging sie weder zum Abendessen, noch legte sie sich im Schlafsaal der Krankenschwestern hin. Stattdessen stellte sie einen Stuhl an Lluís' Bett und setzte sich zu ihm. Sie sah ihm zu, wie er erschöpft von all dem Leiden, all den Schmerzen schlief. Sie beobachtete seine Bewegungen, bis ihr schließlich im Morgengrauen selbst die Augen zufielen.

Ein Lichtstrahl fiel durch ein Fenster auf ihre Stirn und schien dort herumzutänzeln. Es dauerte nicht lange und sie erwachte. Ihr taten die Knochen vom Schlafen im Sitzen weh, doch die Freude darüber, Lluís bei sich zu wissen, war größer als jeder Schmerz. Sie streckte sich, sah zu ihm hinüber und erkannte, dass er bereits aufgewacht war und sie beobachtete. Er lächelte. Maria streckte die Hand aus, um ihn an seiner linken, unversehrten Seite zu berühren. »Was ist passiert?«, fragte sie ihn.

Er erzählte ihr von dem schrecklichen Schlachtfeld: die Schützengräben, der Feind im Anmarsch, die Verstecke in den Höhlen der Gebirgskette, die ständigen Explosionen.

»Eine Granate fiel ganz in der Nähe meines Bataillons. Fast alle sind dabei gestorben«, erzählte er unberührt. »Von der Explosion wurde ich gegen einen Felsen geschleudert. Ich dachte, ich wäre tot. Nichts habe ich wahrgenommen. Plötzlich war da nur Stille und ein Haufen Körper, die sich nicht mehr bewegten. Danach muss ich ohnmächtig geworden sein, ich erinnere mich an nichts. Das nächste Bild in meinem Kopf ist ein Mann mit einem Handkoffer, der meinen Körper bewegt. Du kannst dir die Schmerzen in meinem Bein nicht vorstellen, Maria. Es war komplett verdreht, sie haben es wieder gerichtet. Deswegen bin ich dann wieder ohnmächtig geworden. Danach der Lastwagen, der mich nach Barcelona brachte, die Erschütterungen, die Schmerzen im Bein, die Hand.«

Die Hand des Bildhauers wurde besser, das rechte Bein hingegen nicht. Vierundzwanzig Stunden nach seiner Einlieferung gab es Komplikationen. Das Fieber sank nicht, sondern im Gegenteil, es stieg, die Schmerzen wurden immer stärker. Marcel operierte ihn noch einmal am Nachmittag, er reinigte die Wunde erneut und versicherte sich, dass er auch ja keinen Fremdkörper übersehen hatte. Er entschied, noch ein wenig mehr Gewebe zu entfernen, trotz der möglichen Folgen für die Bewegungsfreiheit des Patienten. Die Kraft im Bein konnte schwinden oder es konnte Probleme bei der Kontrolle über das Bein geben. Dennoch musste er es riskieren, um so ein größeres Übel zu vermeiden. Bei der zweiten Operation überlegte er nicht lange, er stellte das komplette Bein mit einem Gipsbett ruhig und fixierte es mit Transfixationsdrähten im gesunden Knochenbereich. Wahrscheinlich hätte ich das schon beim ersten Mal machen sollen, dachte er bei sich. Als er mit der Operation fertig war, kam Josep Trueta gerade zurück. Marcel erläuterte ihm den Verlauf.

»Ich wollte nicht auf deine Rückkehr warten«, sagte er.

»Du hast richtig entschieden«, antwortete Trueta ihm in seiner Funktion als Vorgesetzter.

Jetzt hieß es abwarten. Die nächsten vierundzwanzig Stunden waren außerordentlich wichtig, sie würden die zukünftige Entwicklung des Beins bestimmen. Maria wachte auch in dieser Nacht an Lluís' Bett. Erneut schlief sie erst im Morgengrauen ein, in ihren Albträumen erschien ihr ein amputierter Lluís. Das würde er nicht aushalten, dazu war er viel zu stolz. Und sie? Wie würde sie dieses Schicksal annehmen? Könnte sie ihn lieben, ohne gleichzeitig Mitleid zu empfinden?

Als Lluís am nächsten Morgen erwachte, gab es erste Anzeichen einer Besserung. Das Fieber war gesunken, und die Wundränder waren im Gipsbett nicht weiter angeschwollen. Das alles waren gute Nachrichten, doch man musste noch ein paar Tage abwarten, bevor man sich der Heilung gewiss sein konnte. Dennoch verspürte Maria einen Hoffnungsschimmer, Lluís könnte wieder derselbe Mann wie vorher werden.

Lluís begann zu essen. Zunächst bekam er nur flüssige Nahrung, ein paar Tage später dann auch etwas Festes. Langsam kam er wieder zu Kräften, und auch der Schmerz ließ nach. Den Tag verbrachte er mit der Beobachtung seiner Umgebung. Er lernte seinen Bettnachbarn kennen, der vor Kurzem von der Front hergebracht worden war, und auch einen anderen Mann in der nächsten Bettenreihe, der wie er selbst das Inferno am Ebro durchlebt hatte. Unter den Genesenden herrschte ein Pakt des Schweigens über die jüngsten Ereignisse, denn keiner von ihnen hatte die Kraft, das alles zu verdauen – noch nicht. Nachts hörte man einige ihrer Leidensgefährten schreien oder delirieren, sie wurden von Albträumen heimgesucht, und das Durchlebte drang in den Krankensaal: ausgeweidete Bäuche, leblose Körper, Explosionen, die Körperteile und Knochen zerfetzen, all das tauchte plötzlich im Dunkeln wieder auf.

Lluís langweilte sich so sehr, dass er die Minuten zählte, bis Maria endlich im Krankensaal erschien. Er wünschte, sie nur für sich zu haben, bemerkte aber schnell, wie wichtig sie auch für die anderen Patienten war. Senyoreta, können Sie kommen? Senyoreta, können Sie mir helfen? Senyoreta, können Sie sich den Gips noch einmal ansehen? Die Männer in dem Krankensaal, in dem er untergebracht war, ließen ihr keine freie Minute. Außerdem bemerkte er die Blicke, die sie trotz ihres erbärmlichen Zustandes auf die Kurven unter ihrem Krankenschwesterkittel richteten. Maria war keine junge Frau mehr, die auffiel, oder gar eine jener reifen Schönheiten, nach denen man sich umdrehte. Aber sie hatte eine besondere Aura, etwas Weiches, den Körper einer erwachsenen Frau, über den sich wahrscheinlich viele gerne hergemacht hätten. Lluís malte sich etliche Situationen der vergangenen Kriegsjahre aus, in denen Maria von anderen Soldaten eine Liebeserklärung erhalten hatte. Er wollte sie danach fragen, traute sich aber nicht. Zum ersten Mal in seinem Leben bemerkte er den Stich der Eifersucht, als er das Verlangen anderer Männer nach seiner Maria sah. Was bedeutete dieses Gefühl? Es verstörte ihn so sehr, dass es Tage dauerte, bis er es sich eingestehen konnte. So viele Frauen hatten in seinen Armen gelegen, und keine von ihnen reichte auch nur im Geringsten an Maria an. Maria war eine starke Frau, die gleichzeitig ganz sanft sein konnte. Wenn sie abends ihre Schicht beendete und keine Bereitschaft hatte, bat Lluís sie, sich noch eine Weile zu ihm zu setzen. Ihre Gesellschaft tat ihm gut, mehr als je zuvor.

»Mia, es ist ganz wunderbar, was du für all die Kranken hier tust. Du bist eine unglaubliche Frau«, sagte er ihr.

Während Lluís' Wunden korrekt vernarbten und die Hoffnung auf eine vollständige Genesung immer stärker wurde, trafen immer mehr entmutigende Nachrichten von der Front ein. Tausende Soldaten waren in den vergangenen Monaten gestorben. Stück für Stück waren sie von dem einst eingenommenen Land am Ebro zurückgewichen. Sie hatten nicht nur wichtige Posten verloren, ihre Geschütze waren genauso verbraucht wie ihre Standhaftigkeit. Mittlerweile hoffte man inständig auf den Befehl zum Rückzug. Francos Truppen waren offensichtlich zahlreicher und besser bewaffnet. »Das Heer der Vergessenen« nannte Lluís all jene, mit denen er einst Seite an Seite gekämpft hatte. Erst waren da die Zeiten der Euphorie gewesen, der Bürgergarden, des Alles-ist-möglich, wenn es nur für die richtige Sache ist. Dann später die internen Probleme, der Kampf innerhalb der Republikaner, die Interessen der Russen inmitten eines Krieges, durch den sie neue Stalin-Anhänger gewinnen wollten. Bei der Umwandlung der Bürgerwehr in eine Volksarmee waren viele Menschen umgekommen, so auch seine Freunde aus dem Cafè Espanyol, da diese der POUM angehörten und deswegen von den Stalinisten hingerichtet wurden. Am Ebro wurde ihre große Hoffnung dann schnell enttäuscht. »Die Nationalisten werden diesen Krieg schon bald gewinnen«, versicherte Lluís Maria flüsternd. »Und was wird dann aus uns?«

Im November war die Schlacht am Ebro endgültig verloren. Der Fortgang des Krieges war besiegelt, und zwar zum Nachteil der Republikaner. Im Dezember entschied Franco, in ganz Katalonien einzumarschieren. Daraufhin fand der sogenannte große Rückzug der republikanischen Truppen statt, während in Barcelona jeder Einzelne seine persönlichen Möglichkeiten abschätzte.

An einem kalten Januarmorgen hieß Darius Rovira seine Frau ihre Koffer packen.

»Eulàlia, es könnte jeden Moment so weit sein, dass wir wieder nach Hause fahren«, unterbreitete er ihr gut gelaunt.

So hatte sie ihn während der gesamten Zeit im Sommerhaus nicht erlebt.

Er erklärte ihr, dass er durchaus vertrauenswürdige Nachrichten erhalten hatte, die besagten, dass es sich nur noch um Tage handeln würde, bis die Nationalisten in Barcelona einmarschierten, sodass die Stadt dann wieder ein sicherer Fleck auf Erden wäre.

Seine Ehefrau gab Anweisungen wie zu alten Zeiten. Sie hatte in der Zeit auf dem Land deutlich abgenommen. Vielleicht lag es auch an dem bevorstehenden Sieg oder an der Aussicht auf ein Wiedersehen mit ihren Kindern – was es auch war, Senyora Eulàlia fühlte sich leicht wie nie. Mariona und die Bäuerin, die ihr bei den Aufgaben im Haushalt half, folgten ihren Anweisungen genau, und schon bald war alles gepackt. Sie reinigten das Auto, ließen es ein paarmal an, um sicherzugehen, dass es auch funktionierte. Und dann hieß es warten.

Im Krankenhaus bereitete man derweil die Verlegung der Verwundeten vor. Man musste die genesenden Soldaten wegschicken, die wegen des kurz bevorstehenden Einmarsches der Nationalisten Repressalien zu befürchten hatten. Die Generaldirektion des katalanischen Ministeriums für Gesundheit hatte Trueta mit der dringlichen Aufgabe betraut, ein Behelfskrankenhaus ganz in der Nähe der französischen Grenze aufzubauen.

»Wir müssen die Patienten in zwei Gruppen aufteilen«, erläuterte Josep an einem der letzten gemeinsamen Nachmittage seinem Freund Marcel. »In diejenigen, die schnell genesen, und diejenigen, deren Genesung langwieriger sein wird. Erstere verlegen wir nach Figueres. Letztere müssen in ein Krankenhaus in Frankreich gebracht werden.«

Marcel schien in Gedanken versunken. »Bist du dir sicher, dass du gehen willst?«, fragte er schließlich.

»Marcel, ich habe keine andere Möglichkeit«, antwortete ihm Josep, der zutiefst erschöpft war, sosehr er dies auch zu verbergen suchte. »Du weißt, dass ich meine Töchter seit fast drei Jahren nicht gesehen habe. Amèlia ist mit ihnen in Frankreich. Außerdem will ich nicht dabei zusehen, wie man uns Katalanen auslöscht. Nein, mein Freund, ich fühle mich nicht dazu in der Lage, weiter hier zu leben. Katalonien wird ein Land ohne Freiheit sein.«

Marcel sah Josep an. Er, der früher einen athletischen, robusten Körper gehabt hatte, war nun ein extrem abgemagerter Mann. Er musste um die zwanzig Kilo abgenommen haben, und mit jedem verlorenen Kilo war auch seine Hoffnung auf eine positive Zukunft für sein Land kleiner geworden. Amèlia, seine Töchter, sein ganzes Leben war in Frankreich. Natürlich war sein Freund sich seiner Entscheidung sicher, dachte Marcel. Er selbst hingegen verbrachte schlaflose Nächte mit Grübeleien darüber, was er tun sollte. Einerseits hatte er seinen Glauben an ein gutes Ende für Katalonien ebenso verloren wie sein Freund, und die Verlockung war groß, einfach die Sachen zu packen, Aurora und Robert zu nehmen und nach Frankreich zu gehen. Doch seine geliebte Frau war sich da nicht so sicher. Sie hatte angefangen, von ihren Eltern zu sprechen. Erst hatte sie gesagt, dass sie ihre Mutter nicht im Stich lassen wollte. Dann hatte sie wieder angefangen, von ihrem Vater zu reden. Es musste erst ein Krieg über sie hereinbrechen, um die bittere Enttäuschung über ihren Vater verwinden zu können. Doch mittlerweile verspürte sie Traurigkeit, eine Sehnsucht und den Wunsch danach, zumindest etwas von dem Leben zurückzuhaben, das sie alle einst geführt hatten – damals, als sie noch glücklich miteinander gewesen waren. Auroras Gram hatte nachgelassen, sie wollte den Menschen nicht länger aus ihrem Leben ausschließen, zu dem sie von klein auf aufgeblickt hatte. Wahrscheinlich würde sie ihn nie wieder sehen können wie früher, wahrscheinlich steckte viel Arbeit darin, die Beziehung zwischen ihr und ihrem Vater zu kitten, doch sie war bereit dazu. Das wollte ihr Marcel nicht verwehren.

»Wir müssen also schnell handeln«, holte Josep ihn in die Gegenwart zurück. »Schwester Maria soll noch heute die Patientenlisten erstellen. Außerdem muss das Material zur Verlegung fertig gemacht werden.«

»Josep, ich werde euch nicht begleiten«, unterbrach ihn Marcel.

»Was soll das heißen?«, fragte sein Freund.

Marcel holte tief Luft, um auszusprechen, was er insgeheim schon seit Tagen wusste. »Wir bleiben in Barcelona. Aurora, ich und der Junge.«

Josep sah ihn einen Augenblick lang schweigend an. Dann fragte er: »Habt ihr darüber gesprochen? Hat Aurora darauf bestanden?«

Er schüttelte den Kopf. »Aurora hat nicht darauf bestanden, aber ich weiß, wie wichtig es für sie ist, sich mit ihrem Vater auszusöhnen. Er kommt bald zurück. Wir müssen also hierbleiben.«

Josep legte ihm eine Hand auf die Schulter. Er wusste nicht recht, was er sagen sollte. Das Schweigen wog schwer auf den beiden Männern, die so vieles gemeinsam durchlebt hatten.

»Es hat also keinen Sinn, auf dich einzureden?«

»Nein, Josep, die Entscheidung ist längst gefallen.«

»Amèlia wird enttäuscht sein.«

Marcel stieß einen Seufzer aus, aus dem Rührung, Traurigkeit, Ohnmacht und Resignation sprachen.

Sie fielen sich in die Arme, sie wussten um ihren baldigen Abschied. Doch sie ließen schnell wieder voneinander ab, da ihre Aufmerksamkeit in den nächsten Stunden anderweitig benötigt wurde.

»Wir brechen schon bald auf«, versicherte Maria Lluís.

»Bist du dir sicher? Du kommst mit mir mit. Ich will dich keinen Augenblick aus den Augen verlieren. Hörst du?«, befahl ihr Lluís.

Maria hatte ihm unterbreitet, dass man ihn mit einigen anderen Patienten in den Norden, in die Nähe der Grenze verlegen würde. Seitdem bestand Lluís darauf, dass sie die ganze Zeit bei ihm blieb.

»Es passiert alles Mögliche in so einem Chaos. Da ist es ganz leicht, sich zu verlieren. Ohne dich kann ich nicht weitermachen«, warnte er sie.

Am Tag nach der Mitteilung über seine Verlegung war Lluís aufgestanden und zu Maria gegangen. Sie hatte Bereitschaft, er wusste also, wo er sie suchen musste: Sie war im Büro, um Unterlagen durchzusehen und zu ordnen, das schaffte sie tagsüber meistens nicht.

»Was machst du hier?«, fragte sie ihn vom Schreibtisch aus, als sie ihn in der Tür sah. Er zuckte mit den Schultern und sah sie unschuldig an.

»Um die Uhrzeit solltest du nicht herumlaufen. Du musst vorsichtig sein mit dem Bein«, schimpfte sie mit ihm.

Erst seit ein paar Tagen konnte er ohne Hilfe aufstehen. Ein Arzt hatte ihm den Armgips entfernt, sodass er mehr Bewegungsfreiheit hatte. Jeden Tag übte er ein wenig, allerdings ohne sich zu verausgaben. Er streckte seinen Rücken durch, nahm beide Krücken und stützte sein ganzes Gewicht darauf. Er merkte, wie Stück für Stück seine Kraft zurückkehrte. Dann lief er den Saal auf und ab, wobei er seinen rechten Fuß nicht aufsetzen durfte.

»Ich konnte nicht schlafen. Und ich wollte dich sehen«, antwortete ihr Lluís.

Nicht ohne Schwierigkeiten rückte er einen Stuhl in ihre Nähe und ließ sich darauf fallen. Er lehnte die Krücken an die Wand. »Was machst du gerade?«

»Ich ordne die Krankenakten.«

»Bin ich auch dabei?«

»Ja, natürlich«, antwortete sie mit ernstem Tonfall.

»Mia, was bedrückt dich?«, fragte Lluís.

»Ich dachte ...«, schnaubte sie.

»Was?« Lluís nahm ihre Hand und hielt sie mit dem Rücken an seine Wange. Er schloss die Augen und redete wie mit sich selbst. »Mia, Mia, Mia.«

Sie hielt den Atem an, in der Hoffnung, er würde mehr als das sagen. Sie betrachtete sein ihr so bekanntes, geliebtes, so oft herbeigewünschtes Gesicht. Sie spürte seine raue Haut, sie roch seinen Geruch, an dem sie ihn unter Millionen von Menschen erkannt hätte. Seine neue Art, sie anzusehen ... War es denn möglich? Maria presste die Lippen zusammen. Sie wollte sich keine Hoffnungen machen.

Lluís öffnete die Augen. Er sah sie direkt an und lächelte.

»Ich werde auf dich hören und versuchen zu schlafen. Wir haben eine lange Reise vor uns«, sagte er.

Sie hörte, wie er sich über den Gang entfernte. Dann war wieder alles still. Und sie war wieder alleine im Büro. Ihre Tage dort waren gezählt. Auch wenn es ihr schwerfiel, widmete sie sich wieder dem Ordnen der Krankenakten. Seit einigen Tagen war ihr klar, dass etwas geschehen musste, aber noch gab es keine Lösung für das Problem. Die Krankenakten, die sie durchsah, ordnete und archivierte, während die Patienten schliefen, waren Zeuge von Soldaten wie Lluís, die auf der republikanischen Seite gekämpft hatten und irgendwann im Krankenhaus gelandet waren. Es handelte sich also um stichfeste Beweise über ihre Angehörigkeit zur Volksarmee. Maria wusste, dass diese Akten in nur wenigen Tagen in die falschen Hände geraten würden.

Am nächsten Tag sprach sie mit Marcel Riera darüber, denn sie wusste, dass sie dieses Problem nur mit seiner Hilfe lösen würde. Er war ganz ihrer Meinung.

»Sie haben recht, Maria«, sagte er nachdenklich, »Wir müssen die Akten sofort verstecken.«

»Oder wir zerstören sie einfach«, schlug sie vor. Allein die Vorstellung von den spanischen Soldaten, die in ein paar Tagen das Krankenhaus durchsuchen würden, verunsicherte sie. Konnte es überhaupt ein sicheres Versteck geben?

Aber Marcel sah das anders.

»Überlegen Sie doch mal, Maria. Eines Tages könnten diese Krankenakten den Betroffenen gute Dienste leisten. All die Verwundeten, die hier eingeliefert worden sind, haben für eine gute Sache gekämpft. Und vielleicht wird ihnen das eines Tages hoch angerechnet. Auch wenn sie dieser Tage die großen Verlierer sind, wer weiß schon, was noch kommt? Wie lange kann der Sieg der Nationalisten andauern?«

Maria stimmte ihm zu, auch wenn sie noch kein passendes Versteck gefunden hatten. Alle Schränke, alle Winkel des Pavillons würden durchsucht werden. Und das Archiv benötigte einiges an Platz, es hatte bereits ein gewisses Ausmaß angenommen. Außerdem mussten sie schnell handeln und so wenig Menschen wie möglich einweihen, damit sie nicht Gefahr liefen aufzufliegen. Zunächst schien es ein unmögliches Unterfangen, dann fanden sie eine Lösung. In der Nacht, bevor die letzten verbliebenen Patienten verlegt wurden – unter denen auch Lluís war, der von Maria begleitet werden sollte –, arbeitete eine Handvoll Vertrauter im linken Flügel des Pavillons. Unter dem Schutz der Dunkelheit und inmitten des allgemeinen Aufruhrs der letzten Vorbereitungen der Verlegung entstand über Stunden hinweg zwischen zwei Türen, die eigentlich eine Art kleines Vorzimmer bildeten, ein zugemauertes Versteck. Dort verbargen sie die Krankenakten der republikanischen Soldaten und Zivilisten, die in diesem Krankenhaus gewesen waren. Wenn irgendjemand etwas davon mitbekommen haben sollte, wie der Arzt und die Krankenschwester die Akten dorthin schafften, dann verriet niemand auch nur ein Wort. Bei Tagesanbruch war das Versteck fertig. Maria dachte, dass vielleicht eines Tages, wenn Katalonien wieder ein freies Land wäre, sie selbst es sein würde, die die Akten freilegte. Sie verspürte Stolz, dazu beigetragen zu haben, die Geschichte des Krankenhauses dokumentiert zu haben.

DER EINMARSCH VON FRANCOS TRUPPEN

An dem Tag, an dem Francos Truppen einmarschierten, strahlte die Sonne. Es war Ende Januar, sodass es trotz des blendenden Sonnenlichts bitterkalt war. Dem Land, aus dem schon so viele geflohen waren, stand ein langer Winter bevor.

Marcel und Aurora befanden sich im Haus ihrer Eltern, die gerade erst zurückgekommen waren, als die Nationalisten durch die Straßen Barcelonas marschierten. Darius und Eulàlia Rovira traten auf den Balkon, um den Menschenauflauf zu sehen, der die Soldaten willkommen hieß. Die Tochter und der Schwiegersohn blieben in der Wohnung. Ihnen war nicht nach Feiern zumute, auch die Freude der Mutter darüber, dass der Krieg nun endlich für sie vorbei war, teilten sie nicht. Marcel und Aurora sahen ihrem kleinen Robert in seinem unbedarften Spiel zu. Bereits jetzt vermissten sie ihre Freunde, die sich im Exil befanden. Hinter ihnen lagen Jahre voller Sirenengeheul, Leichen, Ungerechtigkeiten und sehr viel Elend. Vielleicht würde mit dem Alltag das Elend verschwinden, vielleicht aber auch nicht. Was würden die Sieger mit einem absolut zerstörten und ausgehungerten Land anstellen?

Im Dämmerlicht, ganz in ihrer Nähe, stand Mariona, die Ehefrau von Llorenç, von der es hieß, dass sie Witwe geworden war. Nur ein einziger Brief von Llorenç konnte bezeugen, dass er noch am Leben war. Er war zusammen mit seinem Geliebten nach Frankreich gegangen. Niemand außer den Anwesenden im Hause Rovira wusste davon. Ein weiteres Familiengeheimnis, das gehütet wurde. Es gab Dinge, die am besten niemals ans Licht kamen.

Darius Rovira blickte vom Balkon aus zuerst auf seine Tochter, dann auf seinen Enkelsohn. Er fühlte sich alt und müde, aber diese beiden Wesen, die für ihn die Welt bedeuteten, erfüllten ihn mit Hoffnung. Er wusste es, er hatte darauf gehofft: Aurora hatte ihm endlich vergeben.

An dem Tag, an dem Francos Truppen einmarschierten, waren Maria und Lluís bereits weit weg. Sie waren kurz davor, die Grenze nach Frankreich zu überqueren, wo sie ein neues Leben beginnen wollten. Die rechte Hand des Bildhauers reagierte wieder auf Reize, mit der linken hielt er Bleistift und Papier. Er zeichnete etwas unbeholfen, dafür aber umso frenetischer. Er wollte alles um sich herum einfangen: das Heer der Vergessenen, einige in Uniform, der Großteil in ziviler Kleidung. Ein Fluss aus Männern, Frauen und Kindern, die, wie sie, einen Krieg und eine Überzeugung hinter sich gelassen hatten, um sich einem neuen Schicksal zu stellen, das sie sich drei Jahre zuvor nicht im Traum hatten ausmalen können. Damals, als die Sonne über einen Horizont eines bombenfreien Himmels ohne schlechte Vorzeichen stolzierte. Als die Mütter noch nicht ihren an der Front gefallenen Söhnen nachtrauerten. Als man noch nicht vom Wagen gefallene Nahrungsmittel aufsammeln musste, um die Mäuler zu Hause zu stopfen. Als die Zukunft noch keine dunkle Wolke war, unter der man den Himmel nicht sah und bei der man sich nicht sicher sein konnte, im Falle eines Wolkenbruchs einen geeigneten Unterschlupf zu finden.

Lluís nahm Marias Hand, bevor sie die Grenze nach Frankreich überschritten. »Glaubst du, meine Mutter schaut uns von dort oben zu?«

»Deine und auch meine Mutter«, antwortete Maria. »Beide zusammen, vom Himmel aus. Vielleicht sind sie befreundet, vielleicht freuen sie sich gerade darüber, uns beide zusammen zu sehen.«

Lluís blickte noch einmal zurück. »Adéu, Katalonien, bis bald«, murmelte er.

Und dann küsste er Maria.

DANKSAGUNG

Als ich mich der Herausforderung stellte, einen Roman zu schreiben, der sich mit dem Bau des Hospital de la Santa Creu i Sant Pau befasst, wusste ich, worauf ich mich einlasse. Es ging mir nicht nur darum, die Modernisme-Mauern des neuen Krankenhauses für die Armen der Stadt literarisch hochzuziehen. Auch nicht allein darum, von einer ganzen Reihe von Figuren – realen wie fiktiven – zu erzählen, deren Leben an einem bestimmten Zeitpunkt der Geschichte verankert waren. Vielmehr wollte ich mich auf eine Reise begeben, mitten hinein in eine Epoche, in eine Stadt, in ein Land, dessen Bewohner während der Jahrhundertwende ihre Vorhaben Wirklichkeit werden lassen wollten.

Bei dieser Reise habe ich ganz ausgezeichnete Komplizen getroffen, allen voran Pilar Salmerón, die seit 1977 als Archivarin über eines der wichtigsten Archive unseres Landes wacht, das Historische Archiv des Hospital de la Santa Creu i Sant Pau. Dank Pilar und ihrem Gehilfen, Miquel Terreu, verlief meine historische und dokumentarische Recherche deutlich müheloser, genauer und gezielter, was wirklich unabdingbar war bei der Menge von Dokumenten, die diese beiden verwalten. In dem Archiv habe ich aber nicht nur Dokumente, sondern unerwartet auch zwei gute Freunde gefunden.

Da es mir ein Anliegen ist, Geschichte so wahrheitsgetreu wie möglich wieder zum Leben zu erwecken, bin ich auf mir bereits bekannten Wegen in die unterschiedlichsten Archive gepilgert, Archive in Barcelona, aber auch in Archive außerhalb der Stadtmauern. Wenn ich von diesen Archivabenteuern spreche, muss ich auf jeden Fall Sara Fajula vom Historischen Archiv der Ärztekammer von Barcelona und Alfons Zarzoso, Konservator des Museums für katalanische Medizingeschichte, erwähnen.

Natürlich – wie könnte es auch anders sein? – stehen hinter dem *Hospital von Barcelona* eine ganze Reihe fachlich versierter Ärzte, die meine Wissenslücken im medizinischen und wissenschaftlichen Bereich ausgebessert haben. Ihnen allen möchte ich für ihre Zeit und Geduld danken, insbesondere dem Unfallchirurgen Joan Itarte, der seit Beginn seiner Laufbahn am Sant Pau arbeitet, dem Kardiologen Berthy Rivero sowie dem Gynäkologen und Facharzt für Geburtsheilkunde Jordi Masides.

Dank gebührt auch dem Bildhauer Enric Devenat, der mir die Gelegenheit gegeben hat, seinen Beruf von innen heraus zu verstehen, sodass ich darauf aufbauend eine der Hauptfiguren des Romans erschaffen konnte.

Historiker, Archivare, Ärzte, Künstler … allesamt Komplizen des *Hospital von Barcelona*, natürlich auch meine großartige Literaturagentin Carlota Torrents, Ester Pujol und Pema Maymó – die besten Lektorinnen, die man haben kann – sowie Berta Bruna, mit der dieses Projekt seinen Anfang genommen hat.

All diesen Menschen, und natürlich meiner gesamten Familie, gilt meine Dankbarkeit, ihnen ist dieses Buch gewidmet.

Barcelona, im November 2014